MARIE MERBURG

Leuchtturmsommer

W0387977

Weitere Titel der Autorin:

Wellenglitzern
Inselleuchten
Sommerflimmern
Ostseeträume
Ostseefunkeln
Strandkorbzauber

Titel auch als E-Book und Hörbuch erhältlich

Über die Autorin:

Marie Merburg wurde am 7.7.1977 in Mühlacker in Süddeutschland geboren. Nach dem Studium in Stuttgart zog sie mit ihrer Familie in die Nähe von Heilbronn, wo sie auch heute noch lebt. Für ihre Romane hat sie sich die deutsche Ostseeküste als Schauplatz ausgesucht, weil sie von der Landschaft und den Menschen dort fasziniert ist.

Marie Merburg

Leuchtturm-sommer

Ostsee-Roman

lübbe

Dieser Titel ist auch als E-Book erschienen

Die Bastei Lübbe AG verfolgt eine nachhaltige Buchproduktion.
Wir verwenden Papiere aus nachhaltiger Forstwirtschaft und verzichten darauf, Bücher einzeln in Folie zu verpacken. Wir stellen unsere Bücher in Deutschland und Europa (EU) her und arbeiten mit den Druckereien kontinuierlich an einer positiven Ökobilanz.

FSC
www.fsc.org
MIX
Papier | Fördert gute Waldnutzung
FSC® C014496

Originalausgabe

Dieses Werk wurde vermittelt durch die Michael Meller
Literary Agency GmbH, München

Copyright © 2023 by Bastei Lübbe AG, Köln
Textredaktion: Dr. Ulrike Brandt-Schwarze, Mindhouse
Titelillustration: © Flora Press/flora production; © Sundra; winyuu; ThomBal; Alex Stemmers; Macrovector; mapman; Pawel Kazmierczak; Eisfrei; HikaruD88; Bplanet/shutterstock
Umschlaggestaltung: Kirstin Osenau
Satz: two-up, Düsseldorf
Gesetzt aus der Garamond
Druck und Verarbeitung: GGP Media GmbH, Pößneck
Printed in Germany
ISBN 978-3-404-18838-3

3 5 4 2

Sie finden uns im Internet unter luebbe.de
Bitte beachten Sie auch: lesejury.de

1. Kapitel

Meine Ankunft in Liebwitz hatte ich mir ganz anders vorgestellt – schöner, freundlicher und vor allem sonniger.

Erschöpft von der langen Autofahrt und zitternd vor Kälte stand ich auf der Aussichtsplattform des Leuchtturms neben Bürgermeister Dirk Jansen, der merklich schlechte Laune hatte. Eigentlich kein Wunder bei dem Wetter. Die bedrohlich dunklen Wolken hingen so tief am Himmel, als würde eine schwere Last sie in Richtung Meer drücken. Die aufgewühlte Ostsee sah aus wie ein Eimer Dreckwasser nach dem Frühjahrsputz, und unter uns brandeten die Wellen wütend ans Ufer der Landzunge. Der Anblick war trist und deprimierend. Ob das ein schlechtes Omen war? Immerhin begann für meine Tochter Nele und mich heute ein neues Leben. Nach allem, was hinter uns lag, war unser Umzug nach Liebwitz ein bedeutender Moment. Von nun an sollte es wieder aufwärtsgehen!

In diesem Augenblick wirbelten kraftvolle Böen meine Haare umher, und ein unangenehmer Graupelschauer setzte ein. Die kleinen Körner pickten wie Nadeln auf meiner Haut. Na toll! Ich kniff schützend die Augen zusammen und trat einen Schritt von der Brüstung zurück unter das schmale Vordach. Laut Statistik gab es an der Ostseeküste die meisten Sonnenstunden im Jahr, aber ausgerechnet heute war davon nichts zu sehen. Die Halbinsel Darß-Fischland-Zingst schien über die Ankunft seiner neuen Bewohnerin nicht sonderlich erfreut zu sein.

Natürlich wusste der rationale Teil in mir, dass solche Interpretationen von Naturereignissen völliger Blödsinn waren. Trotzdem nährte das garstige Wetter meine ohnehin schon schwelenden Zweifel. Denn mir war durchaus klar, dass man Schwierigkeiten nicht dadurch entkam, indem man seine Sachen packte und ans andere Ende des Landes zog. Allerdings floh ich damit nicht nur vor meinen eigenen Problemen: Um dem Schrecken ihrer Vergangenheit zu entkommen, brauchte Nele dringend eine neue Umgebung. Davon war ich überzeugt. Leider sah sie selbst das völlig anders. Nele war nicht sonderlich glücklich über den Umzug – und das war noch milde ausgedrückt. Kaum jemand konnte einem das Leben so schwer machen wie ein fünfzehnjähriger bockiger Teenager. Dagegen war eine Armee von Orks eine harmlose Kuscheltruppe.

Wo steckte Nele eigentlich schon wieder? Ich blickte mich suchend um. Gerade eben war sie noch hinter mir gewesen.

Dirk Jansen stand wie angewurzelt neben mir. Er schien den Regen nicht mal zu bemerken, obwohl sein schütteres Haar schon nass am Kopf klebte. Der Bürgermeister war ungefähr zehn Jahre älter als ich und ging auf die fünfzig zu. Mit entrückter Miene starrte er aufs Meer hinaus, während er sich mit einer Hand über den massigen Bauch strich. Immerhin war er mit seinem Regenmantel, den er über seinem Anzug trug, besser gegen das schlechte Wetter geschützt als ich. Meine dünne Strickweste über meiner weißen Bluse und meine Chinos passten deutlich besser zu dem warmen Sonnenschein am Tegernsee, wo wir bisher gelebt hatten.

»Ist so ein Sturm normal für Mai?«, rief ich, doch der Wind schien mir meine Worte einfach von den Lippen zu reißen und davonzutragen.

Herr Jansen hatte mich trotzdem gehört, denn er wandte mir den Kopf zu. Da wir bisher nur telefoniert oder geskypt hatten, war dies unser erstes persönliches Treffen. Bei unseren früheren Gesprächen war er überaus charmant und jovial gewesen – eben ein typischer Politiker, der ohne Punkt und Komma reden konnte. Heute war er jedoch äußerst schweigsam und wirkte gereizt. Um ihn aus der Reserve zu locken, schenkte ich ihm ein freundliches Lächeln. So etwas bewirkte bei schlecht gelaunten Menschen oft Wunder!

Doch die erhoffte Reaktion blieb aus. Seine Mundwinkel zeigten nach wie vor nach unten, und seine Miene drückte pure Unzufriedenheit aus. »Was für ein Sturm?«

Wortlos deutete ich mit dem Zeigefinger nach oben zum wolkenverhangenen Himmel, während meine umherpeitschenden kastanienroten Locken ein Eigenleben zu entwickeln schienen. Ich kam mir vor wie Medusa aus der griechischen Sage.

»Ach, das bisschen Regen?« Er winkte ab. »Das ist doch nichts. Ruckzuck scheint wieder die Sonne.«

Das bezeichnete er als *nichts?* Für Insulaner wie Herr Jansen war es offenbar erst dann ein Sturm, wenn die Touristen vom Wind durch die Gassen gekegelt wurden und sich panisch an die Laternenpfähle klammerten.

Er beäugte mich misstrauisch. »Das müsste Ihnen eigentlich bekannt sein. Ich dachte, Sie waren schon oft an der Ostsee?«

»Stimmt, aber ich war immer nur im August hier«, erwiderte ich. Wehmut überkam mich. Ich spürte, wie ich bei der Erinnerung an diese Zeiten lächeln musste. Eigentlich war es für mich als Hotelchefin ein No-Go gewesen, in der Hochsaison selbst Urlaub zu machen, aber diese zwei Wochen mit meinem Ehemann und meiner Tochter waren mir immer heilig gewesen.

»Im Hochsommer war das Wetter nie so schlecht wie heute«, fuhr ich fort. »Anscheinend hatten wir immer Glück. Ich war mit meiner Familie oft auf Rügen. Besonders in Glowe.«

»Ach, Rügen …« Er zog ein Gesicht, als würde es sich bei der Insel um einen Erzrivalen handeln. *»Jeder Doofe fährt nach Glowe.«*

Irritiert sah ich ihn an. »Wie bitte?«

Er räusperte sich. »Nur so ein alter Spruch aus früheren Zeiten, vor der Wende.« Er strich sich über die Stirn, um ein paar Regentropfen beiseitezuwischen. »Aber Sie müssen sich bewusst sein, dass es etwas völlig anderes ist, hier Urlaub zu machen oder hier zu leben. Die Arbeit ist genauso anstrengend wie an Land, und auch bei uns hat der Stress Einzug gehalten. Am Strand findet man uns Insulaner nur selten.«

Ich nickte. »Das kann ich mir denken. Immerhin komme ich ebenfalls aus einer Urlaubsregion und war im Tourismusbereich tätig. *Die Gastronomie ist nur was für die Harten.* Das hat mein Großvater immer gesagt.«

Meine Bemerkung schien ihn wieder daran zu erinnern, weshalb ich hier war. Seine Mundwinkel hoben sich ein wenig.

»Deshalb sind wir auch so froh, dass wir Sie für unser Café am Leuchtturm gewinnen konnten, Frau Huber«, versicherte er mir. »Eine Frau mit Ihrer Erfahrung und Reputation ist für uns Gold wert. Immerhin haben Sie jahrelang ein renommiertes Hotel mit Restaurant geführt. Wird Sie unser kleines Café da überhaupt ausfüllen?«

Diese Frage stellte er mir nicht zum ersten Mal. Für einen Außenstehenden musste es befremdlich wirken, dass ich ein großes Hotel, das schon in der dritten Generation in Familienbesitz gewesen war und den allerbesten Ruf genoss, aufgegeben hatte, um ein kleines Café an der Ostseeküste zu übernehmen. Doch über dieses Thema sprach ich nur ungern.

»Ich finde den Gedanken eher beruhigend, nicht mehr so viel Verantwortung tragen zu müssen«, sagte ich ausweichend. »Einen Betrieb mit so vielen Gästen und Angestellten am Laufen zu halten, kann sehr belastend sein.«

Ich zögerte kurz. Es würde mich wohl nicht umbringen, wenn ich Herrn Jansen einen kleinen Teil der Wahrheit gestand. »Außerdem habe ich eine unschöne Trennung hinter mir.«

Prompt glätteten sich die Falten auf seiner Stirn. »Aha! Für Sie beginnt hier ein neuer Lebensabschnitt, ich verstehe.«

Er setzte sich in Bewegung, um den Rundgang fortzusetzen. Ein Glück! Noch etwas länger, und ich wäre an Ort und Stelle festgefroren. Trotz des Wetters war er bei unserer Ankunft nicht davon abzubringen gewesen, uns den Leuchtturm zu zeigen. Anscheinend war er der ganze Stolz des Bürgermeisters.

»Seit der Turm vor zwei Jahren instandgesetzt worden ist, zieht er zahlreiche Gäste an«, berichtete er. »Er ist zum Wahrzeichen unseres Dorfs geworden. Und auch immer mehr Heiratswillige kommen her, um sich hier oben trauen zu lassen. Davon kann natürlich auch Ihr Café profitieren.«

Ich nickte. Gleich bei unserem ersten Telefonat hatte er mir von seinem Marketingkonzept erzählt. Da im Dorfnamen das Wort Liebe zu finden war, vermarktete sich Liebwitz seit zwei Jahren als *Dorf der Liebe*. Denn hier lebte das älteste Ehepaar Deutschlands – Else und Heinz Jahnke. Die Namen hatte ich deshalb so gut im Kopf, weil mir Herr Jansen erst vor wenigen Minuten im Erdgeschoss eine Art Ehrenaltar der Jubilare mit einer Fotocollage und den Lebensdaten gezeigt hatte. Für Liebwitz sprach ebenfalls, dass es eine der niedrigsten Scheidungsraten an der Ostseeküste vorzuweisen hatte. Für Brautpaare, die sich im Leuchtturm das Jawort geben wollten, war das ein gutes Omen. Jedenfalls behauptete das der Bürgermeister.

Wir erreichten wieder die Tür der Plattform und trafen dort auf meine Tochter Nele. Ihr hübsches Gesicht war zu einer verärgerten Fratze verzogen, und schon der Anblick ihres bauchfreien Oberteils jagte mir einen Schauer über den Rücken. Ich kämpfte gegen das dringende mütterliche Bedürfnis an, ihr meine Strickweste überzuwerfen. Aber das hätte nur zu einem Eklat geführt. Schlimmstenfalls hätte sie mich mit den Ärmeln meiner Jacke erdrosselt. Mittlerweile war meine Tochter größer als ich und überragte mich um einige Zentimeter – eine Tatsache, die meiner Autorität nicht sonderlich zuträglich war.

»Fuck! Wir sind hier am Arsch der Welt«, motzte sie. Kopfschüttelnd sah sie auf das kleine Dorf zu unseren Füßen. »In dieser scheiß Einöde werde ich noch zum Hinterwäldler-Lauch.«

»Nele!«, zischte ich schockiert.

Mittlerweile war ich mit ihrer Jugendsprache ein wenig vertraut. Deshalb wusste ich, dass mit *Lauch* nicht das Gemüse, sondern eine schlanke, hochgewachsene Person mit wenig Esprit gemeint war. Meine Tochter war tatsächlich so erschreckend schlank, dass ich stets bemüht war, sie mit ihren diversen Lieblingsessen zur Nahrungsaufnahme zu bewegen. Aber selbst das nahm sie mir übel. Regelmäßig warf sie mir vor, dass ich sie mästen wolle.

Ich warf dem Bürgermeister ein entschuldigendes Lächeln zu, denn ein gutes Verhältnis zum Verpächter konnte essenziell sein. Zwar hatte ein Hotelbesitzer in Ahrenshoop den Bau des Cafés finanziert, doch dieser hatte alles Organisatorische der Gemeinde übertragen. Bis auf die Gewinnbeteiligung und einen recht sonderlichen Zusatz im Pachtvertrag wollte der Investor nichts mit dem Café in Liebwitz zu tun haben.

»Guck mal, wie winzig das Dorf ist!«, fuhr Nele vorwurfsvoll fort. »Reetdachhäuser, Kopfsteinpflaster, Natur. Sonst gibt es hier nix, verdammt noch mal!« Sie lehnte sich ein Stück weiter über die Brüstung, als könnte sie mit etwas mehr Anstrengung doch noch ein Kino, ein Freibad oder einen coolen Club ausmachen.

Sofort beschleunigte sich mein Herzschlag, und meine Hand schnellte vor, um Nele am Arm zu packen. »Vorsicht!«, sagte ich mit gepresster Stimme. Meine Angst um sie lauerte ständig unter der Oberfläche.

Nele rollte genervt mit den Augen. »Himmel, Mama, jetzt chill mal! Der Wind wird mich schon nicht über die Brüstung pusten. Du bist echt so peinlich …«

Ich war peinlich? Ich? Wer zog denn hier unsere neue Heimat im Beisein des Bürgermeisters in den Dreck? Ich atmete tief durch, ermahnte mich zur Ruhe und erinnerte mich daran, dass für Nele dieser Umzug alles andere als leicht war. Schon in Tegernsee hatte sie von einem Leben in der »City« geträumt. Und was machte ich? Ich entriss sie ihrem Zuhause und schleppte sie auf eine Halbinsel im Norden in ein winziges Dorf.

»Es wird bestimmt nicht so schlimm, wie du es dir vorstellst«, redete ich ihr gut zu. »Hier gibt es auch andere Teenager, die genauso sind wie du.«

»Ach ja?«, entgegnete sie gereizt. »Und weißt du auch, was die am Wochenende machen, um Spaß zu haben? Am Elektrozaun an der Weide lecken?«

»Na, na, junge Dame!«, mischte sich Herr Jansen ein. »Es gibt bei uns jede Menge Vereine, Feste und Wassersportaktivitäten. Wir haben auf der Insel sogar Wasserbüffel, stell dir vor! Zur Landschaftspflege, denn sie fressen Schilf, Binsen und Sauergräser. Wenn du so eine Herde siehst, denkst du, du wohnst in Fernost.«

»Wasserbüffel«, wiederholte Nele bar jeder Begeisterung und schüttelte fassungslos den Kopf. Sie wandte sich wieder an mich. »Das ist so übel, Mama! Ich wette, das Internet ist hier auch oberkacke.«

Ich spürte, wie mir Hitze in die Wangen stieg. Nele hatte ein Händchen dafür, mich in unangenehme Situationen zu bringen.

»Tut mir leid, Nele meint das nicht so«, sagte ich zu Dirk Jansen.

»Natürlich meint Nele das so!«, blaffte sie mich an. Meine Tochter wusste offenbar nicht, wohin mit ihrer Wut, und ballte die Fäuste. Für einen Moment blitzte echte Verzweiflung in ihren Augen auf, ehe sie ausrief: »Fuck! Fuck! Fuck!«

Der Bürgermeister musterte meine Tochter sichtlich schockiert. Dann glättete sich seine Stirn schlagartig, als würde ihm ein Licht aufgehen.

Er beugte sich zu mir. »Tourette-Syndrom?«, fragte er mich

im Flüsterton. »Darüber habe ich im Fernsehen erst letzte Woche einen Bericht gesehen. Schlimme Sache.«

Natürlich hatte Nele kein Tourette. Erst seit einem hässlichen Vorfall vor etwas über einem halben Jahr fluchte sie wie ein Kesselflicker, wenn sie ihrem Ärger Luft machen wollte. Das Erlebnis hatte sie völlig verändert. Da Tourette jedoch eine ernst zu nehmende und in der Regel unterschätzte Krankheit war, wollte ich das Missverständnis umgehend aufklären. Gerade als ich den Mund öffnete, verließ ein weiterer Schwall Schimpfwörter Neles geschwungene Lippen.

»Das kotzt mich alles an. Verdammter Regen! Verficktes Meer! Scheiß Dorf!«

Mit diesem Schlusswort warf sie ihre regenfeuchten Haare zurück, machte auf dem Absatz kehrt und verschwand nach drinnen in den Trauungsraum.

Vor Scham über ihr Verhalten brannte mein Gesicht. Bis zum Eintritt der Pubertät war meine Tochter ein Sonnenschein gewesen. Das beste Kind, das man sich wünschen konnte – brav, folgsam und höflich. Mit Nele hatte es kein Geschrei an der Supermarktkasse gegeben, sie hatte nicht ohne Erlaubnis ferngesehen und war immer pünktlich nach Hause gekommen. Wenn ich ihr etwas verboten hatte, war es für sie Gesetz gewesen. Aber das würde mir Herr Jansen wohl kaum glauben.

Aufgrund seiner Diagnose nahm er Neles Auftritt jedoch recht gelassen. »Arme Lütte!«, sagte er mitfühlend. »Dabei ist sie so ein hübsches Mädchen. Das muss schlimm für sie sein … wenn man all diese schrecklichen Wörter sagen muss, obwohl man es überhaupt nicht will.«

Ich schluckte schwer. »Ja, also … Eigentlich hat sie kein Tourette«, gestand ich ihm kleinlaut. »Sie befindet sich lediglich in einer schwierigen Lebensphase, und der Umgang mit ihr gestaltet sich nicht ganz einfach.«

»Oh.« Er zog die Augenbrauen in die Höhe. Offenbar war ich in seiner Achtung gerade gesunken. Dass man sein Kind so wenig unter Kontrolle haben konnte, schien ihm unvorstellbar.

»Sollen wir auch reingehen?«, wechselte ich hastig das Thema. »Ich würde mir jetzt gern das Café anschauen. Ich habe es bisher ja nur auf Fotos gesehen. Und vom Gastraum haben Sie mir gar kein Bild geschickt.«

Unter anderen Umständen hätte ich niemals einen Pachtvertrag unterzeichnet, ohne das Objekt persönlich besichtigt zu haben. Doch die Entfernung war einfach zu groß gewesen, und die Zeit hatte gedrängt. Laut dem Bürgermeister hatte es noch zahlreiche weitere Interessenten gegeben.

Er nickte knapp. »Sicherlich halten Sie die Spannung kaum noch aus«, sagte er seltsam gepresst.

Wir verließen die Aussichtsplattform und gingen zurück in den Trauungsraum, der recht klein war. Wie mir Herr Jansen erklärt hatte, durften aus Sicherheitsgründen neben dem Standesbeamten und dem Brautpaar maximal sechs Gäste an der Zeremonie teilnehmen. Der Rest musste wohl oder übel unten warten. Für Leute, die bei ihrer Hochzeit Wert auf Pomp und Protz legten, war diese Location aber ohnehin nicht gedacht. Mir persönlich gefiel der Raum: Der Dielenboden war auf Hochglanz poliert, die gepolsterten Stühle waren mit rotem Samt bezogen, und ein hübscher Schreibtisch aus Nussbaum stand für den Standesbeamten bereit. Die Wände waren geschmückt mit maritimer Dekoration wie einer Schiffsglocke und einem Anker. Sofort ins Auge fielen allerdings die beiden Gemälde, die hinter dem Tisch des Standesbeamten hingen. Sie verliehen dem Raum Stil und Atmosphäre. Fasziniert blieb ich davor stehen.

Auch Herr Jansen hielt inne. »Gefallen Ihnen die Bilder? Hannah Bradhering hat sie gemalt. Sie stammt aus Liebwitz und ist mittlerweile eine international gefeierte Künstlerin«, erzählte er.

»Sie sind wirklich wunderschön.« Ich deutete auf das linke Gemälde. »Ist das der Darßwald mit dem berühmten Weststrand?«

Einen Großteil der Leinwand nahm ein ursprünglicher, verwilderter Wald ein. Die Aufmerksamkeit des Betrachters wurde jedoch geschickt auf das Ende des Trampelpfads gelenkt, denn dort öffnete sich unvermittelt das dichte Grün und gab den Blick frei auf das strahlende Blau der Ostsee und einen herrlichen Sandstrand, der an die Karibik erinnerte. Der Kontrast zwischen tiefstem Wald und offenem Meer wirkte fast surreal, aber gerade das machte den Darßwald so einzigartig.

Er nickte. »Ich würde Ihnen eine Wanderung dorthin empfehlen. Das muss man mit eigenen Augen gesehen haben.« Er zeigte auf das andere Bild. »Das hier sind die Steilklippen in Ahrenshoop. Beides Motive von unserer Halbinsel.«

Ich warf ihm einen Seitenblick zu. »Wahrscheinlich kann ich mir kein Bild von Hannah Bradhering fürs Café leisten, oder?«

Er lachte. »Nein, wahrscheinlich nicht.«

Ich zuckte zusammen, denn in diesem Moment schwang wie von Geisterhand die Tür zur Aussichtsplattform wieder auf, und eine kalte Böe wehte herein.

Herr Jansen stöhnte genervt und zog sie mit Nachdruck wieder ins Schloss. »Sie zickt manchmal und entwickelt ein unliebsames Eigenleben. Unser Leuchtturm hat eben schon einige Jahrzehnte auf dem Buckel.«

Wir gingen die Treppe hinunter in einen Raum, der den zukünftigen Ehepaaren als Wartebereich diente. Es gab einige Tischchen und ein cremefarbenes Sofa, das sich über das halbe Rund des Turms erstreckte. Mit der indirekten Beleuchtung und den Blumenarrangements sah das Zimmer richtig schick aus.

Wir liefen weiter nach unten zum Ausgang, wo Nele uns schon erwartete. Mit vor der Brust verschränkten Armen stand sie an der Tür und starrte missmutig nach draußen.

»Es regnet immer noch«, informierte sie mich vorwurfsvoll, als wäre ich höchstpersönlich für das schlechte Wetter verantwortlich. Immerhin hatte sie dieses Mal einen Satz ohne Schimpfwörter von sich gegeben.

»Die paar Schritte bis zum Café werden wir schon schaffen«, entgegnete ich optimistisch.

»Hier, nehmen Sie einen von denen!« Herr Jansen deutete auf einen fast vollen Schirmständer unter der Treppe. »Die werden andauernd vergessen.«

Dankbar zog ich einen Regenschirm heraus, der groß genug für uns beide war.

Das *Café Liebesbrise* befand sich in direkter Nähe des Leuchtturms. Seite an Seite liefen Nele und ich durch den Regen auf unser neues Zuhause zu: ein hellblaues Holzhaus mit weißen Sprossenfenstern und Reetdach. Von den Fotos wusste ich, dass es hinten eine überdachte Terrasse gab, auf der man die Gäste im Sommer auch bei schlechtem Wetter bewirten konnte. Herr Jansen übernahm die Führung und lotste uns zum Seiteneingang, sodass wir als Erstes in der Küche landeten.

»Hier können Sie Ihrer Kochleidenschaft freien Lauf lassen, Frau Huber.« Er deutete auf die fast neuen Gerätschaften.

Für ein kleines Café ließ die Küche tatsächlich keine Wünsche offen. Ich atmete tief durch und sah mich um. Das war also ab sofort mein Reich! Nun war ich dankbar, dass meine Eltern mich während meiner Ausbildung auch in der Hotelküche hatten schuften lassen. Zwar war deshalb aus mir keine Meisterköchin geworden, doch ich beherrschte die Grundlagen und konnte mit dem unvermeidlichen Stress umgehen. Außerdem kochte ich gern, und meine neue Aufgabe reizte mich. Im Hotel hatte ich fast den ganzen Tag am Telefon oder PC verbracht.

Ich strich mit den Fingerspitzen über die blank polierte Edelstahlplatte. Alles sah genauso aus wie auf den Fotos.

»Sehr schön!« Ich nickte Herr Jansen lächelnd zu. »Gehen wir jetzt in den Gastraum?«

»Nein!«, kam es wie aus der Pistole geschossen zurück. »Zuerst … schauen wir uns Ihre Wohnung im Obergeschoss an.« Er eilte zu der Tür mit der Aufschrift *Privat.*

»Na schön …«

Wir stiegen eine steile fensterlose Treppe nach oben. Auch im Hotel hatten wir im Dachgeschoss gelebt. Unser neues Zuhause bestand aus einer Küche, Bad, zwei Schlafzimmern und einem Wohn- und Essbereich mit einer herrlichen Aussicht. Ich blieb am Fenster stehen und schaute auf die wogende Ostsee. Eine sich ständig veränderte Landschaft aus Tälern und Bergen, deren Wellenkämme mit einem weißen Saum aus Gischt verziert waren. Hier drin im Warmen löste das schlechte Wetter eher ein heimeliges Gefühl in mir aus. Vor meinem inneren Auge sah ich mich schon auf meinem gemütlichen Lesesessel sitzen, mit einer Tasse Tee in der Hand und eingekuschelt in eine Decke.

Nele stellte sich neben mich. »Das große Schlafzimmer gehört mir. In dem anderen ist kaum Platz.«

Ich legte keinen Widerspruch ein und nickte ergeben. Mir war klar, dass ich wegen des Umzugs Buße tun musste. Außerdem reichte mir auch das kleine Zimmer, denn ich würde nach der Arbeit ohnehin nur müde ins Bett fallen. Da ich noch an meiner gescheiterten Ehe zu knabbern hatte, sah meine Lebensplanung fürs Erste keinen Männerbesuch vor.

»Außerdem müssen wir streichen«, befand meine Tochter nach einem Blick auf die Wohnzimmerwände.

»Absolut.« In diesem Fall waren wir einer Meinung. Die Pächter vor uns hatten die Raufasertapete per Schwammtechnik in der Farbe »flammendes Rot« marmoriert. Die weiß-rote Kombination erinnerte an die Haut eines Engländers nach zwei Tagen Strandurlaub am Mittelmeer. Nichts, das man sich auf Dauer ansehen wollte. Nun ja, Menschen hatten nun mal unterschiedliche Geschmäcker!

Ich wandte mich an Herrn Jansen, der seinen Regenmantel mittlerweile ausgezogen hatte. Schon wieder strich er sich gedankenverloren über den Bauch. Vielleicht hatte er Magenprobleme? Oder Blähungen?

»Sie haben gesagt, dass die Pächter vor mir recht jung waren?«, fragte ich.

Er nickte. »Elke und Erik Völler. Ein Ehepaar Mitte zwanzig. Ich dachte, sie seien aufgrund ihres Alters ideale Ansprechpartner für die Paare, die im Leuchtturm heiraten wollen«, erzählte er. »Außerdem stammen sie aus der Gegend. Für die Beratung der Hochzeitspaare war das ideal.« Er stieß einen Seufzer aus. »Die beiden hatten nur leider keine Erfahrung im Gastronomiebereich. Gleich im ersten Winter nach der Eröffnung hatte das Café eine Flaute, und, wie sich herausstellte, besaßen die Völlers keinerlei finanzielle Reserven.«

Neueinsteiger in der Gastronomie vergaßen leider oft, bei ihrer betriebswirtschaftlichen Planung die einkommensschwachen Monate zu bedenken. Ich gab es ungern zu, aber auch mein Finanzpolster war nicht üppig. Das hatte ich meinem Noch-Ehemann zu verdanken. Damit ich über den nächsten Winter kam, musste das Café in den anstehenden Sommermonaten ordentlich Gewinn abwerfen.

Herr Jansen seufzte erneut. »Es hat uns kalt erwischt, dass sie nach nur einem Jahr schon wieder aufgeben mussten. Dabei ist das Café ein wichtiger Bestandteil unseres Marketingkonzepts. Seit der Schließung konnten wir den Brautpaaren nur die Hälfte unseres Service anbieten. Da die meisten nicht von hier stammen, sind sie bei der Organisation der Festlichkeiten auf unsere Hilfe vor Ort angewiesen.«

»Das war sicher für alle Beteiligten äußerst bedauerlich«, sagte ich mitfühlend.

Die Gemeinde warb auf ihrer Website mit einem Rundum-Service für die zukünftigen Eheleute. Damit hielt mein neuer Job – abgesehen vom ungewöhnlichen Standort am Leuchtturm – eine weitere Besonderheit für mich bereit: Als Betreiberin des *Cafés Liebesbrise* zählte es zu meinen Aufgaben, gemeinsam mit dem Standesbeamten die Brautpaare zu betreuen. Durch diesen zusätzlichen Verantwortungsbereich fiel die monatliche Pacht erfreulich niedrig aus.

Dabei konnte ich von der Zusammenarbeit ebenfalls profitieren. Mit etwas Geschick würde ich die Paare davon überzeugen, ihre Sektempfänge in meinem Café zu buchen, was eine verlässliche Einnahmequelle bedeuten konnte. Ich musste mich nur ein wenig in das Thema einarbeiten, denn mit der Hochzeitsbranche hatte ich wenig Erfahrung. Im Hotel hatten es wir es hauptsächlich mit Touristen und Tagungsgästen zu tun gehabt. Und meine eigene Hochzeit lag schon siebzehn Jahre zurück. Mir schwante, dass heutzutage etwas mehr Aufwand betrieben wurde. Dennoch freute ich mich auf diese Herausforderung. Trotz meiner anstehenden Scheidung glaubte ich nämlich immer noch an die Liebe.

Ich klatschte tatkräftig in die Hände. »Nun sollten wir uns endlich das Herzstück des Cafés ansehen!«

Er nickte mir sichtlich widerstrebend zu. »Na gut …«

Sogar Nele fiel sein seltsames Verhalten auf. Sie musterte den Bürgermeister stirnrunzelnd, und in ihrer Miene zeichnete sich dasselbe Misstrauen ab, das auch ich empfand.

Schweigend folgten wir ihm die Treppe hinunter und liefen durch die Küche. Vor der Schwingtür hielt er kurz inne.

»Sie können den Gastraum natürlich nach Ihren eigenen Vorstellungen umgestalten«, sagte er und lächelte gezwungen.

Mit diesen Worten versetzte er der Schwingtür einen Stoß, und wir betraten das *Café Liebesbrise*.

Nele sog hinter mir zischend die Luft ein.

»Ach, du meine Güte!«, hauchte ich fassungslos.

2. Kapitel

»Fuck! Das sieht aus wie ein Puff«, sagte Nele in die Stille hinein.

Ausnahmsweise hatte ich an ihrer Wortwahl nichts auszusetzen, denn damit traf sie den Nagel auf den Kopf. Wobei ich den Betreibern von Erotik-Etablissements auch nicht unrecht tun wollte, denn wahrscheinlich legten sie mehr Geschmack und Stil an den Tag.

Die Inneneinrichtung des Cafés war an Kitsch nicht zu überbieten. Pink, Rot und Rosa waren die hervorstechenden Farben. Überall hingen barocke Putten in unterschiedlichen Größen – mal mit, mal ohne Amorpfeil. Einige schwebten sogar engelsgleich von der Decke. Gänzlich unpassend dazu blinkte als Eyecatcher ein großes Love-Neonschild an der Wand. Der Rest des Raumes war mit Dekoherzen in allen möglichen Formen und Farben geschmückt.

Am schlimmsten fand ich jedoch die Bistrotische und -stühle aus Metall, die es oft in Bahnhofscafés gab. Wahrscheinlich war auch meinen Vorgängern aufgefallen, dass das wenig einladend wirkte, denn sie hatten Hussen aus pinkfarbenem Plüsch über die Stühle gezogen. Fassungslos zupfte ich an den länglichen Fusseln herum.

»Das ist … das ist …«, stammelte ich. Mir fehlten die Worte.

»Wir haben den Pächtern bei der Inneneinrichtung freie Hand gelassen«, erklärte Herr Jansen. »Sie hatten nur die Vorgabe, das Marketingkonzept von Liebwitz umzusetzen, also das Thema Liebe.«

Er schlug genervt einen Amor beiseite, der von der Decke baumelte. »Dabei sind sie womöglich etwas zu enthusiastisch vorgegangen«, gab er zu. »Die Völlers meinten, durch diesen extravaganten Stil hätte das Café das Potenzial zu einer *In-Location*.«

Individualität war in Großstädten tatsächlich gefragt. Dort gab es Vintage-Bars im Stil der 50er-Jahre oder Szenekneipen, in denen man auf Kloschüsseln anstatt Stühlen saß. Aber Liebwitz war nun mal ein kleines Dorf, und Studenten, Trendsetter oder Künstler würden sich nur selten hierher verirren. Für eine In-Location war der Einrichtungsstil für meinen Geschmack auch nicht cool genug. Mein Herz blutete, als ich bemerkte, dass die Holzpfeiler und Querbalken, die die Fläche des Cafés optisch aufteilten, mit rosa Lackfarbe verunstaltet worden waren. Kopfschüttelnd betrachtete ich das grob behauene Holz, das im naturbelassenen Zustand sicherlich wunderschön gewesen war und eine warme Atmosphäre geschaffen hatte.

»Wie gesagt, machen Sie damit, was Sie wollen!«, meinte Herr Jansen lapidar, als würde es sich bei diesem Liebesinferno um eine Kleinigkeit handeln. »Aber denken Sie daran, dass Sie mir versprochen haben, das Café in spätestens sieben Tagen zu eröffnen. Die Zeit drängt!«

»Wie bitte?« Ich fuhr zu ihm herum. »Das Versprechen habe ich Ihnen gegeben, bevor ich wusste, wie es hier aussieht. Dieser Raum muss völlig umgestaltet werden. Das Café benötigt ein neues Konzept. Ich denke nicht, dass das in einer Woche zu schaffen ist.«

»Jetzt überdramatisieren Sie bitte nicht!« Er schlenderte zum Tresen und wedelte mit der Hand in der Luft. »Hängen Sie einfach die Hälfte von dem Kitsch ab, und streichen Sie die Wände weiß. Dann sieht der Rest gleich nicht mehr so schlimm aus. Für unser Standesamt ist es wichtig, dass das Café geöffnet ist. Die Optik ist sekundär.«

Erst jetzt nahm ich den Tresen richtig wahr. Er war aus gemauertem Ziegelstein mit eingearbeiteten Balken. Darauf lag eine schön gemaserte Holzplatte, bei der die natürliche Baumkante in einer sanften Wellenlinie verlief. Ich fuhr mit den Fingerspitzen über die seidenglatte Oberfläche.

»Der Tresen ist wunderschön!«, entfuhr es mir bewundernd.

»Beim Bau des Cafés hatte der Architekt schon die gemauerte Bar und die dazu passende Theke eingeplant«, erklärte er. Dabei starrte er sehnsüchtig auf ein Schälchen Karamellbonbons, das dort jemand zurückgelassen hatte. »Ihre Vorgänger waren deshalb kreuzunglücklich und lagen mir immer damit in den Ohren, sie abreißen zu dürfen.«

Immerhin hatte er das verhindert! Jetzt musste ich nur noch den Rest der scheußlichen Einrichtung loswerden.

In diesem Augenblick ertönte aus Herrn Jansens Brusttasche ein durchdringendes Schiffshorn. Hastig zog er sein Handy hervor und stellte das Alarmsignal aus. Erleichterung zeichnete sich auf seinen Zügen ab.

»Endlich!«, murmelte er. »Der Herr sei gepriesen.«

Mit der anderen Hand griff er beinahe zeitgleich in die Schüssel mit Karamellbonbons. In Windeseile steckte er sich eins in den Mund. Hatte er es überhaupt ausgepackt?

»Ich muss los!«, sagte er kauend. »So weit ist ja alles geklärt. Falls Sie hier etwas verändern, vergessen Sie nicht, unser Liebwitzer Liebesthema umzusetzen! Bei weiteren Fragen wenden Sie sich einfach an unseren Standesbeamten Jakob Thiel.«

»Aber … aber …«, stammelte ich überrumpelt. Er wollte mich mit diesem Schlamassel doch nicht etwa allein lassen?

»Und lassen Sie sich von seiner Art bitte nicht abschrecken«, fuhr er ungerührt fort. »Herr Thiel meint es nicht so.«

Ich stutzte. »Wie bitte? Was ist denn mit dem Standesbeamten?«, fragte ich verdattert.

»Nehmen Sie sich einfach nicht alles zu Herzen, was er von sich gibt. Den Fehler haben Ihre Vorgänger schon gemacht.« Er schnappte sich das nächste Bonbon. »Der Ordner mit den Kontaktadressen für die Hochzeitspaare liegt unter dem Tresen. Sie wissen schon – Fotograf, Florist, Konditor, Stylist und so weiter. Arbeiten Sie sich in die Thematik ein, bevor Sie die ersten Gespräche führen!«

Er drückte mir die Schlüssel fürs Café in die Hand und wandte sich zum Gehen.

»Moment mal, Herr Jansen!«, versuchte ich, ihn mit entschlossener Stimme aufzuhalten. »Wir sind hier noch nicht fertig. Ich bin nicht glücklich, wie das alles gelaufen ist. Über das Datum der Wiedereröffnung müssen wir unbedingt noch mal …«

»Keine Zeit!«, fiel er mir ins Wort und eilte zur Tür. »Ich muss nach Hause. Tschüssing, Frau Huber! Oder wie man bei Ihnen sagt: Pfiat di!«

Und weg war er. Mein Blick fiel auf meine Tochter, die die Szene mit vor der Brust verschränkten Armen verfolgt hatte. Sie schüttelte geringschätzig den Kopf. Ihrer Meinung nach war ich offenbar meiner Vorbildfunktion in Sachen Frauenpower und Durchsetzungsfähigkeit nicht mal ansatzweise gerecht geworden.

*

Nach einem erneuten Rundgang durch meine neue Heim- und Wirkungsstätte erlaubte ich mir, mich erst mal hinzusetzen und etwas Trübsal zu blasen. Wenn etwas katastrophal schieflief, konnte man selbst als optimistisch eingestellter Mensch davor nicht die Augen verschließen. Dann durfte man ruhig ein paar Minuten in Selbstmitleid versinken. Das befreite ungemein. Wichtig war jedoch, mit dem Jammern und Klagen wieder aufzuhören. Dann hieß es: Nach vorn schauen und sich nicht unterkriegen lassen! Glück und Zufriedenheit im Leben hatten nichts mit Schicksal zu tun – es war eine Entscheidung. Mal ehrlich: Es gab immer ein

Haar in der Suppe. Immer etwas, das besser laufen könnte. Man durfte sich jedoch nicht auf die negativen Aspekte fixieren.

Na schön, mein Café hatte sich als die wahrgewordene Liebeshölle herausgestellt, aber es hatte Potenzial. Es war ein wunderschönes Reetdachhaus mit großen Sprossenfenstern, und der Ausblick auf die Ostsee war unbezahlbar. Daraus konnte man etwas machen!

Deshalb begann ich auch umgehend damit, die kitschige Dekoration zu beseitigen. So konnte ich immerhin die Zeit nutzen, bis der LKW mit unseren Möbeln eintraf.

Nele kam in den Gastraum geschlurft und war offensichtlich schlecht gelaunt. Also alles wie immer. Ich war beruhigt. Sie setzte sich auf einen Barhocker und sah mir beim Arbeiten zu. Anscheinend fühlte sie sich nicht in Stimmung, mit anzupacken. Als Teenager musste man sich die offenbar spärlichen Energiereserven einteilen und durfte sie nicht fürs Putzen, Aufräumen oder für anderweitige niedere Tätigkeiten verschwenden.

»Du hast uns ganz schön in die Scheiße geritten, Mama«, stellte sie fest. »Das Café ist der absolute Horror.«

Ich stand gerade auf einer Trittleiter, die ich in der Abstellkammer gefunden hatte, und angelte mit den Fingerspitzen nach dem Band eines Liebesengels aus Pappmachee.

»Man kann aus diesem Raum richtig viel machen. Die Deko abzuhängen ist nur der erste Schritt.«

»Aber du hast nur sieben Tage Zeit«, erinnerte sie mich. »Das hat jedenfalls dieser Jansen gesagt.«

Ich stöhnte genervt, weil sich der Knoten am Band des Amors nicht lösen ließ. »Wolltest du nicht draußen warten und Bescheid geben, wenn der LKW mit unseren Sachen kommt?«

Nele zuckte mit den Schultern. »Wir merken auch so, wenn die Möbelpacker eintrudeln. Selbst in diesem Kaff besitzen die Häuser eine Türklingel. Aber das war wohl auch die letzte moderne Errungenschaft, die hier Einzug gehalten hat.«

Hätte sie sich in Gegenwart des Bürgermeisters nicht so gewählt ausdrücken können? Denn das konnte Nele sehr wohl. Sie war gut in der Schule und hatte schon als Kind viel gelesen.

»Endlich!«, stieß ich erleichtert aus. Es war mir gelungen, den verflixten Amor abzubekommen. Ich stieg von der Leiter und pfefferte ihn mit einer wüsten Verwünschung in die Mülltüte, in die schon der andere Kitsch gewandert war.

»Na, na!«, sagte Nele und grinste zum ersten Mal an diesem Tag. »Anscheinend lässt du dich von mir inspirieren. Schön, dass du ein paar meiner Schimpfwörter in dein Vokabular aufgenommen hast.«

Ich trat ans Fenster. Der Regen hatte mittlerweile aufgehört, und goldene Sonnenstrahlen brachen durch die Wolken. Genau wie Herr Jansen prophezeit hatte, war die Schlechtwetterfront abgezogen. Ich öffnete die Terrassentür, trat nach draußen und atmete tief ein. Ohne die kühlen Böen war die Temperatur deutlich angenehmer. Rechter Hand konnte man den Sandstrand und einige unerschrockene Touristen ausmachen, die schon jetzt im Mai den Uferbereich bevölkerten. Etwas weiter draußen auf dem Meer schaukelten Boote auf den Wellen, und eine Fähre zog an der Insel vorbei. Das Möwengeschrei und das Rauschen der Brandung erinnerten mich an unsere früheren Urlaube und entspannte Tage im Strandkorb mit der Familie. Vielleicht hatte es mich auch deshalb an die Ostsee gezogen, weil wir hier immer glücklich gewesen waren? Aber natürlich hatte Herr Jansen recht: Als alleinerziehende Mutter und Pächterin eines Landcafés warteten auf mich in Liebwitz einige Herausforderungen.

Ich nahm die überdachte Terrasse näher in Augenschein. Nach dem Winter und der Kündigung der Völlers war sie noch unbestuhlt und ohne Dekoration, was offengestanden eine wahre Wohltat war. Beim Bau war auf Holzbalken und Naturstein gesetzt worden, was wirklich hübsch aussah. Nur ein paar lebendige Farbtupfer fehlten noch. Sofort hatte ich vor Augen, wie sich Blauregen, wilder Wein und Klematis am Holz emporrankten. Dann würden hier zufriedene Gäste sitzen, ihren Urlaub genießen und von mir Kaffee und leckeren Kuchen serviert bekommen …

Nele, die hinter mich getreten war, riss mich leider aus meiner schönen Zukunftsvision. »Dein Verhalten vorhin war echt traurig«, fuhr sie fort, mich zu kritisieren. »Der Bürgermeister hätte dir sagen müssen, wie schrecklich das Café aussieht, bevor du den Pachtvertrag unterschrieben hast. Ich an deiner Stelle hätte dem Dickerchen die Meinung gegeigt und ihn rundgemacht.«

Ich seufzte und drehte mich zu ihr um. »So einfach ist das nicht. Auch wenn ihm das Café nicht gehört, ist er offiziell mein Verpächter. Ich bin auf seine Gunst angewiesen.«

»Wieso denn?«

»Falls hier mal was kaputtgeht, es Probleme im Café gibt oder ich schnell Hilfe brauche«, erklärte ich.

Oder falls ich im kommenden Winter die Pacht erst mit ein, zwei Wochen Verspätung zahlen konnte, weil ich genau wie die Völlers kein üppiges Finanzpolster hatte. Aber davon wusste Nele nichts. Um sie zu schonen, hatte ich ihr unsere finanzielle Zwangslage verschwiegen. Es reichte, wenn ich deshalb schlaflose Nächte hatte.

»So eine linke Tour lässt man sich nicht gefallen«, beharrte sie. »Das hat auch etwas mit Selbstachtung zu tun. Dass du mal ein großes Hotel geleitet hast, ist kaum zu glauben!«

Ihr Vorwurf schmerzte. Hatte ich früher tatsächlich mehr Biss an den Tag gelegt? Es ließ sich wohl nicht leugnen, dass die letzten zwölf Monate Spuren bei mir hinterlassen hatten: Ich hatte mich von dem Mann, den ich geliebt und geheiratet hatte, ausnutzen, belügen und über den Tisch ziehen lassen. Mein Hotel, das seit Generationen in Familienbesitz gewesen war, hatte ich verloren. Und als Mutter hatte ich wohl ebenfalls versagt, denn es war mir nicht gelungen, Nele vor Unheil und Schaden zu bewahren. Mit meinem Selbstbewusstsein stand es sicherlich nicht zum Besten. Doch in diesem speziellen Fall hatte meine Tochter unrecht.

»Ich kenne Männer wie Jansen. Solche Typen glauben, dass sie unfehlbar sind, und ohne Beweise streiten sie jede Anschuldigung schamlos ab. Wenn ich wegen des Cafés ausgeflippt wäre, hätte er mich nur als hysterische Kuh dastehen lassen.« Ich bedachte sie mit einem mütterlichen Blick. »Manchmal ist es besser, sich auf die Zunge zu beißen. Es gibt Momente im Leben, da lohnt es sich nicht, in den Krieg zu ziehen, weil man dadurch nichts gewinnen kann.«

Wie zu erwarten hatte ich sie damit kein bisschen überzeugt. Nach wie vor sprach Unverständnis aus ihrer Miene. Also ging ich wieder hinein und fuhr fort, die kitschige Deko abzuhängen. Leider folgte sie mir auf dem Fuße.

»Ich will ein neues Handy!«, wechselte sie unvermittelt zu ihrem derzeitigen Lieblingsthema. »Durch den Verkauf des Hotels hast du doch genug Geld.«

»Nicht schon wieder, Nele«, stöhnte ich. »Bitte nicht heute.«

Doch sie kannte keine Gnade. »Denk mal an mein Image! Wenn ich in meiner neuen Klasse mit diesem Schrottteil auftauche, bin ich sofort unten durch. Das Ding ist uralt und kann nix. Das ist kein Handy, das ist ein … ein Babyphone.«

Sie hielt mir demonstrativ mein altes Handy vor die Nase, das sicherlich schon bessere Tage gesehen hatte.

Ich schob die Leiter an eine Wand, die mit Herzen in sämtlichen Größen und Farben behängt war. »Du weißt genau, wieso du kein neues bekommst«, erwiderte ich. »Damit will ich dich nur schützen.«

Sie schnaubte abfällig. »Du übertreibst total. Das Ganze ist schon ewig her, und mir geht es gut. Abgesehen von der Tatsache, dass du mich gezwungen hast, in dieses Kuhkaff zu ziehen – nur um deine Midlife-Crisis auszuleben. Dafür bist du mir ein neues Handy schuldig!«

Während ich die ersten Herzen abhängte, meldete sich mein schlechtes Gewissen. Hatte sie vielleicht recht? Übertrieb ich es mit meiner Fürsorge? Doch allein beim Gedanken daran, sie ohne Aufsicht durchs Internet surfen zu lassen, krampfte sich alles in mir zusammen.

»Reden wir vor deinem Geburtstag noch mal über ein neues Handy, ja?«, schlug ich vor. »Jetzt ist dafür wirklich kein guter Zeitpunkt.«

»Mein Geburtstag ist erst im November«, fauchte sie und zitterte dabei vor Empörung.

Wenn sie, wie heute, ihre langen blonden Haare offen trug und mich mit ihren großen schokoladenbraunen Augen ansah, erinnerte sie mich so sehr an das kleine süße Mädchen von früher.

»Das weiß ich doch.« Ich beugte mich auf der Leiter zu ihr hinunter, um ihr liebevoll über die Wange zu streicheln, aber sie zuckte zurück. Bedauernd ließ ich die Hand sinken. »Du bist noch nicht so weit, Nele.«

Sie funkelte mich wütend an. »Papa würde das nie machen. Er versteht mich nämlich und vertraut mir. Ich hasse dich, Mama. Dich und dieses scheiß Kaff!«

Mit diesen Worten drehte sie sich um und rauschte davon. Das obligatorische Türknallen entfiel, da die Schwingtür sie der Möglichkeit beraubte, ein finales akustisches Ausrufezeichen zu setzen. Aber die Botschaft war trotzdem angekommen.

Ich stieß einen tiefen Seufzer aus. Mein erster Tag in Liebwitz war die reinste Katastrophe.

3. Kapitel

»Und, was hast du in der ersten Nacht im neuen Zuhause geträumt?«, tönte Monas unbeschwerte Stimme aus dem Handy.

Wie immer war meine Schwester bereits in aller Frühe topfit. Das hatte ich schon als Kind nicht an ihr leiden können. Keine zwei Minuten nach dem Aufstehen hätte man Mona dazu überreden können, zu einer Expedition zum Mount Everest aufzubrechen. Ich dagegen brauchte in der Regel eine halbe Stunde und einen schönen heißen Kaffee, bis ich mich in der Lage fühlte, den Tag in Angriff zu nehmen.

Ich gähnte und schlurfte den Flur entlang. »Ich habe kaum geschlafen. Deshalb hab ich auch nichts geträumt«, antwortete ich, während ich mich an einem Umzugskarton vorbeiquetschte. »Obwohl ich todmüde war, ist mir zu viel durch den Kopf gegangen.«

Die Tür zu Neles Zimmer war geschlossen, und ich ging davon aus, dass sie noch schlief. Nachdem gestern der LKW mit unseren Sachen vorgefahren war, hatten wir bis spät in die Nacht Möbel aufgebaut und Kartons ausgeräumt.

»In unserem Alter steckt man einen Umzug nicht mehr so leicht weg«, entgegnete Mona. »Besonders wenn er noch mit derart unliebsamen Überraschungen daherkommt …« Sie senkte die Stimme und flüsterte dramatisch: »… wie dem *Café des Grauens*.«

Ich hatte ihr gestern noch Fotos des Gastraums geschickt. Mona war nicht nur meine ältere Schwester, sondern auch meine engste Vertraute. Sie lebte schon seit vielen Jahren in Leipzig, aber wir telefonierten fast täglich miteinander und sahen uns so oft wie möglich. Deshalb hatten Nele und ich auch auf dem Weg nach Liebwitz bei ihr und ihrem Mann Anton haltgemacht und dort übernachtet. Die beiden hatten sich während des Studiums kennen- und lieben gelernt und leiteten gemeinsam ein Architekturbüro. Mona hatte es nie bereut, ihrer süddeutschen Heimat den Rücken gekehrt zu haben – und ich hoffte, mir würde es genauso ergehen.

Ich stöhnte. »Ich brauche jetzt erst mal einen Kaffee.«

Sie lachte. »Ich weiß es wirklich zu schätzen, dass du ohne Koffein im Blut die Energie aufgebracht hast, meinen Anruf entgegenzunehmen«, spöttelte sie.

Ich überlegte kurz, mir meinen Bademantel überzuwerfen. Aber da ich keine Ahnung hatte, in welcher Kiste er sich befand, verzichtete ich darauf und ging im Schlafshirt hinunter in die Küche.

»Ich habe mir die Fotos noch mal angesehen«, sagte Mona und klang nun ganz wie die professionelle Architektin.

»Der Grundschnitt des Raums ist gut, und das Café hat Potenzial. Du musst dir nur schnell darüber klar werden, welches Konzept du umsetzen möchtest. Für Sektempfänge und kleine Hochzeitsfeiern könnte eine exklusivere Einrichtung im festlichen Stil vielversprechend sein.«

»Schon, aber das hört sich teuer an«, wandte ich ein. »Das kann ich mir nicht leisten.«

Ich stieß die Schwingtür auf und steuerte das Ziel meiner morgendlichen Wanderung an: die Presto Grande 2000. Die beste Kaffeemaschine der Welt. Sie stammte aus dem Frühstücksraum unseres Hotels, und ich hatte sie gestern umgehend hinter dem Tresen aufgestellt. Sie war das zukünftige Herzstück des Cafés, denn es gab wohl kaum eine bessere Visitenkarte als einen frischgebrühten aromatischen Kaffee. Dem neuen Hotelbesitzer gegenüber hatte ich behauptet, dass die Maschine kaputtgegangen sei. Er hatte meine Zwangslage schamlos ausgenutzt und einen unverschämt niedrigen Preis für das Hotel bezahlt. Von dem eingesparten Geld konnte er sich unzählige Presto Grande 2000 zulegen, deshalb hielt sich mein schlechtes Gewissen wegen meiner Lüge in Grenzen. Ich hoffte inständig, dass meine Eltern nie erfuhren, zu welchem Spottpreis ich mich von unserem Hotel getrennt hatte. Zum Glück lebten sie schon seit acht Jahren auf Teneriffa und hatten von dem ganzen Drama nur die Hälfte mitbekommen.

»Hast du Geldprobleme?«, fragte Mona alarmiert. Die kleine Andeutung hatte offenbar genügt, um sie aufhorchen zu lassen.

»Nein, natürlich nicht«, behauptete ich und lachte so unbeschwert wie möglich.

Die Presto Grande 2000 brummte, ein cremiger Strahl ergoss sich in meine Tasse, und ein verlockender Kaffeeduft stieg mir in die Nase.

So leicht ließ sich Mona nicht abwimmeln. »Eva, ich weiß doch, dass Thomas, diese linke Bazille, dich über den Tisch gezogen hat«, bohrte sie weiter. Ich sah richtig vor mir, wie meine Schwester die Stirn krauszog und ihre Hornbrille mit dem Zeigefinger nach oben drückte. »Wenn du knapp bei Kasse bist, leihe ich dir gern etwas. Du kannst es mir ja zurückzahlen, sobald dein Café läuft. Ich weiß ohnehin nicht, was ich mit meinem Anteil am Hotelverkauf anstellen soll.«

Ihr Angebot rührte und schmerzte mich zugleich. Denn auch Mona hatte keine Ahnung, zu welch lachhaftem Preis ich das Hotel verscherbelt hatte. Unsere Eltern hatten es uns zu gleichen Teilen überschrieben, und ich hatte den Gedanken unerträglich gefunden, dass meine Schwester unter dem Schlamassel, den ich verbockt hatte, leiden musste. Deshalb hatte ich mich bei der Auszahlung ihres Anteils am marktüblichen Verkaufswert orientiert. So war am Ende – abzüglich der Schulden – für Nele und mich kaum noch etwas übrig geblieben.

Ich lief mit meinem Kaffee zum vorderen Fenster des Cafés und blickte auf den leeren Parkplatz des Leuchtturms. Um diese Uhrzeit war weit und breit kein Mensch zu sehen. Nele und ich hatten die Landzunge für uns allein. Was für ein ungewohntes Gefühl. Ich war im Hotel aufgewachsen und zu jeder Tages- und Nachtzeit von Menschen umgeben gewesen.

»Ich habe wirklich keine Geldprobleme.« Die Lüge ließ meine Kehle eng werden. Ich atmete tief durch. »Aber es wäre einfach unklug, sich allein auf die Hochzeitspaare zu fixieren. Den Fehler haben schon meine Vorgänger gemacht. Ohne Kundschaft aus dem Dorf und die normalen Tagestouristen werde ich nicht über die Runden kommen.«

»Stimmt, das klingt logisch.« Mona seufzte. »In der Gastronomie kennst du dich besser aus. Immerhin haben Mama und Papa dich perfekt auf den Job vorbereitet.«

Die Erwähnung unserer Eltern versetzte mir einen Stich. Gerade jetzt fehlten sie mir mehr, als ich mir eingestehen wollte. Ich räusperte mich. »Hast du mal wieder mit ihnen gesprochen?«

»Ähm, ja«, gab sie nach kurzem Zögern zurück.

Da sie nichts mehr hinzufügte, wusste ich, dass sie mir nichts Positives berichten konnte.

»Die beiden sind immer noch sauer auf mich …«, sagte ich in die Stille hinein.

»Sie werden dir schon bald verzeihen«, meinte sie in betont zuversichtlichem Tonfall. »Gib ihnen einfach etwas Zeit. Was passiert ist, war für sie ein herber Schlag. Sie dachten, unser Hotel wäre bei dir in besten Händen und sie könnten ihren Ruhestand in Teneriffa unbeschwert genießen.«

Unser Hotel. Ich konnte meinen Eltern nicht übel nehmen, dass sie den Verlust nicht so leicht überwinden konnten.

Niedergeschlagen schlurfte ich zum Tresen zurück und setzte mich auf einen Barhocker. »Ich bin froh, dass wenigstens du mir nicht böse bist.«

Mona schnaubte, als wäre alles andere abwegig. »Wie könnte ich? Mit dem Hotel konnte ich noch nie etwas anfangen. Schon allein die Arbeitszeiten sind der Horror. Für nichts auf der Welt hätte ich deinen Job machen wollen.«

»Trotzdem danke«, entgegnete ich.

»Ich liebe dich, das weißt du«, sagte Mona, während ich im Hintergrund das Klappern einer Tastatur hörte. Wahrscheinlich saß sie schon an ihrem Schreibtisch und ging nebenher ihre Mails durch. »Ich wünsche mir, dass es für dich wieder aufwärtsgeht. Ich will endlich wieder meine nervige Gute-Laune-Schwester zurück!«

»Okay, ist notiert.« Ich konnte mir ein Grinsen nicht verkneifen.

»Apropos Laune: Wie geht es meiner schlecht gelaunten Patentochter?«, fragte sie. »Hat Nele sich mit ihrem schrecklichen Schicksal abgefunden?«

»Frag besser nicht!« Ich konnte mir ein gequältes Stöhnen nicht verkneifen. »Es gibt Augenblicke, da finde ich es äußerst klug von dir und Anton, dass ihr euch einen Hund gekauft habt. Der kann wenigstens nicht reden.«

Meine Schwester war noch nie der mütterliche Typ gewesen, und sie und ihr Mann hatten sich bewusst gegen Kinder entschieden. Dafür hatten sie sich einen Labrador zugelegt – und den Rest ihrer Fürsorge steckten sie in ihre Patentochter, die sie über alles liebten.

»Sie hat sich gestern allergrößte Mühe gegeben, mich bis auf die Knochen zu blamieren.« Ich berichtete Mona von unserer Ankunft und dass der Bürgermeister die Vermutung angestellt hatte, Nele hätte das Tourette-Syndrom. Ein Umstand, der bei Mona zu einem ungenierten Heiterkeitsausbruch führte.

»Da wäre ich gern dabei gewesen«, sagte sie lachend.

»Schön, dass du das witzig findest«, knurrte ich.

Mona beruhigte sich wieder. »Tut mir leid! Für dich war das bestimmt nicht angenehm. Aber du hast es selbst in der Hand, sie auf deine Seite zu ziehen. Sag ihr endlich, was los ist! Sie ist alt genug, um die Wahrheit zu verkraften. Thomas hat es nicht verdient, dass du ihn schützt.«

Ich stützte mich mit den Ellbogen auf dem Tresen ab. Mein Blick fiel auf den Spiegel hinter der Bar, und ich erschrak. Oh Gott, sah ich fertig aus! Unter meinen grünen Augen lagen dunkle Ringe, ein Stresspickel blühte auf meiner Stirn, und meine Locken standen in alle Richtungen ab. Selbst ein Wischmopp wirkte dagegen wie frisch frisiert.

»Thomas ist ihr Vater«, entgegnete ich matt. »Ich will Nele nicht mit den Dingen belasten, die zwischen ihm und mir vorgefallen sind. Wenn ich ihr alles erzähle, hat sie womöglich das Gefühl, dass sie sich für eine Seite entscheiden muss. Das will ich nicht! Sie hat schon genug durchmachen müssen.«

Mona sah das offensichtlich anders. »Sie ist kein kleines Kind mehr und stärker, als du denkst. Nele rebelliert doch nur gegen dich, weil sie von dir wie eine Erwachsene behandelt werden möchte. Du darfst sie nicht in Watte packen!« Die Sanftheit in ihrer Stimme nahm ihrer Forderung die Schärfe.

Ich seufzte. »Kennst du nicht noch andere Leute, denen du mit deinen Lebensweisheiten auf die Nerven gehen …« Ich kam nicht weiter, denn ein Klopfen an der Tür ließ mich innehalten.

Anscheinend war jemand der Meinung, dass das *Geschlossen*-Schild nicht für ihn galt. Mein erster Impuls war, das Klopfen einfach zu ignorieren. Mein Aufzug war ohnehin nicht dazu geeignet, einer fremden Person gegenüberzutreten. Deshalb zwang ich mich, regungslos am Tresen sitzen zu bleiben und mich gar nicht erst umzudrehen. Obwohl mich der Besucher durch den Fensterglas-Einsatz in der Eingangstür mit Sicherheit sehen konnte. Vielleicht hatte ich Glück, und er verstand die nonverbale Botschaft?

Wohl eher nicht. Es klopfte erneut, und dazu ertönte eine gedämpfte männliche Stimme: »Hallo? Machen Sie mal auf? Ich weiß, dass Sie mich hören!«

Ich fluchte leise und drehte mich auf dem Hocker um. Durch die Scheibe sah ich einen hochgewachsenen Mann Anfang vierzig mit breiten Schultern und dunklen Haaren.

»Ist was?«, drang Monas Stimme an mein Ohr. »Wieso atmest du denn plötzlich so schwer?«

»Vor der Tür des Cafés steht ein ziemlich attraktiver Mann«, flüsterte ich.

»Worauf wartest du dann noch? Bitte ihn rein und vernasch ihn!« Ihre Stimme klang amüsiert. »Hast du mir nicht erzählt, dass dich schon seit einer Ewigkeit niemand mehr angefasst hat? Und dass du deshalb schon erotische Gefühle kriegst, wenn dir morgens im Bad der nasse Duschvorhang am Hintern kleben bleibt?«

Das hatte ich gesagt? Nun ja, im Großen und Ganzen traf das wohl zu. Schon vor der Trennung von Thomas war bei uns im Bett nicht mehr viel gelaufen.

»Du hast ja keine Ahnung, wie ich gerade aussehe!«, zischte ich. »Dein Anruf hat mich aus dem Bett geholt. Ich trage nur Hauspuschen und ein altes Schlafshirt.«

»Perfekt für ein Sexabenteuer! Du bist schon so gut wie nackt«, entgegnete sie pragmatisch.

Der Typ wirkte von meinem Zögern sichtlich genervt. Er verdrehte die Augen, hob sein Handgelenk und tippte mit dem Zeigefinger demonstrativ auf seine Uhr. Mir blieb wohl keine andere Wahl, als ihm zu öffnen.

»Mona, ich muss Schluss machen!«

Sie kicherte. »Beim nächsten Anruf erwarte ich sämtliche dreckige Einzelheiten!«

Ich drückte sie weg, ohne ihre Bemerkung mit einem Kommentar zu würdigen. Mit klopfendem Herzen ging ich zur Tür und öffnete. »Ähm … Guten Morgen!«

»Das wurde auch Zeit«, entgegnete er, ohne meinen Gruß zu erwidern.

»Tut mir leid, aber das Café hat noch nicht geöffnet«, informierte ich ihn, während ich peinlich berührt am Saum meines Schlafshirts herumzog, um es auf eine noch schickliche Länge zu ziehen.

»Weiß ich! Ich bin Jakob Thiel, der Standesbeamte. Sie sind die Neue?«

Bei genauerem Hinsehen war dieser Mann doch nicht so attraktiv, wie ich im ersten Moment geglaubt hatte. Sein Gesicht hatte zwar ansehnliche männliche Züge, allerdings eliminierte seine griesgrämige Miene diesen positiven Eindruck vollständig. Auch seine vollen Lippen hätten verführerisch sein können, wenn er sie nicht genervt zusammengepresst hätte. Und in seinen blauen Augen konnte ich keine Spur von Freundlichkeit entdecken.

»Der Bürgermeister schickt mich«, fuhr er ungeduldig fort. »Wegen Ihres neuen Jobs. Ich soll Sie in die Thematik einführen und die anstehenden Termine mit Ihnen absprechen.«

Für einen Standesbeamten war er ziemlich leger gekleidet. Er trug eine beigefarbene Cargohose mit unglaublich vielen Taschen, ein weißes eng sitzendes T-Shirt und schwarze Boots.

»Jetzt schon?«, quiekte ich. »Ich bin doch gestern erst angekommen, und das Café ist … ist …« Ich stockte und deutete demonstrativ ins Innere, wodurch mein Schlafshirt noch ein wenig höher rutschte.

Sein Blick glitt an mir herab – über meine nackten Beine bis hin zu meinen rosa Plüschpantoffeln. Von dort wanderten seine Augen wieder nach oben – nur um dort an meiner explodierten Haarpracht hängen zu bleiben.

Hastig ließ ich die Arme wieder sinken und zog den Saum des Shirts zurück auf meine Oberschenkel. Hoffentlich hatte er nicht meinen Slip mit dem Kartoffelrosen-Aufdruck gesehen! Selbstverständlich besaß ich auch hübsche Dessous, aber für den Alltag zog ich bequeme Unterwäsche vor. Insbesondere seit ich Single war.

»Potthässlich«, sagte er tonlos.

»Mein Slip?«, entfuhr es mir entgeistert.

Er verdrehte die Augen. »Das Café – das ist potthässlich.« Er seufzte. »Sie haben Ihren Satz nicht beendet.«

»Ach so, stimmt …« Ich spürte, wie sich meine Wangen röteten. »Ja, es ist potthässlich. Die Umgestaltung wird wohl einige Zeit in Anspruch nehmen und könnte teuer werden.«

»Das hätten Sie sich vielleicht überlegen sollen, bevor Sie den Pachtvertrag unterschrieben haben«, sagte er ohne jegliches Mitgefühl. »Auf uns wartet Arbeit, Frau Huber. Jeden Tag kommen mehr Trauungsanfragen herein, und wir müssen gemeinsam die Vorgespräche führen.«

Himmel, war dieser Kerl unhöflich! Und mit dem sollte ich in Zukunft zusammenarbeiten? Obwohl uns ein Abstand von vier Schritten trennte, fühlte ich, wie sich seine negative Stimmung auf mich übertrug. Moment mal … Hatte der Bürgermeister mich nicht vor ihm gewarnt? Und mir den Tipp gegeben, dass ich mir nicht alles zu Herzen nehmen sollte, was er von sich gab? Das war leichter gesagt als getan.

»Ich bin gern bereit, mit Ihnen meine zukünftigen Aufgaben zu besprechen, aber jetzt passt es mir gerade überhaupt nicht«, versuchte ich, ihn abzuwimmeln.

»Wieso? Haben Sie etwa schon einen anderen Termin?«

»Nein, das nicht gerade …«, gab ich zu und seufzte. »Können wir uns nicht später treffen? Ich würde jetzt wirklich gern duschen und mich umziehen.«

»Nein, das geht nicht.« Er schüttelte entschieden den Kopf. »Im Gegensatz zu Ihnen habe ich nämlich sehr viel zu tun.«

Ich knirschte mit den Zähnen. Mir von diesem Typen Faulheit unterstellen zu lassen, kam nicht infrage.

»Oh, dafür habe ich natürlich Verständnis!«, gab ich bissig zurück. »Es ist schließlich eine allseits bekannte Tatsache, dass deutsche Beamte einen äußerst stressigen Beruf ausüben. Insbesondere Standesbeamte sollen ja regelmäßig in Burn-out-Kliniken landen.«

Hoffentlich hatte er den Sarkasmus in meinen Worten auch wahrgenommen! Es war mir ein Rätsel, wieso dieser grummelige Kerl, der so viel Lebensfreude wie ein plattgefahrener Igel am Straßenrand ausstrahlte, ausgerechnet diesen Beruf ergriffen hatte und verliebte Paare am schönsten Tag ihres Lebens begleitete.

Er kniff die Augen zusammen. »Ja, ich bin tatsächlich gestresst. Denn ich bin nicht nur der einzige Standesbeamte in Liebwitz, sondern habe auch noch einen anderen Job zu erfüllen. Davon abgesehen ist das Aufgabenfeld eines Standesbeamten bedeutend umfangreicher, als viele denken. Ich kümmere mich zum Beispiel auch um Todesfälle.«

»Das passt wiederum«, murmelte ich.

Er runzelte die Stirn. »Wie bitte?«

»Ach nichts.«

Durch meine Arbeit im Hotel wusste ich zum Glück mit schwierigen Menschen umzugehen. Als Chefin war es mein Job gewesen, unzufriedene Gäste zu besänftigen, die sich über schlechtes Wetter, Stechmücken im Sommer oder Sexgeräusche aus dem Nachbarzimmer beschwert hatten.

Ich setzte ein freundliches Lächeln auf. »Da Ihnen der frühe Morgen offenbar gut passt, schlage ich vor, Sie kommen morgen um dieselbe Uhrzeit wieder vorbei«, bot ich an. »Bis dahin kann ich mich mit den Unterlagen meiner Vorgänger befassen und mich entsprechend vorbereiten. Und wenn Sie wollen, kriegen Sie dann einen leckeren Kaffee von mir. Ist das ein Angebot?«

Seine Miene blieb ausdruckslos. »Ich mag keinen Kaffee.«

Mein Lächeln unverändert beizubehalten kostete Kraft. »Dann mach ich Ihnen einen schönen Tee.«

»Pfff«, stieß er wenig begeistert aus.

Ansonsten kam keine weitere Reaktion seinerseits. Von einem

Kompromiss schien er noch nie etwas gehört zu haben. So langsam hatte ich wirklich genug! Da tauchte dieser Kerl ohne Vorankündigung hier auf und erwartete, dass ich ihm umgehend und ohne Widerrede zur Verfügung stand. Jakob Thiel wurde mir von Minute zu Minute unsympathischer. Gutes Aussehen hin oder her: Ein Arsch blieb ein Arsch.

»Welche Laus ist Ihnen eigentlich über die Leber gelaufen?«, fragte ich ihn geradeheraus. »Ich habe Ihnen nichts getan. Oder sind etwa alle Liebwitzer so unhöflich? Schon Herr Jansen war gestern schrecklich gereizt.«

»Der Jansen war Ihnen gegenüber gereizt?« Nun zeigte sich zum ersten Mal die Andeutung eines Lächelns auf seinem Gesicht, allerdings hatte es eine triumphierende Note. »Ich glaube, dafür kenne ich den Grund.«

»Ach ja?«, entfuhr es mir mit unverhohlener Neugier. »Und verraten Sie ihn mir auch?«

»Könnte ich.« Er kniff die Augen zusammen. »Aber nur, wenn wir jetzt gleich die anstehenden Termine besprechen.«

Zugegeben, ich haderte kurz. Aber so wichtig war es mir dann doch nicht. Auch ich hatte meinen Stolz.

»Für Erpressung bin ich nicht offen«, informierte ich ihn. »Das sollten Sie sich für die Zukunft merken.«

»Ist notiert, Frau Huber.« Er seufzte und nickte mir zu. Offenbar gab er sich geschlagen.

Jakob Thiel wandte sich zum Gehen. »Bis morgen früh dann, selbe Uhrzeit.«

Ich konnte mir nicht verkneifen, ihn ein wenig zu ärgern. »Ich freue mich schon!«, rief ich ihm in süßlichem Tonfall hinterher.

Er hielt kurz inne und musterte mich irritiert – dann lief er weiter in Richtung Leuchtturm. Ich sah ihm hinterher. Mit diesem grummeligen Kerl würde ich also ab sofort zusammenarbeiten. Na, das konnte ja heiter werden!

4. Kapitel

Während ich duschte und mich anzog, ging ich in Gedanken noch mal das Zusammentreffen mit Jakob Thiel durch. Ohne Frage war es nicht optimal verlaufen. Aber auch wenn er auf den ersten Blick kein besonders zugänglicher Mensch sein mochte, hatte er bestimmt auch seine guten Seiten. Die hatte doch jeder, oder? Er schien zum Beispiel seinen Job ernst zu nehmen, gewissenhaft und pünktlich zu sein. Außerdem war kein Mensch auf Dauer schlecht gelaunt und unhöflich. Wir mussten uns nur etwas besser kennenlernen, dann würde er auftauen und umgänglicher werden. Ich würde diese Nuss schon knacken, da war ich mir sicher!

Als ich aus dem Bad kam, tönte aus Neles Zimmer laute Musik. Da Pfingstferien waren, blieb ihr noch eine Gnadenfrist bis zu ihrem ersten Tag an der neuen Schule. Wie viele Mädels ihrer Generation war Nele glühender K-Pop-Fan, und gerade wummerte der Bass eines »BTS«-Songs durch die Wohnung. Offengestanden gefielen mir einige Lieder der koreanischen Boyband richtig gut. Allerdings war ich feinfühlig genug, dies Nele gegenüber nicht zu erwähnen, und behauptete stattdessen, dass mir von diesem überfröhlichen Popgejaule die Ohren bluteten. Sonst hätte ihr jugendlicher Trotz sie noch dazu gezwungen, verzweifelt nach einem anderen Musikstil zu fahnden, den ich unerträglich fand.

Ich klopfte an ihre Tür. »Guten Morgen, Schatz! Ich geh ins Dorf zum Einkaufen. Willst du mit? Oder soll ich dir was vom Bäcker mitbringen?«

Als Antwort erhielt ich nur ein genervtes »Geh weg!«.

Gut, offenbar wollte sie nichts vom Bäcker. Hatte ich auch

nicht erwartet. Sie aß zum Frühstück nämlich immer einen Früchteriegel. Allerdings nur »Banane-Kirsch«, denn alle anderen Sorten schmeckten laut Nele wie gepresster Kompost. Ich kaufte ihre Lieblingsriegel immer in einer großen Vorratspackung, die ich selbstverständlich nach Liebwitz mitgenommen hatte. Somit würde sie nicht verhungern.

Als ich aus dem Haus trat, war von Jakob Thiels dunklem Range Rover zum Glück nichts mehr zu sehen. Es war mir ganz recht, dass wir uns nicht noch einmal über den Weg liefen.

Ich fuhr los und erkundete das kleine Dorf. Es gab liebevoll gepflegte Vorgärten und Holzhäuser mit Reetdächern und farbenfrohen Eingangstüren, die inseltypische Schnitzereien besaßen – wie Kraninche, aufgehende Sonnen, Anker, Schiffe, Tulpen und Fische. Schade, dass die Tür des Cafés keine Schnitzereien hatte, aber wahrscheinlich hatte es das Budget nicht hergegeben.

Mein Wagen holperte über das Kopfsteinpflaster an der freiwilligen Feuerwehr und dem Kindergarten vorbei in Richtung Ortsmitte. Nach einigem Suchen fand ich in der Nähe des Rathauses die Bäckerei Ohnemus.

Als ich den Laden betrat, empfing mich sofort der verlockende Duft von frisch gebackenem Brot und Laugengebäck. Mein Magen knurrte wie aufs Stichwort. Allerdings wollte ich die Gelegenheit auch nutzen und mich als neue Pächterin des Cafés vorstellen. Inga Ohnemus, die Frau des Bäckers, hieß mich erfreut willkommen und nahm mich umgehend unter ihre Fittiche. Die mollige Frau Mitte fünfzig duzte mich ohne weitere Umschweife, platzierte mich an einem Tisch neben der Verkaufstheke und kredenzte mir eine Auswahl ihres Kuchensortiments. Während ich Käsekuchen, Rhabarbertorte, Erdbeer-Sanddorn-Kuchen und Limetten-Napfkuchen naschte, setzte sie sich zu mir und fragte mich ungeniert nach meinem Leben aus: Was ich bisher beruflich gemacht habe, wie viele Kinder ich hätte und ob ich verheiratet oder anderweitig liiert sei. Ich nahm ihr die Neugier nicht übel, denn in einem Dorf wie Liebwitz war eine neue Einwohnerin sicher eine kleine Sensation. Außerdem schwebte ich durch die süßen Leckereien in einem glücklich-fröhlichen Zuckerhimmel. Inga brachte mir auch inseltypische Spezialitäten wie das Darßer Landbrot und Ehestandsplätzchen, die es mir schon allein wegen des Namens antaten. Im Grunde waren es schlichte Kekse aus Eiern, Zucker, Mehl, Kardamom und Hirschhornsalz. Aber wäre es nicht eine schöne Geste, sie Frischvermählten beim Sektempfang als erste gemeinsame Mahlzeit anzubieten? Diese Idee gefiel mir sofort. Da die Bäckerei schon das Ehepaar Völler beliefert hatte, konnte Inga mir auch sagen, welche Kuchen, Torten und Brötchen die beiden geordert hatten – und vor allen Dingen, in welchen Mengen. Das waren überaus hilfreiche Informationen. Inga und ich vereinbarten die Konditionen per Handschlag, und ich zog zufrieden von dannen. Die Brötchen, die ich für daheim mitnahm, bekam ich zum Abschied sogar geschenkt.

Da der Kühlschrank in unserem neuen Zuhause allerdings noch immer leer war, machte ich mich auf die Suche nach einem Supermarkt und stieß am Ortsausgang auf das Schild eines Bio-Hofladens. Ich bog kurzerhand ab, fuhr an sonnengelben Rapsfeldern vorbei und landete auf einem gepflegten Anwesen. Die Scheune war renoviert und zum Hofladen umgebaut worden, besaß jedoch noch den typisch urigen Charme. Gleich dahinter befand sich das verklinkerte Haupthaus, auf dessen Stufen zwei Katzen in der Sonne dösten. Ein alter Bauernhof wie aus dem Bilderbuch.

Da ich frisches Obst und Gemüse liebte, steuerte ich die Auslage vor dem Hofladen an, die in einem alten Handkarren drapiert war. Obwohl ich nach dem Besuch der Bäckerei pappsatt war, kamen mir beim Anblick der handverlesenen Kartoffeln, Karotten und des Lauchs sofort einige deftige Rezepte in den Sinn.

Die Tür ging auf, und eine Frau Mitte dreißig in Jeans und

einem lila karierten Hemd kam heraus. Es passte perfekt zu ihrer violetten Haarfarbe, die am Pony mit rosafarbenen Strähnen durchsetzt war. »Einen schönen guten Tag! Ich bin Ella, die Inhaberin. Kann ich Ihnen helfen?«

Sie hatte eine freundliche Miene aufgesetzt, und ihr offenes Lächeln war mir sofort sympathisch. Außerdem fand ich ihre farbenfrohen Haare einfach klasse.

»Vielen Dank, ich wollte mich nur ein bisschen umsehen. Ich bin Eva Huber, die neue Pächterin des Cafés am Leuchtturm«, stellte ich mich vor.

»Oh, wie schön!«, stieß sie erfreut aus. »Dann bist du ja ab sofort ebenfalls eine Liebwitzerin.«

Ehe ich wusste, wie mir geschah, schloss sie mich in die Arme. »Willkommen in unserem Dorf, Eva!«

»Lieben Dank.« Ich schniefte gerührt.

Sie sah mich besorgt an. »Hab ich was falsch gemacht?«

»Nein, im Gegenteil! Das ist nur mein erster herzlicher Empfang im Dorf. Nach Dirk Jansen und Jakob Thiel hatte ich schon Sorge, dass alle Insulaner so miesepetrig sind.«

Inga Ohnemus hatte sich mir gegenüber zwar höflich und aufgeschlossen gezeigt, aber sie hatte auch ein Geschäft mit mir abschließen wollen. Insofern zählte das nicht ganz.

»Hui, Dirk Jansen und Jakob Thiel!« Ella verzog das Gesicht. »Ich schätze, da haben wir Liebwitzer gleich mal einen schlechten Eindruck bei dir hinterlassen.«

Sie deutete nach drinnen. »Darf ich dich zu einem Tee einladen? Gerade ist nicht viel los, und meine Mutter kann sich allein um die Kunden kümmern. Dann gebe ich dir einen kleinen Einführungskurs ins Dorfleben.«

Kurz dachte ich an meine Tochter zu Hause, doch mal ehrlich: Nele würde meine Abwesenheit erst dann bemerken, wenn sie niemanden zum Anmotzen fand.

»Gern!«

Ich folgte ihr in den Hofladen, der mit viel Liebe zum Detail eingerichtet worden war. Durch die offenen Holzregale und die restaurierten Scheunenbalken, an denen getrocknete Maiskolben hingen, hatte er einen unwiderstehlichen ländlichen Charme. Ella verkaufte die unterschiedlichsten Bio-Produkte wie Nudeln, Honig, Marmeladen, Büffelschinken und Tomatenpesto – alles von Herstellern aus der Region. An jedem zweiten Regal machte ich entzückt halt. Dadurch ermutigt erzählte mir Ella, dass es den Hofladen erst seit einigen Jahren gab. Ihre Eltern hatten ihr schon früh die Leitung des Bauernhofs übertragen. Dass ihre Tochter jedoch umgehend einen hohen Kredit aufnehmen und das gesamte Geld in einen Bio-Hofladen stecken würde, war wohl nicht ganz in ihrem Sinne gewesen.

»Ich fürchte, sie haben damals inständig bereut, mir den Hof überlassen zu haben«, berichtete sie augenzwinkernd. »Unsere Landwirtschaft auf Bio umzustellen war ebenfalls ein Kraftakt. Zum Glück habe ich gute Mitarbeiter, die mir dabei geholfen haben.«

Ich sah sie voller Respekt an. »Ich finde es bewundernswert, dass du das durchgezogen hast. Und offensichtlich hat es sich gelohnt. Dein Laden ist großartig!«

»Danke!« Sie lächelte erfreut. »Meine Eltern sind mittlerweile auch stolz auf mich. Tatsächlich verdanke ich es unter anderem dem Bürgermeister, dass das Geschäft inzwischen so gut läuft. Seit wir das *Dorf der Liebe* sind, kommen deutlich mehr Touristen nach Liebwitz.«

Ella führte mich zu einem gemütlichen Sofa, das wohl für erschöpfte Kunden und wartende Ehemänner gedacht war. Sie verschwand kurz und kam mit zwei dampfenden Teetassen zurück.

»Vorsicht, heiß!«, warnte sie mich. »Das ist Holunderblütentee, selbst gepflückt und getrocknet. Mit einem kleinen Löffel Kornblumenhonig.«

»Lieben Dank.« Ich schnupperte und hatte das Gefühl, dass mir der Geruch des Sommers in die Nase stieg.

»Wo waren wir stehen geblieben?« Sie setzte sich neben mich und pustete sich eine violette Haarsträhne aus der Stirn. »Ach ja, ich wollte dir erzählen, was es mit der schlechten Laune von Jakob und Dirk auf sich hat.«

»Fangen wir mit dem Bürgermeister an!«

Ella grinste. »Also gut. Dirk macht sechzehn zu neun.«

Damit konnte ich überhaupt nichts anfangen. »Wie bitte?«

Sie kicherte. »Das ist Intervallfasten. Seine Frau hat ihn auf Diät gesetzt. Seit Dirk im Amt ist, wird er immer dicker. Jetzt darf er sechzehn von vierundzwanzig Stunden nichts essen – und am Ende der sechzehn Stunden ist seine Laune so schlecht, dass der *Fliegende Holländer* dagegen eine wahre Frohnatur ist.«

»Ernsthaft?«, fragte ich belustigt. Nun wusste ich auch, weshalb er sich so oft über den Bauch gestrichen hatte.

Ella nippte am Tee. »An seinem zweiten Fastentag hat er bei einem Termin im Kindergarten angeblich einen kleinen Jungen zum Weinen gebracht«, fuhr sie fort. »Es gibt schon eine Facebook-Gruppe, auf der sich die Liebwitzer über die besten Termine für ein Treffen mit dem Bürgermeister austauschen.«

»Lass mich raten: Das Ende der täglichen Fastenzeit läutet bei ihm das Handy mit einer Schiffsglocke ein.«

»Exakt!« Ellas Miene wurde mitfühlend. »Du hattest offenbar das Pech, einen superungünstigen Termin zu erwischen. Ich hoffe, er war nicht allzu garstig?«

Tatsächlich war seine schlechte Laune weniger schlimm gewesen als der schockierende Anblick des Cafés. »Kein Problem.«

Ich trank einen Schluck. Der Tee schmeckte genauso lecker, wie er roch. Ich nahm mir vor, nachher gleich ein Päckchen zu kaufen. Wenn er nicht allzu teuer war, würde ich ihn vielleicht sogar auf die Karte des Cafés setzen.

»Und was ist mit dem Standesbeamten?«, wollte ich wissen.

Sie seufzte und ließ ihren Blick über die Regale schweifen. Gerade studierte ein älteres Ehepaar diverse Gewürzmischungen, und eine junge Touristin packte eine Unmenge an Duftkerzen in ihren Einkaufskorb.

»Wenn man ihn näher kennt, ist Jakob eigentlich ein netter Kerl«, antwortete Ella schließlich. »Er hat privat in der Vergangenheit nur ziemlich viel mitgemacht. Das hat ihn etwas *stachlig* werden lassen. Und seit das Standesamt im Leuchtturm vor zwei Jahren eröffnet hat, muss er quasi wie am Fließband Vorgespräche führen und Ehen schließen. Dabei ist er eigentlich Ranger im Darßwald.«

Ich glaubte, mich verhört zu haben. »Er ist *was?*«

Nun, das erklärte immerhin die Cargohose und die schweren Boots. Für einen Ranger eine durchaus passende Arbeitskleidung.

»Ich weiß, das klingt seltsam.« Ella kratzte sich am Hals. »Das war eine eher unkonventionelle Lösung, wie sie auf dem Dorf oft zustande kommt: Zu Liebwitz gehört ein Stück Darßwald, und Jakob ist der dafür zuständige Forstbeamte. Das Revier ist recht klein, und deshalb bekommt er für seine Arbeit auch kein volles Gehalt. Vor einigen Jahren musste dann die Stelle des Standesbeamten neu besetzt werden – ebenfalls eine überschaubare Tätigkeit, für die der damalige Bürgermeister niemand mehr in Vollzeit anstellen wollte.«

Verständlich! So viel geheiratet und gestorben wurde in einem kleinen Dorf im Normalfall nicht.

»Also hat Dirks Vorgänger Jakob dazu überredet, eine Weiterbildung zum Standesbeamten zu machen. So hat er aus zwei halben Beamtenstellen eine ganze gemacht.«

Klang eigentlich logisch. Auch wenn die beiden Berufe so unterschiedlich waren wie Tag und Nacht.

»Bevor der Leuchtturm zum Standesamt umgebaut wurde, hat Jakob nur Leute aus dem Dorf getraut«, fuhr Ella fort. »Seit Dirks Marketingidee besteht seine Kundschaft fast nur noch aus Fremden, und einige Hochzeitspaare können echt anstrengend sein. Für einen bodenständigen Insulaner wie Jakob ist das eine Geduldsprobe. Ich schätze, mittlerweile bereut er, dass er den Job übernommen hat. Angeblich haben sich auch schon Paare über seine ruppige Art beschwert.«

Zugegeben, ein bisschen konnte ich Jakob Thiel verstehen. Ihn hatte wahrscheinlich niemand gefragt, was er von Dirk Jansens Marketingkonzept hielt – obwohl er direkt davon betroffen war. Außerdem hatte Ella erwähnt, dass er auch privat ziemlich viel mitgemacht hatte. All das war zwar eine Erklärung für sein Verhalten, aber keine Entschuldigung.

»Du siehst also, im ›Dorf der Liebe‹ läuft nicht alles rund«, sagte Ella und seufzte. »Und die Liebe findet man auch nicht zwangsläufig.«

»Dann bist du also auch Single?«, fragte ich.

Obwohl mein Scheidungstermin schon bald anstand, fühlte es sich seltsam an, mich als Single zu bezeichnen. Nach siebzehn Ehejahren brauchte es wohl noch ein bisschen Zeit, bis auch mein Herz begriff, dass ich jetzt allein durch die Welt ging.

Ella wiegte nachdenklich den Kopf. »Bei mir ist das etwas komplizierter. Jackie und ich sind seit Jahren in einer On-Off-Beziehung«, erzählte sie. »Wir können nicht miteinander, aber auch nicht ohne. Meine Freundin arbeitet als Lehrerin in Berlin, und ich habe mir hier eine Existenz aufgebaut. Sie ist ein Stadtmensch, und ich kann nicht ohne das Land. Wir lieben uns, doch eine Wochenendbeziehung ist auf Dauer einfach schwierig.«

»Also müsste eine von euch ihr Leben radikal ändern«, stellte ich fest. Mitfühlend sah ich sie an. »Tut mir leid, das ist bestimmt nicht leicht für euch.«

»Es geht schon irgendwie.« Sie setzte ein optimistisches Lächeln auf. »Bestimmt finden wir noch eine Lösung!«

Ich lehnte mich entspannt zurück. Ellas erfrischend offene Art gefiel mir.

Sie nahm den letzten Schluck Tee. »Und wie sieht es bei dir aus?«

Da sie so ehrlich zu mir gewesen war, erzählte auch ich ihr bereitwillig von meinem Leben in Tegernsee, meiner Trennung, meiner Teenagertochter, dem Verlust meines Hotels und meinem Schock, als ich zum ersten Mal das Café gesehen hatte.

Ellas Stirn legte sich in Falten. »Du hast den Pachtvertrag unterschrieben, ohne dir das Café vorher anzuschauen?«

»Wegen der Entfernung habe ich darauf verzichtet«, gab ich zerknirscht zu. »Aber Herr Jansen hat mir zahlreiche Bilder vom Haus, der Küche und der Wohnung geschickt. Nur das Foto vom Gastraum hat er wohl vergessen.«

Ella setzte sich ruckartig auf.

»Nein«, widersprach sie und wirkte plötzlich richtig sauer. »Das hat Dirk bestimmt nicht vergessen. Jede Wette, dass er dich mit Absicht in die Pfanne gehauen hat! Wenn unser Bürgermeister unter Druck gerät, hat er nämlich die Angewohnheit, den Pfad der Tugend zu verlassen. Und er stand gewaltig unter Druck, denn sämtliche Interessenten sind sofort abgesprungen, nachdem sie die schlechten Zahlen des Cafés und den Zustand des Innenraums gesehen haben«, sprudelte es aus ihr heraus. »Jedem war klar, dass man in die Neugestaltung viel Geld investieren muss – ohne Garantie, dass der Laden dann besser läuft. Dass du dir von Tegernsee aus kein eigenes Bild machen konntest, war für Dirk wie ein Geschenk des Himmels.«

Mir blieb die Luft weg. »Es gab außer mir gar keine anderen Interessenten?«, fragte ich kraftlos.

Ich war auf den ältesten Trick der Welt hereingefallen. Dirk

Jansen hatte meine Mitbewerber nur erfunden, um mich zu einer übereilten Entscheidung zu bewegen. Und ich war so naiv gewesen, den Bürgermeister eines kleinen Inseldorfs als vertrauenswürdig einzustufen. Konnte man auf dieser Welt denn überhaupt niemandem mehr Glauben schenken?

Ella starrte ins Leere und murmelte: »Er hat es schon wieder getan. Wenn Hannah das erfährt, flippt sie aus …«

»Wie bitte?«

»Ach nichts!« Sie winkte ab. »Und was willst du jetzt mit dem Café machen?«

»Keine Ahnung«, gestand ich ihr. »Dummerweise habe ich versprochen, schon in einer Woche zu eröffnen. Natürlich bevor ich wusste, wie viel Arbeit mich hier erwartet. Aber Herr Jansen will mich darauf festnageln. Dabei ist in der kurzen Zeit die Renovierung allein kaum zu stemmen.«

»Du bist nicht allein.« Ella nahm meine Hand und sah mir fest in die Augen. »Du bist jetzt eine von uns, schon vergessen? Ich werde dir unter die Arme greifen, so gut ich kann. Gemeinsam kriegen wir das hin.«

»Du hilfst mir? Wirklich?«, fragte ich perplex.

Ich hatte von Ella nicht mehr erwartet als ein paar tröstende Worte. Ihre Hilfsbereitschaft rührte mich so sehr, dass ich plötzlich einen Kloß im Hals hatte.

»Das ist reiner Egoismus«, behauptete sie. »Wir profitieren im Dorf schließlich alle von einem schönen Café, in dem man sich wohlfühlt.«

»Danke, Ella! Ich weiß das wirklich zu schätzen.«

»Kein Ding!« Sie winkte lächelnd ab. »Und wenn wir mit der Renovierung zwei, drei Tage länger brauchen, soll Dirk es nur wagen, uns blöd zu kommen. Dann blasen wir ihm den Marsch!« Zum Beweis reckte sie kämpferisch die Faust in die Höhe. »Wir kriegen das zusammen hin.«

Ich konnte nicht anders und nahm Ella schniefend in den Arm. Dass ich vorhin dem Straßenschild zum Hofladen gefolgt und dabei auf diese großartige Frau gestoßen war, hatte sich als Geschenk des Himmels erwiesen.

5. Kapitel

Ella hielt Wort und kam noch am selben Abend mit ihrer Mutter Martha vorbei, um mir beim Ausräumen des Cafés zu helfen. Als kleinen Willkommensgruß brachten die beiden einen Topf Erbsensuppe und frisch gebackenes Brot mit. In einer der Umzugskisten trieb ich eine Flasche Rotwein auf, und wir setzten uns zum Essen nach draußen, bevor es an die Arbeit ging. Sogar Nele gesellte sich zu uns. Dabei verhielt sie sich überraschend anständig, wofür ich ihr ausgesprochen dankbar war.

Martha war Mitte sechzig und genau wie ihre Tochter ein herzlicher Mensch. Die beiden erzählten uns vom Dorf, dem Leuchtturmfest im Sommer und den Vereinen im Ort. So veranstaltete beispielsweise der Reitverein bald ein inseltypisches Turnier, das sogenannte Tonnenabschlagen. Da Nele schon seit frühester Kindheit ritt, blitzte sofort Interesse in ihren Augen auf. Anscheinend war dieser Sport auf der Halbinsel schon seit Jahrhunderten Tradition und auf der UNESCO-Liste als immaterielles Kulturerbe. Beim Tonnenfest wurde ein geschmücktes Heringsfass in einer Höhe zwischen drei und vier Metern aufgehängt, die Teilnehmer mussten im Galopp darauf zureiten und versuchen, es mit einem Holzknüppel zu zerschlagen. Derjenige, der es zum Zerspringen brachte, wurde Tonnenkönig oder Tonnenkönigin. Jeder konnte am Turnier teilnehmen, und so kämpften oft zwei Dutzend Reiter um den Titel. Mir entging nicht, dass Neles Blick sich sehnsüchtig in die Ferne richtete und sie mit den Lippen stumm ein Wort formte. Wenn mich nicht alles täuschte, war es *Tonnenkönigin …*

Nach dem Essen machten wir uns an die Arbeit. Ella und ihre Mutter packten kräftig mit an, und gemeinsam kamen wir gut voran. Die Bistrotische stellten wir raus auf die Terrasse, und die anderen Sachen brachten wir in der Garage neben dem Café unter. Am Ende des Abends hatten wir den Raum fast komplett ausgeräumt, und alle kitschigen Dekorationsgegenstände zeichneten sich durch wohltuende Abwesenheit aus. Nun erinnerten nur noch die roten Wände und die rosafarbenen Holzbalken an die Vorbesitzer. Schon jetzt konnte man erahnen, dass der Raum mit etwas Geschick gemütlich und einladend werden konnte. Als ich wenig später zu Bett ging, war mir deutlich leichter um Herz, und zum ersten Mal seit meiner Ankunft war ich zuversichtlich, dass alles gut werden würde.

*

Am nächsten Morgen gab ich mir mit meinem Erscheinungsbild besonders viel Mühe. Für meinen Termin mit Jakob Thiel wollte ich gut aussehen, um meinen desaströsen Eindruck vom Vortag wieder wettzumachen. Nicht, dass ich ihn beeindrucken wollte! Er sollte nur merken, dass der verwahrloste Look von gestern nicht meinem üblichen Aussehen entsprach. Immerhin war ich eine Geschäftsfrau. Ich glättete mein Haar, legte Make-up auf und zog meine Lieblingsjeans an. Leider war das einzige Oberteil, das ich im Umzugschaos fand und nicht gebügelt werden musste, eine eng anliegende grüne Sommerbluse mit einem recht tiefen Ausschnitt. Nun ja, immerhin unterstrich sie meine Augenfarbe! Ich nickte meinem Spiegelbild zufrieden zu und ging nach unten ins Café.

Wie jeden Morgen steuerte ich meine Kaffeemaschine an, um meiner Koffeinsucht zu frönen. Dabei hallten meine Schritte durch den leeren Raum. Leider hatte ich immer noch keine Idee, auf welchen Einrichtungsstil ich mich festlegen sollte. Dabei drängte die

Zeit. Außerdem blieb es Fakt, dass die ungeplanten Anschaffungskosten ein hässliches Loch in mein Budget reißen würden.

Mit einem Kaffee in der Hand öffnete ich die Tür zur Terrasse und atmete die frische salzhaltige Luft ein. Heute Morgen zeigte sich kein einziges Wölkchen am Himmel. Ich trank einen Schluck und beobachtete eine Möwe über dem Meer. Sie schlug kaum sichtbar mit den Schwingen und schien dort oben einfach schwerelos auf der Stelle zu schweben. Als hätte sie sich von allen Naturgesetzen losgesagt. Ich beneidete sie um dieses Gefühl absoluter Freiheit.

Ich zuckte zusammen, als es entschlossen an der Eingangstür klopfte. Seufzend blickte ich auf die Uhr. Jakob Thiel war auf die Minute pünktlich.

Ich stellte meinen Kaffee ab und öffnete ihm. An seiner Miene erkannte ich, dass sich seine Stimmung seit gestern nicht nennenswert verbessert hatte. Seine schlechte Laune war offenbar so hartnäckig wie Fußpilz.

»Einen wunderschönen guten Morgen«, begrüßte ich ihn ausgesucht höflich. Vielleicht nahm er sich an mir ein Beispiel. »Ich freue mich, Sie wiederzusehen.«

Mit seinem heutigen Kleidungsstil entsprach Jakob Thiel exakt dem Bild eines Standesbeamten. Er trug ein weißes Hemd zu einer dunkelblauen Hose, und seine marineblaue Anzugweste saß perfekt auf seinem durchtrainierten Oberkörper. Dieses Outfit ließ ihn noch attraktiver wirken, aber mein weiblicher Instinkt sprang trotzdem nicht auf ihn an. Es war das gleiche Problem wie gestern: sein Gesicht. Diese sauertöpfische Miene hätte selbst Ryan Reynolds hässlich gemacht.

Seine dunklen Augenbrauen wanderten skeptisch nach oben, als wüsste er nicht recht, was an diesem Morgen so wunderschön sein sollte. »Moin«, erwiderte er kühl.

Davon ließ ich mich nicht entmutigen. Garantiert konnte er

nicht einem strahlenden Lächeln widerstehen! Ich zwang meine Mundwinkel noch etwas weiter in die Höhe. Doch die verdrießliche Miene meines Gegenübers blieb unverändert. Offenbar suhlte er sich gerade in negativen Gedanken über die Klimaerwärmung, inkompetente Politiker oder – in seinem Fall wahrscheinlicher – nervige Hochzeitspaare, die er berufsbedingt zu betreuen hatte.

»Nehmen Sie Drogen?«, fragte er unvermittelt.

Er hatte eine angenehm tiefe, wohlklingende Stimme. Das war mir gestern überhaupt nicht aufgefallen. Es war die Art von männlicher Stimme, die man gern auf ein Hörbuch gebannt hätte, um sie sich immer wieder anzuhören.

»Drogen? Wie kommen Sie denn darauf?«

»Wegen Ihres psychedelischen Grinsens«, gab er trocken zurück. »Es sieht aus, als hätten Sie die Grinsekatze aus *Alice im Wunderland* verschluckt.«

Mein Lächeln erlosch schlagartig. Blödmann! So ein schöner Mund und so eine schöne Stimme – doch er benutzte beides nur dazu, Unverschämtheiten zu produzieren.

Ich schnaufte. »Hat der Brummbär von Liebwitz heute etwa wieder schlechte Laune?«

Wenn Blicke töten könnten, hätte es mich jetzt rücklings aus den Schuhen gehauen.

»Sind Sie immer so abnormal fröhlich?«

»Und Sie? Sind Sie immer so abnormal garstig?«, entgegnete ich spitz.

»Ja, das ist mein Markenzeichen«, antwortete er, ohne mit der Wimper zu zucken.

»Na, das ist doch prima!« Ich legte den Kopf schräg. »Somit ergänzen wir uns ganz prächtig. Finden Sie nicht auch?«

Als Antwort seufzte er nur tief.

»Lassen Sie uns anfangen!« Er schob sich an mir vorbei. »Dann haben wir es schnell hinter uns.«

Mein verändertes Outfit schien ihm offenbar nicht aufzufallen. Das versetzte meinem Selbstwertgefühl einen kleinen Stich. Etwas Anerkennung von männlicher Seite – und sei es nur in Form eines höflichen Kompliments – hätte mir durchaus gutgetan. Hatte meine Tochter recht, und ich war tatsächlich schon »uralt«? Nahmen mich Männer mittlerweile nicht einmal mehr wahr?

Ich riss mich zusammen und folgte Jakob Thiel zu dem einzigen Tisch, der sich noch im Raum befand. Dass ich wie versprochen diverse Teesorten zur Auswahl, Gebäck und eine Thermoskanne mit heißem Wasser für ihn vorbereitet hatte, nahm er schweigend und ohne ein Wort des Dankes zur Kenntnis. Er setzte sich und packte sein Smartphone, ein Tablet und einen Ordner auf den Tisch. Erst dann ließ er seinen Blick durch den Raum schweifen.

»Sie lassen es wohl erst mal langsam angehen«, sagte er in die Stille hinein.

Ich nahm ihm gegenüber Platz und atmete tief durch. Ganz sicher würde ich mich von ihm nicht provozieren lassen. Das Café sah schon bedeutend besser aus als vorher – das musste selbst er erkennen.

»Das wird schon«, entgegnete ich. »Rom wurde auch nicht an einem Tag erbaut.«

Das schien ihn nicht zu überzeugen. Seiner Meinung nach sollten hier wohl gerade Handwerker herumwuseln und die Renovierung vorantreiben. Aber ich ließ mich von seiner Skepsis nicht anstecken. Immerhin hatte ich gestern Mittag im Baumarkt schon Farbeimer und Pinsel besorgt, um mich nachher selbst ans Werk zu machen. Wenn ich Glück hatte, konnte ich Nele dazu überreden, mir zu helfen.

Ich räusperte mich. »Auf alle Fälle freue ich mich schon auf unsere Zusammenarbeit«, kam ich auf den Grund unseres Treffens zurück. »Ich stelle es mir sehr befriedigend vor, Paare auf ihrem Weg zur Hochzeit zu begleiten: Zwei verliebte Menschen wollen den Rest ihres Lebens gemeinsam verbringen, und wir unterstützen sie dabei, den freudigen Anlass in ihrem Sinne zu gestalten.« Ich lächelte verträumt. »Ein Job, in dem man jeden Tag von Liebe, Glück und Hoffnung umgeben ist.«

Er blinzelte. »Ach du lieber Himmel! Sie sind also auch ein Mitglied im Club der fanatischen Romantikerinnen«, entfuhr es ihm mit einem genervten Stöhnen. Etwas leiser fügte er hinzu: »Das hätte ich mir denken können …«

Ich sah ihn irritiert an. »Was ist denn an Romantik bitte schön falsch? Ich glaube eben an die Liebe«, verteidigte ich meinen Standpunkt. »An eine immerwährende und unverbrüchliche Partnerschaft, in der man sich gegenseitig stützt und einander blind vertraut.« Ich hob den Zeigefinger und zitierte: *»Die Liebe ist wie ein funkelnder Stern am Nachthimmel – sie zaubert Licht in die Dunkelheit und weist dir die Richtung.* Das hat die englische Schriftstellerin Charlotte Marlowe schon vor über 120 Jahren geschrieben – und es hat bis heute Gültigkeit.«

Er teilte diese Meinung anscheinend nicht. Jakob Thiel schaute mich so skeptisch an, als hätte ich gerade verkündet, dass ich noch an den Weihnachtsmann glaubte.

»Rational betrachtet, schließt das Brautpaar auf dem Standesamt lediglich einen rechtsgültigen Vertrag ab.« Nun war er derjenige, der den Zeigefinger hob. »Einen Vertrag, der in über dreißig Prozent der Fälle wieder aufgelöst wird. Und zwar im Schnitt nach vierzehn Jahren. Ziemlich hohe Zahl, wenn man doch Ihrer Meinung nach die einzig wahre Liebe geehelicht hat, oder?«

Ich verzog das Gesicht. Leider gehörte ich auch bald zu diesem besagten Drittel.

»Man kann sich ja auch mal irren«, erwiderte ich, nun mit deutlich weniger Enthusiasmus. »Außerdem verändern sich Menschen im Laufe der Jahre.«

Ihm schien meine Reaktion nicht entgangen zu sein.

»Tja, statistische Daten wirken in der Regel äußerst ernüchternd auf notorische Romantiker«, stellte er triumphierend fest.

»Ich bin überhaupt nicht ernüchtert«, widersprach ich schnippisch. »Nur wegen einer hohen Scheidungsrate höre ich nicht auf, an die Liebe zu glauben. Ich habe eine persönliche Playlist mit den besten Lovesongs aller Zeiten, sehe gern Liebesfilme, und bei großen romantischen Gesten kommen mir jedes Mal die Tränen«, erzählte ich freiheraus. »Denn die Liebe bereichert unser Leben ungemein. Also ja, ich bin eine Romantikerin – und dazu stehe ich!« Ich nickte nachdrücklich und funkelte ihn herausfordernd an.

Er dagegen lehnte sich zurück und verschränkte die Arme. »So blauäugig, wie Sie die Ehe sehen, sind Sie mit Sicherheit unverheiratet.«

»Von wegen! Ich bin so gut wie geschieden«, konterte ich, ehe mir bewusst wurde, dass ich damit eine Information preisgab, die ihn im Grunde nichts anging.

Ich räusperte mich. »Sie sind ja wahrscheinlich auch geschieden, wenn Sie so schlecht über die Ehe denken.«

»Das ist meine Privatsache«, erwiderte er kühl. Er wich meinem Blick aus, doch für einen winzigen Moment bekam seine undurchdringliche Maske einen Riss. Kurz glaubte ich, Melancholie und Schmerz in seinen Augen aufblitzen zu sehen.

»Außerdem halte ich eine Heirat mit Sicherheit nicht für etwas grundsätzlich Negatives«, sagte er nachdrücklich. »Immerhin habe ich mich für den Beruf des Standesbeamten entschieden. Nur das ganze Theater, das viele Paare um die Hochzeit veranstalten, geht mir auf die Nerven. Und ich garantiere Ihnen, dass Sie dieses Gefühl schon bald teilen werden!«

Er tippte auf seinem Tablet herum. Anscheinend wollte er nun mit der Arbeit beginnen.

»Ich erkläre Ihnen mal, wie das hier läuft! Zuerst die gute Nachricht: Die meisten, die sich für eine Hochzeit im Leuchtturm entscheiden, sind vernünftige, bodenständige Leute«, erzählte er. »Bei einigen stammen die Vorfahren von der Küste. Andere wollen einfach an einem schönen Ort heiraten und eine allzu große Hochzeit vermeiden. Oder das Paar hat sich am Meer kennengelernt. Bei vielen ist die Zahl der angereisten Gäste überschaubar, sodass die Leute den Sektempfang selbst auf die Beine stellen können. Bei größeren Gruppen kommen Sie ins Spiel.« Er deutete auf mich. »Aber natürlich ist es für die Brautleute nicht Pflicht, das *Café Liebesbrise* für den Empfang zu engagieren. Sie können sich genauso gut für eine andere Cateringfirma entscheiden. Ich hoffe, das ist Ihnen bewusst!«

Ich nickte. »Selbstverständlich! Ich werde Ihnen meine Angebote zeigen, aber auch die Kontaktadressen der anderen Caterer zur Verfügung stellen«, versprach ich.

Überraschung zeichnete sich auf seinen Zügen ab, gefolgt von Erleichterung. »Das freut mich zu hören! Ihre Vorgänger waren bei einer Ablehnung schnell persönlich beleidigt und haben von mir verlangt, noch mal auf die Paare einzuwirken.«

Seiner Reaktion nach zu urteilen, schien er befürchtet zu haben, dass ich die Einstellung der Völlers teilte. Hatte es deshalb Spannungen zwischen ihnen gegeben? Meiner Meinung nach sollte das zukünftige Ehepaar den Tag jedoch so gestalten, wie es ihn sich wünschte. Natürlich würde ich versuchen, sie im Vorgespräch von meinen Qualitäten zu überzeugen. Eigentlich hatte ich die Zeit bis zur Eröffnung nutzen wollen, um ansprechende Mottopakete für die Empfänge zusammenzustellen. Aber nun musste ich mich leider erst mal um die Renovierung kümmern.

»Die meisten Interessenten kommen zu einem Vorgespräch nach Liebwitz«, fuhr er fort. »Zuerst besichtigen wir den Leuchtturm und sprechen den Ablauf durch. Danach sollten Sie im Café als Ansprechpartnerin für das Organisatorische zur Verfügung stehen. Diejenigen, die nicht von der Insel sind, brauchen Hilfe bei der Suche nach einem Fotografen, Floristen, Stylisten, der Musik und so weiter.«

Das stimmte mit dem überein, was ich mit dem Bürgermeister vereinbart hatte.

»Ich habe schon einen Blick in den Ordner mit den Adressen geworfen, den die Gemeinde zusammengestellt hat. Passende Flyer und Visitenkarten sind noch genügend vorhanden. Damit müsste ich für unseren ersten Termin gewappnet sein.«

Jedenfalls hoffte ich das. Im Grunde hatte ich keine Ahnung von der Insel und konnte keine persönlichen Empfehlungen abgeben.

»Denken Sie daran, dass Sie nur Kontakte vermitteln!«, ermahnte er mich. »Lassen Sie sich nicht als Weddingplanerin einspannen! Das ist nicht Ihr Job, und dafür bezahlt Sie auch niemand.«

Irritiert schaute ich ihn an. »Wieso sagen Sie das so vehement?«

Er beugte sich vor. »Weil Sie mir wie jemand erscheinen, der sich leicht ausnutzen lässt.«

Ich schluckte schwer. Er konnte nicht ahnen, wie recht er damit hatte. Ich ließ mich nicht nur ausnutzen, ich war gleichzeitig auch naiv und leichtgläubig. Jedenfalls was meinen Mann Thomas betraf. Ansonsten hätte ich jetzt noch mein Hotel.

Ich räusperte mich und deutete auf seine leere Tasse. »Möchten Sie einen Tee? Ich habe einen ganz hervorragenden Holunderblütentee aus dem Liebwitzer Hofladen.«

»Nein, danke. Ich trinke auch keinen Tee.«

Dieser Mann wurde mir immer suspekter. »Sie mögen weder Kaffee noch Tee? Aber der Mensch braucht doch morgens etwas Warmes.«

»Na schön, manchmal trinke ich gern einen Mokka.«

Ich verzog reflexartig das Gesicht. Mokka? Ernsthaft? Beim

Trinken dieses Gebräus hatte ich immer das Gefühl, ich hätte Dreck zwischen den Zähnen. Mit diesem Getränkewunsch war auch meine Presto Grande 2000 überfordert.

»Das habe ich leider nicht im Angebot. Aber ich kann draußen etwas trockenen Straßenstaub zusammenfegen und Ihnen in einen doppelten Espresso mischen«, bot ich an. »Schmeckt fast genauso, versprochen.«

Er musterte mich irritiert, und seine geschwungenen Augenbrauen zogen sich zusammen. Doch dann geschah es: Der grantige Kerl lachte plötzlich. Es war ein volltönendes, glucksendes Lachen, das unglaublich ansteckend war. Außerdem bildeten sich um seine Augen sympathische Lachfältchen.

»Beim nächsten Mal komme ich vielleicht auf Ihr verlockendes Angebot zurück«, sagte er, nachdem er sich wieder gefangen hatte. Obwohl die Lachfältchen wieder verschwunden waren, wirkte er gelöster als zuvor. »Ich habe offengestanden nicht erwartet, dass Sie mir einen Mokka machen können. Dafür braucht man sowohl besondere Bohnen als auch eine spezielle Kaffeekanne zum Erwärmen. Hierzulande ist das nicht weit verbreitet.«

Ich konnte meine Neugier nicht im Zaum halten. »Und wie kommt es, dass Sie das gern trinken?«

»Ich bin früher viel gereist und war auf fast allen Kontinenten. Kein Pauschaltourismus, sondern mit dem Rucksack querfeldein durchs Land. Nur so lernt man die Einheimischen und ihre Kultur wirklich kennen. Und auf einer meiner Reisen habe ich Gefallen am Mokkatrinken gefunden.« Er zuckte mit den Schultern, als wäre das eine ganz gewöhnliche Sache.

Offenbar hatte ich Jakob Thiel falsch eingeschätzt. Wie ein Weltenbummler hatte er nicht auf mich gewirkt. Eher wie ein tief verwurzelter Insulaner, der seine Heimat nur in absoluten Ausnahmefällen verließ. Dabei hatte er anscheinend mehr Länder und Städte gesehen als ich.

»Zu unseren Terminen, Frau Huber!«, kam er auf unsere Arbeit zurück. »Neben den pflegeleichten Paaren, die ich erwähnt habe, gibt es auch diejenigen, die unfassbar anstrengend sind. Leider werden Sie so ein Paar gleich bei unserem ersten gemeinsamen Vorgespräch persönlich kennenlernen. Frau Jaqueline Müller und Herr Jürgen Reinold. Ich hatte schon jetzt das zweifelhafte Vergnügen, *acht Mal* mit der zukünftigen Braut telefonieren zu dürfen.«

»Oha!« Ich zog die Augenbrauen in die Höhe. »Ist sie etwa eine Brautzilla?«

Er nickte gequält. »Frau Müller gehört zu den Bräuten, die jeden Sinn für Normalität verloren haben und allen Beteiligten das Leben zur Hölle machen. Auf einer Messlatte von eins bis fünf würde ich sie als fünf mit der Tendenz zu sechs einordnen. Und mich kann nichts mehr so schnell schrecken.«

Offenbar erwartete mich gleich zu Beginn meines neuen Jobs eine harte Nuss. Doch ich musste es positiv sehen: Wenn ich das Gespräch mit Frau Müller glimpflich überstand, war ich für alle anderen Bräute bestens gewappnet.

Wir gingen die restlichen Termine durch und tauschten für weitere Absprachen unsere Handynummern aus. Da ich keine Fragen mehr hatte, waren wir damit auch schon am Ende unseres Treffens, und Jakob Thiel räumte seine Sachen zusammen.

Ich ging voraus und hielt ihm die Tür auf. »Dann wünsche ich Ihnen einen schönen Tag!«

Er blieb stehen und streckte mir zu meiner Überraschung die Hand hin. »Auf eine gute Zusammenarbeit, Frau Huber!«

Sieh an, er hatte also doch Manieren! Sein Händedruck war angenehm fest und hinterließ ein leichtes Kribbeln auf meiner Haut. Ella hatte tatsächlich recht: Eigentlich war er kein übler Kerl.

»Ach, und wenn Sie wegen der Renovierung Hilfe brauchen ...« Er hielt nachdenklich inne.

Mir wurde warm ums Herz. Selbst er bot mir seine Unterstützung an? Anscheinend war es mir gelungen, an seiner rauen Schale zu kratzen. Das war so … so …

»… dann kann ich Ihnen die Nummer von ein, zwei guten Handwerkern in Liebwitz geben«, beendete er seinen Satz. »Also eigentlich ist nur einer von ihnen wirklich gut, aber er ist meist schon auf Wochen ausgebucht.«

»Oh. Ja.« Ich räusperte mich. Da war ich wohl etwas voreilig gewesen. Es konnten schließlich nicht alle im Dorf so hilfsbereit sein wie Ella und ihre Mutter. »Danke, vielleicht komme ich darauf zurück.«

Dass ich die Renovierung aus Kostengründen selbst in die Hand nehmen musste, konnte ich ihm als Angestellten des Bürgermeisters schlecht sagen. Sonst dachte Dirk Jansen noch, dass gleich die nächste Pleite im *Café Liebesbrise* vor der Tür stand. Besser, ich wechselte schnell das Thema!

»Haben Sie eigentlich noch eine Hochzeit?«, fragte ich. »Sie tragen heute so ein schickes Outfit.«

Er nickte. »Insgesamt habe ich zwei Trauungen, aber die dürften unproblematisch ablaufen. Apropos Outfit …« Er seufzte und schien mit sich zu ringen, ehe er fortfuhr: »Entschuldigen Sie meine Offenheit, Frau Huber, aber ich bin für Ehrlichkeit und klare Verhältnisse – besonders auf beruflicher Ebene.«

»Ich auch«, versicherte ich ihm.

»Wenn das so ist …« Er lächelte knapp. »Schon viele Frauen im Dorf haben versucht, meine Aufmerksamkeit zu erregen. Aber ich bin zufrieden mit meinem Singledasein und habe kein Interesse, mich wieder fest zu binden. Es tut mir leid, doch die Mühe brauchen Sie sich bei mir nicht zu machen …« Mit diesen Worten deutete er an mir herab und wieder hinauf. Eine Handbewegung, die wohl meine geglätteten Haare, das aufwendige Make-up und meine schicke Kleidung einschließen sollte.

Ich schnappte nach Luft. »Denken Sie, ich will Sie anmachen?«

Er schnaubte. »Na, das ist ja wohl offensichtlich!« Vielsagend zeigte er auf den offenherzigen Ausschnitt meiner grünen Bluse.

Ich spürte, wie mir die Hitze in die Wangen stieg. »Das … das war die einzige Bluse, die ich nicht bügeln musste«, entgegnete ich gereizt. »Außerdem sind Sie längst nicht so unwiderstehlich, wie Sie vielleicht glauben. Durch Ihr griesgrämiges Gesicht wirken Sie auf mich so attraktiv und anziehend wie eine schrumpelige Runkelrübe.«

Als mir bewusst wurde, was ich gerade von mir gegeben hatte, schlug ich mir die Hand vor den Mund. »Entschuldigung, ich wollte Sie nicht beleidigen! Das ist mir einfach rausgerutscht.«

Wenn ich so darüber nachdachte, hatte ich wohl tatsächlich einen falschen Eindruck erweckt: Abgesehen davon, dass ich mich nach meinem gestrigen Auftritt im Schlafshirt heute unübersehbar aufgebrezelt hatte, hatte ich auch verdächtig viel über Liebe und Romantik gesprochen. Wirklich übel nehmen konnte ich ihm nicht, dass er einen falschen Schluss gezogen hatte.

»So attraktiv wie eine schrumpelige Runkelrübe?«, wiederholte Jakob Thiel konsterniert. Doch schließlich nickte er. »Gut zu wissen. Dann ist ja alles zwischen uns geklärt!« Er tippte sich zum Abschied an die Stirn. »Bis zum nächsten Mal, Frau Huber.«

Und weg war er. Mit einem unguten Gefühl in der Magengrube blickte ich ihm nach, als er über den Parkplatz in Richtung Leuchtturm ging. Ich hatte keine Ahnung, ob er jetzt sauer auf mich war. Nachdem ich ihn ungeniert beleidigt hatte, würde unsere Zusammenarbeit wahrscheinlich der Horror werden. Was für eine Katastrophe!

6. Kapitel

»Igitt, hast du das Kleid der Braut schon gesehen?«, quiekte Nele mit einer Mischung aus Faszination und Abscheu. Seit zwanzig Minuten starrte sie mit dem Pinsel in der Hand aus dem Fenster und verschwendete keinen Gedanken mehr ans Streichen.

»Mama, das musst du dir angucken! Das sitzt so eng, ich glaube, das ist aus Latex. Und hinten hat es eine Schleppe, während es vorne nur bis zur Mitte der Oberschenkel geht. Dazu hat es als Saum violette Rüschen. Es ist wie ein Autounfall – man will nicht hinsehen, aber man muss einfach.«

Hatte sie gestern noch geglaubt, der Entertainmentfaktor unserer neuen Bleibe gehe gegen null, so wurde sie heute eines Besseren belehrt. Nele kam gerade zum ersten Mal mit der Faszination des »Brautpaar-Gaffens« in Berührung.

»Aber das ist bei dem hässlichen Bräutigam eigentlich auch egal«, lästerte sie weiter. »Hast du den haarlosen Knilch schon gesehen? Der hat bestimmt Kohle. Sonst hätte sie ihn nie und nimmer geheiratet.«

Seufzend tunkte ich die Rolle in den Farbeimer. Ich hatte mich für ein dezentes Cremeweiß entschieden, um das grelle Pink und Rot der Tapeten zu überstreichen. Leider deckte es nicht sonderlich gut.

»Könntest du dich bitte losreißen und weitermachen? Das geht alles von deiner Zeit ab.«

Nur durch schnöde Bestechung hatte ich Nele dazu gekriegt, mir beim Streichen zu helfen. Nach zähen Verhandlungen hatten wir uns auf eine Minute freie Internetzeit für eine Minute Streichen geeinigt. Dass ich mich auf den Deal eingelassen hatte, war ein deutliches Zeichen dafür, wie sehr ich auf Hilfe angewiesen war.

Seit der Mobbingattacke auf meine Tochter waren alle internetfähigen Geräte im Haus mit einer Kindersicherungssoftware der Extraklasse versehen. Ohne meine Zustimmung konnte Nele nur auf Bildungs- und gängige Unterhaltungsseiten zugreifen. Auch all ihre Social-Media-Konten waren gesperrt, denn damit hatte das Unglück schließlich seinen Lauf genommen. Laut Nele hatte ich sie damit ihrer *virtual identity* beraubt, was bei einem Teenager heutzutage wohl einer Amputation sämtlicher Gliedmaßen gleichkam. Ich tat das wirklich nicht gern, aber die Angst, dass sie wieder auf alte Hasskommentare stieß oder wegen irgendeiner Lappalie das Cybermobbing von vorne losging, war einfach zu groß. Thomas und ich hatten zwar mithilfe unseres Anwalts erreicht, dass vieles von damals gelöscht wurde, aber einiges war immer noch online. Das Internet vergaß nie.

»Die passen überhaupt nicht zusammen, das sieht doch ein Blinder«, fuhr sie mit der Analyse des Brautpaars fort. »Wenn du mich fragst, hält die Ehe keine zwei Jahre. Mama, jetzt guck doch mal!«, drängelte sie.

»Na schön«, gab ich nach und ging zu ihr.

Auf dem Platz vor dem Leuchtturm standen etwa zwanzig Personen in festlicher Kleidung. Der Caterer hatte einen hübschen Pavillon aufgestellt, und zwei Angestellte reichten Häppchen und Sekt herum. Wenn ich Glück hatte, würde ich in Zukunft die Hochzeitsgesellschaften vor meiner Haustür selbst bewirten. Endlich entdeckte ich im Getümmel die Braut, und mir entfuhr ein erstickter Laut. »Ach, du meine Güte! Dieses Kleid ist … ist …« Mir fehlten die Worte.

»Hammer, oder?« Kichernd stieß mich Nele in die Seite. »Ich hab's dir doch gesagt.«

Sie hatte ebenfalls recht, was den Ehemann betraf. Er ging der jungen Braut gerade mal bis zur Schulter, hatte schütteres Haar und war nicht gerade in Topform. Rein optisch passten die beiden nicht besonders gut zusammen, aber ich war mittlerweile alt genug, um zu wissen, dass das Aussehen in einer Beziehung nicht alles war.

»Ich wette mit dir, die vollbusige Frau im gelben Stretch-Minikleid ist die Mutter der Braut«, stellte Nele munter weiter Vermutungen an. »Das ist nämlich genauso geschmacklos.«

Besagte Frau umarmte gerade die Braut, küsste sie und tupfte sich ein paar Tränen aus den Augenwinkeln. Ja, das war bestimmt die Brautmutter!

Die Braut selbst war jedoch nicht unbedingt in rührseliger Stimmung, denn sie redete ununterbrochen auf ihre Mutter ein und warf dabei wütende Blicke über ihre Schulter in Richtung Leuchtturm. Leider konnte ich nicht erkennen, wer oder was sich dort befand – die Gästeschar blockierte unser Sichtfeld. Jetzt stieß der Bräutigam zu den beiden, der ebenfalls nicht erfreut schien. Sehr mysteriös …

Nele wedelte mit der Hand in der Luft herum, als könnte sie damit die Leute beiseitewischen. »Jetzt geht doch alle mal weiter!«, verlangte sie. »Ich will wissen, wer da ist!«

Endlich setzten sich zwei Paare in Bewegung, um sich am Pavillon neue Häppchen zu holen – und wir hatten freie Sicht. Ich verzog das Gesicht, denn ich kannte die Person, die anscheinend für den Aufruhr verantwortlich war.

»Wer ist denn der Typ, der mit verschränkten Armen an der Tür des Leuchtturms lehnt?«, wollte Nele wissen.

Ich seufzte. »Das ist Jakob Thiel, der Standesbeamte.«

»Hui! Seinem Gesicht nach zu urteilen, scheint er mächtig schlechte Laune zu haben.«

»Der guckt immer so.«

Das stimmte nicht ganz. Tatsächlich wirkte er deutlich genervter als heute Morgen. Irgendwas schien bei dieser Trauung schiefgelaufen zu sein. Hatte er nicht prophezeit, dass es bei den heutigen Hochzeiten keine Probleme geben würde? Offenbar hatte er sich getäuscht. Die Szenerie roch förmlich nach Ärger, und mein Bauchgefühl sagte mir, dass das noch ein Nachspiel haben würde.

Allerdings ging uns das alles überhaupt nichts an – und Jakob Thiel wäre sicher alles andere als erfreut, wenn ich mich in seine Angelegenheiten einmischte.

Ich wandte mich ab und warf Nele einen auffordernden Blick zu. »Komm, lass uns weitermachen! Sonst werden wir hier nie fertig.«

Sie zog einen Flunsch. »Aber vielleicht gibt es noch eine Schlägerei?«, sagte sie hoffnungsvoll. »Der Bräutigam hat schon einen ganz roten Kopf, weil er sich so aufregt. Bestimmt geht er gleich auf den Standesbeamten los. Das will ich nicht verpassen!«

Ich stemmte die Hände in die Taille. »Nele, wir haben einen Deal, schon vergessen? Eine Minute Internet für eine Minute streichen. Das Café muss fertig werden, sonst haben wir bald kein Geld mehr. Von den Einnahmen wirst auch du in Zukunft leben, junge Dame!«

Irritation und Erstaunen zeichneten sich auf Neles Gesicht ab. Erst dadurch wurde mir klar, dass ich mich gerade verplappert hatte.

»Wir haben bald kein Geld mehr?«, wiederholte sie perplex. »Aber du hast doch unser Hotel verkauft. Wir müssten Kohle ohne Ende haben.«

»Jetzt übertreib mal nicht! Immerhin stand Mona die Hälfte des Betrags zu«, wiegelte ich ihren Einwurf ab und lief zurück zum Farbeimer.

Nele riss sich von ihrem Beobachtungsposten am Fenster los und blieb mir auf den Fersen. »Trotzdem müssten wir reichlich Geld haben«, beharrte sie. »Was ist los, Mama? Sag mir die Wahrheit!«

Ich blieb stehen und atmete tief durch.

»Finanziell geht es uns nicht so gut, wie du denkst«, gestand ich ihr. »Wir hatten Schulden, und ich brauchte fast die ganze Verkaufssumme, um sie zu begleichen. Ich wollte dich damit nicht belasten, deshalb habe ich nichts gesagt.«

Eine Falte bildete sich zwischen Neles Augenbrauen. Offenbar versuchte sie, diese neuen Informationen in einen logischen Zusammenhang zu bringen.

Schließlich schüttelte sie den Kopf. »Das glaub ich nicht! Wir hatten ein großes etabliertes Hotel am Tegernsee. Der Verkauf muss unfassbar viel Geld eingebracht haben. Auch wenn du nur die Hälfte davon gekriegt hast und ein paar Schulden begleichen musstest, kann es nicht sein, dass jetzt nichts davon übrig ist!«

Ich konnte ihrem bohrenden Blick nicht länger standhalten. Seit Monaten hatte ich alles dafür getan, um diese Situation zu vermeiden. Mona kam mir in den Sinn, die mir geraten hatte, Thomas nicht länger zu schützen. Womöglich war es tatsächlich an der Zeit, dass Nele die Wahrheit erfuhr?

Ich gab mir einen Ruck. »Es tut mir leid, dass ich dir das jetzt sagen muss! Aber dein Vater hat …«, begann ich.

»Was hat Papa?« Neles Tonfall war so scharf, dass ich zusammenzuckte. In ihrer Stimme lag die eindeutige Warnung, dass ich nicht wagen solle, ihm die Schuld in die Schuhe zu schieben. »Wieso fängst du jetzt von ihm an? Er hatte mit deinem Hotel rein gar nichts zu tun.«

In der Theorie war das richtig. Das Problem war, dass es eine Zeit gegeben hatte, in der ich meinem Ehemann vorbehaltlos vertraut hatte. Leider hatte er das skrupellos ausgenutzt und mich mit sich in den Abgrund gerissen. Aber ich erkannte, dass Nele noch nicht bereit für diese Wahrheit war. Ihr Vater war nun mal ihr unangefochtener Held. Ich bezweifelte, dass sie mir auch nur ein Wort glauben würde, wenn ich ihr von der linken Tour erzählte, die Thomas mit mir abgezogen hatte. Sie würde mich lediglich für eine gemeine Lügnerin halten.

»Stimmt, mit dem Hotel hatte er nichts zu tun!«, entgegnete ich mit gepresster Stimme. »Ich wollte eigentlich nur sagen, dass dein Vater schon immer der Meinung war, dass ich als Geschäftsführerin ein zu weiches Herz habe. Wahrscheinlich war ich mit der Leitung des Hotels einfach … überfordert.«

An dem letzten Satz wäre ich fast erstickt. Ich hatte meinen Job von der Pike auf gelernt und war gut darin gewesen. Meine Angestellten hatten gern für mich gearbeitet und jeden Tag ihr Bestes gegeben. Allerdings musste ich Nele eine Erklärung für den Schuldenberg liefern, und auf die Schnelle war mir nichts anderes eingefallen. Offenbar fiel es meiner Tochter jedoch nicht schwer, mir diese Lüge abzukaufen.

»Fuck, Mama!« Sie sah mich an, als wäre ich die erbärmlichste Person auf Erden. »Papa hat echt recht. Du bist so … so …« Sie rang die Hände. Anscheinend fehlten ihr die Worte, um ihre Missbilligung zum Ausdruck zu bringen.

Sie stutzte. Offenbar war ihr ein anderer Gedanke gekommen. »Sind wir deshalb in diesem Dreckskaff gelandet?«, fragte sie stirnrunzelnd. »Na toll! Und ich dachte, du hättest wegen der Trennung eine Midlife-Crisis. Weißt du was? Die Mühe mit der Renovierung können wir uns sparen.« Sie pfefferte den Pinsel so nachdrücklich in den Eimer, dass Farbe in die Höhe spritzte. »Denn das Café wirst du bestimmt auch in den Sand setzen.«

Ungeachtet unseres Deals machte sie kehrt und verließ wütenden Schrittes den Raum.

»Nele, jetzt warte doch!«, rief ich ihr hinterher. »Lass uns in Ruhe darüber reden.«

Doch mein Ruf verhallte ungehört. Zorn auf meinen Noch-Ehemann erfasste mich. Am liebsten hätte ich jetzt etwas kaputtgemacht. Oder jemanden angeschrien, der es verdient hatte. Thomas zum Beispiel. Leider war er im Moment nicht greifbar. Seit unserer Trennung gab er selten ein Lebenszeichen von sich und holte Nele nur alle paar Wochen zu einem Ausflug ins Kino oder zum Shoppen ab. Ich hatte keine Ahnung, wo er zurzeit lebte und ob er einem Beruf nachging. Unserer Tochter gegenüber gab er natürlich mir die Schuld für sein seltenes Auftauchen, denn angeblich war es für ihn zu schmerzlich, mit mir – seiner verlorenen großen Liebe – in Kontakt zu treten. Pah! Dass ich nicht lachte. Wahrscheinlich hatte er noch Zugriff auf irgendwelche Geldreserven auf einem Schweizer Bankkonto und genoss seine neue Freiheit ohne familiäre Verpflichtungen in vollen Zügen. Über seinen Charakter machte ich mir keine Illusionen mehr.

Ich schnappte mir die Farbrolle und klatschte sie mit Nachdruck an die Wand. Verbissen arbeitete ich die cremeweiße Farbe ein. Wie konnte man diese angestaute Wut nur loswerden? Vielleicht sollte ich Jakob Thiel fragen, wie er es schaffte, seine schlechte Laune so erfrischend ungefiltert nach draußen zu lassen. Bei ihm hatten sich bestimmt keine negativen Energien angestaut. Dem nagenden Gefühl in meiner Magengrube nach zu urteilen, konnte es auf Dauer nicht gesund sein, diesen ganzen Ärger in sich hineinzufressen.

7. Kapitel

»Hallihallo«, ertönte eine fröhliche Stimme hinter mir. »Da bin ich!«

Kreischend fuhr ich herum. Ich war beim Streichen so in Gedanken versunken gewesen, dass ich um mich herum nichts mehr wahrgenommen hatte. Tatsächlich hatte die harte Arbeit gegen meine angestaute Wut geholfen. Vielleicht sollte ich mich in Zukunft etwas mehr körperlich betätigen? Oder Sport treiben?

Vor mir stand eine mir unbekannte Frau Mitte dreißig und strahlte mich an. Sie war eine etwas eigenwillige Erscheinung. Ihr toupiertes blondiertes Haar ragte unnatürlich in die Höhe und war mit so viel Haarspray festbetoniert, dass es jeglichen Glanz verloren hatte. Sie trug einen engen roten Body unter ihrer silbernen Glitzerjacke, schwarze Leggins und hohe Pumps. Ihr Schminkstil suchte ebenfalls seinesgleichen: meerblauer Lidschatten, türkisfarbener Kajal, falsche Wimpern, kirschroter Lippenstift, eine dicke Schicht Puder und ordentlich Rouge auf den Wangen. Eine Gruppe Hobbyfußballer, die sich an Karneval als Frauen verkleidete, legte wahrscheinlich mehr Zurückhaltung und Stil an den Tag.

Ich griff mir an die Brust. »Himmel, haben Sie mich erschreckt!«

Betroffen sah sie mich an. »Entschuldigung, ich bin aus reiner Gewohnheit durch die Hintertür rein.«

Ihr musste meine verständnislose Miene aufgefallen sein.

»Ich bin Peggy Kimmel«, stellte sie sich umgehend vor. »Ihre neue Kellnerin. Wir hatten für heute einen Termin ausgemacht.«

Ach herrje, den hatte ich völlig vergessen! Schon vor meinem Umzug hatte ich kurz mit ihr telefoniert und für heute ein Treffen vereinbart. Denn Peggy Kimmel betraf die spezielle Klausel in meinem Pachtvertrag, auf der der Besitzer des Cafés bestanden hatte: Ich hatte mich dazu verpflichtet, sie für mindestens sechs Monate als Kellnerin einzustellen. Von einem so seltsamen Zusatz hatte ich noch nie gehört, und ich war mir nicht sicher, ob das rechtlich überhaupt Bestand hatte. Allerdings hatte mir Dirk Jansen erzählt, dass Peggy Kimmel eine Ausbildung zur Restaurantfachfrau gemacht und schon für die Völlers gearbeitet hatte. Dass sie aussah, als käme sie gerade vom Set des Musicals *Grease*, hatte er jedoch nicht erwähnt. Aber solche Äußerlichkeiten waren mir im Grunde gleichgültig – solange sie zuverlässig und in ihrem Job gut war.

»Tut mir leid, hier geht es gerade drunter und drüber!«, sagte ich mit einem entschuldigenden Lächeln, wischte hastig die Hand an meinem Malershirt ab und streckte sie ihr hin.

Sie ergriff sie mit strahlender Miene. »Ich freu mich, Sie kennenzulernen, Frau Huber! Sagen Sie doch Peggy zu mir. Hier duzen sich alle.«

Das stimmte nicht ganz, denn Jakob Thiel hatte mir das Du nicht angeboten. Ich ihm allerdings auch nicht, insofern durfte ich mich nicht beschweren. Warum schwirrte mir eigentlich schon wieder dieser mürrische Standesbeamte im Kopf herum?

Ich nickte Peggy zu. »Gern! Ich bin Eva.«

Sie sah sich im Raum um. »Wow! Du bist richtig vorwärtsgekommen«, stellte sie fest. Ihre Stimme war schrill und laut, als hätte sie Angst, sonst nicht gehört zu werden. »Es sieht schon komplett anders aus. Da werden die Liebwitzer echt erleichtert sein. Aus dem Dorf hat sich nämlich keiner hierherverirrt«, sprudelte es aus ihr heraus. »Das ›Puffcafé‹ war noch eine der netteren Bezeichnungen für den Laden. Ich persönlich fand die Einrichtung eigentlich ganz schön, aber in Stilfragen bin ich wohl keine Fachfrau.« Sie deutete selbstironisch an sich hinab und gab ein gackerndes Lachen von sich. Es klang ebenfalls laut und schrill, aber trotzdem war mir Peggy auf Anhieb sympathisch. Sie war ohne Frage offenherzig und anscheinend äußerst gesprächig.

»Mein Bruder hasst es, wie ich mich anziehe«, erklärte sie und beugte sich verschwörerisch zu mir. »Seit ich vor zwei Jahren wegen eines Jobs aus Rostock zu ihm auf die Insel gezogen bin, streiten wir deswegen. Er meint, ich wäre es der Familie schuldig, mich angemessen zu kleiden und *normal* aufzutreten. Du weißt schon, guter Ruf und so.«

»Aha«, erwiderte ich mit einem unbeholfenen Lächeln.

»Ach, ich Dummerchen!« Sie klatschte sich mit der flachen Hand an die Stirn. »Ich hab am Telefon gar nicht erzählt, wer mein Bruder ist, oder? Eigentlich ist er nur mein Halbbruder. Gleicher Vater, unterschiedliche Mütter«, erklärte sie eifrig gestikulierend. »Vincent Dussmann, ihm gehört der Laden. Aber das *Café Liebesbrise* ist eher ein kleiner Fisch für ihn. Er betreibt auf der Insel zwei große Hotels und drei Restaurants. Alles so Schickimicki-Schuppen, piekfein und teuer.«

Der Name Vincent Dussmann sagte mir natürlich etwas. Er war der Investor, der das Café gebaut und alles Organisatorische an den Bürgermeister übertragen hatte. In meinem Kopf setzten sich die Puzzleteile zusammen. Nun wurde mir auch klar, wie es zu dem Zusatz im Pachtvertrag gekommen war.

»Dann hast du anfangs also für deinen Bruder gearbeitet? Aber wegen deines Looks wollte er dich nicht mehr in seinen edlen Restaurants bedienen lassen und hat dich deshalb hier untergebracht.«

Ihre Gesichtszüge entgleisten. »Woher weißt du das?«

Ich zuckte mit den Schultern. »Geraten.«

Sie sah mich bewundernd an. »Du bist echt clever, Eva.«

Nun ja, eigentlich war das keine intellektuelle Glanzleistung gewesen. Aber ich ließ das einfach mal so stehen.

Peggys Miene wurde wieder ernst. »Bevor ich hergekommen

bin, war ich echt abgebrannt. Ich hatte zwei Kinder von zwei Vätern, die keine Alimente zahlen wollten, keinen Job und keine Kohle. Offenbar habe ich nicht Vincents Geschäftssinn geerbt.« Sie seufzte. Doch schon einen Augenblick später lächelte sie wieder und hob ihren rot lackierten Zeigefinger. »Aber Vincent hat mir, ohne zu zögern, geholfen und mir einen Job gegeben, obwohl wir uns bis dahin kaum kannten. Blut ist dicker als Wasser, hat er gesagt. Nett von ihm, nicht wahr? Aber ich und diese piekfeinen Restaurants – das hat einfach nicht gepasst. Dabei habe ich mich echt angestrengt. Doch andauernd hieß es, ich wäre zu laut, würde zu viel quasseln und mich in alles einmischen.«

Peggy lag das Herz auf der Zunge. Ihrer zukünftigen Arbeitgeberin derart offen die eigenen Schwächen zu verraten, hätten viele als naiv bezeichnet.

»Dabei war ich auch nicht mit allem glücklich.« Sie legte mir vertraulich die Hand auf den Arm. »Die Arbeitsatmosphäre in diesen Restaurants war schrecklich. Ich war schon auf Beerdigungen, auf denen es lustiger zugegangen ist. Vincent geht Humor leider völlig ab, und nach diesem Kriterium scheint er auch seine Geschäftsführer einzustellen. Mein Bruder ist schon mit einem Stock im Arsch geboren worden, sag ich dir.«

Ich kaschierte mein Lachen eher schlecht als recht mit einem Hustenanfall.

»Hat er deinetwegen in das Café investiert?«, fragte ich neugierig. »Um dir einen Job ohne Schickimicki-Ambiente zu besorgen?«

Sie schnaubte. »Nein, nein. Das war reiner Zufall. Aber Vincent hätte mir sogar die Leitung des Cafés übertragen, stell dir das mal vor!« Sie schüttelte über diesen offenbar abwegigen Vorschlag fassungslos den Kopf. »Natürlich hab ich abgelehnt. Als ob ich mir so was freiwillig antun würde. Zu viel Arbeit, zu viel Verantwortung, zu viel Stress. Ich will doch noch Zeit für meine Lütten haben! Im Gegensatz zu Vincent möchte ich mein Leben nicht mit Arbeit verbringen. Solange wir ein Dach über dem Kopf haben und etwas zu essen, bin ich glücklich.«

Bevor ich etwas erwidern konnte, kniff sie die Augen zusammen und deutete auf eine Stelle in Höhe der Fußbodenleiste. »Guck mal, da hast du eine Stelle vergessen!«

Sie stöckelte zum Farbeimer, schnappte sich den Pinsel und fing an, meine Schlamperei auszubessern.

»Peggy, das musst du nicht machen!«, wollte ich sie abhalten. »Du saust dir noch deine Klamotten ein.«

»Kann man alles waschen«, entgegnete sie lapidar. Sie sah mich über die Schulter hinweg an. »Außerdem brauchst du Hilfe.«

Das war keine Frage, sondern eine Feststellung. Da meine vorherige Assistentin Nele sich aus dem Staub gemacht hatte, konnte ich tatsächlich jede helfende Hand gebrauchen. Denn es würden wohl drei Schichten der cremeweißen Farbe nötig sein, um das grelle Pink und Rot zu überdecken. Also schnappte ich mir auch wieder die Farbrolle, und während Peggy die Ecken auspinselte, übernahm ich die großen Flächen. Dabei redete meine neue Angestellte ohne Punkt und Komma, aber das störte mich nicht im Geringsten.

Sie erzählte mir, dass sie und Vincent bis zu ihrem Umzug nach Liebwitz wie Fremde füreinander gewesen waren, weil Peggy das Ergebnis einen Fehltritts war, den sich Herr Dussmann senior während seiner Ehe erlaubt hatte. Zwar hatte er Peggys Mutter finanziell unterstützt, aber als Vater war er für seine uneheliche Tochter nur selten in Erscheinung getreten.

»Vielleicht bin ich deshalb immer an die falschen Männer geraten«, sinnierte sie während der Arbeit. »Meine Ex-Freunde waren allesamt unzuverlässige Kerle ohne Familiensinn. Mit solchen Typen kann keine Frau glücklich werden. Aber auf mich haben diese kaltherzigen Idioten so anziehend gewirkt wie Hochleistungsmagnete.«

Gerne hätte ich an dieser Stelle etwas Aufbauendes eingeworfen, doch ich kam nicht zu Wort.

»Aber jetzt habe ich einen von den Guten erwischt«, fuhr sie fort. »Fred.« Sie hielt kurz inne, um einen verliebten Seufzer auszustoßen.

»Oh, das ist doch schön!«, warf ich schnell ein. »Das freut mich für dich.«

»Er arbeitet als Koch bei meinem Bruder. Wir haben uns kennengelernt, als ich noch im Restaurant bedient habe. Er ist so unfassbar lieb und nett. Sogar meine Jungs mögen ihn. Und im Dorf ist er richtig angesehen. Fred ist nämlich Vorsitzender des Liebwitzer Reitvereins«, plapperte sie weiter. »Deshalb ist er gerade im Stress, weil sie bald das Tonnenfest veranstalten. Sie trainieren andauernd, denn natürlich soll jemand aus dem Dorf den Titel holen. Ich kann ja überhaupt nicht reiten, aber ich habe Fred versprochen, demnächst wenigstens mal auf so einen Gaul …«

Von dem Fest hatten schon Ella und Martha berichtet, und ich hatte nicht vergessen, wie interessiert Nele gewirkt hatte. Mitten im Streichen hielt ich inne.

»Können an diesem Turnier auch Jugendliche teilnehmen?«, unterbrach ich Peggy.

Sie klappte erstaunt den Mund zu. Offenbar hatte ich sie aus dem Konzept gebracht.

»Soweit ich weiß, ja«, antwortete sie nach kurzem Nachdenken. »Sie müssen allerdings älter als vierzehn sein und gut reiten können. Mitglieder des Vereins brauchen noch nicht mal ein eigenes Pferd. Wieso fragst du?«

Ich lächelte. Vielleicht hatte ich gerade eine Möglichkeit gefunden, Nele mit ihrem neuen Heimatort zu versöhnen. »Würdest du mir einen Gefallen tun?« Ich warf ihr einen bittenden Blick zu. »Könntest du Fred fragen, ob meine Tochter Nele mal am Training teilnehmen kann? Das würde mir wirklich am Herzen liegen.« Ich ging zu ihr hinüber. »Nele ist fünfzehn und hatte es recht schwer in letzter Zeit. Stress in der Schule, die Trennung ihrer Eltern und jetzt auch noch der Umzug … Ich habe das Gefühl, dieses Tonnenkloppen würde ihr gefallen. Es könnte ihr helfen.«

»Oh, die Arme!«, stieß sie mitfühlend aus. »Da müssen wir natürlich etwas tun. Keine Sorge, ich frag Fred! Ich wohne ja leider in Prerow und kenne nicht so viele Jugendliche in Liebwitz, aber vielleicht können wir auch noch ein Mädchen in ihrem Alter finden, das sich ein wenig um sie kümmert und ihr das Dorf …« Das Klingeln ihres Handys unterbrach ihren Redefluss.

Sie warf einen Blick aufs Display, dann strahlte sie. »Ha! Wenn man vom Teufel spricht! Das ist Fred.«

Peggy nahm ab. »Hallo, Schnuckibär! Hast du mich auch vermisst? Du fehlst mir ganz schrecklich«, säuselte sie verliebt. »Ich komm, so schnell ich kann, versprochen, aber ich muss Eva noch ein bisschen im Café helfen … Du, Zuckerschneckchen, Eva hat übrigens eine Tochter, die gern bei eurem Training mitmachen würde. Wegen des Tonnenfests, du weißt schon. Geht das? … Doch, doch! Sie ist eine hervorragende Reiterin und quasi auf dem Pferd aufgewachsen. Ein Naturtalent!«

Ich sah Peggy erstaunt an, denn über Neles Qualitäten als Reiterin hatte ich kein Wort verloren. Sie zwinkerte mir verschwörerisch zu.

»Oh, das wird ihre Mutter freuen! Gleich zum nächsten Training? Gut, ich werde es ausrichten. Du bist der Beste, Hasibär! Was? … Nein, Kevin darf auf keinen Fall reinkommen! Nur, wenn er aufs Klo muss oder es regnet … Mir egal, wie sehr er meckert. Er hat noch bis Punkt achtzehn Uhr Frischluftarrest. Bis dann, mein Bärchen! Kuss, Kuss.«

Nachdem sie aufgelegt hatte, konnte ich nicht anders, als sie zu umarmen. »Du hast etwas gut bei mir. Danke, Peggy!«

»Nicht dafür.« Sie winkte ab.

Ich schaute sie fragend an. »Frischluftarrest?«

Sie nickte heftig. Selbst dabei bewegten sich ihre toupierten Haare keinen Millimeter. »Kevin hatte vor den Ferien Ärger in der Schule, und Strafe muss sein«, klärte sie mich auf. »Aber bei den Kids heutzutage kannst du mit Hausarrest nicht mehr viel ausrichten. Das stört die überhaupt nicht, da sie eh die ganze Zeit drin sind. Ich sag nur: Spielkonsolen, Tablets, Internet, Fernseher, Handy.«

Sie hob ihren Zeigefinger, der mittlerweile rundherum mit Farbe bekleckert war. »Wenn's denen wehtun soll, musst du ihnen verbieten reinzukommen!«

»Genial«, entfuhr es mir. »Das … das ist echt genial.«

»Kevin hat draußen alles, was ein Kind braucht«, fuhr sie fort. »Ein Fahrrad, einen Fußball, einen Spielplatz, einen Strand und Fantasie.«

Vielleicht konnte Peggy mir später noch ein paar Erziehungsratschläge bei übellaunigen Teenagern geben? Ich wäre jedenfalls nie auf die Idee gekommen, Nele zur Strafe an die frische Luft zu schicken.

Ich wandte mich wieder der Arbeit zu und ließ die Rolle über die Wand gleiten. Wir schwiegen – für etwa sechzig Sekunden.

»Welche Möbel sollen hier eigentlich rein?«, fragte Peggy.

»Ich habe keine Ahnung«, gab ich zu. »Wenn ich nicht rechtzeitig an Möbel komme, muss ich nach der Renovierung wieder die Bistrotische reinholen. Dabei habe ich eigentlich an etwas Rustikales und Gemütliches gedacht. Außerdem sollte es nicht zu teuer sein. Mein Budget ist nicht gerade üppig.«

»Also, gemütlich und günstig«, murmelte Peggy.

Plötzlich hielt sie inne. »Vielleicht kann ich dir helfen!«

»Noch mehr als ohnehin schon?« Ungläubig blinzelte ich sie an. »Du hilfst mir schließlich schon beim Streichen – und mit Nele. Bist du etwa mein rettender Engel?«

»Wer weiß?« Sie ließ grinsend ihre Augenbrauen hüpfen. »Also, mein Bruder wechselt in seinen Schickimicki-Schuppen regelmäßig die Einrichtung aus. Damit immer alles neu und modern ist. Normalerweise verkauft er die ausgemusterten Sachen, aber die Teile, die Schrammen haben oder keinen Käufer finden, bewahrt er in einem Lager auf. Er hofft, daraus irgendwann noch Geld zu machen. Im Laufe der Jahre hat sich dort unglaublich viel Zeug angesammelt. Da findest du bestimmt etwas fürs Café.«

Das klang vielversprechend. Jedenfalls, wenn der Stil nicht allzu modern war.

»Kann ich mir die Sachen mal ansehen?«

Peggy nickte lächelnd. »Ich mache für morgen früh einen Termin mit Vincent aus. Aber ich muss dich warnen! Mein Bruder hat nicht umsonst so viel Kohle gescheffelt. Obwohl er das Zeug nicht mehr braucht, wird er versuchen, dir so viel Geld wie möglich abzuknöpfen.«

»Gut zu wissen!« Ich grinste. »Dann bereite ich mich schon mal darauf vor, um jeden Cent zu feilschen.«

Es war Ironie des Schicksals: Beim Lesen des Pachtvertrags war ich über die verpflichtende Anstellung von Peggy Kimmel verärgert gewesen und hatte befürchtet, dass das in einer Katastrophe enden würde. So sehr konnte man sich täuschen …

8. Kapitel

Nach dem arbeitsintensiven Tag waren mir gestern beim Abendessen vor Erschöpfung fast die Augen zugefallen. Da meine Tochter auf meine Gesellschaft ohnehin keinen gesteigerten Wert gelegt hatte, war ich gleich danach ins Bett gegangen.

Dafür war ich heute in aller Frühe aufgewacht. Nachdem ich geduscht hatte, checkte ich mein Handy. Erfreut sah ich, dass Ella mir gestern Abend noch eine Nachricht geschickt und gefragt hatte, wie es voranging. Mir wurde ganz warm ums Herz, und ich schrieb ihr umgehend zurück.

Nach meinem obligatorischen Morgenkaffee sah ich mich unschlüssig im Café um. Mein Treffen mit Peggy und ihrem Bruder war erst in zwei Stunden, und bis dahin musste ich irgendwie die Zeit totschlagen. Jetzt weiter zu streichen lohnte sich wiederum auch nicht.

Mir kam eine Idee. Wieso nutzte ich die kleine Atempause nicht und schwamm eine Runde im Meer? Der Strand lag schließlich fast vor meiner Haustür. Und hatte ich mir nicht vorgenommen, mehr Sport zu treiben?

Euphorisiert von meiner Idee packte ich meine Sachen, schrieb Nele einen Zettel und marschierte los. Neben dem Café begann ein Fußweg, der von der Landzunge in Richtung Dorf führte. Allerdings merkte ich schnell, dass ich die Entfernung falsch eingeschätzt hatte. Von der Terrasse des Cafés aus schien der Strand nur einen Steinwurf entfernt zu sein, aber ich musste erst das halbe Rund der Bucht durchlaufen, um mein Ziel zu erreichen.

Ich ließ meine Sachen in den Sand fallen und atmete tief durch.

Bis auf ein paar Spaziergänger und einen Jogger hatte ich den Strand für mich allein. Der Morgen war herrlich frisch und klar. Ich liebte diese Tageszeit, wenn die Welt um mich herum gerade erst erwachte.

Die Wellen rollten sanft ans Ufer, und im Morgenlicht wirkte das Wasser so glatt wie kostbare Seide. Ich konnte es kaum erwarten, meine Handflächen auf die Wasseroberfläche zu legen, um unter meinen Fingerspitzen das leichte Spiel der Wellen zu fühlen!

Voller Ungeduld schlüpfte ich aus meinen Klamotten. Den Badeanzug hatte ich schon daheim angezogen, sodass ich mich gleich in die Fluten stürzen konnte. Mit ausgebreiteten Armen rannte ich ins Wasser. Ich kam etwa bis zu den Knien, dann stoppte ich abrupt, und mir entwich ein spitzer Schrei.

Kalt!

Die Ostsee war eiskalt. Alle Haare an meinem Körper stellten sich auf, und ein Schauer kroch über meinen Rücken. Ich konnte mich nicht überwinden, auch nur einen Schritt weiterzugehen, und blieb mit vor der Brust verschränkten Armen stehen.

Mein innerer Schweinehund plädierte dafür, das Schwimmen ausfallen zu lassen und wieder nach Hause zu gehen. Gleichzeitig erwachte jedoch mein Trotz. Konnte ich nicht mal ein bisschen kaltes Wasser ertragen? Überall an der Küste gab es schließlich Vereine und Seniorengruppen, die sich regelmäßig bei Wind und Wetter trafen, um ein Bad im Meer zu nehmen. Dann war ich, Eva Huber, doch wohl auch dazu in der Lage!

Zaghaft machte ich zwei Schritte vorwärts, sodass mir das Wasser bis zu den Oberschenkeln reichte. Meine Zähne begannen zu klappern. Vielleicht konnte ich es als Erfolg werten, wenn ich es bis zur Taille schaffte? Das Schwimmen konnte ich auch auf morgen verschieben. Oder übermorgen.

»Hallo, Frau Huber«, erklang eine vertraute Stimme hinter mir.

Ich fuhr herum.

Ach, du meine Güte! Der Jogger, den ich vorhin von Weitem

gesehen hatte, war niemand anderes gewesen als Jakob Thiel. Der hatte mir gerade noch gefehlt! Dass ich hier bibbernd und in meinem grünblau gestreiften Badeanzug vor ihm stand, kam mir recht ungelegen.

Er trug knielange Sportshorts und ein legeres schwarzes Shirt, das gut zu seinen dunklen Haaren passte. Feine Schweißperlen glitzerten auf seiner Stirn.

»Was treiben Sie denn da?«

»Das sieht man doch. Ich schwimme«, gab ich trotzig zurück.

Er sah kritisch an mir herab bis zu meinen Schenkeln, die vom Wasser umspült wurden. »Schwimmen hatte ich anders in Erinnerung. Dafür müssten Sie sich deutlich mehr bewegen.«

»Das Wasser ist recht frisch«, informierte ich ihn und reckte mit einem kleinen Rest von Stolz mein Kinn. »Damit habe ich nicht gerechnet, schließlich ist es schon Mai. Wenn ich im Sommer an der Küste war, war die See nie so kalt.«

»Was die Jahreszeiten betrifft, hinken wir hier immer ein paar Wochen hinter dem Festland her«, erklärte er. »Das betrifft das Ausschlagen der Bäume im Frühling genauso wie das Ansteigen der Wassertemperatur.«

Im verzweifelten Versuch, den letzten Rest Wärme in meinem Körper zu halten, schlang ich die Arme fester um mich. Vielleicht würde ich mein nächstes Schwimmtraining auf Juli oder August verschieben.

»Und Sie gehen jeden Morgen joggen?«, fragte ich schlotternd. Mein Blick fiel auf seine blanken Füße. »Ohne Schuhe?«

»Ich jogge am Strand immer barfuß. Allerdings nicht jeden Morgen. Meist zwei Mal die Woche, oder wenn ich mich …«, er verzog das Gesicht, »… abreagieren muss.«

Mein Gefühl sagte mir, dass heute Letzteres der Fall war. Ehe ich mich bremsen konnte, fragte ich auch schon: »Ist es wegen dieser Hochzeit? Ich habe gestern gesehen, dass es Ärger gegeben hat.«

»Ja, so könnte man sagen«, knurrte er und rieb sich über die Wange. Er schien sich noch nicht rasiert zu haben, doch der Bartschatten stand ihm gut.

Ehe ich ihn fragen konnte, was eigentlich vorgefallen war, fuhr er auch schon fort: »Gut, dass Sie das ansprechen, es ist nämlich so …« Er stockte, und seine blauen Augen schweiften zum Horizont. Schließlich spannten sich die Muskeln seines Körpers an. Jakob Thiel fixierte mich wieder, aber nun schien sich etwas in seinem Blick verschlossen zu haben.

»Als Pächterin des Cafés wirkt es recht unprofessionell, wenn Sie die Hochzeitsgesellschaft unverblümt angaffen«, sagte er in ruppigem Tonfall. »Man konnte Sie am Fenster deutlich sehen. Ihre Tochter und Sie haben permanent getuschelt und gekichert.«

Pah! Das stimmte überhaupt nicht. Abgesehen davon konnte er das gar nicht wissen. Die meiste Zeit, in der Nele und ich gelästert und gekichert hatten, waren wir überhaupt nicht in seinem Blickfeld gewesen. Um ein Haar wäre mir eine gereizte Erwiderung herausgerutscht, doch ich konnte mich gerade noch bremsen. Jede Wette, dass Jakob Thiel mich nur ärgerte, um von dem Vorfall bei der Hochzeit abzulenken!

Ich legte den Kopf schräg. »Was soll eigentlich diese schroffe Art, die Sie immer an den Tag legen? Wollen Sie andere Leute damit absichtlich von sich fernhalten?«

Er hob die Augenbrauen. Dass ich nicht so reagierte, wie er erwartet hatte, traf ihn wohl unvorbereitet.

Er räusperte sich. »Nein, eigentlich ist das der typisch männliche Insulanercharme.«

»Ach ja? Und der soll bei Frauen Wirkung zeigen?«, fragte ich skeptisch.

Die Andeutung eines Lächelns zuckte um seine Mundwinkel. »Sagen *Sie* es mir!«

Ich schüttelte den Kopf. »Bis jetzt nicht.«

»Warten Sie es mal ab«, erwiderte er. »Es dauert etwas, bis sich die ersten Effekte zeigen, aber schon bald werden Sie von meiner natürlich rauen Art nicht genug bekommen und mich verzückt anschmachten.«

Ich musste auflachen. »Na, wenn Sie das sagen …«

Hoppla! Irgendwie waren wir während des Gesprächs falsch abgebogen. Flirteten wir etwa gerade miteinander?

Auch Jakob Thiel schien diese Wendung unangenehm zu sein. Für einen Moment breitete sich zwischen uns peinliches Schweigen aus.

Er atmete tief durch. »Aber Sie haben recht«, sagte er. »Diese Hochzeit ist etwas aus dem Ruder gelaufen. Eigentlich wollte ich …« Wie schon zuvor stockte er und blickte zum Horizont.

»… Sie um Hilfe bitten«, beendete er dieses Mal seinen Satz. Es hatte ihn offenbar Überwindung gekostet, die Worte über die Lippen zu bringen.

»Mich?«, entfuhr es mir.

Die Gänsehaut, die meinen Körper mittlerweile überzog, machte ihrem Namen alle Ehre. Die Haut an meinen Armen war übersät mit körnergroßen Papeln.

Er seufzte. »Die Sache ist nicht ganz einfach zu erklären. Wie wäre es, wenn wir uns nachher treffen und in Ruhe darüber sprechen? Hier ist dafür nicht der richtige Ort.« Er deutete auf mich. »Außerdem scheint Ihnen extrem kalt zu sein.«

»Ach, quatsch! Ich komme aus Bayern. Dort können wir Kälte ab«, behauptete ich. »Im Winter lege ich mich gleich nach dem Aufstehen im Schlafanzug in eine Schneewehe.«

Zugegeben, das war nur ein einziges Mal vorgekommen, und ich war damals sechs Jahre alt gewesen. Es war eine durchaus interessante Erfahrung gewesen, die jedoch nicht nach einer Wiederholung verlangt hatte.

Barfuß, wie er war, lief Jakob Thiel vom Strand ins Wasser.

Nicht einmal mit einem leichten Zucken ließ er sich die eisige Temperatur anmerken. Aber als Insulaner war man wohl daran gewöhnt. Wahrscheinlich wurden die Babys gleich nach der Geburt mit frischem Ostseewasser getauft.

Er beugte sich zu mir, bis ich seinen Duft nach Seife, Kiefern und einer leicht salzigen Note wahrnehmen konnte. Letzteres kam wahrscheinlich vom Joggen. Ich fand seinen Geruch wirklich angenehm. Irgendwie männlich. Nach was ich wohl roch? Wahrscheinlich nach Kaffee, meinem Vanille-Duschgel und einem Hauch Todesangst, weil ich jeden Moment erfrieren würde.

»Eine erstklassige Gänsehaut«, diagnostizierte er. »Und Ihre Lippenfarbe sieht auch nicht gesund aus. Wenn Sie Glück haben, kriegen Sie keine Erkältung. Bei der Wassertemperatur muss man sich bewegen. Oder anders gesagt: Man muss schwimmen.«

Klugscheißer! Als ob ich das nicht selbst wüsste.

»Wie bitte?«, fragte er irritiert.

Oh, verdammt! Hatte ich diesen Gedanken etwa laut ausgesprochen?

»Oh, das … das tut mir leid!«, stammelte ich. Das war schon das zweite Mal innerhalb von vierundzwanzig Stunden, dass ich ihn beleidigt hatte. »Das ist mir einfach so rausgeru…«

Er winkte ab. »Nein, ich war wirklich ein Klugscheißer«, unterbrach er mich. *»Wohrheit blifft Wohrheit, solang de Wind weiht, un de Hahn kreiht.«*

Okay, das verstand ich auch ohne Übersetzung.

Jakob Thiel warf mir einen unergründlichen Blick zu. »Und Ihre Offenheit hat ehrlich gesagt etwas Erfrischendes.«

Das klang wie ein Kompliment. Und das, nachdem ich ihn einen Klugscheißer genannt hatte.

»Treffen wir uns nachher?«, hakte er nach.

»Heute?« Ich zögerte, denn eigentlich hatte ich den Tag schon verplant. Nach meinem Treffen mit Peggy und ihrem Bruder mussten die Wände des Cafés ein zweites Mal gestrichen werden. Und über das neue Konzept musste ich mir auch noch den Kopf zerbrechen. Aber wenn mich jemand um Hilfe bat, konnte ich nicht Nein sagen. Zudem war ich unglaublich neugierig, was Jakob Thiel von mir wollte.

»Okay, einverstanden!« Ich hob einen Zeigefinger. »Aber unter einer Bedingung.«

Er sah mich misstrauisch an. »Und die wäre?«

»Wir duzen uns ab sofort«, verlangte ich.

Leider erntete ich für meinen Vorschlag kein erfreutes Lächeln, im Gegenteil. »Da wir zusammenarbeiten, halte ich es für besser, wenn wir beim Sie bleiben, Frau Huber.«

Ich verdrehte die Augen. »Aber das ist nun mal meine Bedingung. Außerdem sind wir hier in Liebwitz, und auf der Insel duzen sich die Leute«, konterte ich. »Das weiß ich aus mehreren zuverlässigen Quellen.«

Er seufzte gequält. »Na schön!«, gab er sich geschlagen und streckte mir die Hand hin. »Ich bin Jakob.«

Ich schlug grinsend ein. »Eva.«

Sein Händedruck war angenehm kräftig und warm. Geradezu himmlisch warm. Er dagegen musste gerade das Gefühl haben, eine Wasserleiche zu berühren.

Wir blickten einander in die Augen, und zum ersten Mal fielen mir seine langen Wimpern und die bernsteinfarbenen Sprenkel in seiner blauen Iris auf. Sie sahen aus wie kleine Inseln im Ozean.

»Wegen des Termins schreibe ich dir nachher«, sagte er, ohne meine Hand loszulassen. »Ich habe ja deine Handynummer.«

»Schön!« Ich nickte wie hypnotisiert.

»Also dann …«

Unsere Hände lösten sich voneinander, und er wandte sich zum Gehen. Das war mir ausgesprochen recht. Sobald Jakob außer Sichtweite war, würde ich mir meine Sachen schnappen, nach

Hause joggen und mich dort eine halbe Stunde unter die heiße Dusche stellen.

»Ach, da fällt mir ein …«, sagte er lang gedehnt und drehte sich noch mal zu mir um.

Sein verschmitztes Grinsen hätte mich sofort stutzig machen müssen, doch ich blickte ihn nur fragend an. Ehe ich es mich versah, versetzte er mir einen leichten Schubs an den Oberarm. Er war nicht kräftig, aber ich war so überrascht, dass ich einige Schritte nach hinten ins tiefere Wasser taumelte. Ich versuchte noch, das Gleichgewicht wiederzufinden, aber meine Glieder waren wohl schon festgefroren. Mit Schwung landete ich im kalten Nass.

Während ich noch nach Luft schnappte, lief Jakob auch schon zum Strand zurück.

»Nichts zu danken!«, rief er mir über die Schulter zu. »Manchen Menschen fehlt einfach jemand, der sie zur rechten Zeit in die richtige Richtung schubst. Viel Spaß beim Schwimmen!«

Das würde er noch bereuen! Reflexartig machte ich ein paar Schwimmbewegungen und bemerkte, wie dankbar mein Körper darauf reagierte. Na schön, da ich nun schon mal komplett nass war, würde ich auch ein bisschen schwimmen! Um mich aufzuwärmen. Aber danach würde ich meine Rache an Jakob planen, so viel stand fest.

9. Kapitel

Ich wartete zusammen mit Peggy vor einer Lagerhalle am Rande des Dorfs. Sie stand neben einer weitaus größeren Halle mit dem Firmenschild *Jahnke Werft – Zeesboote Reparatur & Restaurierung.* Durch das geöffnete Tor erspähte ich zahlreiche aufgebockte Boote, und der Geruch von Holz und Lack wehte zu uns herüber. Offenbar entstand hier ein kleines Industriegebiet, denn auf dem Grundstück nebenan wurde ebenfalls gebaut, und ein Kran transportierte gerade schwere Betonplatten. Der Bürgermeister von Liebwitz war anscheinend fest entschlossen, das abgelegene Dörfchen aus seinem Dornröschenschlaf erwachen zu lassen. Ich wusste nicht, ob mir das gefiel. Dass hier die Zeit langsamer zu verstreichen schien als in der modernen, hektischen Welt da draußen, machte für mich den Charme von Liebwitz aus.

»Mein Bruder hat die Halle kürzlich errichten lassen, um seine ausrangierten Möbel zentral lagern zu können«, sagte Peggy.

Heute trug sie pinkfarbene Leggins, weiße Pumps und eine taillierte Plüschjacke mit Leopardenmuster. Neben ihr kam ich mir mit meiner pastellblauen Bluse und der dunkelblauen Hose wie eine graue Maus vor.

»Du glaubst nicht, wie sehr er sich gefreut hat, dass du ihm ein paar Sachen abkaufen willst. Ich schwöre, ich habe in seinen Augen Dollarzeichen aufflackern sehen!«

Ich lachte. »Ihr scheint wirklich sehr unterschiedlich zu sein.«

Sie nickte. »Ganz ehrlich, wenn es nach mir gehen würde, würde ich dir die Sachen schenken. Mein Bruder ist jedoch ein Pfennigfuchser mit Tendenzen zum Messie. Er hebt jeden Mist auf.«

»Mein Vater kann auch nichts wegschmeißen«, erzählte ich. »Er hortet selbst den zwanzigsten Inbusschlüssel in der gleichen Größe. Falls die anderen neunzehn plötzlich spurlos verschwinden. Meine Mutter bringt er damit zur Weißglut.«

Der Gedanke an meine Eltern versetzte mir einen kurzen, aber schmerzhaften Stich. Ob sie mir je verzeihen würden, dass ich unser Hotel verkauft hatte? Natürlich gab meine Schwester ihr Bestes, um zu vermitteln, doch die Funkstille tat weh.

Peggy winkte ab. »Das ist ja noch harmlos!« Sie deutete auf das Gebäude. »Aber welcher normale Mensch baut denn extra ein Lagerhaus, um darin ausrangiertes Zeug aufzubewahren?«

Zugegeben, auf so eine Idee wäre mein Vater nicht gekommen. Er kaufte sich höchstens einen größeren Werkzeugkoffer. So langsam war ich wirklich gespannt auf Peggys Bruder! Auf Pünktlichkeit schien er jedenfalls keinen Wert zu legen. Wir warteten schon fast fünfzehn Minuten.

Peggy beugte sich verschwörerisch zu mir. »Wenigstens hat das Grundstück von der Gemeinde nichts gekostet. Mein Bruder hat es vom Bürgermeister fast geschenkt bekommen. Das war wohl so ein Deal zwischen den beiden. Dafür, dass Vincent den Bau des Cafés finanziert hat.«

Ich war mir nicht sicher, ob diese Information für meine Ohren bestimmt war. Peggy war nun mal eine kleine Plaudertasche. Dirk Jansen schien offenbar dem Geschäftsmodell anzuhängen, dass eine Hand die andere wäscht. Ellas Anschuldigung, dass er mir absichtlich den Zustand des Gastraums verschwiegen hatte und meine Mitbewerber reine Erfindung gewesen waren, erschien mir gar nicht mehr so unrealistisch.

»Erzähl mir doch mal was vom Café!«, bat ich Peggy. »Was ist denn deiner Meinung nach falschgelaufen?«

Zu meiner Überraschung folgte auf meine Frage nicht der übliche Wortschwall. Peggy stand da wie ein begossener Pudel.

»Ich will nicht petzen«, sagte sie in entschuldigendem Tonfall. »Die Völlers waren ganz Nette. Es hat mir für sie echt leidgetan, dass sie das Café aufgeben mussten. Sei mir bitte nicht böse!«

Ich legte ihr beruhigend die Hand auf den Arm. »Das versteh ich! Und ich respektiere absolut, dass du loyal sein willst. Erzähl mir doch einfach nur die Dinge, bei denen du dich wohlfühlst.«

Sie überlegte kurz. »Also gut! Dass keine Insulaner ins Café gekommen sind, habe ich dir ja schon gesagt. Aber auch bei den Urlaubern war es schwierig. Zuerst ging es noch, doch dann haben die Völlers gemerkt, dass sie die Preise falsch kalkuliert und nichts verdient haben. Weil sie zu der Zeit schon Geldprobleme hatten, haben sie dann die Preise viel zu stark erhöht. Ich hab sie gewarnt, dass das auch die restlichen Gäste abschrecken wird, aber die beiden …« Sie stockte.

»… wollten nicht auf dich hören«, beendete ich mit sanfter Stimme ihren Satz. Ich nahm mir fest vor, Peggys Meinung niemals in den Wind zu schlagen.

Nach kurzem Nachdenken fügte sie noch hinzu: »Außerdem haben die Touristen immer nach regionalem Essen gefragt. Aber die Völlers wollten ja ein moderndes, hippes Café. Matjesbrötchen oder geräucherter Fisch haben da einfach nicht ins Konzept gepasst.«

Das war in der Tat eine äußerst hilfreiche Information. Die Urlauber wollten Matjesbrötchen und geräucherten Fisch? Das war eigentlich keine große Überraschung – sie kamen schließlich her, um die Ostsee mit allen Sinnen zu erleben. Heureka! Plötzlich wusste ich ganz genau, in welche Richtung das *Café Liebesbrise* gehen sollte.

Es gab nur ein Problem: Dirk Jansen würde die Idee garantiert nicht gefallen, denn das Thema Liebe spielte dabei überhaupt keine Rolle.

Mein Handy meldete eine eingehende Nachricht. Jakob hatte

mir wegen unseres Treffens geschrieben. Mittlerweile war mein Ärger auf ihn fast wieder verflogen. Nachdem ich die schlimmste Kälte aus meinem Inneren vertrieben hatte, war meine morgendliche Schwimmrunde nämlich recht schön gewesen. Die gleichmäßigen Bewegungen, das Meer, die Wellen, die Weite – das alles hatte mich in eine fast schon meditative Stimmung versetzt. Im Wasser hatte ich mich zum ersten Mal mit meiner neuen Heimat verbunden gefühlt. Und das war wundervoll gewesen. Aber wenn sich die Gelegenheit bot, würde ich mich trotzdem an Jakob rächen! Das hatte er verdient.

»Wieso lächelst du denn plötzlich so verträumt?«, fragte Peggy und musterte mich neugierig.

»Ich?« Ertappt sah ich von meinem Handy auf. »Das … das war kein Lächeln. Es ist lediglich eine Nachricht von Jakob Thiel. Wir versuchen, einen Termin für ein Treffen zu finden. Er braucht meine Hilfe.«

Peggy zog bedeutungsvoll die Augenbrauen in die Höhe. »Aha!«

»Nix *aha*«, entgegnete ich eine Spur zu schnippisch. »Zwischen uns ist nichts.«

Kein Wunder, dass Peggy sich sofort auf der richtigen Fährte wähnte. Sie grinste noch breiter. »Er sieht ja ganz gut aus. Findest du nicht?«

»Es geht.« Ich wich ihrem Blick aus und strich meine Bluse glatt. »Er kann ganz attraktiv sein, wenn er lächelt.«

»Du hast ihn lächeln gesehen?« Sie riss die Augen auf. »Unseren unfreundlichen Standesbeamten? Ach, du meine Güte! Das ist ein Wunder.« Sie hob die Hände gen Himmel. »Das Wunder von Liebwitz.«

Ich verdrehte die Augen. »Jetzt übertreib mal nicht. So schlimm ist Jakob gar nicht.«

»Aha, du nennst ihn also schon beim Vornamen!«, stellte sie messerscharf fest.

Verflixt, dieser Frau entging auch nichts! Bei Peggy musste man wirklich auf jedes Wort achten.

»Wir duzen uns seit heute Morgen«, gab ich notgedrungen zu. »Aber du hast selbst gesagt, dass das auf der Insel normal ist.«

Sie hob ihren Zeigefinger. »Aber nicht bei Jakob Thiel. Schon gar nicht bei Leuten, die er erst seit Kurzem kennt. Die Völlers hat er bis zum Schluss gesiezt.«

Diese Information traf mich unerwartet. Was ich lediglich als Fortschritt gewertet hatte, war wohl ein noch größerer Erfolg als gedacht.

In diesem Moment bog eine Luxuslimousine in die Zufahrt ein, und Vincent Dussmann stieg aus. Auf den ersten Blick konnte ich keinerlei Familienähnlichkeit zwischen ihm und Peggy erkennen, im Gegenteil. Eher hätte er mit Dirk Jansen verwandt sein können: Peggys Halbbruder war Mitte vierzig, durchschnittlich groß, ziemlich beleibt und hatte schütteres blondes Haar. Sogar der Schnitt seines Anzugs ähnelte dem des Bürgermeisters, wenngleich der Stoff von Vincent Dussmanns Zweireiher hochwertiger wirkte. Er war ein typischer Geschäftsmann mittleren Alters, der vor Stolz und Selbstgefälligkeit nur so strotzte. Aber da ihm das Wohl seiner Halbschwester am Herzen lag, schien er ja offenbar auch gute Seiten zu haben …

»Versprich mir nur noch eins«, sagte Peggy, während wir auf ihn zuliefen, um ihn zu begrüßen. »Wenn Jakob Thiel das nächste Mal lächelt, mach ein Beweisfoto!«

»Ich gebe mein Bestes!«, versprach ich schmunzelnd.

Dann konzentrierte ich mich auf die vor mir liegende Aufgabe. Denn ich brauchte dringend günstige Möbel fürs Café! Und wenn ich in dieser Halle nicht fündig würde, hätte ich ein riesengroßes Problem.

*

Nach längerer Suche hatte ich im Lager sechs Tische und die dazugehörigen Stühle entdeckt. Sie passten absolut perfekt zum schönen Holztresen des Cafés. Anscheinend stammten die Sachen aus einem Fischrestaurant, das Peggys Halbbruder besaß. Der Stil war schlicht, gemütlich und zeitlos modern. Genau das, was ich gesucht hatte. Um ein Haar wäre ich bei ihrem Anblick in lauten Jubel ausgebrochen, doch ich hatte gerade noch mein Pokerface beibehalten können. Leider waren sechs Tische für mein Café eigentlich zu wenig, aber darüber würde ich mir später den Kopf zerbrechen.

Wir standen wieder draußen auf dem Parkplatz und begannen mit den Verhandlungen.

Vincent Dussmann maß mich mit stechendem Blick. »Dreitausend Euro«, verlangte er ohne Umschweife.

»Dreitausend Euro?« Ich lachte ungläubig. Diese Reaktion war zwar taktisch klug, aber der Preis war tatsächlich so absurd, dass ich nicht anders konnte. »Ich bitte Sie, Herr Dussmann! Da könnte ich die Sachen gleich neu kaufen. Und an den Tischen sind deutliche Gebrauchsspuren zu erkennen.«

»Das stimmt«, sagte Peggy. »Der eine Tisch hat einen Kratzer so tief wie der Suez-Kanal.«

Ich hatte keine Ahnung, von welchem Kratzer sie sprach, denn ich hatte keinen gesehen.

»Genau!«, stimmte ich ihr trotzdem zu. »Sie können froh sein, wenn Sie für die Sachen noch fünfhundert Euro bekommen.«

»Na schön, zweitausendfünfhundert Euro«, kam Vincent Dussmann mir entgegen und machte dabei eine Miene, als würde ich seine Gutmütigkeit über die Maßen ausnutzen. Er hob den Zeigefinger. »Aber das ist mein allerletztes Wort, Frau Huber. Über den Kratzer können Sie ja eine Tischdecke legen.«

»Ich zahle doch keine zweitausendfünfhundert Euro für Möbel, über die ich eine Tischdecke legen muss. Kein Mensch würde Ihnen so viel Geld dafür geben.«

Ich holte tief Luft. »Da Sie am Gewinn des Cafés beteiligt sind, sollten Sie mich eigentlich tatkräftig unterstützen, Herr Dussmann! Schon allein, weil Ihre Halbschwester meine Angestellte ist. Wenn ich mit dem Café Erfolg habe, werden auch Sie davon profitieren. Doch offenbar ist es Ihnen wichtiger, mich bei diesem Deal übers Ohr zu hauen.« Ich seufzte. »Unter diesen Umständen muss ich wohl weiterhin die hässlichen Bistromöbel der Völlers benutzen, obwohl das Café dadurch so gemütlich wie eine Bahnhofshalle ist.« Ich reckte mein Kinn. »Komm, Peggy, wir gehen!«

Mit klopfendem Herzen machte ich auf dem Absatz kehrt. Nun kam es darauf an, Entschlossenheit vorzutäuschen!

Ich marschierte mit Peggy an meiner Seite in Richtung Auto. Sie warf mir immer wieder nervöse Blicke zu und nagte an ihrer Unterlippe. Anscheinend war sie nicht davon überzeugt, dass ihr Halbbruder einknicken würde. Ich zwar auch nicht, aber ich setzte alles auf eine Karte.

»Zweitausend Euro«, bellte es in meinem Rücken.

Ich hielt inne und drehte mich langsam zu Vincent Dussmann um. Sein souveränes Auftreten bröckelte etwas, denn er fuhr sich mit der Zunge nervös über die Lippen.

Mit verschränkten Armen musterte ich meinen Kontrahenten nachdenklich, um etwas Zeit zu schinden. Dabei kam mir allerdings ein Geistesblitz.

»Okay, zweitausend Euro – wenn Sie mir die zwei gebrauchten Samtsofas dazugeben«, forderte ich spontan.

Irritiert kratzte er sich die Schläfe. »Welche Samtsofas?«

»Die dunkelroten in Chippendale-Optik. Sie haben erzählt, dass sie in einem Ihrer Hotels im Flur standen.«

Mir hatte es schon immer gefallen, wenn man in einem Café auch auf einer bequemen Couch Platz nehmen und dort seinen Kaffee genießen konnte. Schon allein optisch wären diese Sofas ein Eyecatcher. Da die sechs Tische nicht ausreichten, um den kompletten Raum zu füllen, wäre das die perfekte Lösung. Zwei passende Couchtische aufzutreiben war sicherlich keine allzu große Schwierigkeit.

»Nun werden Sie aber unverschämt, Frau Huber!«, entgegnete Vincent Dussmann resolut. »Die Sofas sind äußerst hochwertig und teuer. Ebenso die Tische. Selbst gebraucht sind diese Möbel deutlich mehr wert als Ihr Angebot.«

Ich gab es ungern zu, aber damit hatte er recht. Vielleicht musste ich ihm etwas entgegenkommen.

»Und was ist, wenn ich Ihnen schon jetzt zusichere, dass ich Peggy am Ende der Probezeit fest anstellen werde? Könnte Sie das umstimmen?«

Damit traf ich ihn unvorbereitet. Er blickte stirnrunzelnd zwischen Peggy und mir hin und her. »Aber Sie haben meine Schwester doch noch gar nicht als Bedienung erlebt.«

Das stimmte zwar, aber immerhin hatte sie eine Ausbildung zur Restaurantfachfrau absolviert. Und in ihrem Fall vertraute ich einfach auf meine Menschenkenntnis. Mein Bauchgefühl sagte mir, dass ich auf dieser Insel keine bessere Angestellte finden würde.

Ich ließ seine Bemerkung unkommentiert und streckte ihm stattdessen die Hand hin. »Ich gebe Peggy einen unbefristeten Arbeitsvertrag und zahle Ihnen für die Sachen zweitausend Euro. Haben wir einen Deal, Herr Dussmann?«

Er reagierte nicht und funkelte mich nur wütend an. Mein ausgestreckter Arm wurde langsam etwas schwer.

»Gib dir einen Ruck, Vincent-Bärchen!«, sagte Peggy mit sanfter Stimme und sah ihn bittend an. »Damit tust du etwas Gutes.«

Er schnaubte, doch nach kurzem Zögern schlug er tatsächlich ein.

»Sie sind eine harte Verhandlungspartnerin, Frau Huber«, knurrte er. »Ich sehe diesen Deal als Investition in die Zukunft. Aber mit Ihnen Geschäfte zu machen ist kein Spaß.«

Mir fiel ein Stein vom Herzen. Ich strahlte ihn an. »Das nehme ich mal als Kompliment.«

Ohne seine Hand loszulassen, fügte ich noch hinzu: »Und Sie sind bestimmt auch so nett, mir alles ins Café liefern zu lassen? Ich habe wegen der Neueröffnung viel um die Ohren, sodass ich den Transport nicht auch noch organisieren kann. Sie als Gentleman helfen mir doch sicher gern?«

Sein eisiger Blick hätte selbst einen Gletscher zum Frieren gebracht. »Na schön«, brummte er. »Aber das Café sollte schon bald ordentlich Gewinn abwerfen. Sonst bereue ich das hier noch.«

»Ich gebe mein Bestes«, versprach ich ihm. »Dank Ihrer Hilfe stehen meine Chancen jetzt deutlich besser. Es hat mich gefreut, Sie kennenzulernen, Herr Dussmann.«

Das sah er offenbar anders. Er murmelte zum Abschied etwas Unverständliches und marschierte ohne ein weiteres Wort zu seinem Auto. Peggy und ich hielten uns zurück, bis er in seiner Limousine davongebraust war. Dann kreischten wir los wie zwei kleine Mädchen und fielen uns jubelnd in die Arme.

10. Kapitel

Als ich ins Café zurückkam, war ich immer noch erfüllt von einem warmen Glücksgefühl. Ich hatte mich tatsächlich durchgesetzt! Natürlich war es von Vorteil gewesen, dass ich durch Peggys Warnung auf einen harten Verhandlungskampf vorbereitet gewesen war, aber es war trotzdem ein kleiner Erfolg. Nach allem, was hinter mir lag, war es ein schönes Gefühl, einmal nicht auf der Verliererseite zu stehen.

Als ich in die Küche trat, hörte ich aus dem Gastraum Stimmen und Gelächter. Da ich keinen Besuch erwartet hatte, hielt ich überrascht inne.

»… im Sommer absolut legendäre Strandpartys«, erzählte gerade eine mir unbekannte Frauenstimme. »Dort stören garantiert keine Eltern. Meist kommen alle Jugendlichen aus den umliegenden Dörfern. Es gibt also jede Menge süßer Jungs.«

»Und süße Mädchen«, korrigierte sie eine andere weibliche Stimme, die ich Ella zuordnete.

»Natürlich, entschuldige bitte!«, meinte die Erste. »Es kommen süße Jungs, süße Mädchen und alle süßen Freunde der LGBTQ-Community. Und die, die ich jetzt vergessen habe.«

»Ja, ich glaube, das war politisch korrekt!«, sagte Ella zufrieden.

»Das hört sich gut an«, erwiderte Nele und seufzte. »Allerdings kenne ich hier überhaupt niemanden, der mich auf eine Strandparty mitnehmen könnte.«

Ich blieb hinter der Schwingtür stehen. Eigentlich hasste ich es zu lauschen, aber ich wollte das Gespräch auch nicht unterbrechen.

»Das gibt sich im Nullkommanix, sobald du auf die Schule

gehst«, meinte Ella. »Hier halten die Jugendlichen zusammen und freuen sich über jeden Neuzugang.«

»Hoffentlich habt ihr recht!«, sagte Nele.

»Ganz sicher«, erwiderte die erste Frau. »Wir sind jedenfalls nicht vor Langeweile umgekommen, wie du siehst. Und auf dem Land sind auch mal Verrücktheiten erlaubt. Ella, weißt du noch, wie ich gegen Finn diese Wette verloren habe und als Schlumpfine verkleidet in die Schule gehen musste?«

»Wie könnte ich das vergessen?«, entgegnete Ella. »Du hast sogar Gesicht und Arme blau angemalt und deine Wettschuld tapfer ertragen.«

»Fuck, ich wäre vor Scham gestorben!«, kicherte Nele.

Ich freute mich, meine Tochter so gelöst zu erleben, aber gleichzeitig schmerzte es mich auch. Klar, ich war ihre Mutter, und in ihrem Alter war es quasi ihre Pflicht, gegen mich zu rebellieren. Trotzdem wünschte ich mir, dass sie in meiner Gegenwart auch mal wieder so locker und entspannt sein würde.

Ich zuckte zusammen, denn in diesem Moment piepte mein Handy. Es war wieder eine Nachricht von Jakob, der mir mitteilte, dass er jetzt Zeit hätte.

Das Gelächter auf der anderen Seite der Schwingtür verstummte abrupt. Damit war ich wohl aufgeflogen und musste mich zu erkennen geben.

Schnell schrieb ich Jakob zurück: »Gib mir bitte noch ein paar Minuten, ja?«

Dann betrat ich das Café. Schon nach drei Schritten blieb ich wie angewurzelt stehen, weil sich mir ein völlig unerwartetes Bild bot. Denn Nele und Ella hatten während meiner Abwesenheit zum Pinsel gegriffen und ohne mich weitergestrichen.

Gerührt fasste ich mir ans Herz. »Ich … ich weiß gar nicht, was ich sagen soll!«, stammelte ich. »Das ist so lieb von euch.«

»Da staunst du, was?« Ella kam grinsend zu mir, hielt die Farbrolle zur Seite und drückte mich kurz an sich. »Ich habe heute meinen freien Tag und dachte, ich helfe dir noch ein bisschen. Außerdem wollte meine beste Freundin dich unbedingt kennenlernen, weil ich ihr so von dir vorgeschwärmt habe.«

Sie deutete auf eine blonde Frau in einem geblümten Maxikleid. Sie versuchte gerade, von einem der verbliebenen Bistrostühle aufzustehen, doch sie war hochschwanger und kam offenbar nur schwer in die Höhe.

»Bleib sitzen!«, rief ich und eilte zu ihr. »Ich bin Eva Huber. Freut mich, dich kennenzulernen!«

»Hannah Bradhering.« Sie ergriff lächelnd meine Hand. »Tut mir leid, dass wir dich einfach überfallen. Aber nach Ellas Erzählung war ich neugierig auf dich. Und offengestanden bin ich im Augenblick für jeden Vorwand dankbar, das Haus zu verlassen.« Sie ließ sich zurück auf den Stuhl fallen. »Meine Güte, ich bin so beweglich wie ein gestrandeter Wal.«

Ich nickte mitfühlend. »Das Gefühl kenne ich. Auch wenn es bei mir schon ein Weilchen her ist.« Ich deutete auf Nele, die natürlich prompt stöhnte und genervt die Augen verdrehte.

»Wann ist es denn so weit?«, fragte ich.

»Erst in fünf Wochen.« Hannah rutschte hin und her, um auf dem Stuhl eine gemütliche Position zu finden. »Ich rechne allerdings fest damit, vorher zu platzen. Neuerdings kann ich beim Zeichnen tatsächlich meinen Bauch als Unterlage benutzen. Ist das zu fassen?«

Bei der Erwähnung, dass sie zeichnete, schlug mein Hirn Alarm. Ich riss die Augen auf. »Moment mal, *Hannah Bradhering?* Bist du etwa die berühmte Malerin, die im Standesamt diese tollen Landschaftsbilder gezeichnet hat?«

Ella legte stolz den Arm um ihre Freundin. »Ja, das ist sie! Meine Sandkastenfreundin hatte schon Ausstellungen in ganz Europa. Du stehst hier also vor unserer erlauchten Liebwitzer Dorfprominenz –

was natürlich eine große Ehre ist, der du dich würdig erweisen solltest«, sagte sie in neckendem Tonfall.

Derartige Lobpreisungen schienen Hannah unangenehm zu sein, denn sie verzog das Gesicht, als hätte sie in eine Zitrone gebissen. »Hör auf! Ich bin ein ganz normaler Mensch und mache nur meinen Job.«

Ella kicherte, und ich ließ mich dazu verleiten, ein imaginäres Röckchen zur Seite zu ziehen und einen Knicks anzudeuten. »Es ist mir eine große Freude, Hannah Bradhering!«

Ich wandte mich an Ella. »So richtig?«

Sie zeigte mir den erhobenen Daumen. »Fast perfekt! Korrekterweise hättest du jetzt noch ihren Pinsel küssen müssen, aber den hat sie ja leider nicht dabei.«

»Ach, ihr seid doch beide doof!«, schnaufte Hannah, doch um ihre Mundwinkel zuckte ein belustigtes Lächeln. »Jetzt weiß ich, wieso ihr euch sofort verstanden habt.«

Ich deutete zur Theke. »Kann ich euch etwas zu trinken anbieten? Hannah, ich habe einen Tee aus Himbeerblättern und Brennnesseln. Der soll in der Schwangerschaft besonders bekömmlich sein.«

Hannah nickte erfreut. »Das hört sich gut an!«

»Und ich hätte gern eine Tasse von deinem Cappuccino mit Milchschaum«, bat mich Ella. »Der war das letzte Mal unglaublich lecker.«

Ihr Lob freute mich und machte mir Hoffnung, dass die anderen Gäste das bald auch so sehen würden. Während ich die Getränke zubereitete, gesellte sich Ella wieder zu meiner Tochter zum Streichen. Gleich darauf entspann sich ein Gespräch zwischen ihnen.

»Du bist mit der Renovierung ordentlich vorwärtsgekommen«, lobte mich Hannah. »Weißt du denn schon, wie du das Café einrichten wirst?«

»Gerade eben habe ich Victor Dussmann zwei Sofas und ein paar Holzmöbel abgekauft. Und was die Deko betrifft …« Ich seufzte. »Dirk Jansen erwartet, dass ich dem Liebesthema treu bleibe und wieder in Richtung Romantik gehe.«

Sie tippte sich versonnen an die Lippen. »Wie wäre es mit dem Thema ›Liebespaare in Film und Literatur‹? Du könntest Fotos aus *Casablanca* und *Titanic* aufhängen. Dazu Zitate an den Wänden aus *Romeo und Julia* oder *Stolz und Vorurteil*.«

»Eine schöne Idee«, gab ich zu. »Aber passt das zum Dorf? Liebwitz hat weder ein Kino noch einen Buchladen. Außerdem drängt die Zeit. In den wenigen Tagen, die mir noch bis zur Eröffnung bleiben, könnte ich dieses aufwendige Konzept niemals umsetzen.«

Ein Grinsen breitete sich auf ihrem Gesicht aus. »Du hast schon eine ganz konkrete Vorstellung, oder? Und sie hat nichts mit Dirks Vorgabe zu tun.«

Ich schwieg kurz, weil der Milchaufschäumer einen Heidenlärm machte. Nachdem ich den Schaum auf den Kaffee gegeben hatte, zettelte ich noch ein Herz aus Kakaopulver darauf.

Da auch Hannahs Tee fertig war, brachte ich beides an den Tisch. Ella kam herangeeilt und trank umgehend einen großen Schluck.

»Lecker!« Sie leckte sich den Milchschaum von der Oberlippe und verkündete: »Hier werde ich Stammgast.«

Sie machte sich wieder an die Arbeit, und ich nahm neben Hannah Platz. »Das Thema Liebe ist einfach sehr speziell«, fuhr ich mit unserem Gespräch fort. »Und seit Peggy mir erzählt hat, dass die Gäste nach Fischbrötchen und regionalen Gerichten gefragt haben, dachte ich an eine eher maritime Dekoration. Die Ostsee ist schließlich der Grund, wieso die Leute herkommen. Ich weiß, die Idee ist nicht sonderlich innovativ …«, gab ich zu und hob die Schultern.

»… aber es ist sinnvoller, als Dirks Marketingkonzept aufzugreifen«, beendete Hannah meinen Satz. Ihr Gesicht hellte sich auf, als sie meinen Gedankengang nachvollzog. »Mit einem so eigenwilligen Motto wie die Liebe triffst du nie sämtliche Geschmäcker. Nimmst du ein stilvolles Hochzeitsambiente, ist es einigen zu abgehoben, gehst du in Richtung Romantik, ist es vielen zu kitschig. Aber das Meer lieben alle – die Touristen, die Einheimischen und auch die Brautpaare.« Sie blickte mich entschlossen an. »Ich finde, das ist eine äußerst kluge Entscheidung. Manchmal sind die einfachsten Ideen die besten.«

Da ich bisher mit niemandem darüber gesprochen hatte, war ich froh, dass Hannah meine Meinung teilte. Es gab nur einen Haken.

»Meinst du, Dirk Jansen wird sauer auf mich sein? Er scheint sehr an seinem Marketingkonzept zu hängen.«

Sie winkte ab. »Es geht hier um deine berufliche Zukunft. Das ist immer noch dein Café – schließlich zahlst du dafür Pacht.«

Damit hatte sie natürlich recht. Doch so, wie ich den Bürgermeister einschätzte, sah er das anders.

»Ich will nur nicht, dass die maritime Dekoration zu kitschig wird«, kam ich zum Thema zurück und deutete auf die Wände. »Einfach ein paar Fischernetze aufzuhängen, ist mir zu plump. Es sollte schon Stil haben.«

Hannah nippte an ihrem Tee und sah sich im Raum um. »Ich könnte dir die Umrisse einiger Möwen an die Wand zeichnen. Darf ich?«

Sprachlos starrte ich sie an. Ich konnte kaum glauben, dass sie mir das anbot. »Kostenlos?«

Hannah legte den Kopf in den Nacken und lachte vergnügt. »Sieh es als Willkommensgeschenk der *Dorfprominenz!*« Beim letzten Wort hatte sie mit den Fingern ironische Anführungszeichen in die Luft gesetzt.

»Es wäre mir eine große Ehre!« Einladend deutete ich auf die

Wandseite, die dank Ella und Nele schon den zweiten Anstrich erhalten hatte. Zum Glück schimmerte vom früheren Pink nichts mehr durch. »Allerdings habe ich nur cremeweiße Farbe eingekauft.«

Hannah kramte in ihrer Tasche. »Als Künstler hat man immer etwas zum Malen dabei, falls die Inspiration ruft.« Triumphierend zog sie einen Kohlestift hervor. »Voilà!«

Erneut versuchte sie vergeblich, sich aus dem Stuhl zu erheben, sodass ich ihren Arm nahm, um ihr aufzuhelfen.

Kritisch blieb sie vor der Wand stehen, deren Fenster zum Meer zeigten. »Die Farbe ist noch etwas feucht, aber das gibt einen schönen plastischen Effekt.«

»Ist das nicht zu anstrengend für dich?«, warf ich besorgt ein.

Ich erhielt von Hannah einen strafenden Blick. »Ich bin schwanger und nicht krank«, entgegnete sie verschnupft. »Ein paar Vögel zu skizzieren macht nun wirklich keine große Mühe.«

»Okay, dann bin ich beruhigt.«

Fasziniert beobachtete ich, wie sie mit geübter Hand zu zeichnen begann. In Windeseile hatte sie die Umrisse von drei Möwen skizziert, die selbst ohne Farbe so lebendig wirkten, als wären sie gerade dabei, aus dem Café in den weißen Himmel davonzufliegen.

»Wow!«, sagte Nele, die ihre Arbeit unterbrochen hatte. »So würde ich auch gern malen können. Das ist echt der Hammer!«

Ich nickte zustimmend. »Ich bin schon damit überfordert, das At-Zeichen in meiner Mail-Adresse aufzuschreiben. Das sieht immer aus wie ein plattgefahrenes Schneckenhaus.«

Ella, die sich ebenfalls zu uns gesellte, lachte. »Geht mir genauso. Meins erinnert allerdings an ein abgeschnittenes Ohr.«

»Wo ist sie?«, donnerte in diesem Augenblick eine männliche Stimme aus Richtung Küche. »Hannah?«

Wir zuckten alle vier zusammen. Ich musste in Zukunft wohl nicht nur die Eingangstür des Cafés, sondern auch die Hintertür zur Küche abschließen! Anscheinend fühlte sich jeder dazu eingeladen, dort ungefragt hineinzumarschieren.

»Ach, du lieber Himmel!«, flüsterte Hannah mit aufgerissenen Augen. »Das ist mein Mann. Wie hat der mich denn so schnell gefunden?« Blitzschnell drückte sie Nele den Kohlestift in die Hand. »Mach du weiter! Tue einfach so, als hättest du die Möwen gezeichnet.«

Verdutzt blickte meine Tochter auf den Stift und dann zu Hannah, die für ihre Leibesfülle recht zackig zum Stuhl zurückwatschelte.

Ella folgte ihr auf dem Fuße. »Ich hab dir gesagt, dass das schiefgehen wird«, zischte sie. »Du hättest daheimbleiben sollen. Wieso lasse ich mich von dir nur immer zu so was überreden?«

Kaum hatte sich Hannah gesetzt, legte sie ihre Füße hoch, und Ella stellte sich hinter sie, um ihr aus heiterem Himmel eine Schultermassage zu verpassen. Was sollte das denn jetzt? Ich stand ratlos im Raum herum und hatte das Gefühl, der Regisseur hätte vergessen, mir meinen Text zu sagen.

Keine Sekunde später wurde die Schwingtür von einem hochgewachsenen attraktiven Mann aufgestoßen.

Mit seinen breiten Schultern, dem Dreitagebart und den längeren dunkelblonden Haaren erinnerte er mich an den Nachfahren eines Wikingers.

Hannahs Mann baute sich mit strenger Miene vor ihr auf. »Warum bist du nicht im Bett? Was machst du hier?«

Sie nippte in aller Seelenruhe an ihrem Tee. »Eigentlich habe ich mit meinem Bruder für den Darß-Marathon trainiert, aber leider hat mich Basti auf den letzten zwölf Kilometern abgehängt. Und so bin ich im Café gelandet.«

Er stemmte die Hände in die Taille. »Das ist nicht witzig! Der Arzt hat gesagt, du sollst dich die letzten Wochen schonen.«

Sie stellte seufzend die Tasse beiseite. »Das tue ich auch, Finn.

Ich lasse es langsam angehen, entspanne mich, ernähre mich gesund und überanstrenge mich nicht. Im Übrigen bedeutet schonen *nicht*, dass ich den ganzen Tag im Bett liegen und die Decke anstarren muss!«

Endlich verstand ich, was hier gespielt wurde. Bei Finn handelte es sich wohl um das typische Exemplar eines überfürsorglichen Ehemanns, der die werdende Mutter am liebsten in Watte gepackt hätte. Ich konnte mir ein mitleidiges Grinsen nicht verkneifen.

»Tut mir leid! Ich will dir doch nicht auf die Nerven gehen.« Er fuhr sich mit beiden Händen übers Gesicht. Der Arme schien wohl kurz vor einer Panikattacke gewesen zu sein. »Als du nicht zu Hause warst, dachte ich, dass etwas Schlimmes passiert sei. Dein Handy hast du auch vergessen mitzunehmen, und Ella hat auf meine Anrufe nicht reagiert.«

Um Finns säuerlichem Blick auszuweichen, starrte Ella plötzlich sehr interessiert an die Decke. Anscheinend hatte sie seine Anrufe mit voller Absicht ignoriert, um ihrer Freundin den kleinen Ausflug in die Freiheit nicht zu verderben.

»Zum Glück wusste Martha, wo ihr hingegangen seid«, ergänzte Finn.

Aha! Somit hatte Ellas Mutter ihn auf die heiße Spur gebracht.

Hannah beugte sich vor und legte ihm die Hand auf den Arm. »Der Arzt hat gesagt, mir und dem Baby geht es hervorragend«, sagte sie sanft. »Und mein Gefühl sagt mir, dass dieses Mal alles gut gehen wird. Hab bitte ein bisschen Vertrauen, ja? Zu verkrampfen und in Panik zu verfallen hilft niemandem.«

»Du hast ja recht.« Er nickte seufzend und zwang sich zu einem Lächeln. »Was macht ihr eigentlich hier?«

Erst jetzt schien er seine Umgebung wahrzunehmen. Dabei fiel sein Blick auch auf mich.

»Oh, tut mir leid, ich falle hier ein wie ein Sturmtrupp und stelle mich nicht mal vor!«, entschuldigte er sich. »Ich bin Finn, Hannahs Ehemann.«

»Eva Huber, die Neue im Dorf. Freut mich!«, erwiderte ich lächelnd und erklärte: »Hannah und Ella haben mir einen kurzen Besuch abgestattet, um mich seelisch und moralisch bei der Umgestaltung des Cafés zu unterstützen.«

»Ich habe beim Streichen geholfen«, erzählte Ella. »Aber Hannah ist nicht mal in die Nähe des Farbeimers gekommen, großes Ehrenwort!«

Hannah nickte vehement. »Ich sitze nur hier, sehe den anderen beim Arbeiten zu und plaudere ein bisschen. Ganz entspannt. Wie es sich für eine Schwangere gehört. Absolut gechillt.«

Manchmal erreichte man mit allzu eifrigen Beteuerungen genau das Gegenteil, denn nun zeichnete sich Misstrauen auf Finns Gesicht ab. Er bemerkte Nele, die wie geheißen an der Wand stand und mit dem Kohlestift den Flügel einer Möwe nachzeichnete.

»Das ist meine Tochter Nele«, erklärte ich.

»Oh, wie schön! Ein weiterer Zuwachs im Dorf«, sagte er, aber gleichzeitig vertiefte sich sein Stirnrunzeln. Er ging zu Nele und betrachtete ihr angebliches Kunstwerk.

Nervös nestelte ich am Saum meiner Bluse. Am liebsten hätte ich meine Tochter aus dieser unangenehmen Situation befreit.

»Du hast sehr viel Talent, junge Dame!«, meinte Finn, doch die Skepsis, die in seiner Stimme mitschwang, war nicht zu überhören. Anscheinend war ihm der Malstil seiner Frau nur allzu vertraut.

Im Gegensatz zu mir blieb Nele absolut cool. Sie maß Finn mit selbstbewusstem Blick.

»Ich weiß«, entgegnete sie und wandte sich wieder seelenruhig der Möwe zu. »Ich werde es als Künstlerin noch weit bringen. Möchten Sie mir ein Bild abkaufen? Ich könnte von oben meine Zeichenmappe holen.« Sie drehte ihm mit fragender Miene den Kopf zu.

»Äh, nein, vielen Dank«, erwiderte er überrumpelt. »Bilder haben wir bei uns zu Hause eigentlich genug.«

Nele zuckte mit den Schultern. »Überlegen Sie es sich. Aber zögern Sie nicht zu lange! So günstig werden Sie nie mehr an ein Bild von Nele Huber kommen, das garantiere ich Ihnen.«

Sprachlos starrte ich meine Tochter an. Ich hatte nicht gewusst, dass sie derart überzeugend lügen konnte. Hannah und Ella dagegen schienen von Neles Schauspielkünsten begeistert zu sein. Sie klatschten sich hinter Finns Rücken lautlos ab.

»Am liebsten zeichne ich ja Akte«, fuhr sie nun auch noch fort. »Da bin ich immer auf der Suche nach Nacktmodellen. Aus Schicklichkeitsgründen ist natürlich meine Mutter anwesend. Hätten Sie vielleicht Interesse? Wenn ich Sie mir so ansehe, könnte ich mir nämlich gut vorstellen, dass Sie als Aktmodell ganz großartig …«

»Ich … ich muss jetzt gehen!«, unterbrach Finn sie mit hochrotem Kopf und entfernte sich rückwärtslaufend von Nele. »Ich hab noch zu tun, tut mir leid.«

Ella biss sich auf die Unterlippe, um ihr Lachen zu unterdrücken, und Hannah presste sich mit bebenden Schultern die Hand vor den Mund.

Ich konnte Finn nicht verübeln, dass er die Flucht ergriff. Nele hatte es geschafft, den Peinlichkeitslevel dieses Gesprächs innerhalb von Sekunden derart hochzuschrauben, dass Hannahs Ehemann an die Möwen keinen Gedanken mehr verschwendete. Ich hatte unterschätzt, wie clever meine Kleine war. Nein, korrigierte ich mich in Gedanken, meine *Große*. Sie war kein kleines Mädchen mehr.

»Warte, Schatz, ich komme mit!«, sagte Hannah mit einem mitleidigen Funkeln in den Augen.

Ella half ihr beim Aufstehen. Hannah griff nach ihrer Tasche und strich ihrem Ehemann liebevoll über den Rücken. »Ich glaube, für heute hatte ich genug Unterhaltung. Das Sofa zu Hause vermisst mich sicherlich schon.«

»Das höre ich gern.« Er wirkte erleichtert und gab ihr einen zärtlichen Kuss. »Und das sage ich ganz ohne Druck oder Bevormundung.«

»Keine Sorge!« Sie gab ihm ihrerseits einen Kuss. »Ich weiß doch, dass du es nur gut meinst. Du übertreibst manchmal nur ein wenig.«

Die zwei gaben ein wirklich süßes Paar ab. Ihre Verbundenheit war deutlich zu spüren. Ich seufzte sehnsüchtig. Ob ich jemals wieder so verliebt sein würde?

Zum Abschied umarmte mich Hannah. »Hat mich gefreut, dich kennenzulernen, Eva!« Kaum hörbar flüsterte sie mir ins Ohr: »Ich komm noch mal vorbei und zeichne die Möwen fertig, versprochen.«

Ich lächelte. »Danke!«

Zwar wollte ich sie ebenfalls nicht überanstrengen, doch die drei halb fertigen Möwen muteten im Augenblick recht merkwürdig an. Und ich hatte wenig Hoffnung, dass meine Tochter, das *künstlerische Jungtalent*, die Wandbemalung vollenden könnte.

Nachdem die beiden das Café verlassen hatten, ließ sich Ella kraftlos auf einen Stuhl plumpsen.

»Das war knapp«, stöhnte sie. »Finn ist ein echt lieber Kerl, aber seit Hannah schwanger ist, dreht er völlig am Rad.« An Nele gewandt fügte sie hinzu: »Mädchen, du hast uns gerettet! Du warst absolut großartig.«

»Kein Ding!« Nele winkte ab, strahlte dabei aber so glücklich, als hätte sie gerade einen Oscar erhalten.

Ich verkniff mir jeglichen mütterlichen Kommentar zum Thema Lügen. Sollte sie jemals den Wunsch äußern, Schauspielerin zu werden, konnte ich sie allerdings guten Gewissens ermutigen.

Erneut meldete sich mein Handy. Jakob war kein Freund wortreicher Botschaften, denn seine Nachricht lautete lediglich: »Ich warte.«

Verflixt! Bei all der Aufregung hatte ich ihn völlig vergessen.

11. Kapitel

Ella meinte, dass es absolut okay wäre, wenn ich sie mit Nele im Café zurückließ. Trotzdem hatte ich ein schlechtes Gewissen, als ich zum Leuchtturm eilte, während die beiden allein mit der Renovierung weitermachten.

Als ich den Trauungsraum erreichte, war ich völlig aus der Puste. Dieser Arbeitsplatz machte eine Mitgliedschaft im Fitnessclub absolut unnötig. Es sah noch alles aus wie bei meinem letzten Besuch. Abgesehen von einer Mülltüte mitten im Raum, aus der Konfetti und Girlanden in Herzform herauslugten.

»Ich bin hier«, ertönte Jakobs Stimme von draußen.

Ich trat durch die Tür auf die Aussichtsplattform. »Tut mir leid, dass ich mich verspätet habe.«

Blinzelnd hob ich die flache Hand an die Stirn, um meine Augen vor der Helligkeit zu schützen. Jakob lehnte mit den Ellbogen entspannt am Geländer und wandte mir den Kopf zu. Der Wind, der vom Meer herwehte, spielte mit seinen dunklen Haaren. Seine Miene mäanderte mal wieder zwischen angesäuert und übellaunig. So ein Gesicht zog ich höchstens, wenn ich drei Tage Verstopfung hatte.

»Mhm!«, brummte er. Anscheinend fand er es höchst unerfreulich, dass ich ihn so lange hatte warten lassen.

»Ich habe überraschend Besuch von Ella und Hannah aus dem Dorf bekommen, weil sie mir bei der Renovierung helfen wollen«, erklärte ich. Ich trat neben ihn ans Geländer. »Normalerweise halte ich mich an Vereinbarungen, ehrlich!«

Er atmete tief durch. »Schon gut!«, lenkte er ein, wobei seine

Stimme eine Spur weniger miesepetrig klang. »Ich habe in der Zeit meine Unterlagen geordnet und die Hinterlassenschaften der letzten Hochzeit beseitigt.«

Seine plötzliche Friedfertigkeit überraschte mich. Allerdings wollte er auch etwas von mir. Selbst ihm musste klar sein, dass man so ein Gespräch nicht mit Vorwürfen begann.

Jakob ließ seinen Blick in die Ferne schweifen. Heute war ein sonniger Tag mit wolkenlosem Himmel. Mir bot sich ein völlig anderer Ausblick als bei meiner regnerischen Ankunft. Im Sonnenschein wirkte Liebwitz mit seinen Reetdachhäusern, den Baumwipfeln und Kopfsteinpflasterstraßen wie die pure Idylle. Als ich mich zur Seite wandte, sah ich die glitzernde Wasseroberfläche der Ostsee, die in der Ferne mit dem Horizont zu verschmelzen schien. Plötzlich wünschte ich mir, dort draußen in einem Boot in die endlose Freiheit zu fahren.

Jakob deutete meine Miene richtig. »Herrlich, nicht wahr? Diese Aussicht werde ich vermissen, falls ich meinen Job verliere.«

Stirnrunzelnd drehte ich mich zu ihm um. »Musst du das denn befürchten?«

»Womöglich«, knurrte er. »Deshalb brauche ich ja auch deine Hilfe.«

»Was ist denn gestern passiert?«, fragte ich vorsichtig.

Er richtete sich auf und fuhr sich mit beiden Händen durch die Haare. »Du hast das Brautpaar ja gesehen. Ist dir zufällig etwas aufgefallen?«

Da musste ich nicht lange überlegen. »Die beiden wirkten so unterschiedlich wie Tag und Nacht. Rein optisch haben sie nicht besonders gut zusammengepasst.«

»Das betraf leider nicht nur die Optik«, entgegnete er. »Schon im Vorgespräch haben sie sich wegen Nichtigkeiten in die Haare gekriegt und sich andauernd gezankt«, erzählte er. »Der Gipfel war jedoch, als sie sich am Tag der Hochzeit in meinem Beisein zwanzig

Minuten darüber gestritten haben, wer von ihnen vor dem Tisch des Standesbeamten auf dem linken Platz sitzen muss.«

»Wie bitte?«, entfuhr es mir irritiert. »Gibt es da einen Unterschied?«

»Der Bräutigam meinte, ein Mann würde immer rechts sitzen, da dies die wichtigere und dominante Seite sei. Doch sie wollte ebenfalls rechts sitzen, weil dort das Licht besser sei und sie hübscher aussehe. Die Auseinandersetzung wurde richtig bösartig. Bis der Bräutigam schließlich seine Zukünftige mit dem Kauf eines Autos bestochen und sie nachgegeben hat.«

»Ach, du lieber Himmel!«, murmelte ich.

»Deshalb habe ich bei meiner Traurede etwas improvisiert«, fuhr er fort. »Ich habe ihnen einen Vortrag darüber gehalten, dass eine Ehe nur funktionieren kann, wenn der Einzelne seinen Egoismus zurückstellt und bereit ist, auf den anderen zuzugehen und Kompromisse zu schließen.«

Jakob schien seinen Job wirklich ernst zu nehmen. Wahrscheinlich gab es nicht viele Standesbeamte, die sich über die Zukunft des Brautpaars Gedanken machten.

»Du hast also die Gelegenheit genutzt, eine prophylaktische Eheberatung zu geben?«

Er nickte. »Und jetzt behaupten sie, ich hätte ihnen die Hochzeit verdorben, weil die Trauung nicht romantisch genug war. Außerdem …« Jakob ließ den Blick in die Ferne schweifen und stieß hart die Luft aus. »… habe ich am Ende der Rede womöglich erwähnt, dass jetzt der Moment sei, in dem sie es sich noch anders überlegen und getrennter Wege gehen könnten. Das würde ihnen bei ihren Differenzen niemand übel nehmen.«

Meine Augenbrauen wanderten bis unter meinen Haaransatz.

»Du wolltest sie vom Ja-Wort abhalten?«, fragte ich ungläubig.

Er hob die Hände. »Ich habe es nur gut gemeint«, verteidigte er sich. »Ehrlich! Ich wollte ganz sicher niemanden vor den Kopf stoßen. Ich wollte nur helfen.«

Ich musterte ihn nachdenklich. »Weißt du was? Ich glaube dir.«

Jakob hatte gesagt, dass er den typischen Charme eines Insulaners besaß. Offenbar entsprach das der Wahrheit. Typen wie er waren nicht überbordend herzlich, und ihre anfängliche Zurückhaltung wirkte etwas ruppig. Sie mussten den Menschen vor sich erst mal kennenlernen, ehe sie sich öffneten. Dafür waren sie aber aufrichtig und loyal, machten keine leeren Versprechungen und standen zu ihrem Wort. Genau deshalb nahm Jakob das Eheversprechen wohl ernster als so manches Brautpaar, das sich von ihm trauen ließ.

»Ich wünschte, mein zukünftiger Ex-Mann wäre auch so ein ehrlicher Kerl gewesen«, murmelte ich gedankenverloren.

Er sah mich erstaunt an. »Er hat dich belogen?«

Ich zögerte. Außer mit meiner Schwester Mona hatte ich bisher mit niemandem über dieses Thema gesprochen. Meine Scham war einfach zu groß gewesen.

Jakob schien zu bemerken, dass er mit dieser Frage die »professionelle Arbeitsebene« verlassen hatte. Er räusperte sich. »Tut mir leid, das geht mich überhaupt nichts an.«

»Schon in Ordnung!«, beruhigte ich ihn.

Womöglich tat es mir ganz gut, wenn ich darüber redete? Vielleicht war es sogar ein Weg, meine angestaute Wut loszuwerden?

Ich gab mir einen Ruck. »Thomas ist Investmentbanker und war immer viel unterwegs«, begann ich zu erzählen. »Unter der Woche arbeitete er in Frankfurt, aber er reiste auch oft ins Ausland zu wichtigen Kunden. Er war im Trading-Sektor tätig und betrieb kurzfristigen Handel mit Aktien, Devisen, Anleihen, Futures und Optionsscheinen.«

Es war nur ein kurzes, missbilligendes Zucken in Jakobs Gesicht, doch daran erkannte ich, dass Investmentbanker nicht zu seinen Lieblingsmenschen gehörten.

»Er war erfolgreich, hat gut verdient und war angesehen«, fuhr ich fort. »Deshalb bin ich auch nicht misstrauisch geworden, als er mich gebeten hat, ihn bei einem Investment zu unterstützen. Obwohl das noch nie vorgekommen war. Aber Thomas meinte, es wäre eine einmalige Gelegenheit. Also habe ich für ihn gebürgt, mit dem Anteil meines Hotels als Sicherheit«, sprudelte es aus mir heraus, als hätten die Worte in meinem Inneren nur darauf gewartet, endlich ausgesprochen zu werden. »Nicht eine Sekunde habe ich an ihm gezweifelt. Ich dachte nur daran, dass ich mit dem Gewinn endlich die neue Heizungsanlage im Hotel einbauen lassen könnte, die längst überfällig war.«

Jakob hörte mir aufmerksam zu, während seine blauen Augen unverwandt auf meinem Gesicht lagen.

Ich seufzte. »Dann hat sich herausgestellt, dass Thomas mich belogen hat. Es gab überhaupt kein einmaliges Investment. Er hatte mit dem Geld seiner Kunden hinter ihrem Rücken spekuliert und brauchte mein Geld lediglich, um die Verluste zu vertuschen und seine Hände reinzuwaschen.« Ich verschränkte die Arme vor der Brust und zog die Schultern hoch. »Unser Erspartes und unsere Altersvorsorge waren ebenfalls weg, bis auf den letzten Cent. Und ich habe die ganze Zeit nichts davon gemerkt. Ist das zu fassen?« Ich lachte bitter. »Thomas hat nicht mal eingesehen, was er mir damit angetan hat. Er meinte sogar, er hätte mit diesen Spekulationen nur angefangen, um uns eine bessere Zukunft zu ermöglichen. Nach all den Jahren hätte er es sattgehabt, immer nur anderen Leuten zu Reichtum zu verhelfen.« Ich presste die Lippen zusammen und schüttelte verärgert den Kopf.

»Aber du glaubst das nicht?«, fragte Jakob in die Stille hinein.

»Ich habe danach mit einem seiner Kollegen über die Investments gesprochen. Seiner Meinung nach ist Thomas unglaublich hohe Risiken eingegangen. Aber die Aussicht auf das große Geld hatte ihn wohl jede Vorsicht vergessen lassen.«

»Das klingt so, als sei er spielsüchtig gewesen«, erwiderte Jakob. »Allerdings im großen Stil. Hatte diese Veruntreuung von Kundengeldern denn keine rechtlichen Konsequenzen für ihn?«

»Nein«, sagte ich gepresst. Trotz meiner Wut auf Thomas wollte ich nie, dass er in den Knast wandert. Das wäre für unsere Tochter zu traumatisch gewesen. »Außer mir hat niemand einen finanziellen Schaden erlitten. Thomas wurde lediglich nahegelegt, sich einen neuen Job zu suchen.«

Sein Chef hatte ihn damals gedeckt, damit der gute Ruf ihrer Abteilung keinen Schaden nahm. Oder wie Mona es ausgedrückt hatte: Verbrecher hielten nun mal immer zusammen.

Ich kämpfte gegen den Kloß in meiner Kehle an. »Da mir die Bank im Nacken saß, musste ich das Hotel zu einem Spottpreis verkaufen. Unser Hotel, das meine Familie seit drei Generationen geführt hat. Und deshalb reden meine Eltern jetzt nicht mehr mit mir. Meine Ehe war natürlich auch nicht mehr zu retten. Dank Thomas habe ich alles verloren.« Ich atmete tief durch. »Jetzt kennst du die ganze traurige Geschichte. Aber ich will kein Mitleid! Ich weiß, dass es meine eigene Schuld war. Ich komme mir so unglaublich naiv und dumm vor.«

Jakobs einzige Reaktion auf mein Geständnis war Schweigen – was meine Scham noch vergrößerte. Bestimmt hielt er mich für eine leichtgläubige Kuh. Denn das tat ich auch. Mit blinzelnden Augen starrte ich aufs Meer hinaus und konnte nur mit Mühe die Tränen zurückhalten.

Doch dann fasste er mich an den Schultern, drehte mich zu sich und hielt meinen Blick fest.

»Du hast deinem Ehemann vertraut, Eva«, sagte er mit ernster Miene. »Das ist nicht dumm, sondern etwas Gutes. Es ist keinesfalls naiv, dem Menschen Glauben zu schenken, der einem auf dieser Welt am nächsten steht. Dass dieser Mann dein Vertrauen nicht verdient hat, ist *nicht* deine Schuld.«

»Denkst du wirklich?«

Eigentlich war Jakob ein Fremder für mich, und trotzdem waren seine Worte wie Balsam für meine Seele.

»Selbst wenn es ihm um eure Zukunft ging – was ich nach deiner Erzählung offengestanden bezweifle –, ist es unverzeihlich, was er dir angetan hat«, beharrte er und wirkte ehrlich wütend. »Er muss gewusst haben, wie viel dir das Hotel bedeutet.«

Das hatte Thomas garantiert gewusst. Für Jakob schien die Sache eindeutig zu sein. Doch damit meine eigene Tochter mir glaubte, musste ich wohl erst wie ein Staatsanwalt alle Beweise gegen Thomas zusammensammeln und ihr zur Sichtung vorlegen. Ansonsten würde Neles Urteil bestimmt nicht zu meinen Gunsten ausfallen. Mir musste irgendein Weg einfallen, sie zu überzeugen! Ansonsten würde Thomas unsere Tochter immer tiefer in sein Lügengeflecht hineinziehen und mich dabei schlecht dastehen lassen.

»Danke, Jakob!«

Wir sahen uns an, und erst jetzt bemerkte ich, wie nah wir uns waren. Überdeutlich spürte ich die Wärme seiner Hände auf meinen Schultern.

Ich räusperte mich. »Als ich dich so angeschnauzt habe … das war nicht so gemeint«, entschuldigte ich mich. »Du weißt schon, die Sache mit der unattraktiven Runkelrübe.«

»Ich kann dir gar nicht sagen, wie erleichtert ich jetzt bin.« Er verzog keine Miene. »Diese Sache hat mir ernsthaft den Schlaf geraubt.«

Ich lachte. »Ja, das habe ich vermutet.«

Er grinste, drehte sich zur Seite und stützte sich wieder am Geländer ab. Für einen Moment schwiegen wir einträchtig.

Doch dann erinnerte ich mich daran, dass wir uns eigentlich aus einem anderen Grund getroffen hatten.

»Entschuldige, du wolltest mir eigentlich von deinem Problem erzählen! Das frisch vermählte Paar hat sich also über dich beschwert?«

Jakobs Miene verdüsterte sich. »Genau! Dirk war nicht gerade erfreut, um es milde auszudrücken. Er hat mich deswegen zu sich nach Hause bestellt, weil die Angelegenheit seiner Meinung nach nicht bis zum nächsten Tag warten konnte.«

»Oh«, entfuhr es mir bedauernd.

»Während seiner Essenspause beim Intervallfasten«, fügte er bedeutungsschwanger hinzu.

»Oh«, entfuhr es mir noch mitfühlender.

»Er hat gesagt, dass er keine weitere Beschwerde mehr hinnehmen wird. Ich würde sein Marketingkonzept aufs Spiel setzen. Wenn wegen meiner ›Unfähigkeit‹ niemand mehr im Leuchtturm heiraten wolle, seien im Dorf Existenzen bedroht.«

Geschockt sah ich ihn an. »Stimmt das denn?«

Er hob die Schultern. »Womöglich. Da du aus der Gastronomie kommst, weißt du ja, wie fatal sich negative Bewertungen im Internet aufs Geschäft auswirken können.«

Das war leider nicht von der Hand zu weisen. Je mehr Frischvermählte ihre Unzufriedenheit über Jakob kundtaten, desto weniger Paare würden sich für eine Hochzeit in Liebwitz entscheiden. Auch das *Café Liebesbrise* wäre davon betroffen.

»Und was bedeutet das jetzt?«

»Dirk hat mich ohnehin auf dem Kieker und würde mich gern loswerden. Wie er als Bürgermeister manche Dinge regelt, finde ich nicht okay, und leider neige ich dazu, meinem Chef offen die Meinung zu sagen.«

Jakob wurde mir immer sympathischer.

»Davon abgesehen findet er es unnötig, dass Liebwitz sich einen eigenen Ranger leistet. Er würde lieber heute als morgen die Stelle streichen und die Verantwortung für den Wald auslagern.« Er presste die Lippen zusammen, und ein Muskel in seinem Kiefer zuckte.

»Du meinst, wenn du den Job als Standesbeamter verlierst, würde er dich auch als Ranger rauswerfen?«, fragte ich, als mir die Bedeutung seiner Worte klar wurde.

Er nickte. »Forstverwalter ist mein eigentlicher Beruf – und an ihm hängt mein Herz«, erzählte er. »Schon mein Vater hat sich um das kleine Revier gekümmert, das zu Liebwitz gehört. Als Junge habe ich ihn immer auf seinen Touren durch den Wald begleitet und davon geträumt, irgendwann in seine Fußstapfen zu treten.«

»So ähnlich ging es mir mit meinen Eltern und unserem Hotel«, sagte ich mit einem verständnisvollen Lächeln. »Auch wenn dein Job wahrscheinlich wichtiger ist.«

»Unser Küstenwald gehört zum größten Nationalpark an der Ostseeküste. Das ist mit besonderen Aufgaben verbunden, um Natur und Wildtiere bestmöglich zu schützen. Bäume und Pflanzen dürfen sich hier ohne menschliche Eingriffe frei entfalten.« In seinen Augen blitzte ein leidenschaftliches Feuer auf. Ohne Frage liebte Jakob seinen Beruf. »Dadurch ist es ein völlig anderer Wald, als du es wahrscheinlich gewohnt bist. Wild, ungezähmt und fast schon mystisch. Er ist ein Refugium für Vögel, Wildschweine, Hirsche und viele andere Tiere. Das alles zu schützen und zu erhalten ist meine Berufung, und jeden Tag erwarten mich neue Herausforderungen.«

»Das klingt sehr erfüllend«, sagte ich. Fast wurde ich ein wenig neidisch.

»Das ist es auch«, bestätigte er und lächelte mich an. »Aber natürlich bin ich dabei nicht ganz selbstlos. Ich liebe auch die Zeit im Freien, die Ruhe und den Frieden und das Beobachten der Tiere. Den Wechsel der Jahreszeiten erlebe ich immer hautnah.«

Er warf mir einen entschuldigenden Seitenblick zu. »Das alles klingt wahrscheinlich sterbenslangweilig. Bestimmt hältst du mich jetzt für einen Freak und Eigenbrötler. Und bevor du fragst: Nein, ich laufe nicht im Lodenmantel mit einem Dackel und einem Gewehr über der Schulter durch den Wald.«

Das hatte ich auch nicht erwartet. Schließlich hatte ich ihn schon in seiner Arbeitskluft gesehen.

»Okay, es klingt ein bisschen nach Freak«, räumte ich ein. »Aber vor allen Dingen klingt es für mich danach, dass du der beste Mann für den Job bist.« Ich legte die Hand auf seinen Arm. »Du darfst deinen Wald nicht verlieren!«

Mein Ärger auf den Bürgermeister nahm so langsam eine neue Qualität an. Anstatt gemeinsam mit Jakob eine Lösung zu finden, hatte er ihn lediglich unter Druck gesetzt und ihm gedroht.

»Wie kann ich helfen?«, fragte ich entschlossen.

Jakob richtete sich auf und steckte die Hände in die Hosentaschen. »Dirk will, dass ich Romantikexperte werde und ab sofort so gefühlvolle Traureden halte, dass *selbst der Leuchtturm vor Rührung ins Schwanken gerät.* Das waren seine Worte.« Er verzog das Gesicht. »Ich soll so was wie der ›Liebesbotschafter‹ von Liebwitz werden.«

Mir blieb für einen Moment die Spucke weg. Jakob ein Romantikexperte? Der Liebesbotschafter von Liebwitz? Beim besten Willen konnte ich ihn mir nicht in dieser Rolle vorstellen. Er war nun mal ein waschechter Insulaner, dem das Herz auf der Zunge lag.

»Deshalb dachte ich an dich«, sagte Jakob.

Ich konnte ihm nicht recht folgen. »Ich soll die Trauungen abhalten?«, entfuhr es mir irritiert.

»Nein, du sollst mir beibringen, wie man romantisch ist«, erklärte er. »Mir kam dein Romantikfimmel in den Sinn. Du weißt schon: *Die Liebe ist wie ein funkelnder Stern am Nachthimmel – sie zaubert Licht in die Dunkelheit und weist dir die Richtung.*«

Das hatte er sich gemerkt? Ich war beeindruckt. Aber als Frau stach mir natürlich auch gleich der negative Teil seiner Aussage ins Auge.

»Das ist kein *Romantikfimmel*«, bemerkte ich säuerlich. »Ich bin nur ein sensibler Mensch und habe eine Vorliebe für die gefühlvollen Aspekte des Lebens.«

Er hob entschuldigend die Hände. »Okay, erste Lektion: sich nicht abfällig über Menschen äußern, die Romantik schätzen!«

»Genau«, sagte ich mit zusammengekniffenen Augen.

Ich atmete tief durch. Konnte man einem anderen Menschen überhaupt beibringen, empathisch und gefühlvoll zu sein? War das nicht vergleichbar mit einem Talent zum Gitarre spielen? Oder der Fähigkeit, die Zunge zu rollen? Entweder man war romantisch – oder eben nicht.

»Aber warum ausgerechnet ich?«, hakte ich nach.

»Wie gesagt, du scheinst mir perfekt geeignet zu sein. Du bist nun mal eine spezielle und außergewöhnliche Frau.«

Misstrauisch beäugte ich ihn. »Wie meinst du das denn?«

Er tippte auf seinem Handy herum und hielt mir die Nachricht vors Gesicht, die ich ihm vorhin geschickt hatte. »Was ist das?«

»Ich habe neutral und unverfänglich geschrieben: *›Gib mir bitte noch ein paar Minuten, ja?‹*«, las ich vor.

»Schon klar. Aber das danach. Was ist das?«

Ich blickte von ihm zum Display. Meinte er etwa die Emojis?

»Das sind doch nur ein paar sommerliche Blümchen«, erklärte ich. »Eine Art fröhlicher Gruß.«

Er zog die Augenbrauen in die Höhe. »Zwei komplette Reihen Blümchen nennst du einen fröhlichen Gruß? Das ist die digitale Entsprechung einer holländischen Großgärtnerei.«

Ich verzog den Mund. »Du versendest in deinen Nachrichten wohl keine Blümchen an deine Mitmenschen?«

Als Antwort schnaubte er nur. War ja klar. Das einzige Emoji, das er wahrscheinlich verschickte, war ein grinsender Kackhaufen.

»Und was ist mit deinen Nachrichten?«, ging ich in den Gegenangriff über. »Die sind so knapp und wortkarg, dass es schon unhöflich ist.«

»Mein Stil ist erfrischend schnörkellos«, entgegnete er im Brustton der Überzeugung. »Unmissverständlich, ohne Subtext. Das sollten die Leute zu schätzen wissen.«

»Du hältst wohl nichts von der These, dass ein Lächeln oder ein freundliches Wort ab und an Gutes bewirken kann?«

»Ja. Nein. Ach, keine Ahnung!« Er rang die Hände. »Im Gegensatz zu mir scheinst du mit allen Leuten gut auszukommen.« Er deutete nach unten auf das Café. »Dir helfen sogar Menschen, die dich kaum kennen, bei der Renovierung.«

Ich zuckte mit den Schultern. »Das liegt vielleicht nur daran, dass die Leute hier besonders nett und hilfsbereit sind.«

Tatsächlich hielt ich es für pures Glück, dass Ella, Hannah und Peggy so kurz nach meiner Ankunft in mein Leben getreten waren. Anscheinend war mir das Schicksal hold gewesen – aber darauf konnte Jakob seinerseits nicht blindlings vertrauen. Es sprach für ihn, dass er das Problem tatkräftig angehen wollte.

»Du könntest mir deine übliche Rede zeigen, und ich werde versuchen, sie romantischer zu gestalten«, schlug ich vor.

»Das geht nicht.« Er schüttelte den Kopf. »Jedes Paar erhält von mir persönliche Worte.«

Verflixt! Ich hatte unterschätzt, wie engagiert Jakob war.

Ich tippte mir an die Lippen. »Vielleicht liegt genau hier das Problem? Anstatt auf die Paare individuell einzugehen und ihnen dabei womöglich auf die Füße zu treten, könntest du eine Standardansprache über die Ehe halten. Etwas Allgemeingültiges mit einer ordentlichen Prise Romantik.«

Seine Stirn legte sich in Falten. »Ich soll Tag für Tag die gleiche Rede halten?« Entschlossen schüttelte er den Kopf. »Nein, das kann ich nicht. Da würde ich durchdrehen.«

Leider konnte ich ihn verstehen. Das bedeutete, dass er tatsächlich einen Romantik-Crashkurs brauchte. Allerdings hatte ich keine Ahnung, woher ich die Zeit dafür nehmen sollte. Schließlich musste ich ein Café renovieren und eröffnen. Davon abgesehen hatte ich keinen Schimmer, wie ich Jakob in einen Romantikexperten verwandeln sollte.

Als ob er mein inneres Ringen bemerkt hätte, griff er nach meiner Hand. Mir stockte der Atem, und ein angenehmes Kribbeln strömte meinen Arm hinauf.

»Ich bin ein Mann, der mit beiden Beinen auf der Erde steht«, sagte er mit ernster Miene. »Romantik habe ich stets für überflüssig gehalten. Meiner Meinung nach hat wahre Liebe so einen Firlefanz nicht nötig.«

Wahrscheinlich hatte er keine Ahnung, dass er gerade etwas ziemlich Romantisches gesagt hatte. Denn wahre Liebe war wohl tatsächlich über Romantik erhaben.

»Aber jetzt bin ich fest entschlossen, es zu lernen. Bitte, Eva, hilf mir!«

Mein Widerstand schmolz dahin. Dazu trug wohl auch der intensive Blick seiner meerblauen Augen bei.

»Na schön, ich mach's! Aber du musst mir etwas Zeit geben«, bat ich ihn. »Nach der Eröffnung des Cafés können wir mit dem Crashkurs beginnen.«

Bis dahin war mir bestimmt auch eine Idee gekommen, wie der Unterricht aussehen konnte. Jedenfalls hoffte ich das.

»Danke.«

Er atmete sichtlich erleichtert auf und schenkte mir ein Lächeln. Mir fiel auf, dass er das in meiner Gegenwart immer häufiger tat. Anscheinend fand er mich nicht mehr ganz so schrecklich wie zu Anfang. Der lächelnde Jakob gefiel mir deutlich besser als sein brummiges Pendant.

Eine leichte Böe wehte vom Meer herüber, strich sanft über meine Haut und spielte mit meinen Haaren. Es war wirklich schön hier oben!

»Vielleicht könnte ich bis dahin mal bei einer Trauung heimlich zuhören?«, schlug ich vor. »Ich könnte mich reinschleichen und auf die Treppe setzen, sodass mich niemand sieht. Natürlich würde ich mucksmäuschenstill sein.«

Mit diesem Gedanken schien er sich anfreunden zu können. »Das lässt sich einrichten.«

»Außerdem hätte ich gern eine Gegenleistung für meine Dienste«, fügte ich kurz entschlossen hinzu.

Augenblicklich erlosch sein Lächeln. »Wenn es um die Hochzeitsempfänge fürs Café geht, dann muss ich dir sagen, dass ich meine Meinung nicht geändert habe und keinen Druck auf die Paare ausüben …«

»Nein, um Himmels willen!«, fiel ich ihm ins Wort und verdrehte die Augen. »Ich wünsche mir nur, dass du mir bei unserem Unterricht ein wenig die Insel zeigst. Bisher habe ich kaum etwas von meiner neuen Heimat gesehen, und du kennst bestimmt die schönsten Plätze.«

Das würde die Atmosphäre zwischen uns auch sicherlich auflockern.

»Das lässt sich einrichten.« Er nickte und hielt mir die Hand hin. »Dann haben wir einen Deal? Du gibst mir Romantikunterricht, und ich zeige dir die Insel.«

Ich schlug ein. »Deal.«

In diesem Augenblick wehte eine starke Böe mir das Haar vor die Augen, sodass ich nichts mehr sehen konnte. Gleich darauf ertönte hinter mir ein Knall.

Erschrocken fuhr ich herum. Die Tür zur Aussichtsplattform war zugeschlagen. Verdammt! Sofort musste ich an den Tag meiner Ankunft denken, als Dirk Jansen von den Problemen mit der Tür berichtet hatte.

»Sind wir jetzt ausgesperrt?«, fragte ich panisch. »Sitze ich hier etwa mit *dir* fest?«

Das hatte leider beleidigender geklungen, als es gemeint gewesen war. Doch der Gedanke machte mich nervös, allein mit Jakob irgendwo eingeschlossen zu sein. Beziehungsweise ausgeschlossen.

Verdrießlich verzog er die Mundwinkel. »Glaub mir, ich kann mir auch Schöneres vorstellen.«

Während ich meine Taschen nach meinem Handy absuchte, um Ella anzurufen, lehnte sich Jakob über das Geländer. Er blickte prüfend nach unten.

Mit klopfendem Herzen hielt ich inne. »Was machst du denn da?«, quiekte ich.

»Ich schätze die Fallhöhe ab.« Er deutete nach rechts. »Wenn ich springe und den Baum dort drüben erwische, könnte ich mit ein paar Knochenbrüchen davonkommen. Aber immerhin müsste ich nicht mit *dir* hier oben ausharren.«

Die Retourkutsche hatte ich wohl verdient. Denn natürlich wollte er mich nur aufziehen. Ich linste ebenfalls übers Geländer.

»Nein, du wärst mausetot«, widersprach ich. »Bei Miesepetern wirkt aufgrund ihrer schlechten Laune die Erdanziehungskraft deutlich stärker, wusstest du das nicht? Bis du unten ankommst, hast du auf das Tempo einer Stingerrakete beschleunigt, und von dir bleibt nur noch ein Matschfleck übrig.«

Erstaunt sah er mich an. »Für jemanden, der Blümchen-Emojis verschickt, war das echt gemein.«

»Nur unhöflich ehrlich.« Ich zuckte mit den Schultern. »Du hast einen schlechten Einfluss auf mich.«

Ein Schmunzeln zuckte um seine Mundwinkel. Anscheinend gefiel ihm der Gedanke, dass seine Gesellschaft Auswirkungen auf mich hatte. »Würdest du dann wenigstens zu meiner Beerdigung kommen?«

»Natürlich«, versprach ich. »Ich würde mich darum kümmern, dass sie in deinem Sinne abläuft. Keine Party, kein Frohsinn, kein Lachen.«

»Danke, das weiß ich zu schätzen«, sagte er ernsthaft. »Ist ja immerhin eine Beerdigung.«

Wir wechselten einen amüsierten Blick. Ich konnte mich nicht erinnern, wann ich zum letzten Mal mit einem Mann so unbeschwert herumgealbert hatte.

Jakob trat näher, und unwillkürlich beschleunigte sich mein Herzschlag. Ich schaute zu ihm auf und schluckte schwer.

»Darf ich mal?« Er fasste mich an den Schultern, drehte mich zur Seite und schob sich an mir vorbei.

Keine Sekunde später öffnete er demonstrativ die Tür.

»Wir sind nicht ausgesperrt«, informierte er mich. »Die Tür ist unzuverlässig und nervtötend, aber sie klemmt immerhin nicht.«

Ich presste die Lippen zusammen und funkelte ihn wütend an. Jetzt hatte mich dieser Kerl schon wieder drangekriegt. Zum zweiten Mal an diesem Tag. Verflixt!

12. Kapitel

Die nächsten Tage vergingen wie im Flug. Nachdem alle Malerarbeiten erledigt waren und sowohl die Wände als auch die rosafarbenen Holzbalken einen neuen Anstrich erhalten hatten, wurden auch schon die Möbel angeliefert. Die massiven Holztische mit den dazu passenden Stühlen ließen den Raum gleich einladender und gemütlicher wirken, doch das i-Tüpfelchen waren die beiden roten Sofas. Ich stellte sie so auf, dass man einen schönen Blick durch die großen Sprossenfenster direkt aufs Meer hatte. Seither trank ich meinen morgendlichen Kaffee immer an diesem Platz, genoss die Ruhe und die wundervolle Aussicht.

Aber natürlich fehlten mir immer noch einige Dinge, die ich bis zur Eröffnung besorgen musste. Nele begleitete mich freiwillig auf eine Shoppingtour nach Rostock, wo ich zwei Couchtische erstand, Dekoartikel und drei Stehlampen für stimmungsvolles Licht. Außerdem fand ich für die Speisekarte hübsche Mappen mit maritimem Motiv, die sogar Nele gefielen.

Nachdem wir alles erledigt hatten, zog es meine Tochter in ein paar hippe Modeläden, die nur Kleider für Menschen anboten, die Nahrung grundsätzlich ablehnten. Wie ich feststellen musste, fand man als erwachsene, normal gebaute Frau dort nichts zum Anziehen. Die Klamotten waren so eng geschnitten, dass sogar die Kleiderbügel, an denen sie hingen, zu fett dafür wirkten. Das bauchfreie Top, das Nele sich schließlich kaufte, konnte ich höchstens als Sonnenschutz für meinen Unterarm benutzen, wenn ich mit offenem Autofenster fahren wollte. Dennoch genoss ich jede Minute unseres Ausflugs, denn zwischen Nele und mir herrschte ausnahmsweise eine friedliche Stimmung. Konsum hatte eben nicht nur schlechte Seiten, sondern konnte auch eine Brücke der Harmonie zwischen den Generationen bilden! Aber vielleicht lag es auch an der schönen Hansestadt mit ihren prachtvollen Bürgerhäusern, dem Rathaus und der Petrikirche. Schon bei unseren früheren Ostsee-Urlauben hatte Rostock uns immer wieder bezaubert. Da wir jetzt in der Nähe wohnten, nahmen wir uns fest vor, öfter herzukommen.

Das *Café Liebesbrise* nahm immer weiter Form an. Gleichzeitig schien mir die Zeit zwischen den Fingern zu zerrinnen, und oben in unserer Wohnung stapelten sich noch zahlreiche Umzugskartons, die so langsam einstaubten. Dabei hatte mich Nele schon erfreut darauf hingewiesen, dass seit dem Umzug »Zanko« spurlos verschwunden sei. So nannte sie ihre Zahnspange, die sie aus tiefstem Herzen verabscheute. Eigentlich sollte sie die Zahnregulierung jede Nacht tragen. Ich musste Zanko also unbedingt wiederfinden. Aber wann? Und wo?

Wie versprochen statteten Hannah und Ella mir einen weiteren Besuch ab. Während Hannah Möwen, Wolken und eine Schar Kraniche an die Wände zeichnete, stand ich mit einem Stuhl hinter ihr, um sie beim ersten Anzeichen von Schwäche sofort zum Hinsetzen zu nötigen. Das fand sie zwar absolut lächerlich, aber ich wollte kein Risiko eingehen. Ihre Zeichnungen sahen wunderschön aus, und ich konnte gar nicht aufhören, mich bei ihr zu bedanken. Deshalb bestand ich auch darauf, Hannah und Ella am Ende des Nachmittags zu bekochen. Da sich die beiden etwas Italienisches gewünscht hatten, kredenzte ich ihnen auf der Terrasse als Vorspeise einen leckeren Sommersalat mit Pinienkernen und getrockneten Tomaten. Danach gab es Tagliatelle mit einem selbst gemachten Rucola-Cashew-Pesto und zum Nachtisch Pannacotta mit Erdbeeren.

Hannah und Ella genossen das Essen sichtlich, und mir machte es Spaß, meine neue Küche einzuweihen und mich bei den beiden endlich mal zu revanchieren.

Heute fand endlich Neles erstes Tonnenkloppen-Training statt. Natürlich wollte ich mitkommen, aber mein Kind machte mir unmissverständlich klar, dass sie keinesfalls in Begleitung ihrer *Mama* dort auftauchen wolle.

»Ich kann selbst mein Leben regeln und brauche dich nicht mehr«, verkündete sie selbstbewusst. »Ich komme sehr gut ohne dich klar.«

Auf der einen Seite fühlte ich mich verletzt, auf der anderen Seite konnte ich sie verstehen. Nele wollte sich abnabeln, und ich musste lernen loszulassen! Wenn ich mir das nur oft genug sagte, würde es mein waidwundes Mutterherz auch irgendwann akzeptieren.

Immerhin hatte sich dadurch in meinem Terminkalender unverhofft eine Lücke für Jakob ergeben. Er hatte mir in den vergangen Tagen gleich mehrere Hochzeitsdaten zur Auswahl geschickt, damit ich heimlich mithören konnte – und zufällig fand gerade eine Trauung statt. Warum nutzte ich nicht die Gunst der Stunde?

Hastig sauste ich rüber zum Leuchtturm und machte mich an den Aufstieg. Je höher ich kam, desto weniger Geräusche versuchte ich zu verursachen. Im Empfangsbereich mit dem cremefarbenen Sofa blieb ich vorsichtshalber kurz stehen, um mich nicht durch unsportliches Geschnaufe zu verraten und meinen Atem zu beruhigen. Auf Zehenspitzen schlich ich weiter und setzte mich mucksmäuschenstill auf die Treppe, die zum Trauzimmer führte.

Anscheinend kam ich genau zum richtigen Zeitpunkt. Warm und tief tönte Jakobs Stimme durch den Raum: »… dies eine standesamtliche Trauung ist, möchte ich dennoch mit einem Zitat aus der Bibel beginnen. Genauer gesagt aus dem Hohelied der Liebe:

Paulus an die Korinther, erster Brief, Kapitel dreizehn, Vers acht«, sagte er und erklärte feierlich: *»Die Liebe hört niemals auf.«*

Wie schön! Das war ein wirklich passendes Zitat, das Jakob ausgesucht hatte. Keine Ahnung, wieso Dirk Jansen ihm fehlende Romantik vorwarf!

»Dies war übrigens auch der Trauspruch von Prinz Charles und Lady Di«, fuhr er fort. »Wie wir mittlerweile wissen, war ihre Ehe leider ein Desaster …«

Ach du lieber Himmel! Ich spürte, wie mir das Lächeln im Gesicht gefror. Jakob konnte bei einer Hochzeit doch nicht so eine schreckliche Horrorehe erwähnen!

»… aber das soll uns heute natürlich nicht kümmern«, sprach er weiter. »Der Spruch hat im Laufe der Jahrhunderte selbstverständlich vielfach Verwendung gefunden. Zum Beispiel in Shakespeares vielleicht größtem Werk über die Liebe *Romeo und Julia*. Hierin wählte der Beichtvater genau diesen Spruch für die beiden Liebenden.«

Puh, da hatte er gerade noch die Kurve gekriegt! Ich atmete erleichtert auf. Damit hatte er den Fauxpas mit Prinz Charles und Lady Di wieder ausgebügelt.

»… Wobei die beiden sich bekanntlich umgebracht haben, von daher kann man hier auch nicht unbedingt von einem glücklichen Ende reden«, beendete Jakob seinen Exkurs in die Literaturwelt.

Oh, Gott! Ich schlug lautlos die Hand vor die Augen. Das war keine Traurede, sondern eine Trauerrede für Liebende. Dieser Mann war eine fatale Kombination: ein nüchterner Denker, der kein Blatt vor den Mund nahm.

Er räusperte sich vernehmlich. Anscheinend war auch ihm aufgefallen, dass er sich in eine Sackgasse manövriert hatte. »Aber zum Glück sind Sie beide ohnehin nicht mehr in der jugendlichen Sturm-und-Drang-Phase, und ich bin mir sicher, dass Ihnen ein weitaus glücklicheres Schicksal bevorsteht. Sie haben sich im Herbst Ihres Lebens bewusst für diese zweite Ehe entschieden, um einen Menschen an Ihrer Seite zu haben, mit dem Sie …« Er stockte, denn in diesem Augenblick klingelte ein Handy.

Vor Schreck blieb mein Herz fast stehen. Das war doch nicht etwa meins? Hektisch versuchte ich, im Sitzen mein Handy aus der Hosentasche zu ziehen, ehe mir auffiel, dass mein Klingelton überhaupt nicht *Wellerman* von Nathan Evans war. Obwohl das modern angehauchte Shanty ziemlich gut war, wie ich zugeben musste.

»Entschuldigung, da muss ich leider rangehen«, sagte Jakob bedauernd. »Die Anrufe über die offizielle Notfallnummer des Forstamts sind die einzigen, die während einer Trauung durchgestellt werden.«

Ich hörte aufgeregtes Getuschel, während er abnahm. Für die Brautleute war dies sicherlich ein absolutes No-Go. Aber dafür konnte Jakob nun wirklich nichts!

»Jakob Thiel, Liebwitzer Forstamt«, meldete er sich. »… Und wo genau ist der Unfall passiert? … Nun, zum Glück sind keine Personen zu Schaden gekommen. In welchem Zustand ist der Rehbock?«

Ich hörte Jakob leise seufzen. Das bedeutete wohl keine guten Nachrichten. Unwillkürlich verkrampfte ich mich, denn ich hatte sofort schreckliche Bilder von einem angefahrenen Tier vor Augen.

»Wenn Sie können, beruhigen Sie den Bock, und halten Sie ihn an Ort und Stelle!«, sagte er in sachlichem Tonfall. »Selbst bei so schweren Verletzungen versuchen die Tiere instinktiv, zurück in den Wald zu flüchten. Ich komme, so schnell ich kann.«

Er schien das Telefonat beendet zu haben, denn nun wandte er sich wieder an die Anwesenden. »Es tut mir leid, aber ich muss die Trauung an dieser Stelle unterbrechen! Ich kann Ihnen versichern, dass das heute zum ersten Mal passiert. Ich habe Ihnen ja schon erzählt, dass ich für die Liebwitzer Gemeinde zwei Posten auszufüllen habe. Bitte bleiben Sie so lange hier! Ich komme so bald wie möglich zurück, und wir führen die Trauung fort.«

»Ein Wildunfall?«, hakte eine ältere männliche Stimme nach.

»Ja, nicht weit von hier. Ein SUV-Fahrer hatte eine Kollision mit einem Rehbock«, entgegnete Jakob. »Das Tier ist schwer verletzt und liegt im Sterben. Ich soll kommen, um es zu erlösen.«

Eine weibliche Stimme stieß einen Laut des Entsetzens aus. »Ich hatte auch mal einen Wildunfall«, berichtete sie. »Die Schreie des sterbenden Rehs verfolgen mich bis heute. Bitte beeilen Sie sich, Herr Thiel! Das Tier sollte nicht länger leiden als nötig.«

Zum Glück hatte er ein Paar vor sich, das offenbar Verständnis für seine Zwangslage hatte.

Ich riss mich aus meiner Erstarrung und huschte so leise wie möglich nach unten. Zwar hatte Jakob mir die Erlaubnis gegeben zu lauschen, aber mit Sicherheit hatte er jetzt andere Dinge im Kopf als seine Defizite im Romantikbereich. Es war wohl besser, wenn wir uns nicht begegneten!

Zurück im Café machte ich mir einen Tee. Als ich mit der Tasse zum Fenster lief, war Jakobs Wagen schon weg. Mir war klar, dass er den Rehbock würde erschießen müssen, und unter diesen Umständen war es fraglos ein Akt der Gnade. Allerdings könnte ich niemals den Mut dazu aufbringen. Dabei hielt ich mich für einen tierlieben Menschen. Aber das Richtige zu tun war manchmal unfassbar schwer. Obwohl das Café viel zu weit vom Wald entfernt lag, wartete ich instinktiv auf den entfernten Knall eines Schusses.

Ich blies auf meinen Tee und trank vorsichtig einen Schluck. Das dringende Bedürfnis nagte an mir, irgendwie zu helfen. Auch wenn das Brautpaar positiv reagiert hatte, wollte ich nicht, dass Jakob wegen dieses Vorfalls erneut Probleme mit Dirk Jansen bekam. Dem launischen Bürgermeister war es zuzutrauen, dass ihm bei einer weiteren Beschwerde der Kragen platzte und er seine Drohung wahr machte.

Mein Blick glitt hinauf zum Leuchtturm, wo sich gerade das ältere Paar mit seinen Gästen befand. Sicherlich warteten sie ungeduldig auf die Rückkehr ihres Standesbeamten.

Mir kam eine Idee. Mit einem Lächeln drehte ich mich zur Grande Presto 2000 um. Wieso war ich nicht schon früher darauf gekommen? Ich hatte schließlich ein Café und war bestens dafür ausgestattet, anderen Menschen die Wartezeit zu versüßen …

13. Kapitel

Nele hatte sich mit dem Laptop in ihrem Zimmer verbarrikadiert. Die Internetzeit, die sie sich durchs Streichen erarbeitet hatte, verbrachte sie schon seit gestern mit dem Streamen einer angesagten Serie und auf Shoppingseiten. Das hatte unmittelbar zur Folge, dass sie sich lautstark bei mir über ihr viel zu niedriges Taschengeld beschwerte, das sie praktisch zu lebensunwürdigen Umständen verdamme. Ich hatte ihr geraten, sich in Finanzdingen an ihren Vater zu wenden, da der sich ja bekanntlich besser damit auskannte als ich. Der Sarkasmus, der in meinen Worten mitschwang, war Nele offenbar entgangen.

Trotzdem beruhigte es mich ungemein, dass sie sich wie abgesprochen von Social-Media-Seiten fernhielt. Ich schämte mich dafür, aber ich hatte es mir nicht verkneifen können, in ihrem Browserverlauf herumzuschnüffeln. Heutzutage kam dieser Vertrauensbruch wahrscheinlich dem Lesen eines Tagebuchs gleich, aber ich hatte einfach die Gewissheit gebraucht, dass sie sich an ihr Versprechen hielt. Es war eine dieser Situationen im Leben einer Mutter, in der man das eigene Verhalten schrecklich fand, aber die bohrende Sorge um das eigene Kind einem keine andere Wahl ließ. Hätte ich mir sicher sein können, dass Nele sich bei einer erneuten Cybermobbing-Attacke an mich gewandt und mich um Hilfe gebeten hätte, wäre es wahrscheinlich anders gewesen. Aber unsere Kommunikation fiel schon unter normalen Umständen dürftig aus. Auf meine Nachfrage, wie es beim Tonnenkloppentraining gewesen war, hatte ich zum Beispiel nur die enttäuschend kurze Auskunft erhalten: »Jo. War nice.«

Allerdings hatte ich aus den geröteten Wangen und dem Leuchten ihrer Augen geschlossen, dass es ihr Spaß gemacht hatte. Das war immerhin ein kleiner Lichtblick im Leben meiner Tochter.

Am Abend vor der Eröffnung des Cafés saß ich auf einem Bistrostuhl draußen auf der Terrasse und trank einen Schluck Wein, den ich mir zur Beruhigung gönnte. Seufzend sah ich zum Nachthimmel hinauf, der hier an der Ostsee so viel mehr Sterne zu haben schien. Sie funkelten wie Diamanten auf schwarzem Samt.

Nun waren wir schon über eine Woche in Liebwitz. Dass ich das Café wie abgesprochen nach exakt sieben Tagen eröffnete, hatte allerdings nicht geklappt. Anstatt die Feier an einem schnöden Wochentag steigen zu lassen, hatte ich mich für den morgigen Sonntag entschieden. Das war ohnehin sinnvoller und würde mehr Gäste anlocken. Dirk Jansen hatte es jedoch nicht gewagt, sich deshalb zu beschweren, denn als ich ihm von dem neuen Termin erzählt hatte, war ich äußerst selbstbewusst aufgetreten. Am Tag der Ankunft hatte er es geschafft, mich zu überrumpeln, doch noch einmal würde er mich nicht so defensiv erleben!

Hinter mir lagen aufregende, arbeitsreiche Tage voller Überraschungen. Ich hatte unglaublich nette Menschen kennengelernt, und am Ende hatte ich dank ihrer tatkräftigen Unterstützung mehr geschafft, als ich mir anfangs zugetraut hatte.

Die Neueröffnung löste jedoch ein nervöses Gefühlschaos in mir aus. Vorfreude und Angst wechselten sich quasi sekündlich ab. Was würde ich tun, wenn niemand kam? Oder wenn mein Einrichtungsstil den Leuten nicht gefiel? Oder wenn mitten im größten Andrang meine geliebte Kaffeemaschine den Geist aufgab?

Nein! Ich schüttelte den Kopf und zwang mich, diese negativen Gedanken auszublenden. Es würde alles gut gehen! Ich war bestens vorbereitet: Die Kühlkammer war mit Vorräten gefüllt, wir hatten ausreichend Getränke, und das Angebot auf der neuen Karte war von Peggy höchstpersönlich abgesegnet worden. Außerdem hatte ich die Feier nach besten Kräften beworben. Ich hatte Anzeigen in den Dorfblättern der Umgebung geschaltet, Flyer in den örtlichen Läden ausgelegt, und Dirk Jansen hatte mir sogar ein Interview bei einem regionalen Radiosender organisiert. Damit hatte er bei mir wieder ein paar Sympathiepunkte gutgemacht. Auf Neles Drängen hin hatte ich sogar die sozialen Medien genutzt und auch dort zur Eröffnung eingeladen. Selbstverständlich mit ansprechenden Fotos des umgestalteten Cafés.

»Eva, nicht erschrecken …«, warnte mich eine männliche Stimme.

Das bewirkte leider genau das Gegenteil. Kreischend sprang ich in die Höhe und fuhr zur Terrassentür herum.

»… ich bin's nur!«, beendete Jakob trocken seinen Satz.

Er stand mit einem Paket in der Hand im Inneren des Cafés. Zur Abwechslung trug er mal keine Arbeitskleidung – also weder Anzug mit schickem Hemd noch Cargohose mit Boots. Der private Jakob Thiel schien einen legeren Kleidungsstil zu bevorzugen. Das schloss ich jedenfalls aus seiner verwaschenen Jeans und dem dunkelblauen Hemd, das seine Augen betonte.

Keuchend fasste ich mir an die Brust. »Lass mich raten: Du bist durch die Hintertür rein?«, japste ich.

»Ich war im Dorf unterwegs und hab mich gefragt, ob du noch wach bist. Und im Café habe ich Licht gesehen«, erklärte er mit einem entschuldigenden Lächeln. »Aber ich kann auch morgen wiederkommen …«

»Nein, nein, kein Problem!«

Er kam näher und hob das Paket ein wenig an. »Ich wollte dir nur schnell was vorbeibringen.«

»Setz dich doch, und trink ein Glas Wein mit mir! Oder trinkst du den etwa auch nicht?«, fragte ich neckend.

Da ich direkt vor ihm stand, fiel mir auf, dass Jakob die perfekte Größe für mich hatte. Ohne mich allzu sehr strecken zu müssen, könnte ich meine Hände in seinem Nacken verschränken und ihn küssen. Ich erschrak. Woher kam denn dieser unpassende Gedanke plötzlich? Anscheinend hatte ich schon mehr Alkohol intus, als ich gedacht hatte.

»Gegen ein Glas Wein habe ich nichts einzuwenden. Ich bin nur bei Heißgetränken wählerisch.«

Ich schmunzelte. »Und ich hatte gedacht, dass du grundsätzlich hohe Ansprüche hast.«

»Vielleicht. Aber nur, was die wirklich wichtigen Dinge des Lebens betrifft.«

Er sah mich mit unergründlicher Miene an, und mein Herzschlag kam ins Stolpern. Noch mehr Sorge bereitete mir allerdings das leichte Flattern in meiner Magengrube, das Jakobs Blick in mir auslöste. Eigentlich wollte ich das nicht. Dafür war ich noch nicht bereit. Erst mal musste ich meine Scheidung hinter mich bringen. Mein Leben war schon kompliziert genug.

»Ich … ich hol dir schnell von drinnen ein Glas«, stieß ich aus.

Als ich wiederkam, hatte er sich bereits gesetzt.

»Hier draußen hast du nichts verändert?«, fragte er, während ich ihm einschenkte.

Ich war dankbar für das unverfängliche Thema und nickte. »Für den Außenbereich finde ich die Bistrotische okay. Wenn das Café läuft, kaufe ich vielleicht nächsten Sommer Rattanmöbel. Und ein oder zwei Strandkörbe würden sich auch gut machen.« Ich setzte mich. »Aber das wird teuer, und wenn man selbstständig ist, muss man sich manche Investitionen erst mal verkneifen.«

»Sehr vorausschauend«, sagte Jakob und hob mit anerkennender Miene sein Glas. »Das lässt mich hoffen, dass du uns länger erhalten bleibst als deine Vorgänger.«

»Dein Wort in Gottes Ohr.«

Wir tranken beide, doch ich nippte nur am Wein. Es war wohl besser, wenn ich einen klaren Kopf behielt.

»Ich bin hier, um mich bei dir zu bedanken«, erklärte Jakob. »Dafür, dass du dich um das Brautpaar und ihre Gäste gekümmert hast, als ich die Trauung unterbrechen musste. Wie ich gehört habe, hast du sie bestens bewirtet und ihnen neben Kaffee auch Sekt und Fingerfood gebracht. Und das kostenlos. Sie haben in den höchsten Tönen von dir geschwärmt.«

»Ach, das war nicht der Rede wert!« Ich machte eine wegwerfende Handbewegung. Dennoch freute es mich, dass er dafür extra hergekommen war. »Ich hatte nur Sorge, dass sie sich bei Dirk Jansen über dich beschweren. Das wäre in diesem Fall wirklich unfair gewesen.«

»Das war sehr aufmerksam. Ich danke dir«, sagte er mit diesem leichten Lächeln, das ihn so verflixt attraktiv machte.

»Gern geschehen.«

Wieder verfingen sich unsere Blicke ineinander, doch dieses Mal war es Jakob, der abrupt beiseite sah.

Er räusperte sich. »Deshalb habe ich dir ein Geschenk mitgebracht. Nichts Besonderes, nur eine symbolische Geste.« Er schob das Paket über den Tisch zu mir.

»Was ist da drin?«, fragte ich skeptisch. Eigentlich war ich kein Fan von Überraschungen. Dabei fühlte ich mich immer unter Druck gesetzt. Schließlich bestand die Möglichkeit, dass es mir überhaupt nicht gefiel.

Jakob entging mein Zögern nicht. »Es ist ein ausgestopfter Rehkopf als Wandschmuck für dein Café.«

»Wie bitte?« Ich riss schockiert die Augen auf. Meine Hände weigerten sich strikt, das Paket zu öffnen.

»Ich bin nun mal Forstbeamter, und die Präparation ist eines meiner Hobbys«, erzählte er. »Im Fachjargon nennt man es übrigens Taxidermie. Mein Haus ist voll von Exponaten. Das Abziehen der Haut vom Tierkörper ist eine Kunst für sich, nur das Gerben riecht etwas unangenehm.«

Ich starrte ihn entsetzt an.

Er seufzte und verdrehte die Augen. »Natürlich ist da kein Rehkopf drin! Mir fehlt vielleicht der Sinn für Romantik, aber ich bin auch kein emotionsloser Stoffel. Wofür hältst du mich denn?«

Nun ja, in meinen Ohren hatte es durchaus plausibel geklungen, dass ein Förster eine Vorliebe für ausgestopfte Viecher hatte.

»Ich habe noch nie ein Tier präpariert«, versicherte er mir. »Und im Liebwitzer Forsthaus befindet sich nur ein einziger Hirschkopf, den ich meinem Vater zuliebe habe hängen lassen.«

Er beugte sich über den Tisch und schob das Paket noch näher zu mir. »Wenn du wissen willst, was drin ist – trau dich und mach es auf!«

»Also gut …« Ich gab mir einen Ruck und klappte den Karton auf.

Darin lag neben einem kleineren Paket ein goldener runder Gegenstand, den ich bei näherem Hinsehen als nautische Schiffsuhr identifizierte.

»Es ist eine antike Gezeitenuhr«, erklärte er. »An der Ostsee nicht sonderlich nützlich, aber trotzdem sehr hübsch. Da du das Café maritim eingerichtet hast und die Wände noch etwas leer sind, dachte ich, du könntest sie gebrauchen. Deshalb wollte ich sie dir unbedingt noch vor der Eröffnung vorbeibringen.«

»Oh, Jakob, sie ist wunderschön!«, stieß ich aus und hielt die Uhr bewundernd in Händen.

Gleich darauf sah ich ihn mit ernster Miene an. »Das kann ich unmöglich annehmen. Die ist sicherlich unglaublich teuer gewesen.«

»Keine Sorge, ich habe sie nicht extra gekauft«, wiegelte er meine Bedenken ab. »Ich hatte die Uhr schon eine halbe Ewigkeit daheim in einer Schublade herumliegen, weil ich keinen passenden Platz dafür gefunden habe. Und ich finde den Gedanken schön, dass sie hier bei dir im Café hängt. Da haben mehr Leute etwas davon.« Er deutete auf das kleinere Paket. »Das habe ich tatsächlich extra für dich besorgt.«

Neugierig riss ich den zweiten Karton auf und musste gleich darauf grinsen. »Ein Mokka-Set?«

Er erwiderte mein Lächeln. »Das schenke ich dir natürlich aus rein eigennützigen Gründen. So kannst du mich bei unseren geschäftlichen Treffen besser bewirten und musst nicht mehr Dreck in den Espresso mischen.«

Ich zwinkerte ihm zu. »Damit bin ich auch für anspruchsvolle Gäste bestens gewappnet.«

Ich legte meine neuen Schätze wieder zurück und sah ihn gerührt an. Noch vor ein paar Tagen hätte ich es für undenkbar gehalten, dass ausgerechnet er mir Geschenke machte.

»Danke, Jakob! Ich freue mich wirklich …« Ich kam nicht weiter, denn die friedliche Nacht und das sanfte Rauschen der Brandung wurden jäh unterbrochen von unfassbar lauter Musik. Anscheinend hatte Nele spontan beschlossen, eine abendliche Tanzeinlage einzulegen. Oder sie hatte in ihrem Zimmer eine Disco eröffnet. Bei der Lautstärke war das durchaus möglich.

Ich sprang auf. »Nele!«, brüllte ich nach oben. »Nele, mach gefälligst die Musik leiser!«

Natürlich hörte sie mich nicht. Anstatt weiter herumzubrüllen, griff ich zu meinem Handy und wiederholte mein Anliegen per WhatsApp. Unser WLAN funktionierte einwandfrei, denn schon einige Sekunden später wurde mein Befehl mit der Antwort *»Keine Lust«* abgeschmettert. Gleich darauf folgte noch der Zusatz: *»Geh doch weg, wenn es dir nicht passt. Im Gegensatz zu mir zwingt dich niemand, hier zu sein.«*

Ich knirschte mit den Zähnen. »Diese Bockigkeit bringt mich noch an den Rand der Verzweiflung«, entfuhr es mir.

Jakob nickte verständnisvoll. »So ist das immer bei Teenagern.«

Überrascht zog ich die Augenbrauen hoch. »Du kennst das?«

»Ich habe zwei Schwestern und einen Bruder, und sie haben mich mit fünf Nichten und drei Neffen beschenkt.« Er seufzte. »Und ich bin für alle acht der Patenonkel.«

»Autsch!« Ich verzog das Gesicht. »Bestimmt sparst du schon auf das kommende Weihnachtsfest.«

»Damit fange ich immer schon im Januar an«, erwiderte er mit leidgeprüfter Miene. »Aber ich möchte die Rasselbande trotzdem nicht missen. Zwei meiner Patenkinder sind in einem ähnlichen Alter wie Nele. Der Älteste ist neunzehn und heißt eigentlich Sören.« Er seufzte erneut. »Aber seit der Pubertät müssen wir ihn *Spike* nennen.«

»Ernsthaft?«, fragte ich kichernd. Solche Geschichten waren immer viel amüsanter, wenn es sich nicht um die eigenen Kinder handelte.

»Mittlerweile ist er wieder umgänglicher geworden und hat mit Ach und Krach Abitur gemacht. Doch dafür ist jetzt seine fünfzehnjährige Schwester Tine in der schlimmsten Phase.«

Ich setzte mich auf. »Das ist ja ein Zufall! Nele ist genau im gleichen Alter. Vielleicht können wir die beiden mal zusammenbringen?«

Jakob schien von dieser Idee nicht sonderlich angetan. »Wozu? Zum Spielen? Wenn wir die beiden zu einem Treffen zwingen, finden sie das aus Prinzip schon doof.«

Er hatte recht. Anscheinend konnte er sich besser in einen Teenager einfühlen als ich.

Da Jakob zum ersten Mal etwas Privates über sich erzählt hatte, war meine Neugier geweckt. »Und du hast keine eigenen Kinder?«

Er trank einen Schluck Wein und schüttelte den Kopf.

»Ich hatte in meinem Leben zwei ernsthafte Beziehungen, und beide sind kurz vor der Heirat zerbrochen.«

Ich spürte, dass sich hinter dieser knappen Auskunft eine dramatische Geschichte verbarg, aber gleichzeitig erkannte ich, dass Jakob noch nicht bereit war, mir davon zu erzählen.

»Mittlerweile habe ich mit dem Thema Beziehungen abgeschlossen«, erklärte er kühl. »Und bei meiner großen Familie kann ich mich über Einsamkeit nicht beklagen. Mein Vater und ich haben das Haus nur selten für uns allein.«

»Du wohnst noch bei deinem Vater?«, entfuhr es mir einigermaßen schockiert.

Er hob den Zeigefinger. »Nein, mein Vater wohnt *bei mir*«, korrigierte er mich nachdrücklich. »Das ist ein bedeutender Unterschied.«

Ich zog ein zerknirschtes Gesicht. »Entschuldige bitte!«

»Nach dem Tod meiner Mutter habe ich ihn bei mir aufgenommen«, erzählte Jakob. »Er hat schließlich den größten Teil seines Lebens im Forsthaus verbracht, und dort fühlt er sich wohl. Das bedeutet aber auch, dass meine Geschwister oft zu Besuch sind und uns als Babysitter einspannen. Bei uns ist es nie langweilig.«

Ich lächelte. »Das klingt schön.«

Er deutete vielsagend nach oben zu Neles Zimmer. »Das ist es nicht immer, glaub mir.«

Für einige Momente lauschten wir dem wummernden Bass eines koreanischen Gute-Laune-Songs.

»Du hast bei der Trauung zugehört«, stellte Jakob unvermittelt fest.

Natürlich zählte er eins und eins zusammen. Schließlich hätte ich sonst nicht gewusst, dass er die Brautleute allein gelassen hatte.

Ich wich seinem Blick aus. »Mhm.«

»So schlimm?« Jakob trank einen Schluck Wein und straffte die Schultern. »Los, rück raus mit der Sprache! Was habe ich falsch gemacht?«

»Deine Rede hatte viele schöne Ansätze«, lobte ich ihn. »Das

Zitat, das du ausgewählt hast, war perfekt. Aber danach sind dir leider ein paar Ausrutscher unterlaufen.«

Er wiegte den Kopf hin und her. »Ich gebe zu, dass ich ein paar Mal von meinem geplanten Konzept abgekommen bin und improvisiert habe.«

»Ehrlich gesagt hatte ich den Eindruck …« Ich zögerte, aber es hatte wohl keinen Sinn, um den heißen Brei herumzureden. »Ich hatte den Eindruck, dass du recht negativ über die Liebe denkst. Diese Anspielungen auf unglückliche Paare wie Romeo und Julia, Prinz Charles und Lady Di. Natürlich ist eine langjährige Ehe fraglos eine Herausforderung …« Ich beugte mich vor und sah ihn an. »Aber wäre eine Hochzeit nicht eher der Tag, an dem man die Liebe feiern und ihr huldigen sollte?«

Jakob schwieg und starrte mit brütendem Blick in die Dunkelheit. War er jetzt – wieder einmal – sauer auf mich? Oder beleidigt? Seine nachdenkliche Miene ließ mich hoffen, dass er sich meine Worte lediglich durch den Kopf gehen ließ.

»Vielleicht hast du recht. Meine persönlichen Erfahrungen haben wohl meine Arbeit beeinflusst«, gab er zu meiner Überraschung zu.

Damit spielte er wahrscheinlich auf seine Beziehungen an, die kurz vor der Hochzeit gescheitert waren. Gerade für einen Standesbeamten war das sicherlich eine bittere Erfahrung. Zudem machte es nicht den Eindruck, dass Jakob derjenige gewesen war, der kalte Füße bekommen hatte. Ich konnte mir beim besten Willen nicht vorstellen, wieso sich gleich zwei Frauen kurzfristig gegen ein Leben mit ihm entschieden hatten. Je besser ich Jakob kennenlernte, desto mehr mochte ich ihn. Er hatte seine verschrobenen Eigenheiten, aber – wie ich gerade bemerkte – schätzte er Ehrlichkeit, war selbstkritisch und Manns genug, Fehler einzugestehen. Außerdem machte er aufmerksame Geschenke und hatte Humor. Auf der anderen Seite könnte Jakob natürlich auch irgendwelche abgefahrenen Vorlieben pflegen oder seltsame Verhaltensweisen an den Tag legen, von denen ich bisher noch nichts ahnte. Wie ich bei meinem Mann Thomas schmerzlich hatte erfahren müssen, war auf mein Bauchgefühl in dieser Hinsicht kein Verlass.

»Nach dem, was du erlebt hast – wie stehst du zu der Liebe? Was bedeutet sie für dich?«

Mit angehaltenem Atem wartete ich auf seine Antwort, die mir wichtiger war, als ich mir eingestehen wollte.

»Ich schätze, dass die Liebe für jeden Menschen etwas anderes ist«, entgegnete er ausweichend. »Für manche reicht schon ein Kribbeln im Bauch aus, um es als Liebe zu bezeichnen. Manche erwarten von der Liebe, dass sie für immerwährendes Glück sorgt. Was natürlich völlig idiotisch ist. Für andere bedeutet Liebe einfach Vertrauen und Freundschaft.«

Das war wohl das, was man gemeinhin als eine allgemeingültige Aussage bezeichnete. Okay, er wollte meine Frage offenbar nicht beantworten! Das machte meine Aufgabe nicht gerade leichter. Denn wie sollte ich Jakob beibringen, romantische Reden zu halten, wenn er nicht mehr an die Liebe glaubte?

»Wieso genau hast du dich eigentlich überreden lassen, Standesbeamter zu werden?«, versuchte ich es auf anderem Weg.

»Weil es ein schöner Beruf ist«, kam es wie aus der Pistole geschossen zurück.

Keinen Moment später legte er den Kopf in den Nacken und lachte. »Jetzt sieh mich nicht so überrascht an! Das ist mein Ernst«, sagte er. »Wie gesagt ist mein Revier recht übersichtlich, und als Ranger habe ich im Wald Natur, Frieden und Ruhe. Manchmal sogar etwas zu viel Ruhe. Die Arbeit als Standesbeamter war für mich immer ein schöner Ausgleich.« Er seufzte wehmütig. »Früher habe ich die Leute, die ich getraut habe, alle gekannt. Sie kamen aus dem Dorf. Ich wusste, aus welchen Familien sie stammen und was für liebenswerte Macken sie haben. Ich konnte in meiner Rede über ihr

Kennenlernen berichten und witzige Anekdoten aus ihrem Leben einflechten. Das war etwas völlig anderes als jetzt. Und du wirst es nicht glauben: Ich war als Standesbeamter sogar richtig beliebt. Mittlerweile traue ich jedoch wie am Fließband wildfremde Leute.«

Ich nickte verständnisvoll. Im Gegensatz zu damals fehlte ihm der persönliche Bezug zu den Paaren.

»Und es wird immer schwieriger, beide Jobs unter einen Hut zu bringen. Das hast du ja mitbekommen«, fügte er resigniert hinzu.

Jakob erhob sich und lief zum Rand der Terrasse. Mit nachdenklicher Miene sah er zum Sternenhimmel hinauf. »Vielleicht hat Dirk recht, und ich sollte aufgeben. Ich möchte nicht riskieren, dass Liebwitz meinetwegen einen schlechten Ruf bekommt. Der Erfolg des Marketingkonzepts steht und fällt mit mir.«

»Nein, Jakob!« Entschlossen stand ich auf und ging zu ihm. »Wir kriegen das schon hin. Versprochen!«

Skeptisch erwiderte er meinen Blick. »Ich will dir nicht zu nahe treten, aber du scheinst mir in dieser Sache unangebracht optimistisch zu sein.«

»Das ist der Vorteil bei Menschen mit Romantikfimmel.« Ich grinste. »Sie sind Optimisten und glauben felsenfest an ein Happy End. Außerdem hast du wahrscheinlich die engagierteste Lehrerin, die es auf der Insel gibt. Ich werde mich richtig ins Zeug legen.« Ich hob mahnend den Zeigefinger. »Du musst auch bedenken, was deine Entscheidung für Folgen hätte! Wenn du aufgibst, müsstest nicht nur du, sondern auch dein Vater aus dem Forsthaus ausziehen. Und dieser Hirschkopf, von dem du erzählt hast, würde sich in einer Zweizimmerwohnung bestimmt nicht gut machen.«

Er musste lachen. »Das stimmt! So betrachtet darf ich tatsächlich nicht aufgeben.«

Jakob sah mich an. In seinem Blick lag plötzlich eine tiefe Wärme. Das kam so unerwartet, dass ich für eine Sekunde förmlich dahinschmolz.

»Ich bin sehr dankbar, Eva.«

»Wofür?«, krächzte ich. Mein Mund fühlte sich mit einem Mal wie ausgetrocknet an.

Er trat noch einen Schritt auf mich zu, und nun standen wir so nah beieinander, dass ich zu ihm aufsehen musste. Plötzlich veränderte sich die Atmosphäre zwischen uns. Sein Duft nach frischer Wäsche, Seife und Kiefern hüllte mich ein, und mein Herz begann zu flattern.

»Dafür, dass du in mein Leben getreten bist«, sagte er mit rauer Stimme. »Und es tut mir leid, dass ich am Anfang so unhöflich und abweisend zu dir war. Das hattest du nicht verdient.«

»Schon okay«, brachte ich mühsam hervor.

Wenn er mich gleich küssen sollte, hatte ich dafür eindeutig zu wenig Spucke im Mund. Meine Zunge klebte an meinem Gaumen wie eine Mücke an einem Fliegenfänger. Der Alkohol hatte mich anscheinend völlig dehydriert.

Sekundenlang sahen wir uns in die Augen, untermalt vom Rauschen der Brandung und Neles wummerndem Bass aus dem Obergeschoss. Ohne hinzusehen, griff Jakobs Hand sanft nach meinen Fingerspitzen. Es war nur eine leichte, unschuldige Berührung – und doch sorgte sie dafür, dass mich vom Kopf bis zu den Zehenspitzen ein Schauer überlief. Ein Summen erfüllte mein Inneres wie eine verheißungsvolle Melodie, während er für einen wundervoll langen Moment meine Hand in seiner hielt.

14. Kapitel

Der Tag der Eröffnung war gekommen. Wie zu erwarten hatte ich nachts kaum ein Auge zugetan und mich schlaflos im Bett herumgewälzt. Hauptsächlich wegen meines beruflichen Neustarts, aber auch ein kleines bisschen wegen Jakob. Zugegeben, das Gespräch mit ihm hatte mich emotional etwas aus dem Takt gebracht. Anscheinend zeigte der raue männliche Insulanercharme bei mir tatsächlich erste Wirkung. Während sich mein Verstand strikt gegen eine gefühlsmäßige Verstrickung wehrte, wurde jeder Gedanke an Jakob automatisch von einem warmen Kribbeln in meiner Magengrube begleitet.

Als morgens die Lieferung von der Bäckerei Ohnemus eintraf, stand ich schon in der Küche, um das Essen vorzubereiten. Auf der Eröffnungsfeier würde es nämlich leckeres Fingerfood geben. Während ich mich mit der Zubereitung beschäftigte, sauste Peggy schon draußen herum und koordinierte den Aufbau der Hüpfburg, die ich für heute geordert hatte. Damit auch unsere kleinen Gäste Spaß haben und die Eltern in Ruhe ihren Kaffee genießen konnten.

Selbst Nele hatte sich von der Aufregung anstecken lassen und ihr Zimmer verlassen. Was im Klartext bedeutete, dass sie in der Küche herumlümmelte, mir beim Arbeiten zusah und alle paar Minuten einen kritischen Kommentar von sich gab. Doch davon ließ ich mich nicht beirren.

In den letzten Tagen hatte ich mein Vorhaben umgesetzt und spezielle Hochzeitsarrangements mit passendem Fingerfood zusammengestellt, die die Paare bei mir buchen konnten. Die Inspiration dafür hatte ich mir aus dem Internet geholt. Dort hatte ich erfahren, dass Hochzeiten heutzutage gern unter einem Motto liefen – zum Beispiel Rockabilly, Luxus&Pomp, maritime Sehnsucht oder die malerische Landhochzeit. Deshalb würde ich im Café spezielle Mottopakete anbieten. Es ging los mit dem »Strand&Meer«-Arrangement, bei dem neben Sekt zum Empfang auch Räucherfischhäppchen, Landbrot mit selbst gemachtem Frischkäse und Lachsröllchen mit Zitronenpfeffer und Dill gereicht wurden. Den luxuriösen Gegensatz dazu bildete die »A Golden Day«-Variante mit Moët-Champagner, Jakobsmuscheln mit weißer Balsamicocreme und Sesamsalz, Kaviar-Blinis, Garnelenmoussewölkchen auf knusprigen Brioches und Lachstatar, das auf goldenen Löffeln appetitlich in Szene gesetzt wurde. Dementsprechend variierten natürlich die Preise, die ich kalkuliert hatte. Auch wenn zur Eröffnung wahrscheinlich nicht viele potenzielle Hochzeitspaare kommen würden, wollte ich die Gelegenheit nutzen, für meine Mottopakete ein wenig die Werbetrommel zu rühren.

Eine halbe Stunde vor Beginn war ich mit den Vorbereitungen fertig und stand mit Peggy hinter der Theke. Das *Café Liebesbrise* erstrahlte in neuem Glanz: Der Tresen und die Holzmöbel waren frisch poliert, die Tische mit Wiesenblumen und selbst gesammelten Muscheln dekoriert, für die Sofas hatte ich ein paar schöne Kissen gefunden, und Hannahs Möwen »flogen« anmutig über die cremeweißen Wände. Sogar Jakobs Geschenk hatte ich schon aufgehängt. Die goldene Gezeitenuhr hing gleich neben dem Eingang.

»Es wird alles gut gehen«, versicherte mir Peggy zum wiederholten Mal.

Für heute hatte sie sich extra schick gemacht. Sie trug grüne Glitzerleggins, ein enges meerblaues Top, und ihre hochtoupierten Haare hatte sie mit winzigen Muscheln verziert. Das war ihr Arielle-Outfit, wie sie mir stolz erzählt hatte. Passend zum maritimen Motto des Cafés.

Ich warf ihr einen Seitenblick zu. »Merkt man mir meine Nervosität an?«

»Du versprühst Stresshormone wie ein Rasensprenger.« Sie legte mir die Hand auf die Schultern. »Atme tief durch und bleib locker. Die Leute werden das Café lieben. Du hast das großartig hinbekommen.«

»Danke!« Ich lächelte. »Aber ich hatte ja auch tolle Hilfe.«

Von draußen ertönte ein Motorengeräusch, und ich sauste zum Fenster. Ein tiefergelegter BMW 3er fuhr vor, der schon deutlich bessere Tage gesehen hatte. Das Auto hatte zahlreiche Roststellen, der linke Kotflügel war gegen ein grasgrünes Ersatzteil ausgetauscht worden, und als der Fahrer ruckartig abbremste, schnellte von selbst der Kofferraumdeckel nach oben. Ein junger schlaksiger Typ in schwarzen Klamotten mit weißgeschminktem Gesicht, kajalumrandeten Augen und einer beachtlichen Menge an Piercings stieg aus. Offensichtlich war er ein Anhänger der Gothic-Bewegung. Ach, du meine Güte! Und das war mein erster offizieller Gast? Der Fahrer knallte entnervt den Kofferraumdeckel zu und lehnte sich dann mit verschränkten Armen gegen den schrottreifen BMW. Dabei wirkte er wie ein verarmter Drogendealer, dessen Geschäfte sehr schlecht liefen, weil er Heroin auf Globuli-Basis vertickte. Nun öffnete sich die Beifahrertür, und ein Mädchen in Neles Alter stieg aus. Auf den ersten Blick wirkte sie völlig normal. Sie trug Jeans, Sneaker, ein T-Shirt mit dem Band-Logo von BTS und hatte eine pinkfarbene Strähne in den dunkelblonden Haaren.

In diesem Moment rief meine Tochter aus dem Obergeschoss: »Hey, hallo! Ich komm gleich runter.«

Ein Fenster wurde zugeknallt, und über unseren Köpfen ertönten eilige Schritte. Nele kannte die beiden? Aber woher denn?

Peggy trat neben mich. »Ach, die Kleine hab ich schon mal bei Fred im Reitverein gesehen!«, sagte sie und nickte nachdrücklich. »Ich glaube, sie heißt Tina oder Tine.«

Aha! Offenbar hatte Nele meine Abwesenheit beim Tonnenkloppentraining dazu genutzt, erste Kontakte zur Dorfjugend zu knüpfen. Tatsächlich begrüßte sie wenige Sekunden später draußen die beiden Neuankömmlinge und führte sie zu uns ins Café.

»Das ist meine Mutter«, stellte sie mich beiläufig vor. »Und Peggy kennt ihr ja wahrscheinlich schon.«

Ich erhielt einen mahnenden Blick meiner Tochter, der mir wohl signalisieren sollte, sie keinesfalls vor ihren neuen Freunden zu blamieren. Nur schade, dass es keinen Knigge für Eltern von Teenagern gab. Woher sollte ich bitte schön wissen, wie Nele peinliches Verhalten definierte?

Zum Glück kam mir Neles neue Freundin zuvor. Sie hielt mir mit einem freundlichen Lächeln die Hand hin. »Hallo, ich bin Tine Winkler!«

»Freut mich!« Ich schüttelte ihre Hand und warf einen schnellen Blick zu Nele, um mich zu vergewissern, dass ich bis jetzt alles richtig gemacht hatte.

»Und ich bin Spike, Tines Bruder«, stellte sich der junge Mann in der Gothic-Kluft vor. »Ich freue mich, Sie kennenzulernen, Frau Huber! Im Dorf habe ich schon viel Gutes über Sie gehört.«

Erstaunt ergriff ich seine ausgestreckte Hand. Das war mal ein netter junger Mann mit überraschend guten Umgangsformen! Anscheinend war ich ein Opfer meiner Vorurteile geworden. Sein Name kam mir allerdings seltsam bekannt vor. Moment mal …

»Spike?«, wiederholte ich überrascht. »Ist dein Onkel etwa Jakob?«

Er lachte. »Exakt. So ist das in Liebwitz: Sobald Sie fünf Leute kennen, kennen Sie quasi alle.«

»Euer Onkel hat mir schon von euch erzählt.«

»Da er unser Lieblingsonkel ist, gehe ich mal davon aus, dass er uns in den höchsten Tönen gelobt hat?« Spike zwinkerte mir mit einem verschmitzten Grinsen zu.

Ich starrte fasziniert auf seine wackelnden Augenbrauen- und Lippenpiercings. Insgeheim hoffte ich, dass Nele sich von Spikes Gesichtsschmuck nicht inspiriert fühlte.

»Jakob hat kein schlechtes Wort über euch verloren«, versicherte ich ihm. »Reitet ihr auch beim Tonnenfest mit?«

An Neles genervter Miene erkannte ich, dass ich meine Neugier hätte zügeln sollen. Ihre Freunde schienen das allerdings nicht so eng zu sehen.

Spike lachte und hob abwehrend die Hände. »Um Himmels willen, nein! Mit Pferden hab ich nix am Hut.«

»Ich bin im Reitverein«, antwortete Tine. »Aber beim Tonnenfest mache ich nicht mit. Ich reite lange nicht so gut wie Nele.«

Die Wangen meiner Tochter röteten sich. Doch ehe ich wegen ihrer Leistung beim Training nachhaken konnte, zog sie ihre neue Freundin schon mit sich.

»Tine ist auch BTS-Fan. Wir gehen hoch, um ein paar Choreografien zu üben.«

»Aber bitte nicht zu laut wegen der Gäste! Und wenn ihr Hunger habt, könnt ihr euch ruhig bedienen.« Ich deutete auf die bereitgestellten Platten. »Es ist genug für alle da!«

Nele und Tine wirkten zwar nicht magersüchtig, aber beiden hätte ein bisschen mehr auf den Rippen durchaus gutgetan.

Spike wandte sich ebenfalls zum Gehen. »Ich muss dann auch mal wieder. Die Arbeit ruft.«

Auf meine fragende Miene hin erklärte er: »Freiwilliges Soziales Jahr in einer Behinderteneinrichtung. Ist eigentlich ganz cool. Nur die Wochenendarbeit nervt.« Er tippte sich zum Abschied an die Stirn. »Hat mich gefreut, Sie kennenzulernen, Frau Huber. Tschüss, Peggy!«

Kaum hatte er den Raum verlassen, klatschte Peggy, die das Geschehen aufmerksam verfolgt hatte, begeistert in die Hände. »Hui, da lag ganz klar junge Liebe in der Luft!«

Verständnislos sah ich sie an. »Bei wem?«

»Bei Nele.« Sie grinste. »Hast du nicht gesehen, wie sie Spike heimlich angehimmelt hat? Ich hab für so was einen siebten Sinn.«

Also, ich hatte diesbezüglich überhaupt nichts gemerkt.

»Quatsch!« Ich winkte ab. »Er ist doch schon neunzehn und viel zu alt für sie.«

Peggy ließ die Augenbrauen hüpfen. »Das sieht deine Tochter wohl anders.«

In diesem Augenblick fuhren zwei Autos auf den Parkplatz. Aus dem einen stiegen Hannah und Finn, aus dem anderen Ella und ihre Mutter Martha. Bei ihnen war ich mir sicher, dass sie zur Eröffnung gekommen waren.

»Die ersten Gäste«, stieß ich jubelnd aus.

»Endlich, es geht los!«, seufzte Peggy erleichtert.

Ich eilte den vieren entgegen, um sie zu begrüßen, und führte sie nach drinnen. Kaum hatten sie Platz genommen und ihre Getränke geordert, ging es auch schon Schlag auf Schlag. Inga, die Bäckersfrau, kam mit ihrer Familie, Fred schaute mit Peggys Söhnen vorbei, und Hannah stellte mir ihre Eltern und ihren Bruder Basti vor. Im Schlepptau hatten sie Else und Heinz Jahnke – das älteste Ehepaar Deutschlands, das schon seit über fünfundsiebzig Jahren verheiratet war! Die beiden waren ganz anders, als ich sie mir vorgestellt hatte, denn kaum hatten sie das Café betreten, stritten sie sich ohne Unterlass. Hannah raunte mir zu, dass das völlig normal sei und ich mich von ihrem rauen Umgangston nicht täuschen lassen solle. Die beiden würden sich in Wahrheit abgöttisch lieben.

Es kamen immer mehr Leute. Viele Dorfbewohner waren darunter, die neugierig waren, was ich aus dem Café gemacht hatte. Aber auch Touristen hatten sich durch meine Flyer und das Radiointerview anlocken lassen. Nur Jakob hatte sich bisher nicht blicken lassen.

Peggy und ich sausten umher, begrüßten die Gäste, nahmen

Bestellungen auf und rechneten ab. Die Fingerfood-Kostproben kamen erfreulich gut an, und draußen von der Hüpfburg ertönte fröhliches Kindergeschrei. Es erfüllte mein Herz mit einem warmen Glücksgefühl, das Café so voller Leben zu sehen.

Natürlich musste ich immer wieder in die Küche verschwinden, um Essensbestellungen zuzubereiten, aber Peggy hatte den Laden auch ohne mich fest im Griff. Durch ihre schrille Stimme und das gackernde Lachen wusste man immer, wo im Raum sie sich gerade befand. Das war recht praktisch. Ab und zu schwirrte auch Nele zwischen den Gästen umher. Eine Weile saß sie mit Tine auf einem der Sofas, kurzzeitig unterstützte sie Peggy an der Theke, und etwas später entdeckte ich sie im Gespräch mit Ella und Hannah. Anscheinend gewöhnte sie sich langsam in Liebwitz ein.

Am Nachmittag erschienen wie abgesprochen die Musiker, die ich engagiert hatte. Sie spielten Pop, moderne Schlager und auch ein paar regionale Songs. Die Stimmung im Café wurde immer besser.

Gerade als ich mit einer frischen Platte Fingerfood aus der Küche kam, baute sich Dirk Jansen vor mir auf. Oh weh! Mir schwante Übles.

»Frau Huber, wo ist hier bitte schön das Liebesthema?«, keifte er mit hochrotem Kopf. »Ich sehe hier rein gar nichts, das auf das Marketingkonzept von Liebwitz hindeutet. Wieso haben Sie sich nicht an unsere Abmachung gehalten?«

Für einen kurzen Moment verfehlten seine scharfen Worte ihre Wirkung nicht. Doch dann gewann ich meine Fassung wieder.

»Wir hatten keine Abmachung«, wies ich ihn mit gesenkter Stimme zurecht, um nicht die Aufmerksamkeit der Gäste auf uns zu ziehen. »Sie wollten zwar, dass ich das Liebesmotto aufgreife, aber ich habe dem nie zugestimmt. Auch im Pachtvertrag steht nichts dergleichen.«

»Im Pachtvertrag?«, schnappte er empört. »Jetzt werden Sie mal nicht spitzfindig. Wir leben auf einer Insel, und hier zählen noch wörtliche Vereinbarungen! Das ist eine Frage der Ehre. Aber das scheint für Sie wohl ein Fremdwort zu sein.«

Durch den Stress und die viele Arbeit der vergangenen Woche stand es mit meinen diplomatischen Fähigkeiten heute nicht zum Besten. Anstatt das Gespräch an dieser Stelle abzuwürgen, funkelte ich den Bürgermeister wutentbrannt an. »Ausgerechnet *Sie* werfen mir unehrenhaftes Verhalten vor?«, entgegnete ich mit einem sarkastischen Lachen.

»Ja, das tue ich!« Er nickte ohne einen Anflug von Schuldbewusstsein. »Ich erwarte, dass Sie das Café umgestalten. Liebwitz ist das Dorf der Liebe, und so soll das einzige Café im Ort auch aussehen.«

Oh ja, das Dorf der Liebe! Das merkte ich. Mein Kopf glühte förmlich, und ich war kurz davor zu explodieren. Hier würde gleich ein Unglück geschehen!

Wie aus dem Nichts stand plötzlich Jakob neben mir. Er schenkte mir ein kurzes Lächeln und wandte sich dann dem Bürgermeister zu.

»Dirk, beruhig dich!«, verlangte er in seiner üblichen direkten Art. »Ihr erregt ziemlich viel Aufmerksamkeit – und zwar nicht von der positiven Sorte.«

Dirk Jansen blickte kurz über die Schulter zu den starrenden Gästen. Nicht wenige unter ihnen funkelten ihn wütend an. Darunter waren nicht nur meine Freunde, sondern auch neue Gesichter wie Else und Heinz Jahnke. Als der Bürgermeister sich wieder zu uns umdrehte, kratzte er sich verlegen am Hals.

»Auch solltest du Eva gegenüber fair bleiben«, fuhr Jakob fort. »Und sie nicht mit haltlosen und beleidigenden Vorwürfen überschütten.«

Sprachlos starrte ich ihn an. War er verrückt geworden, sich so offen auf meine Seite zu schlagen? Immerhin stand er auf der

Abschussliste von Dirk Jansen. Doch daran schien er keinen Gedanken zu verschwenden.

»Sie hat hier in kürzester Zeit Großartiges geleistet.« Er deutete auf das Café und die vielen Besucher. »Wir müssen dankbar sein, jemanden wie sie in Liebwitz zu haben!«

Anscheinend war sein Chef nicht offen für rationale Argumente. »Du …«, zischte Dirk Jansen hasserfüllt, als würde es sich bei Jakob um einen besonders rebellischen und unerwünschten Widersacher handeln. Was wahrscheinlich auch der Fall war. Er betrachtete erst Jakob und dann mich aus zusammengekniffenen Augen. Unser Bündnis schien ihm gewaltig gegen den Strich zu gehen.

Doch Jakob war noch nicht am Ende seiner Ansprache. »Du weißt selbst, dass das Recht auf Evas Seite ist. Es nützt niemandem, wenn du wegen der Einrichtung einen Kleinkrieg anzettelst. Genauso gut könnte sie dir Vorwürfe machen, weil du ihr vor Abschluss des Pachtvertrages nichts von den notwendigen Renovierungsarbeiten erzählt hast.«

Der Bürgermeister presste die Lippen zu einem dünnen Strich zusammen. Doch ehe er etwas erwidern konnte, ertönte aus seinem Jackett ein durchdringendes Schiffshorn. Sein Handyalarm zum Ende des Intervallfastens! Das erklärte immerhin seine gereizte Stimmung.

Sofort hielt ich ihm das Tablett mit dem Fingerfood unter die Nase. Ich hatte kein Problem damit, Männer mit Essen zu bestechen.

»Wollen Sie mal probieren? Ich habe Mottopakete für die Hochzeitsempfänge zusammengestellt.«

Er sollte sehen, dass ich durchaus bereit war, mich für Liebwitz ins Zeug zu legen. Gierig blickte er auf die verführerischen Häppchen und griff nach einer Jakobsmuschel. Er schmatzte andächtig. In kürzester Zeit verschwanden in seinem Mund vier Kaviar-Blinis, drei Garnelenmoussewölkchen und erneut zwei Jakobsmuscheln.

Ich war zwar keine Ernährungsexpertin, aber wenn man sich derart unkontrolliert vollstopfte, konnte man unmöglich abnehmen. Dafür hob sich die Laune des Bürgermeisters mit jedem Bissen. Die Zornesfalte zwischen den Augenbrauen glättete sich, und der verkniffene Zug um seine Mundwinkel verschwand.

Ein guter Zeitpunkt, um das Gespräch auf einer rationaleren Ebene fortzuführen. »Kann ich Ihnen wenigstens erzählen, wieso ich mich nicht auf das Thema Liebe festlegen wollte?«

»Na schön.« Er hob die Hand wie ein Richter, um mir das Wort zu erteilen.

»Ich wollte den Fehler der Völlers nicht wiederholen und mich zu sehr spezialisieren«, erklärte ich. »Außerdem habe ich sehr wohl das Thema Liebe aufgegriffen, nämlich die zur Ostsee. Denn die lieben sowohl die Touristen als auch die Paare, die sich im Leuchtturm trauen lassen.«

»Mhm, mhm«, brummte er.

Er nahm mir kurzerhand das Tablett ab und ließ seine Hand über den Häppchen kreisen, ehe er sich für ein gefülltes Lachsröllchen entschied. »Also ich kann nicht abstreiten, dass Sie eine tolle Feier auf die Beine gestellt haben, und das Essen ist köstlich. Über Ihren Einrichtungsstil bin ich allerdings nach wie vor nicht glücklich«, sagte er kauend. »Aber ich bin auch kein Unmensch, nicht wahr? Fürs Erste können wir uns darauf einigen, dass Sie die Tische mit etwas Liebesdeko schmücken, in Form von Herz-Aufstellern oder Ähnlichem. Und Sie sollten unser Infomaterial zu *Liebwitz – das Dorf der Liebe* gut sichtbar auslegen. Eines unserer Poster muss natürlich auch noch an die Wand. Das ist zwar nicht viel, aber ein Anfang. Über den Rest sprechen wir dann noch.«

Das ging mir zwar etwas gegen den Strich, weil ich schon sehr hübsche maritime Tischdeko mit kleinen Möwen gekauft hatte, aber ich wollte den Bürgermeister auch nicht zum Feind haben.

Ich nickte. »Gut, kann ich machen.«

»Sehr schön, dass Sie so vernünftig sind! Schließlich habe ich auch ein Herz und will einer alleinerziehenden Mutter, die sich mit einer unflätigen Fünfzehnjährigen herumschlagen muss, keine Steine in den Weg legen.« Er setzte ein gutmütiges Politikerlächeln auf.

Ich war platt. Vom Ankläger zum Wohltäter in nur wenigen Minuten – das musste ihm erst mal jemand nachmachen!

Er nickte zufrieden und zog mit dem fast leeren Tablett von dannen. Auch die Gäste widmeten sich wieder ihren Gesprächen. Ich seufzte erleichtert und sah zu Jakob.

»Danke, es war sehr nett von dir, mir zu helfen!« Ich hob den Zeigefinger. »Und unvorsichtig, wenn man deine Lage bedenkt. Ich wäre auch allein mit ihm fertiggeworden.«

»Davon bin ich überzeugt. Aber manchmal ist es einfacher, zu zweit zu kämpfen und jemanden an seiner Seite zu haben.«

»Das stimmt.«

Wir lächelten uns an. Eigentlich hätte ich weiterarbeiten müssen, doch ich stand regungslos da, und meine Füße schienen am Boden festgewachsen zu sein. Dieses unbeschwerte Lächeln veränderte Jakob völlig. Seine geschwungenen Lippen entblößten eine Reihe perfekter Zähne, an seiner Wange zeichnete sich ein kleines Grübchen ab, und feine Lachfältchen lagen um seine Augen. Damit wirkte er wie ein Mann, in den ich mich Hals über Kopf und rettungslos verlieben könnte. Sein Blick hielt meinen gefangen, und ich spürte wieder dieses wundervolle Flattern in der Magengrube.

Doch der Moment währte nur kurz, denn prompt hörte ich aus Richtung Tresen den Foto-Auslöser eines Handys, gefolgt von Peggys Kichern. Ich seufzte gequält. Sie hatte es sich offenbar nicht verkneifen können, ein Bild von mir und dem lächelnden Jakob Thiel zu machen. Nun hatte sie endlich ihr Beweisfoto! Ich schaute genervt zu ihr, doch sie blinzelte mich nur unschuldig an.

Hinter Jakob ertönte ein Räuspern. Er wandte sich um und trat dann zur Seite.

»Darf ich dir meinen Vater Ludwig Thiel vorstellen?«

Er deutete auf einen älteren Mann, der mich sofort an den Weihnachtsmann erinnerte. Nicht nur wegen seiner fülligen Statur, der weißen Haare und des weißen Vollbarts – auch wegen seines freundlichen Lächelns und des gütigen Ausdrucks in seinen blauen Augen.

Jakob deutete auf mich. »Vater, das ist Eva, von der ich dir erzählt habe!«

»Die gut gelaunte Nervensäge, die du so attraktiv findest?«, hakte Ludwig Thiel nach.

»Wie bitte?«, fragte ich irritiert.

»Vater!«, stieß Jakob zwischen zusammengebissenen Zähnen aus. Er funkelte ihn erbost an.

»Das war natürlich nur ein Scherz!« Ludwig Thiel grinste schelmisch und streckte mir die Hand hin. »Es freut mich außerordentlich, Sie kennenzulernen! Aber sagen Sie doch bitte Ludwig zu mir.«

»Gern, Ludwig.« Ich schüttelte schmunzelnd den Kopf. »Jetzt weiß ich wenigstens, von wem Jakob seinen speziellen Humor geerbt hat.«

Jakob schnaubte. »Solche unhaltbaren Unterstellungen verbiete ich mir aufs Entschiedenste!«

»Ich erinnere dich daran, wenn du mich das nächste Mal im Glauben lässt, wir würden auf der Aussichtsplattform des Leuchtturms festsitzen«, erwiderte ich trocken.

»Sehr gut, geben Sie ihm ruhig Kontra!«, lobte mich Ludwig. »Mein Junge kann eine Frau in seinem Leben gebrauchen, die ihm ab und an den Kopf zurechtrückt.«

Jakob stöhnte und verdrehte die Augen.

Ich grinste belustigt. »Du hättest mir ruhig sagen können, dass dein Vater so sympathisch ist.«

»Eva!«, rief Peggy in diesem Moment und wedelte mit einem Stapel Essensbestellungen in der Luft herum. »Die Pause ist vorbei!«

»Ich komme sofort!« Ich wandte mich mit entschuldigender Miene zu Jakob und Ludwig um. »Tut mir leid, ich hätte gern länger geplaudert, aber die Pflicht ruft. Ihr seht ja, was hier los ist. Es hat mich gefreut, Ludwig!«

Die beiden nickten verständnisvoll.

»Du musst uns unbedingt so bald wie möglich im Forsthaus besuchen kommen«, lud Ludwig mich noch schnell ein. »Ich koche ein exzellentes Gulasch. Dann können wir in Ruhe unsere Unterhaltung fortsetzen.«

Mein Blick wanderte zu Jakob, doch er schien gegen die Einladung nichts einzuwenden zu haben. Keine zusammengepressten Lippen, kein genervtes Augenrollen, kein unwilliges Brummen.

»Danke, ich komme gern! Ich liebe ein …« Ich kam kurz aus dem Konzept, weil ich glaubte, Nele mit einem Mann mittleren Alters auf die Terrasse gehen zu sehen. Doch als ich genauer hinschaute, waren sie verschwunden. Dabei hätte ich schwören können, dass mir der grau melierte Haarschopf und der dunkelblaue Anzug des Mannes bekannt vorgekommen waren.

»… gutes Gulasch!«, beendete ich hastig meinen Satz. »Am liebsten würzig mit einem Hauch Schärfe.«

»Dann wirst du meins lieben«, versprach Ludwig.

»Wir sehen uns, Eva!«, sagte Jakob.

Wir nickten uns zu, und ich hastete beschwingt zurück in die Küche.

15. Kapitel

Es war schon spät, und bis auf ein paar Freunde von Peggy und Fred hatten die meisten Gäste den Heimweg angetreten. Auch wenn es für uns alle ein langer und anstrengender Tag gewesen war, hatte es unglaublich viel Spaß gemacht.

Nachdem ich ein letztes Mal über die Arbeitsfläche gewischt hatte und die Küche blitzblank sauber war, zog ich mein Handy hervor, um endlich Monas Nachricht zu beantworten. Schon vor ein paar Stunden hatte meine Schwester mir geschrieben und gefragt, wie die Eröffnung liefe. Leider hatte ich ihr lediglich einen erhobenen Daumen schicken können, so sehr war ich mit den Essensbestellungen beschäftigt gewesen. Bei der nächsten großen Feier würde ich Peggys Freund Fred für die Küche engagieren! Auch wenn das eine zusätzliche Ausgabe bedeutete, war es mir das wert. Mit Fred als gelerntem Koch wäre es mir dann auch möglich, Peggy draußen bei den Gästen besser zu unterstützen. Es war unfassbar, was diese Frau heute geleistet hatte. Ohne sie wäre ich verloren gewesen.

Ich schrieb Mona, dass alles großartig gelaufen wäre und ich mir keinen besseren Start hätte wünschen können. Den Streit mit dem Bürgermeister erwähnte ich nicht. Der Vorfall war unerfreulich gewesen, aber hatte schließlich ein gutes Ende genommen. Auch dank Jakob. Ich bedauerte nur, dass Mona und ihr Mann nicht zur Eröffnung gekommen waren. Leider hatte sich ihr Mann eine schwere Grippe eingefangen, wenn nicht gar eine Lungenentzündung. Das behauptete er jedenfalls. Laut Mona handelte es sich nur um eine kräftige Erkältung. Doch sie hatten versprochen, ihre Stippvisite in Liebwitz so bald wie möglich nachzuholen.

Ich steckte gerade mein Handy zurück, als die Schwingtür aufgestoßen wurde. Doch nicht etwa Peggy kam herein, wie ich angenommen hatte. Fassungslos starrte ich meinen Besucher an.

»Thomas …«, hauchte ich.

Also hatte ich mich doch nicht getäuscht! Es waren tatsächlich sein grau melierter Haarschopf und sein dunkelblauer Anzug gewesen, die ich vorhin bei Nele gesehen hatte.

»Hallo, Eva!«, sagte er lächelnd.

Mein Mann machte den gleichen souveränen Eindruck wie eh und je. Er war glatt rasiert, die Brille und seine markanten Gesichtszüge verliehen ihm einen intellektuellen Touch. Am eindrucksvollsten war jedoch seine selbstbewusste Ausstrahlung, die er mit sich herumtrug wie eine Ritterrüstung. Deshalb konnte ich Nele nicht verübeln, dass sie ihren Vater für unfehlbar hielt. In Momenten wie diesen bekam selbst ich um ein Haar Zweifel an seiner Schuld. Als hätte ich mir alles nur eingebildet.

»Hallo«, erwiderte ich mit einiger Verspätung.

Ich hatte nicht mal ansatzweise mit seinem Erscheinen gerechnet. Bisher hatte er seine sporadischen Besuche bei Nele stets angekündigt. So hatte ich mich emotional immer wappnen können.

»Entschuldige, dass ich hier unangemeldet auftauche!«, sagte er prompt. Thomas hat eine sonore Stimme, die ihm eine solide und vertrauenswürdige Note verlieh.

»Es war ein recht spontaner Entschluss. Ich habe mit Nele telefoniert, und sie hat mir von der Eröffnungsfeier erzählt. Als ich im Internet dann noch die offizielle Einladung gesehen habe, bin ich einfach hergefahren.«

Verflixte soziale Medien! Hätte ich doch nur keinen Account fürs Café eingerichtet. Man bedachte nie, welch unangenehme Typen man damit anlocken konnte.

»Nele hat mir gar nicht erzählt, dass sie mit dir telefoniert hat«, entfuhr es mir bitter.

Er legte den Kopf schräg. »Muss sie das denn?«

»Nein, nein, natürlich nicht.« Konfus rieb ich mir über die Stirn.

Natürlich durfte Nele so viel mit ihm telefonieren, wie sie wollte. Es war nur so verflixt schwierig, meine Wut auf Thomas und seine Rolle als Neles Vater voneinander getrennt zu halten.

»Nele hat sich sicher gefreut, dich wiederzusehen«, zwang ich mich zu einer neutralen Antwort. »Wenn du das nächste Mal herkommst, wäre es nett, wenn du mir vorher Bescheid gibst.«

Von meiner Seite aus war damit alles Notwendige gesagt. Obwohl ich die Küche gerade erst sauber gemacht hatte, griff ich erneut zum Putzlappen und polierte demonstrativ die Arbeitsfläche.

Doch Thomas machte keine Anstalten zu gehen. Anstatt sich zu verabschieden, kam er auf mich zu. Obwohl ich ihn nicht in meiner Nähe haben wollte, zwang ich mich, nicht zurückzuweichen und stehen zu bleiben. Das hier war mein Revier!

»Du hast hier etwas Tolles auf die Beine gestellt, Eva«, sagte er. »Aber ich bin von dir auch nichts anderes gewohnt. Nele hat mir die Fotos gezeigt, wie das Café noch vor einer Woche ausgesehen hat. Die Veränderung ist unglaublich.«

Ich hielt abrupt in der Bewegung inne, und meine Hand krampfte sich um den Lappen. »Ich hatte Hilfe«, knurrte ich.

Sein Lob war der blanke Hohn. Merkte er das nicht? Die Vorwürfe lagen mir schon auf der Zunge: dass ich das alles nicht hätte bewerkstelligen müssen, wenn er nicht unsere Existenz zugrunde gerichtet hätte. Dass ich nicht freiwillig in Liebwitz als mittellose Pächterin eines kleinen Cafés gestrandet war. Dass ich ohne ihn noch das Hotel meines Großvaters leiten würde. Doch all das hatte ich ihm schon hundert Mal an den Kopf geworfen – und Thomas hatte sich nie einsichtig gezeigt. Was meine Wut nur noch vergrößert hatte. Deshalb biss ich mir auf die Zunge.

Ich wandte mich ihm zu. »Gibt es sonst noch was?«

Nun, da er so nah vor mir stand, fiel mir auf, dass auch bei ihm die letzte Zeit Spuren hinterlassen hatte. Thomas hatte Ringe unter den Augen, sein grau meliertes Haar war eine Spur zu lang, und sein Hemd war knittrig. Er wirkte müde. Außerdem roch er anders. Das teure Männerparfüm, das ihn sonst immer wie einen Hauch von Luxus und Männlichkeit umweht hatte, war verschwunden.

Er räusperte sich und sah mich mit ernster Miene an. »Ich wollte dir sagen, dass ich Nele alles gestanden habe. Die Zeit der Lügen ist vorbei.«

Verständnislos starrte ich ihn an. »Wie bitte?«

»Ich habe mit Nele einen langen Spaziergang gemacht und mit ihr geredet. Ich habe ihr die Wahrheit gesagt – über mich, die Spekulationen, die Verluste.« Er holte tief Luft. »Jetzt weiß sie, dass ich dafür verantwortlich bin, dass du das Hotel verloren hast. Zuerst wollte sie mir nicht glauben und meinte, ich wolle dich nur schützen. Doch schlussendlich konnte ich sie überzeugen.« Er lächelte traurig. »Ich schätze, ihre gute Meinung über mich hat dadurch einen gewaltigen Kratzer erhalten.«

Niemals hätte ich damit gerechnet, dass er Nele freiwillig davon erzählte.

»Wieso … wieso hast du das getan?«, stammelte ich.

»Es war längst überfällig, dass ich der Realität ins Gesicht sehe und zu dem stehe, was ich getan habe«, antwortete er mit entwaffnender Offenheit. »Viel zu lange habe ich mir meinen Betrug schöngeredet und Ausreden gesucht, um mich vor mir selbst zu rechtfertigen. Und ich habe viel zu lange zugelassen, dass du mich unserer Tochter gegenüber schützt. Wenn man bedenkt, was ich dir angetan habe, habe ich das nicht verdient.«

Ich konnte nicht anders, als ihn fassungslos anzustarren. Es fiel mir schwer, Thomas einfach Glauben zu schenken. Zu groß war mein Misstrauen ihm gegenüber. Allerdings hatte er Nele endlich die Wahrheit gebeichtet. Das sprach wohl dafür, dass bei ihm tatsächlich ein Umdenken stattgefunden hatte. Jedenfalls fiel mir auf die Schnelle kein vernünftiger Grund ein, weshalb er mich belügen sollte.

»Ich habe nicht geschwiegen, um dich zu schützen«, korrigierte ich ihn. »Damit wollte ich einzig und allein Nele vor emotionalem Schaden bewahren. Wie du weißt, ist das Verhältnis zwischen ihr und mir seit der Pubertät angespannt. Du bist der Elternteil, zu dem sie die engste Bindung hat. Ich wollte, dass sie wenigstens eine Bezugsperson hat, der sie sich anvertrauen kann.«

Wir wussten beide, dass mir dieser Punkt wegen Neles Cybermobbing so am Herzen lag. Dass sie ihren Kummer vor uns geheim gehalten hatte, durfte sich auf keinen Fall wiederholen!

Er nickte verständnisvoll. »Ich weiß, du hast es nicht leicht mit ihr. Auch mir gegenüber benimmt sie sich oft völlig daneben. Da will ich mir gar nicht ausmalen, was du die ganze Zeit ertragen musst.« Er seufzte. »Wir können wohl nur hoffen, dass sie dieser schwierigen Phase bald entwächst. Und vielleicht konnte mein Gespräch mit ihr dazu beitragen, dass sich euer Verhältnis wieder verbessert.«

Dazu brauchte es wohl mehr als das. Skeptisch zog ich die Augenbrauen in die Höhe.

Er lächelte mitfühlend. »Immerhin weiß sie jetzt, dass du das Hotel nicht heruntergewirtschaftet und sie nicht freiwillig in dieses Dorf verschleppt hast.«

»Womöglich wird sie wirklich ein wenig umgänglicher«, entgegnete ich hoffnungsvoll.

Zugegeben, es tat gut, mit Thomas über Nele zu sprechen. Als wären wir wenigstens noch als Eltern ein Team.

Der Stoff seines Anzugs raschelte, als Thomas die Hand hob und sie vorsichtig auf meinen Arm legte. Ich ließ es zu, obwohl mir die Berührung eine Spur zu vertraulich war.

»Nimm dir Neles permanente Kritik nicht so zu Herzen! Auch

wenn sie es nicht zeigt, liebt sie dich über alles. Du bist ein guter Mensch. Und eine großartige Mutter.«

Eigentlich hätten mir seine Worte nichts bedeuten sollen. Aber Thomas hatte schon immer die Gabe besessen, genau das Richtige zur passenden Zeit zu sagen. Und gerade jetzt tat es unglaublich gut, das zu hören.

»Ich finde es übrigens schön, dass es dich hierhergezogen hat«, fügte er hinzu. »An der Ostsee waren wir immer glücklich.«

Ich nickte wortlos, denn ihm zu widersprechen wäre eine Lüge gewesen. Eine gemeinsame Vergangenheit ließ sich nun mal nicht auslöschen – und wenn man versuchte, ihr zu entfliehen, holte sie einen unweigerlich ein.

16. Kapitel

Der erste Tag nach den Pfingstferien war gekommen.

»Aufgeregt wegen der neuen Schule?«, fragte ich Nele, als wir uns am frühen Morgen ins Auto setzten.

Sie starrte ungerührt aus dem Fenster. »Wieso aufgeregt? Das ist Schule, Mama«, klärte sie mich genervt auf. »Die ist hier genauso kacke wie in Tegernsee.«

Ich konnte mir einen leisen Seufzer nicht verkneifen. So viel zu meiner stillen Hoffnung, dass sie durch das Gespräch mit ihrem Vater umgänglicher geworden war.

Im Dorf sammelten wir Jakobs Nichte Tine ein, die tatsächlich in Neles neue Klasse gehen würde. Das würde ihr die Eingewöhnung sicherlich leichter machen. Auch wenn Nele sich so betont cool gab – es war nie leicht, sich in eine fremde Gruppe einzugliedern.

Wir fuhren durch den Darßwald in Richtung Prerow, wo sich die Schule befand. Auf den Farnblättern am Straßenrand funkelte der Tau, und stellenweise lag noch Morgennebel über den Büschen und Gräsern. Der Anblick hatte etwas Mystisches.

Nele und Tine unterhielten sich auf der Fahrt über eine angesagte Influencerin, die anscheinend gepostet hatte, dass sie sich ab sofort vegetarisch ernähren würde, weil von der Medikamentenbelastung im Fleisch angeblich menschliche Gehirnzellen abstarben. Dieser Theorie zufolge hatte sich die Influencerin bisher wohl ausschließlich von Fleisch ernährt. Jedenfalls schien sie noch nie etwas von Biohaltung gehört zu haben. Nele kannte zwar die Influencerin, konnte aber wegen meines Social-Media-Verbots nur wenig Aktuelles beisteuern. Tine klärte sie bereitwillig über alle Einzelheiten auf, trotzdem bekam ich ein schlechtes Gewissen. Natürlich handelte es sich in diesem Fall nur um eine Lappalie, dennoch zeigte es mir wieder einmal, wie wichtig solche Dinge im Leben junger Menschen waren.

Ich lieferte die beiden in der Schule ab, erledigte die Formalitäten im Sekretariat und fuhr zurück nach Liebwitz. Nachdem ich das Café geöffnet hatte, wartete ich auf die ersten Gäste. Diesen Morgen hatte Peggy frei, sodass ich allein die Stellung hielt. Die Cafébesucher trudelten jedoch nur nach und nach ein, sodass ich mit den Bestellungen mühelos hinterherkam. Für meinen Geschmack hätte es ruhig etwas stressiger zugehen können, aber ich durfte auch nicht undankbar sein. Für den Anfang lief es ganz gut.

Am späten Vormittag stand der erste offizielle Termin zusammen mit Jakob an. Durch seine Ankündigung, dass mir dabei Brautzilla höchstpersönlich begegnen würde, blickte ich dem Gespräch mit Neugier entgegen.

Zur vereinbarten Zeit betrat Jakob zusammen mit Jaqueline Müller und Jürgen Reinold das Café. Fast war ich etwas enttäuscht, denn das angehende Brautpaar wirkte auf mich nicht besonders speziell oder extravagant. Die Frau war brünett, schlank, normal groß, und ihr Gesicht war weder hässlich noch ausgesprochen schön. Der Mann war dunkelblond, ebenfalls normal groß und versprühte den Esprit eines Verwaltungsfachangestellten. Wenn überhaupt etwas an diesem Paar außergewöhnlich war, dann nur, dass sie außergewöhnlich stark dem Durchschnitt entsprachen.

Ich begrüßte die beiden und hieß sie herzlich willkommen. Während ich sie zum Tisch führte, beugte sich Jakob verschwörerisch zu mir.

»Ich garantiere dir, dass die Worte einmalig, unvergesslich und ›etwas ganz Besonderes‹ fallen werden«, raunte er mir zu.

Ich grinste. »Gut, die Wette gilt!«

Wir setzten uns, und ich zog meinen Ordner zu mir.

»Wie schön, dass Sie sich entschieden haben, hier in Liebwitz zu heiraten!«, begann ich mit meiner Einführungsrede. »Wahrscheinlich hat Herr Thiel Sie schon darüber informiert, dass ich dafür zuständig bin, Ihnen bei den Kontaktadressen vor Ort behilflich zu sein. Wir wollen es Ihnen so einfach wie möglich machen, hier die Hochzeit Ihrer Träume stattfinden zu lassen.«

Jaqueline Müller hob den Zeigefinger. »*Eine* der Hochzeiten unserer Träume«, korrigierte sie mich. »Das ist nur eine unserer Locations. Insgesamt heiraten wir kommendes Jahr drei Mal.«

Hilfesuchend blickte ich zu Jakob, doch der zuckte nur resigniert mit den Schultern.

»Wollen Sie damit sagen, dass Sie sich drei Mal das Ja-Wort geben?«, hakte ich nach.

Sie nickte. »Wissen Sie, es gab da diese drei absolut perfekten Brautkleider, und es war schlichtweg *unmöglich*, sich zwischen ihnen zu entscheiden«, erklärte sie. »Da kam uns die Idee, dass wir drei Mal heiraten könnten. Eine edle Haupthochzeit mit unseren Familien, eine ungezwungene Landhochzeit mit unseren Freunden und Kollegen und etwas später eine intime weihnachtliche Hochzeit mit unseren Eltern und Trauzeugen. Das ist die, die hier in Liebwitz stattfinden soll.«

Nun gut, jeder, wie er wollte.

»Eine Weihnachtshochzeit ist natürlich sehr stimmungsvoll«, erwiderte ich professionell. »Dieses Thema kann man mit Deko und Musik toll aufgreifen.«

Ich blätterte im Ordner herum und zog ein Blatt hervor, das ich Frau Müller übergab.

»Hier ist schon mal die Liste mit den regionalen Bands und Musikern. Von der klassischen Violinistin bis zur Rock-Band ist alles dabei. Die meisten haben eine Website, auf der Sie sich über das musikalische Repertoire und die Kosten informieren können.«

Nun zog Frau Müller ihrerseits einen Ordner mit der goldenen Aufschrift »Meine Hochzeit« hervor. Er war so vollgepackt, dass er fast platzte. Mühsam blätterte sie darin herum.

»Sind das alles Sachen für Ihre Hochzeit?«, entfuhr es mir.

Sie nickte seufzend. »Immerhin müssen wir alles drei Mal planen. Sie können sich gar nicht vorstellen, was das für ein Stress ist! Ich weiß nicht, wo mir der Kopf steht. Eigentlich bräuchte man zwei Jahre, um das alles vorzubereiten.«

Nun übermannte mich die Neugier. »Und was genau muss so lange vorbereitet werden?«

Jaqueline Müller hob die Finger und zählte ab. »Die Auswahl der Ringe, des Essens, der Location, der Gastgeschenke, des Make-up- und Hairstylisten und so weiter. Unsere Kleidung muss aufeinander abgestimmt werden und auch die der Trauzeugen. Natürlich haben wir schon jetzt Fotosessions, um den besten Hochzeitsfotografen zu finden«, ratterte sie wie selbstverständlich herunter. »Und fast jede Woche haben wir ein Tortengespräch. Immerhin kostet eine Hochzeitstorte mehrere tausend Euro, da muss die Entscheidung gut überlegt sein. Und für jede unserer Locations brauchen wir ein passendes Auto oder eine Kutsche. Von den ganzen Detailfragen wie Einladungskarten, Tischdeko und Servietten mit unseren aufgestickten Initialen will ich gar nicht erst anfangen. Dazu muss ich auch noch unsere Trauzeugen im Blick haben, damit die einen guten Job machen«, berichtete sie stöhnend. »Meiner besten Freundin habe ich deswegen gerade das Buch *Ratgeber für Trauzeuginnen* gekauft.«

Ihrem Gesichtsausdruck nach zu urteilen, war sie mit der bisherigen Leistung ihrer Freundin mehr als unzufrieden.

Sie holte tief Luft. »Nicht zu vergessen die körperliche Komponente! Ich mache schon jetzt eine Detox-Diät, um reinere Haut zu bekommen. Außerdem haben wir jede Woche Tanzkurs, und zwei Mal die Woche muss ich ins Bridal Bootcamp.«

Ich war wie erschlagen von all den Informationen. In diesem Moment war ich sehr erleichtert, dass ich zu einer Zeit geheiratet hatte, in der die Organisation einer Hochzeit noch nicht völlig ausgeartet war. Mit einer Sache konnte ich jedoch überhaupt nichts anfangen.

»Was ist ein Bridal Bootcamp?«

Frau Müller verzog die Mundwinkel. Anscheinend war das Grundlagenwissen im Hochzeitsbusiness.

»Das ist ein Sportkurs für Bräute, bei dem man eine schlanke Taille und straffe Oberarme trainiert. Wer möchte auf dem Hochzeitsvideo schon schwabbelige Oberarme sehen?« Sie hob den Zeigefinger. »Obwohl eigentlich der ganze Körper perfekt sein sollte. Schließlich ist das Motto für den Hochzeitstag, in *The Shape of my life* zu sein.«

Meine Gesichtszüge entgleisten. Eine Braut sollte an diesem Tag in der Form ihres Lebens sein? Ach, du meine Güte! Wieso setzten Frauen sich heutzutage nur diesem Druck aus? Zum Glück bemerkte Frau Müller nicht, wie schockiert ich war.

Sie lächelte verträumt, und ihr Blick wirkte entrückt. »Ich werde so schön sein wie eine Prinzessin. Jede unserer Hochzeiten wird etwas ganz Besonderes. Einmalig und unvergesslich.«

Jakob wandte mir ruckartig den Kopf zu und grinste von einem Ohr zum anderen. Verflixt, damit hatte er unsere Wette gewonnen! Frau Müller hatte ihm sogar den Gefallen getan, alle drei Stichworte auf einmal zu verwenden. Ich hatte in diesem Metier offensichtlich noch viel zu lernen.

Ich schaute zum zukünftigen Bräutigam, der bisher kein Wort von sich gegeben hatte. Er tippte teilnahmslos auf seinem Handy herum und hatte sich anscheinend aus dem Gespräch ausgeklinkt. Männer sehnten den »großen Tag« wohl schon allein deshalb herbei, weil der ganze Wahnsinn dann ein Ende hatte.

Ich räusperte mich. »Das klingt nach viel Stress!«, sagte ich mitfühlend. »Wie kann ich Ihnen noch bei der Organisation behilflich sein?«

»Die Liste mit den Bands gehe ich daheim durch«, erwiderte sie, während sie das Blatt unter dem Stichwort *Liebwitz* einordnete. »Mir ist nur wichtig, dass sie *Last Christmas* spielen können. Das ist ein zeitloser Klassiker, den alle lieben.«

Neben mir gab Jakob einen erstickten Laut von sich. Anscheinend war er anderer Meinung. Ich warf ihm einen eindringlichen Blick zu. Es würde ihm ähnlichsehen, jetzt eine Grundsatzdiskussion über die Unzumutbarkeit des alten Wham-Songs vom Zaun zu brechen – insbesondere, wenn unschuldige Standesbeamte notgedrungen anwesend waren. Zum Glück interpretierte er meine stille Warnung korrekt. Er verdrehte die Augen und verschränkte die Arme vor der Brust.

»Ich möchte mit Ihnen auch die Dekoration besprechen«, fuhr Frau Müller fort. »Es versteht sich von selbst, dass der Florist das Trauzimmer weihnachtlich schmücken muss. Aber man könnte auch den Außenbereich passend dekorieren. Ich habe mir überlegt, dass wir den Leuchtturm mit einer Weihnachtsgirlande umwickeln könnten. So spiralförmig, mit schönen Lichtern und roten Weihnachtskugeln.«

Wahrscheinlich hatte ich mich gerade verhört. Sie hatte doch nicht ernsthaft vorgeschlagen, was ich glaubte?

Nun konnte sich Jakob nicht mehr zurückhalten. Er beugte sich vor. »Wie um Himmels willen haben Sie sich denn vorgestellt, dass die Girlande an einem fast dreißig Meter hohen Turm angebracht wird?«

»Natürlich mit einer Leiter«, erwiderte sie schulterzuckend. »Mit was denn sonst?«

Er lehnte sich wieder zurück. »Natürlich, mit was denn sonst …«, murmelte er sarkastisch.

Bevor er noch etwas hinzufügen konnte, schaltete ich mich hastig ein. »Das könnte schwierig werden, Frau Müller. Denn bei einer so großen Leiter müsste wohl die Feuerwehr anrücken, und das könnte teuer werden.«

Frau Müller warf einen nervösen Seitenblick zu ihrem Verlobten, der beim Stichwort »teuer« aus seiner Starre gerissen worden war und alarmiert aufsah. Anscheinend hatte ich damit einen wunden Punkt getroffen.

»Stimmt, das habe ich nicht bedacht!« Sie tätschelte ihrem Zukünftigen beruhigend die Hand.

Doch damit war das Thema noch nicht vom Tisch. Sie schürzte nachdenklich die Lippen. »Natürlich könnte man die Girlande auch oben an der Aussichtsplattform festbinden, herunterhängen lassen, und jemand geht unten mit dem anderen Ende so lange im Kreis um den Turm herum, bis sich die Girlande herumgewickelt hat.«

Um ein Haar hätte ich laut losgeprustet, aber das wäre in höchstem Maße unprofessionell gewesen. Immerhin hatte ich es mir zur Aufgabe gemacht, zwischen den Brautpaaren und Jakob als diplomatische Stütze zu fungieren. Ich spürte, wie er unter dem Tisch nach meiner Hand griff. Ein Prickeln schoss meinen Arm hinauf und verteilte sich in meinem Körper wie Champagnerblasen. Als ich zu ihm sah, bebten seine Schultern, und Lachtränen funkelten in seinen Augen. Das gab mir den Rest. Mein Kichern zu unterdrücken kostete mich schier übermenschliche Anstrengung.

»Am besten, Sie sprechen mit einem Floristen darüber!«, schlug Jakob schließlich vor. Anscheinend besaß er mehr Selbstbeherrschung als ich, denn seine Stimme klang völlig normal.

Ich kramte hastig in meinem Ordner und zog die Adressen hervor. »Hier bitte! Leider kann ich Ihnen nicht sagen, welche Floristen sich auf Weihnachtsgirlanden in … äh … Überlänge spezialisiert haben.«

Jakob entwich ein Lacher, den er in letzter Sekunde mit einem Hustenanfall kaschierte.

Frau Müller wirkte enttäuscht. Offenbar hatte sie sich mehr Unterstützung bei der Organisation versprochen.

»Von der Gemeinde würden Sie sicherlich die Erlaubnis erhalten, die Girlande anzubringen«, machte ich ihr Hoffnung. »Unser Bürgermeister ist sehr bemüht, die Wünsche der Brautpaare zu erfüllen. Die Umsetzung müssten Sie allerdings selbst organisieren.«

Bei meinem letzten Satz nickte Jakob anerkennend. Wahrscheinlich, weil ich mich nicht in dieses wahnwitzige Vorhaben einspannen ließ und seinen Rat beherzigte: Ich war für die Paare keine kostenlose Weddingplanerin, sondern nur für die Weiterleitung der Adressen zuständig.

In der nächsten Viertelstunde kramte ich sämtliche Listen heraus, die sich in meinem Ordner befanden, und überreichte sie der eifrig plappernden Frau Müller. Ich sprach meinerseits auch den Hochzeitsempfang an, und wir vereinbarten, dass ich ihnen zeitnah ein Angebot mit weihnachtlichem Fingerfood zuschicken würde. Als sie und ihr Verlobter sich endlich zum Aufbruch rüsteten, wirkte Frau Müller zufrieden.

»Jetzt müssen wir uns beeilen, Schatz! Ich habe noch einen Termin zum Bride-Spray-Tanning«, informierte sie ihren Zukünftigen.

»Ist gut«, entgegnete er seufzend.

Man sah mir wohl meine Verwirrung an, denn ohne, dass ich hätte nachfragen müssen, erklärte sie mir: »Bride-Spray-Tanning ist heutzutage gang und gäbe, denn das Weiß des Brautkleids lässt einen schnell krank aussehen. Zu dunkle Haut wirkt bei Selbstbräuner allerdings schnell künstlich. Deshalb muss man rechtzeitig den passenden Farbton finden.«

»Na dann, viel Glück!«

Ich reichte den beiden zum Abschied die Hand.

Inzwischen hatte Peggy ihre Schicht angetreten. Sie stand hinter dem Tresen und polierte Gläser, da es im Café ruhig zuging. Ich setzte mich zu ihr auf einen Barhocker und stöhnte.

Sie musterte mich mitfühlend. »So schlimm?«

Ich fuhr mir durch die Haare. »Dem Himmel sei Dank habe ich das Thema Hochzeit hinter mir! Bei dem Theater, das heutzutage veranstaltet wird, bekommt die Vorstellung, vor den Altar zu treten, etwas Abschreckendes.«

Jakob ließ sich auf den Platz neben mir sinken und lehnte sich mit den Ellbogen entspannt an den Tresen. »Es ist doch ganz gut gelaufen. Ehrlich gesagt habe ich mir das Gespräch mit Frau Müller schlimmer vorgestellt.« Er warf mir einen amüsierten Seitenblick zu. »Es muss an deiner Gegenwart liegen, dass es nicht eskaliert ist.«

»Ganz sicher!« Ich grinste. »Ich habe mich extra nah neben dich gesetzt, um deine negativen Schwingungen mit meiner positiven Energie auszugleichen. Die Grundlagen der einfachen Physik.«

Er zog die Mundwinkel sichtlich enttäuscht nach unten. »Ach, und ich dachte, du klebst an mir, weil ich so unfassbar attraktiv und anziehend auf dich wirke.«

»Ja, genau, rede dir das nur weiter ein!«, zog ich ihn auf.

Peggy räusperte sich. »Ich frag mal unsere zwei Gäste da drüben, ob ich ihnen noch was bringen kann. Dann könnt ihr ungestört weiterflirten.«

Sie ließ uns allein. Ich musste zugeben, dass ihre Direktheit manchmal etwas unpassend war. Die Unbeschwertheit zwischen Jakob und mir war jedenfalls verflogen.

»Also, ich weiß nicht, was sie damit gemeint hat«, sagte ich und schnaubte. »Wir haben uns nur entspannt unterhalten. Das war absolut kein Flirt.«

»Ganz meine Meinung! Da täuscht Peggy sich gewaltig.« Jakob wirkte unglaublich erleichtert, dass ich das genauso sah. »Schließlich sind wir nur Arbeitskollegen – und nichts weiter.«

Moment mal … War die Vorstellung, mit mir zu flirten, für ihn so abwegig? Wieso eigentlich? Fand er mich etwa hässlich?

»Apropos Arbeit«, wechselte er schnell das Thema. »Da du die

Einweihung hinter dir hast, wollte ich fragen, ob du dir schon Gedanken wegen unseres Deals gemacht hast? Wenn du bereit bist, können wir mit dem Romantikunterricht loslegen. Ich habe meinen Part schon vorbereitet.«

Sofort erwachte mein Interesse. »Was machen wir denn?«

»Wird nicht verraten.« Er lächelte verschmitzt. »Aber wenn du Zeit hast, würde ich dich übermorgen am frühen Abend abholen, nachdem das Café geschlossen hat …?«

Ich ging im Kopf kurz meine Termine durch. »Gut, treffen wir uns übermorgen. Muss ich etwas Spezielles anziehen?«, fragte ich, um ihm wenigstens eine kleine Andeutung zu entlocken.

Leider fiel er nicht darauf herein. Sein verschmitztes Grinsen wurde noch etwas breiter.

»Eventuell.« Er beugte sich zu mir, und sein Atem kitzelte mich am Nacken. »Ich werde dir rechtzeitig Bescheid geben, versprochen!«

Seine Nähe brachte mich aus dem Konzept. Hitze stieg mir in die Wangen, und ich musste mich selbst daran erinnern, dass wir nicht miteinander flirteten und nur Arbeitskollegen waren.

In diesem Moment stieß Peggy ein erfreutes Quieken aus. Sie stand am Fenster und winkte mich aufgeregt zu sich.

»Eine Wandergruppe, Eva! Über ein Dutzend Leute«, rief sie. »Ich glaube, die wollen zu uns.«

Für das Café wäre eine so große Gruppe ein Geschenk des Himmels! Ich eilte zu ihr ans Fenster. Draußen am Eingang studierte gerade eine Gruppe älterer Herren in Wanderklamotten die Karte. Bestimmt ein Verein auf Jahresausflug. Einige nickten wohlwollend. Das war ein gutes Zeichen! Doch dann fiel mir ein, dass es ein Problem geben könnte.

Ich sah auf die Uhr. »Oh, Mist! Ich habe versprochen, Nele und Tine gleich von der Schule abzuholen.«

Peggy riss entsetzt die Augen auf. »Willst du mich etwa allein lassen? Bestimmt ordern sie alle das Tagesessen oder etwas von der Karte.«

Sie hatte recht. Was sollte ich denn jetzt machen? Ich war hin- und hergerissen zwischen meinen Mutterpflichten und meiner Verantwortung fürs Café. Im Hotel hatte es so einen Konflikt nie gegeben, da ich viel mehr Angestellte gehabt hatte. Von Peggy konnte ich nicht verlangen, dass sie die Küche übernahm und gleichzeitig bediente. Aber ich konnte meine Tochter und ihre Freundin auch nicht vor der Schule stehen lassen. Mir blieb wohl nichts anderes übrig, als die Gruppe abzuweisen.

Eine warme Hand legte sich auf meine Schulter. »Ich hole die beiden in Prerow ab.«

Ich wandte mich zu Jakob um. »Das würdest du tun?«

»Selbstverständlich!«

Ich konnte nicht anders, als ihm um den Hals zu fallen. »Du bist mein Retter!«

Er lachte. »Kein Problem! Ich habe zufällig Zeit, da ich erwartet hatte, dass das Gespräch mit Frau Müller länger dauert. Außerdem ist Tine meine Nichte. Da kann ich kaum so tun, als ob mich das nichts anginge.«

Das stimmte. Trotzdem war ich mir sicher, dass er mir noch vor einer Woche nicht freiwillig geholfen hätte. Jakob hatte sich verändert.

Ich sah zu ihm auf. »Danke.«

Er hielt meinen Blick fest. »Gerne.«

»Genug geturtelt!«, mischte sich Peggy rigoros ein. »Es geht los.«

»Wir turteln nicht!«, erwiderten Jakob und ich gleichzeitig.

Sie winkte ab. »Ja, ja, redet euch das nur weiter ein!«

Jakob schüttelte schmunzelnd den Kopf, und ich verdrehte die Augen.

In diesem Moment ging die Tür auf, und die älteren Herren strömten ins Café. Die Arbeit rief!

17. Kapitel

Am Abend kochte ich für Nele zur Feier des Tages Lasagne. Das war schon als Kind ihr Lieblingsessen gewesen, und immerhin hatte sie ihren ersten Schultag erfolgreich überstanden.

Sie kam in die Küche geschlendert und setzte sich mir gegenüber.

Ich blickte von meinem Handy auf. Gerade textete ich mit Ella, die mich gefragt hatte, ob wir im Café für Hannah eine Babyparty organisieren könnten. Natürlich war ich für das Projekt sofort Feuer und Flamme.

»Das Essen ist in zehn Minuten fertig«, informierte ich Nele.

An ihrem wild entschlossenen Blick und dem gereckten Kinn erkannte ich, dass sie im Augenblick etwas anderes als schnöde Nahrungsaufnahme beschäftigte.

»Ich will ein Augenbrauenpiercing!«, verlangte sie freiheraus.

Das hatte ich befürchtet. In dem Moment, als Spike hier aufgetaucht war und Peggy mir von Neles verliebten Blicken erzählt hatte, war diese Forderung nur eine Frage der Zeit gewesen. Womit hatte ich das verdient? Ich ließ meinen Kopf stöhnend auf die Tischplatte fallen. Dort verharrte ich regungslos.

Das Gesicht meiner Tochter schob sich seitlich in mein Sichtfeld. »Was denn?«, fragte sie irritiert.

Als Antwort stöhnte ich erneut. Ich hatte keine Kraft mehr für diese ständigen Auseinandersetzungen. Wieso gab es für Eltern eigentlich keine Ferien, in denen sie für kurze Zeit von der erzieherischen Pflicht befreit waren? Da kam mir eine Idee.

Ich setzte mich wieder aufrecht hin. »Na schön, von mir aus.«

Nele, die schon Luft für ihre Gegenargumentation geholt hatte, hielt verdutzt inne. Sie kniff misstrauisch die Augen zusammen. »Du gibst mir die Erlaubnis?«

Ich nickte. »Wenn dein Vater ebenfalls zustimmt, kriegst du ein Augenbrauenpiercing.«

Nachdenklich nagte sie an ihrer Unterlippe, während sie sich meine Bedingung durch den Kopf gehen ließ.

»Okay, gut.« Sie fiel mir um den Hals und drückte mir zu meiner Überraschung einen Kuss auf die Wange. »Du bist die Beste, Mama!«

Erfreut tätschelte ich ihr den Rücken. Ich fand, das hatte ich richtig gut hinbekommen. Denn ich war mir sicher, dass sie sich an Thomas die Zähne ausbeißen würde. Ich kannte seine Einstellung zu Tattoos und Piercings – und die war berufsbedingt nicht positiv. Als Banker lehnte er alle Arten von extravagantem Körperschmuck rigoros ab, und bei seiner minderjährigen Tochter würde er dies nie und nimmer tolerieren. Es erfüllte mich mit einer gewissen Genugtuung, dass mein Ex sich jetzt mit diesem Problem herumschlagen musste. Nun würde sich zeigen, ob seine Reue ernst gemeint gewesen war und er seinen Pflichten als Vater wieder ernsthaft nachkommen würde.

Der Timer klingelte, und ich holte die Lasagne aus dem Backofen. Nele sah mir mit gerunzelter Stirn dabei zu, wie ich ihr einen großen Löffel auf den Teller schaufelte.

»Ist da Fleisch drin?«, fragte sie kritisch. »Wenn ja, esse ich das nicht. Ich bin nämlich Vegetarierin.«

Ich legte den Kopf in den Nacken und starrte einen Moment ergeben an die Decke.

Bemüht ruhig entgegnete ich: »Seit wann denn das?«

»Seit heute. Tine macht auch mit.« Sie schaute mich herausfordernd an. »Nicht nur du kannst in Liebwitz komplett neu anfangen. Dieses Recht steht auch mir zu.«

Das musste ich ihr wohl zugestehen. Es wäre nur nett gewesen, wenn sie mir das mitgeteilt hätte, bevor ich die Lasagne gekocht hatte.

Ich setzte mich. »Dann iss wenigstens vom Salat.«

Sie beäugte die grünen Blätter und Tomaten misstrauisch. »Ist da was Totes drin?«

»Ja, Salat.«

Sie warf mir einen gereizten Blick zu, zog jedoch die Schüssel zu sich und gabelte das erste Salatblatt auf.

»Papa kommt mich demnächst mal wieder besuchen«, erzählte sie kauend.

Ich bemühte mich, ein gleichmütiges Gesicht aufzusetzen. Es erfüllte mich zwar nicht mit Freude, Thomas erneut zu begegnen, aber für Nele war es fraglos eine positive Entwicklung.

»Habt ihr etwas Konkretes geplant?«

Sie zuckte mit den Schultern. »Vielleicht gehen wir abends mal nach Rostock ins Kino.«

Sie stocherte in ihrem Salat herum. Etwas schien sie zu beschäftigen. »Papa hat mir gestern erzählt, was er gemacht hat. Er hat zugegeben, dass es seine Schuld war, dass du das Hotel verloren hast. Und …« Sie machte eine kurze Pause und holte tief Luft. »… ich wollte mich entschuldigen, für das, was ich zu dir gesagt habe. Du weißt schon, dass du eine Loserin bist und so.«

Eine Loserin? Ich konnte mich eigentlich nicht erinnern, dass sie exakt dieses Wort benutzt hatte. Nun ja, Schwamm drüber! Immerhin hatte sie sich entschuldigt – damit hatte ich absolut nicht gerechnet.

»Schon okay«, erwiderte ich lächelnd. »Ich bin froh, dass du jetzt die Wahrheit kennst.«

»Und falls wir mal ernsthaft Geld brauchen oder das Café nicht so gut läuft, kannst du gern mein Sparkonto angreifen«, bot sie mir an.

Erschrocken runzelte ich die Stirn. »Das würde ich nie im Leben anrühren, Nele! Das haben deine Großeltern für dich angelegt. Damit du Geld für den Führerschein hast oder für eine Auslandsreise, wenn du volljährig wirst.«

Meine Eltern hatten es so eingerichtet, dass Nele erst am Tag ihres achtzehnten Geburtstags Zugriff auf das Konto erhielt und vorher nur mit unserer Unterschrift etwas abheben konnte. Im Laufe der Jahre hatten sich auf diese Weise gute dreitausend Euro angesammelt.

»Du kannst es mir ja zurückzahlen«, beharrte sie und sah mich mit großen Augen an. »Ich will nicht, dass du dir wieder Sorgen machen musst, Mama!«

Augenblicklich hatte ich einen Kloß im Hals und musste heftig blinzeln. Das war wohl der Teenagereffekt: Wenn man permanent kritisiert und angepflaumt wurde, kam es auf elterlicher Seite unweigerlich zu einem Gefühlsausbruch, sobald sich das Kind zur Abwechslung mal nett und freundlich zeigte.

»Danke, das ist wirklich lieb von dir!«, sagte ich gerührt.

Sie nickte, hob dann jedoch ihren Zeigefinger. »Allerdings«, setzte sie hinzu, »finde ich es nicht in Ordnung, dass du mir das alles verschwiegen hast. Dauernd beschwerst du dich, dass ich dir so wenig erzähle, dabei bist du keinen Deut besser.«

Ich ließ mir ihre Worte durch den Kopf gehen. In der Tat konnte ich von ihr nicht absolute Offenheit einfordern, wenn ich mich selbst nicht daran hielt.

»Ich wollte dich damit nur schützen«, erklärte ich. »Die Beziehung zu deinem Vater sollte nicht unter dem leiden, was zwischen ihm und mir vorgefallen ist. Außerdem hatte ich Angst, dass du mir kein Wort glaubst.«

Sie lehnte sich zurück und verschränkte die Arme vor der Brust. »So wie du mir nicht glaubst, dass ich mit dem Cybermobbing abgeschlossen habe?«

Touché! Vertrauen war offensichtlich keine Einbahnstraße. Das ungute Gefühl machte sich in mir breit, dass nicht allein Neles Alter für ihr schwieriges Verhalten verantwortlich war.

»Ich weiß, dass ich dir mit dem Internetverbot viel zumute«, sagte ich. »Aber das wird sich bald ändern, versprochen! Gib mir nur noch ein kleines bisschen Zeit.«

Sie glaubte mir anscheinend nicht und stieß lediglich ein abfälliges Schnauben aus. Das konnte ich ihr nicht verübeln.

Eigentlich hatte mir schon ihre Therapeutin vor Wochen versichert, dass Nele den Vorfall verarbeitet und nun die Hilfsmittel hätte, einer erneuten Mobbingattacke angemessen und selbstbewusst zu begegnen. Aber ich klammerte mich an mein Verbot wie an einen Rettungsanker. Ich war insgeheim heilfroh gewesen, als sie die freie Internetzeit, die sie sich durchs Streichen im Café erarbeitet hatte, endlich verbraucht hatte.

»Ich versuche doch nur, dich zu beschützen«, beteuerte ich erneut. »Aber ich weiß einfach nie, wie genau. Beim ersten Mal hat es im Grunde auch völlig harmlos angefangen …«

Ein Junge aus der Parallelklasse hatte sich damals für Nele interessiert und fand sie süß. Sie hatte dieses Interesse zwar nicht erwidert, aber die Ex-Freundin des Jungen war trotzdem rasend eifersüchtig gewesen. Sie wollte Nele eins auswischen und hatte für sie einen Fake-Account in einem deutschen Schülernetzwerk angelegt, das heutzutage von fast allen Jugendlichen benutzt wurde. Das Fake-Profil strotzte vor Lügen. Dort stand, Neles Lieblingshobby sei, andere zu verpetzen, ihr Lieblingsjob Streberin, und sie höre am liebsten Schlagermusik. Ihr Lieblingsessen sei Hundefleisch, und ihre Lieblingstiere seien die, die man am besten schlagen konnte. Angesichts dieser völlig abstrusen Charakterbeschreibungen hätte man meinen sollen, dass niemand auf diesen Mist hereinfiel. Doch online glaubte man Lügen offenbar nur allzu leicht. Dazu gab es im Profil zahlreiche Fotos von Nele – schließlich besuchte die Täterin die gleiche Schule. Außerdem hatten alle anderen Daten wie Mailadresse und Handynummer gestimmt, und es gab einen Link zu Neles echtem Instagram-Profil. Das hatte den meisten gereicht, um es für wahr zu halten. Die Täterin hatte all ihre Bekannten dazu aufgefordert, Nele online zu haten und das Profil zu teilen. Was sie auch getan hatten. Von Jugendlichen aus ganz Deutschland war Nele mit hasserfüllten Mails und Nachrichten regelrecht bombardiert worden, war aufs Übelste beschimpft und sogar dazu aufgefordert worden, sich umzubringen.

Meine Tochter sah mich direkt an. »Vor so etwas gibt es keinen Schutz, Mama. Für niemanden«, entgegnete sie schonungslos. »Auch für dich nicht. In diesem Moment könnte jemand alle soziale Medien mit Fake-Accounts von dir fluten, und bis du es merkst, ist es schon ein Selbstläufer.«

Ich nickte und rieb mir über die Stirn. Genau diese Unbeherrschbarkeit machte mir so zu schaffen. Es war ein perfekter Raum für Menschen ohne Moral, und auf die Justiz war kein Verlass. Bei einem schnelllebigen Medium wie dem Internet reagierte sie im Schneckentempo.

Nele hatte damals versucht, das Problem selbst zu lösen. Sie und ihre beste Freundin hatten die Betreiber der Seite auf das falsche Profil aufmerksam gemacht und darum gebeten, es zu löschen. Das hatte jedoch fast fünf Tage gedauert – bis dahin existierten schon unzählige Hasskommentare und Screenshots. Gleich darauf hatte die Täterin einfach ein neues Fake-Profil veröffentlicht – noch schlimmer als das erste, mit einer täuschend echten Fotomontage. Auf dem per App bearbeiteten Bild hatte es so ausgesehen, als würde Nele ein Feuerzeug an den Schwanz einer kleinen Katze halten. Ab diesem Zeitpunkt hatte das Ganze ein Eigenleben entwickelt, und der Hass hatte sich nicht mehr nur aufs Internet beschränkt. Ihre Mitschüler hatten Nele herumgestoßen, ihre Sachen in die Mülltonne geworfen und ihr ins Gesicht gespuckt. Ihre beste Freundin hatte sich von ihr distanziert, um nicht selbst gemobbt zu werden.

Ich stieß schwerfällig den Atem aus. Obwohl ich nicht persönlich dabei gewesen war, hatte ich die schrecklichen Szenen in der Schule lebhaft vor Augen.

»Das Wichtigste ist, dass man schnell reagiert und alle Möglichkeiten ausschöpft«, erklärte mir Nele. »Netzwerkbetreiber, Polizei, Anwalt, Schulleitung, Eltern, Freunde – man darf nicht zögern, muss lautstark auf sich aufmerksam machen und Verbündete suchen! Das Cybermobbing zu ignorieren in der Hoffnung, dass es irgendwann wieder von allein aufhört, ist das Schlimmste, was man tun kann. Außerdem muss man eine emotionale Distanz zum Geschehen schaffen. Man muss sich immer wieder klarmachen, dass das Mobbing nicht das ganze Leben bestimmen wird.«

Okay, Neles Therapie hatte offenbar gewirkt!

Damals hatte sie das alles natürlich noch nicht gewusst. Ich hatte zwar bemerkt, dass etwas nicht mit ihr stimmte, aber sie hatte jedes Mal gemauert, wenn ich nachgefragt hatte. Erst an einem besonders schlimmen Tag hatte sie sich einem Lehrer anvertraut. Zu dem Zeitpunkt war es ihr psychisch allerdings schon sehr schlecht gegangen. Kein Wunder, selbst einem Erwachsenen hätte dieser Terror zugesetzt!

Thomas und ich waren zu der Zeit frisch getrennt gewesen, und er hatte ein Zimmer unseres Hotels bewohnt. Keiner von uns hatte zuvor schon mit Cybermobbing zu tun gehabt. Wir waren zu Anfang genau wie Nele überfordert und ratlos gewesen.

»Denkst du wirklich, dass du das alles hinter dir gelassen hast?«, fragte ich vorsichtig. »Ich mache mir einfach Sorgen, dass du wieder an einen Tiefpunkt gelangst und aus Verzweiflung etwas Unüberlegtes tust. Wie an jenem Abend …« Ich stockte und schluckte schwer, weil schon beim Gedanken daran Panik in mir aufstieg.

»Fuck! Fängst du schon wieder damit an?« Sie stöhnte und verdrehte die Augen. »Wie oft habe ich dir schon gesagt, dass du die Situation völlig falsch interpretiert hast? Ganz ehrlich, ich kann es gar nicht mehr zählen. Ich wollte mir nichts antun und weigere mich, noch ein einziges Mal mit dir darüber zu reden, Mama!«

Wahrscheinlich hatte sie recht. Wir hatten dieses Thema schon zur Genüge ausdiskutiert.

»Ist gut!«, lenkte ich ein.

In unserer Not hatten Thomas und ich umgehend das Internetverbot für Nele ausgesprochen. Danach hatten wir einen Anwalt eingeschaltet und bei der Polizei den Fall zur Anzeige gebracht. Die hatten das allerdings nicht sonderlich ernst genommen. Für das Gesetz schien sich alles, was das Internet betraf, immer noch in einer Art Grauzone abzuspielen. Erschwerend kam hinzu, dass die Täterin noch nicht strafmündig gewesen war.

Immerhin hatte die Schule reagiert und für alle Klassen eine Anti-Mobbing-Themenwoche angeordnet. Im Endeffekt hatte dies wohl am meisten gebracht, denn die Schüler wurden durch die Diskussionen für das Thema sensibilisiert. Auch hatte der Schulleiter die Täterin, ihre Eltern und uns zu einem runden Tisch eingeladen. Am Ende hatte das Mädchen sich entschuldigt und versprochen, so etwas nie wieder zu machen.

Ich lächelte aufmunternd. »Ich bin froh, dass das alles hinter uns liegt und du es so gut verarbeitet hast, Nele.«

»Das denke ich auch«, brummte sie, während sie in ihrem Salat herumstocherte.

Die ganze Geschichte hatte sie verändert. Sie war deutlich kratzbürstiger als vorher und alles andere als pflegeleicht. Aber wahrscheinlich machte dieses neue Selbstbewusstsein sie auch stärker. Sowohl die Therapie als auch ihre Liebe zu Pferden hatten ihr geholfen, wieder gesund zu werden. Damals war sie fast jeden Tag in den Wald geritten, weil die Nähe zur Natur sie geerdet hatte.

»Ich verstehe nur bis heute nicht diese grundlose Bösartigkeit«, sagte ich nachdenklich. »Wieso gibt es diesen ganzen Hass im Netz?«

»Meine Therapeutin meinte, dass das Fake-Profil manchen ein perfektes Hassobjekt geliefert hat«, erklärte sie kauend. »Hatespeech ist angesagt, weil die Leute ungebremst ihren Frust rauslassen können – und zwar ohne die unangenehmen Folgen, die ein solches Verhalten in der Realität hätte. Da ich eine scheinbar böse Person war, gab es ihnen außerdem ein Gefühl von moralischer Überlegenheit und Macht. Beides geht Jugendlichen in der Realität wohl ab.«

Im Grunde war es traurig, dass schon Kinder und Heranwachsende so viele negative Gefühle in sich trugen. Als Mutter des Opfers gelang es mir trotzdem nicht, Mitgefühl für die Täter aufzubringen.

Notgedrungen rang ich mich zu einer Entscheidung durch. Neles Gespräch mit Tine während der Autofahrt hatte mir gezeigt, dass ich reagieren musste. Snapchat, WhatsApp und Instagram waren ungemein wichtig für ihre Generation. Ihr halbes Leben spielte sich im Netz ab.

Ich holte tief Luft. »Wenn dein Vater wieder zu Besuch kommt, werde ich mit ihm besprechen, dein Internetverbot aufzuheben.«

»Ernsthaft?« Nele fiel ein Salatblatt von der Gabel, und sie starrte mich ungläubig an.

Ich hatte sie am heutigen Abend zum zweiten Mal gewaltig überrascht. Dieses Mal hegte ich jedoch keine Hintergedanken und meinte es absolut ehrlich.

Da wir gerade ein selten offenes Gespräch führten, war es vielleicht eine gute Gelegenheit, noch kurz eine andere Sache anzusprechen.

»Sag mir nur noch eins!«, bat ich. »Wieso hast du mit uns damals nicht über das Cybermobbing geredet? Wir hätten dir doch geholfen, Nele. Hast du uns nicht vertraut?«

Das lag mir schon eine halbe Ewigkeit auf der Seele. Die Vorstellung, dass sie lieber allein gelitten hatte, als uns in ihre Probleme einzuweihen, hatte ein Loch aus Schuldgefühlen in mein Herz gebrannt.

Sie runzelte die Stirn. »Das hatte doch nichts mit Vertrauen zu tun! Ich habe euch nichts gesagt, weil ich genau wusste, wie ihr reagieren würdet. Nämlich mit einem Internetverbot.« Sie seufzte tief und schwer. »Und dieser Gedanke war für mich schlimmer als das Mobbing. Aber das versteht jemand in deinem Alter natürlich nicht.« Sie sah mich vorwurfsvoll an. »Ich brauche das Internet wie die Luft zum Atmen. Mir das wegzunehmen war ungerecht und grausam und völlig unzumutbar. So eine brutale Strafe kann sich nur jemand ausdenken, der in einer Zeit aufgewachsen ist, als es noch keine Handys und nur drei Fernsehprogramme gab.«

Es ging überhaupt nicht um fehlendes Vertrauen? Mir fiel ein tonnenschwerer Stein vom Herzen. Ich konnte nicht anders, als befreit aufzulachen, während Nele mich ansah, als hätte ich nun endgültig den Verstand verloren.

18. Kapitel

»Das ist ein *Date!*«, brüllte Mona ins Telefon. »Jetzt sieh den Tatsachen endlich ins Auge, Herrgott noch mal!«

»Schrei doch nicht so!«, entgegnete ich eingeschnappt. Ich hielt das Handy ein Stück vom Ohr weg, um mein geschundenes Gehör zu schützen.

»Das ist kein Date«, wiederholte ich ruhig. »Sondern eine Unterrichtsstunde zum Thema Romantik, in Kombination mit einer Inselführung.«

Sie schnaubte. »Ich zähle mal die Fakten auf: Ihr trefft euch außerhalb der üblichen Arbeitszeit, ihr seid nur zu zweit, es dreht sich um das Thema Liebe, und zwischen euch kribbelt es.«

»Es kribbelt überhaupt nicht!«, widersprach ich, allerdings mit deutlich weniger Überzeugung in der Stimme.

»Tut es wohl!«, beharrte Mona. »Peggy hat das gesagt – und ihr glaube ich voll und ganz.«

Das hatte ich nun davon, dass ich ihr alles aus meinem Leben haarklein berichtete.

»Du kennst Peggy ja nicht mal!«

»Aber du hast gesagt, dass sie eine clevere und gewitzte Person ist. Deshalb sage ich dir: Du hast heute ein Date!«

Ich stöhnte. »Angenommen du hast recht: Würde das etwas ändern?«

»Natürlich! Auf ein Date nimmt man vorsichtshalber ein Kondom mit«, klärte mich meine große Schwester auf. »Nüchtern betrachtet hältst du es bestimmt für ausgeschlossen, dass du heute Abend Sex haben wirst. Aber glaub mir, das kann sich schon in wenigen Stunden ändern. Dann endet das Date entweder mit sexuellem Frust, oder du lässt dich zu einer Dummheit hinreißen, die du nachher bereust.«

Ich seufzte. »Das sagst du doch nur, weil du diesen Ausrutscher auf der Studentenfete hattest.«

Damals hatte sich Mona auf einer Party in einen Kommilitonen verguckt. Beim ersten Bier hatten sie sich angeregt unterhalten, beim zweiten geflirtet, beim dritten geknutscht, und nach dem vierten waren sie in einem abschließbaren Nebenzimmer gelandet. Leider hatte keiner von ihnen ein Kondom dabei, doch sie hatten sich außerstande gesehen, ihre Leidenschaft zu zügeln. Zwar hatte Mona die Pille genommen, aber schon am nächsten Morgen war sie das reinste Nervenbündel gewesen. Weltweit gab es dreißig verschiedene Geschlechtskrankheiten – und Mona war überzeugt gewesen, jede einzelne davon zu haben. Bis sie sich beim Arzt auf die gängigsten hatte testen lassen, hatte sie literweise Aloe-Vera-Saft getrunken, alle zwei Stunden mit antibakteriellem Mundwasser gegurgelt und Vitaminpillen wie Smarties in sich hineingestopft. Anton, ihr damaliger One-Night-Stand und heutiger Mann, hatte das völlig übertrieben und beleidigend gefunden.

»Du musst ein Kondom mitnehmen«, befahl sie nun. »Das ist eine schwesterliche Anordnung zu deiner eigenen Sicherheit.«

Ich verdrehte die Augen und checkte noch mal mein Äußeres im Badezimmerspiegel. Jakob hatte mir mitgeteilt, dass ich bequeme Kleidung und Turnschuhe anziehen solle. Somit war ich mit einer weißen Stoffhose, einem rosa-weiß gestreiften Shirt und weißen Sneakers leger und sportlich gekleidet. Ich hätte es Mona gegenüber zwar niemals zugegeben, aber ich hatte auch vorzeigbare Unterwäsche angezogen. Keine Ahnung, warum. Denn ich war mir absolut sicher, dass Jakob und ich *kein* Date hatten.

»Jede weitere Diskussion darüber ist müßig, da ich zwangszölibatär lebe und gar kein Kondom im Haus habe«, informierte ich Mona. »Und Jakob holt mich schon in wenigen Minuten ab.«

Das Schweigen am anderen Ende der Leitung dauerte nur einen Moment, dann stieß meine Schwester einen triumphierenden Laut aus.

»Du hast sehr wohl ein Kondom, meine Liebe! Nämlich in dem ›Überlebenskit für frischgebackene Singles‹, das ich dir nach der Trennung von Thomas geschenkt habe.«

Ach, herrje! Sie hatte recht. Das hatte ich völlig vergessen. In dem »Überlebenskit« waren ein Kondom, ein Minivibrator und zehn Tipps für einen perfekten One-Night-Stand. Ursprünglich hatte sich auch eine Tafel Schokolade darin befunden, aber die hatte ich schon lange gefuttert.

Ich stöhnte. »Na schön! Ich nehme das Kondom mit, wenn du dann endlich Ruhe gibst.«

Mit dem Telefon am Ohr ging ich ins Schlafzimmer und zog meine Sockenschublade auf. Dank des Umzugs wusste ich genau, wo sich das Überlebenskit befand. Als ich die Box öffnete, fiel mir vor Überraschung jedoch die Kinnlade herab.

»Das glaub ich jetzt nicht!«, rief ich fassungslos.

Mit spitzen Fingern hielt ich das rosafarbene Gebilde mit den filigranen Drähten in die Höhe. »Da ist ja Zanko!«

»Zanko?«, fragte Mona irritiert. »Nennt Nele so nicht ihre verhasste Zahnspange?«

»Genau!«, stieß ich aus. »Laut Nele ist sie seit dem Umzug spurlos verschwunden. Was eine Lüge war, denn ganz offensichtlich hat sie sie in dieser Schachtel versteckt.«

Mona schnalzte anerkennend mit der Zunge.

»Sehr clever von ihr.« In ihrer Stimme lag Bewunderung. »Wenn du sie jetzt mit Zanko konfrontierst, wird sie garantiert fragen, wieso du das Überlebenskit überhaupt aufgemacht hast. Aber darin befinden sich leider ausschließlich Dinge, die megapeinlich für dich wären. Du müsstest vor deiner Tochter zugeben, dass du entweder den Vibrator benutzen oder mit einem anderen Mann als ihrem Vater poppen wolltest.«

Ach du lieber Himmel! Schon beim Gedanken daran stieg mir vor Scham die Röte in die Wangen. Ich musste den Tatsachen ins Auge sehen: Ich hatte die weibliche Version eines Hannibal Lecter großgezogen – jedenfalls was das teuflische psychologische Genie betraf.

Ich rang hilflos die Hände. »Und wie kann ich Nele jetzt die Zahnspange wieder unterjubeln?«

»Ähm … Für komplizierte Erziehungsfragen bin ich leider die falsche Ansprechpartnerin«, erwiderte Mona bedauernd.

Ich ließ mich aufs Bett plumpsen und stieß einen tiefen Seufzer aus.

»In solchen Momenten wünschte ich, Thomas wäre noch hier«, gestand ich ihr. »Als Alleinerziehende ist es manchmal echt schwer. Man kann sich mit niemandem absprechen. Ist bei allen Aufgaben und Entscheidungen allein. Als Team war es viel einfacher.«

»Das wird schon«, sprach Mona mir Mut zu. »Dir fällt bestimmt noch eine Lösung ein. Jetzt solltest du dich erst mal auf dein Date konzentrieren!«

Ich knirschte mit den Zähnen. »Wenn du noch einmal das Wort *Date* in den Mund nimmst, werde ich ohne ein weiteres Wort auflegen«, warnte ich sie und holte tief Luft. »Ich sag dir jetzt mal was: Zugegeben, ich finde Jakob sympathisch und fühle mich ein klitzekleines bisschen zu ihm hingezogen. Aber wenn er mich tatsächlich nach einem Date gefragt hätte, hätte ich abgelehnt. Ich bin noch nicht bereit für was Neues, Mona.«

Das ließ sie als Argument nicht gelten. »Liebe ist keine Entscheidung«, klärte sie mich auf. »Sie passiert einfach. Dafür kannst du keinen passenden Termin vereinbaren. Außerdem hat sich dein Noch-Ehemann als linke Bazille entpuppt.« Verachtung und Wut schwangen in ihrer Stimme mit, sobald sie über Thomas sprach. »Ihm hinterherzutrauern wäre selten dämlich!«

Das hatte ich mir auch immer gesagt. Vielleicht hatte genau dies dafür gesorgt, dass ich mit meiner gescheiterten Ehe noch nicht abgeschlossen hatte. Denn jedes Mal, wenn ich Thomas nach unserer Trennung vermisst hatte oder ich gern um unsere verlorene Liebe getrauert hätte, hatte ich mir in Gedanken selbst eine gescheuert und mir solche rührseligen Anwandlungen aufs Schärfste verboten.

»Als ich damals mit Thomas vor den Traualtar getreten bin, habe ich meinen Schwur ernst gemeint. Du weißt schon: Liebe und Treue bis an mein Lebensende. Außerdem haben wir bis zu seinem Vertrauensbruch eine relativ glückliche Ehe geführt. Siebzehn gemeinsame Jahre lassen sich nicht einfach wegwischen.«

»Du wirst ihm doch nicht etwa verzeihen?«, fragte Mona alarmiert.

Ich dachte an seine Worte am Abend der Eröffnungsfeier zurück. Hätte Thomas seine Schuld schon früher eingesehen und Reue gezeigt, hätte ich ihm seine Tat wahrscheinlich vergeben. Doch nun lag eine Zeit hinter uns, die geprägt war von Vorwürfen, gegenseitigen Schuldzuweisungen und hässlichen Streitereien. Auch ich hatte mich dabei nicht mit Ruhm bekleckert, denn seine Uneinsichtigkeit hatte mich fast zur Weißglut gebracht. All die bösen Worte hatten Spuren hinterlassen. Sie waren wie ein tiefer Krater, der sich zwischen uns aufgetan hatte. Und doch blieb gleichzeitig die Erinnerung an glückliche Zeiten. Es erschien mir nicht richtig, die kompletten letzten siebzehn Jahre zu verteufeln.

Allerdings wusste ich auch, dass Mona dafür kein Verständnis haben würde. Schon als ich ihr von Thomas' Entschuldigung erzählt hatte, war sie fast ausgeflippt. Ihrer Meinung nach hätte ich ihm an Ort und Stelle eins mit der Bratpfanne überziehen sollen. Deshalb gab ich ihr nun auch die Antwort, die sie von mir hören wollte.

»Nein, natürlich werde ich Thomas nicht verzeihen!«

Sie atmete erleichtert auf. »Das hätte deinen Neustart in Liebwitz auch ad absurdum geführt. Du musst die Vergangenheit hinter dir lassen!«, beschwor sie mich. »Und der heutige Abend mit Jakob ist eine perfekte Gelegenheit, dich auch in Liebesdingen wieder Neuem zu öffnen. Was hast du eigentlich Nele gesagt, wohin du gehst?«

»Nichts, sie ist gar nicht da«, erzählte ich. »Heute hat sie wieder Training fürs Tonnenkloppen, und danach übernachtet sie bei ihrer neuen Freundin Tine.«

»Ach, das passt ja hervorragend!«, stieß Mona jubelnd aus. »Wenn sich dein *Date* wie gewünscht entwickelt und du über Nacht …«

Ich legte auf. Das hatte sich meine Schwester selbst zuzuschreiben!

19. Kapitel

Nachdem Jakob mich abgeholt hatte, fuhren wir ans andere Ende des Dorfs. Wir hielten am Waldrand vor einem efeuumrankten Backsteinbau mit grünen Klappläden und Sprossenfenstern. Das Haus war von einem gepflegten Garten umgeben, der direkt an den Wald grenzte.

Als wir ausstiegen, empfing uns vielstimmiges Vogelgezwitscher. Ich nahm die friedliche Ruhe in mich auf und atmete tief ein. Es roch nach Wald, Erde, Harz und Wiesenblumen. Die Atmosphäre war völlig anders als am Strand oder beim Leuchtturm – maritimes Urlaubsflair suchte man hier vergebens. Überall war es grün, blühte und war lebendig. Es wirkte so ländlich, dass ich mich fast in meine alte Heimat versetzt fühlte.

»Das ist das Forsthaus«, sagte Jakob. »Gefällt es dir?«

Ich nickte. »Sehr sogar.«

Er lächelte. »Hier bin ich aufgewachsen. Meine Geschwister und ich waren so gut wie immer draußen und haben gespielt.« Er deutete zu einer Eiche mit einem Baumhaus. »Von da oben hat mich mein älterer Bruder runtergeworfen, als ich acht Jahre alt war. Er behauptet jedoch bis heute, dass ich selbst gesprungen wäre, weil ich mich für Spider-Man gehalten hätte. Mit meinem eingegipsten Bein war ich bei den Jungs in meiner Klasse der Held.«

Ich grinste. »Das kann ich mir vorstellen.«

Jakob ging voraus, aber er führte mich nicht in Richtung Haus, sondern bog ab zu einem Schuppen, vor dem zwei Fahrräder standen.

»Wir machen einen Ausflug mit dem Rad?«

Er nickte. »Aber keine Sorge, es wird nicht allzu sportlich! Das ist das alte Rad meiner Schwester. Ich habe es in den letzten Tagen für dich auf Vordermann gebracht.«

»Das ist nett. Vielen Dank!« Ich wollte schon aufsteigen, doch er hielt mich zurück.

»Moment!« Jakob nahm einen der Fahrradhelme, die an seinem Lenker hingen, und setzte ihn mir auf. Als seine Fingerspitzen an meinem Hals entlangstreiften, beschleunigte sich mein Herzschlag.

»Sicherheit geht vor«, sagte er. »Besonders seit das gefährlichste Fortbewegungsmittel seit Erfindung des Automobils hier auf der Insel immer öfter anzutreffen ist.«

Ich sah ihn fragend an.

»Rentner auf E-Bikes«, erklärte er mit leidgeprüfter Miene.

Ich kicherte. Das kam mir bekannt vor. Schon mehrfach hatte nur meine Reaktionsschnelligkeit verhindert, dass ich von einem überforderten älteren Menschen auf einem rasenden E-Bike überfahren worden wäre.

Auch Jakob zog sich einen Helm an und schwang sich aufs Rad.

»Wo geht es hin?«, fragte ich neugierig.

»In mein Revier«, antwortete er, während er vorausfuhr. »Unser Ziel ist der Weststrand. Und wenn wir zurück sind, erwartet uns das berühmte Gulasch meines Vaters.«

Durch die ganze Aufregung der letzten Tage hatte ich an die Einladung überhaupt nicht mehr gedacht. Ich freute mich schon darauf, Ludwig Thiel wiederzusehen. Er hatte einen sehr netten Eindruck auf mich gemacht. Auch die Aussicht auf ein leckeres Gulasch hob meine Laune. Ich hatte schon jetzt tierischen Hunger.

»Ich hoffe, der Plan ist für dich okay?«

»Mehr als das«, versicherte ich ihm.

Kaum hatten wir das Grundstück verlassen, erreichten wir einen Waldweg und tauchten ein in den schattigen Darßwald. Kühle Luft umfing mich, und eine Gänsehaut kroch meine Arme hoch. Nun bereute ich, dass ich meine Strickweste zu Hause gelassen hatte. Jakob war mit einer Jeans, Sneakern und einem leichten hellblauen Pullover ebenfalls leger gekleidet. Er gefiel mir in seiner Freizeitkleidung deutlich besser als im Anzug, denn er wirkte lockerer und nahbarer. Außerdem unterstrich sein heutiges Outfit seine Vorzüge. Das Hellblau brachte seine Augen zum Leuchten, und da er direkt vor mir radelte, konnte ich gut erkennen, dass die Jeans ganz hervorragend seinen knackigen Po betonte.

Er schaute sich zu mir um, und ich richtete meinen Blick hastig wieder nach oben. Ach, du meine Güte! Er hatte doch hoffentlich nicht bemerkt, dass ich auf seinen Hintern gestarrt hatte? Seinem Schmunzeln nach zu urteilen, war ich eine Spur zu langsam gewesen. Verdammt!

»Hast du das Damwild gesehen?« Er deutete nach rechts.

Ich schüttelte den Kopf. Da ich mich gerade dem menschlichen Brunftverhalten gewidmet hatte, leider nicht.

»Was für Tiere gibt es denn hier?«, wollte ich wissen.

Jakob ließ sich zurückfallen, sodass wir nebeneinander radeln konnten. »Zahlreiche Vogelarten, unter anderem auch Seeadler«, erzählte er. »Füchse und Wildschweine kann man fast überall treffen. Daneben gibt es Eichhörnchen, Igel, Dachse, Iltisse, Steinmarder und natürlich die Könige des Waldes – die Hirsche.«

Hirsche, Meer und Sandstrand – in meinem Kopf passte das irgendwie nicht zusammen. Aber gerade deshalb war es auch so faszinierend.

»In der Brunftzeit im Herbst bieten wir für Touristen Touren an, um die Tiere zu beobachten«, fuhr er fort. »Wenn man Glück hat, erlebt man ein richtiges Hirsch-Konzert.«

»Oh, da buch ich gleich mal einen Platz! Das will ich mir unbedingt anhören.«

»Vielleicht kriegst du auch eine Privatführung«, entgegnete Jakob augenzwinkernd.

Je weiter wir in den Wald vordrangen, desto mehr nahm mich sein Zauber gefangen. Dieses Fleckchen Erde war mit nichts zu vergleichen, das ich kannte. Es machte einen unglaublichen Unterschied, wenn die Natur unberührt von Menschenhand blieb. Ein ursprünglicher Wald hielt sich nicht an streng eingeteilte Areale wie Nadel – oder Mischforst. Hier herrschten Artenvielfalt und Chaos. Umgestürzte Bäume samt ihrem breiten Wurzelwerk verrotteten auf dem Boden und waren von Pilzen, Flechten und Moosen überwuchert. Zwischen Büschen und Gräsern kämpften sich junge Bäume gen Himmel, und inmitten eines Meers aus stattlichen Farnen lugte ein großer Findling hervor. Überall summten und brummten die Insekten, die Vögel zwitscherten, und immer wieder raschelte es neben uns im Unterholz. Dieser Wald besaß etwas Märchenhaftes. Nun konnte ich verstehen, wieso Jakob ihn so liebte.

Tatsächlich war er ganz in seinem Element und berichtete mir mit einer Begeisterung von seinem Revier, die mich zum Lächeln brachte.

»… Der Darßer Urwald ist geprägt von Reffen, Wällen, Riegen und Niederungen. In den Reffen wachsen größtenteils Kiefern, Stieleichen und Rotbuchen, in den Riegen hauptsächlich Erlen. Typisch sind auch die Adlerfarne, die du überall siehst. Außerdem gibt es hier unglaublich alte Bäume, die …«

Zugegeben, ich verstand nicht alles, was er mir erzählte, aber ich fand es trotzdem faszinierend, ihm zuzuhören. Die Leidenschaft für seinen Beruf brachte seine Augen zum Strahlen.

Schließlich bat mich Jakob, anzuhalten und abzusteigen.

»Wir sind gleich da«, sagte er und hob den Zeigefinger. »Aber wir sollten einen Moment schweigend innehalten.«

Ich schaute ihn irritiert an, tat ihm jedoch den Gefallen. Die typischen Geräusche des Waldes, die ich schon die ganze Zeit gehört hatte, drangen an mein Ohr: Über allem lag das Vogelgezwitscher, ab und an folgte ein Knacken und Rascheln – und noch etwas anderes. Zuerst glaubte ich, eine Windböe ließe die Blätter über uns rauschen, doch an dem stetigen Auf- und Abschwellen erkannte ich, dass etwas anderes dafür verantwortlich sein musste. Ich atmete tief ein. Neben dem frischen Geruch von Erde, Moos und Harz gab es noch eine leicht salzige Note.

»Das Meer«, hauchte ich. »Das ist das Rauschen der Brandung! Dabei stehen wir mitten im Wald …«

»Und es wird noch besser«, verkündete er vergnügt.

Wir schoben die Räder um die nächste Biegung, und plötzlich öffneten sich vor uns die Baumreihen. Ich blieb überwältigt stehen. Genau wie auf Hannahs Gemälde, das ich im Trauungsraum bewundert hatte, schaute ich vom grünen Wald direkt auf das Azurblau des Meeres. In der Realität war der Anblick jedoch noch viel atemberaubender.

»Wow!«

Jakob lächelte. »Ich habe wohl nicht zu viel versprochen.«

Ich versuchte, das alles in mich aufzunehmen: Wald, Strand, Meer und den fast wolkenlosen Himmel. Mein Blick huschte hin und her – vom saftigen Waldgrün zum intensiven Meeresblau, vom dicht gedrängten Leben zu endloser Weite.

Ich wandte mich ungläubig an Jakob. »Und das siehst du jeden Tag?« Ich deutete auf unsere Umgebung. »Das ist dein *Arbeitsplatz?*«

Er hob die Schultern. »Wenn man diese Aussicht täglich vor Augen hat, stumpft man mit der Zeit offengestanden etwas ab.« Er beugte sich zu mir. »Deshalb ist es umso schöner, die Faszination im Gesicht eines anderen Menschen zu beobachten, der noch nie hier war.«

Wir stellten unsere Räder ab und gingen in Richtung Meer. Der Übergang vom Wald zum Strand war fast nahtlos, allerdings waren die vorderen Bäume durch den Wind stark landeinwärts geneigt. Von der Sonne ausgeblichenes Totholz lag am Strand, während in

Wassernähe Algen, kleine Muscheln und angespültes Treibholz zu finden waren. Ich ging in die Knie und ließ den weißen Sand durch meine Finger rieseln.

»Das ist ja wie in der Karibik!«

»Der Weststrand ist vierzehn Kilometer lang und wurde von *arte* zu einem der zehn schönsten Strände der Welt nominiert«, erzählte er nicht ohne Stolz.

Ich erhob mich wieder und blickte auf die Ostsee. Die Sonne näherte sich schon dem Horizont, und wir waren fast allein hier draußen. Jetzt, in den frühen Abendstunden, waren nur vereinzelt Spaziergänger unterwegs.

»Magst du ein bisschen bleiben?«, fragte mich Jakob.

Ich drehte mich zu ihm um, und für einen Moment hielt sein Blick meinen gefangen. Ein Knistern lag zwischen uns in der Luft. Mir kam Monas Prophezeiung in den Sinn. Vielleicht war das hier ja doch ein Date?

»Gerne«, antwortete ich mit einiger Verzögerung, wobei meine Stimme heiser klang.

Wir setzten uns in den Sand, der noch die Wärme des Tages in sich trug. Ich zog die Beine an, schlang meine Arme um die Knie und beobachtete die Wellen, die ans Ufer brandeten. Hier war es wie im Paradies!

Wäre ich in Neles Generation, hätte ich wahrscheinlich schon mein Handy gezückt, um ein Foto nach dem anderen für Social Media zu schießen. Doch mir war die Wirklichkeit wichtiger als ein paar digitale Likes. Wieso nahm man für sein virtuelles Leben in Kauf, das reale Leben zu verpassen?

Ich spürte Jakobs Blick auf mir ruhen. »Was beschäftigt dich gerade?«

»Nichts Wichtiges.« Ich zuckte träge mit den Schultern. »Ich glaube nur, ich werde alt. Ich hatte mit Nele ein längeres Gespräch, zur Abwechslung mal ohne Streit. Ich schätze, ich verstehe sie jetzt besser. Irgendwie jedenfalls. Es fällt mir immer noch schwer nachzuempfinden, wieso ihr die sozialen Medien so wichtig sind. Und wieso Nele trotz des Cybermobbings das Internet für die beste Erfindung der Menschheit hält.«

Tine, seine Nichte, hatte ihm von Neles Internetverbot berichtet, und so hatte ich Jakob von den Hintergründen erzählt, war dabei aber nicht ins Detail gegangen.

»Ja, du wirst alt!«, entgegnete er wie immer schonungslos direkt. Von höflicher Zurückhaltung hatte dieser Mann offenbar noch nie etwas gehört. »Ihr habt einen typischen Generationenkonflikt in Sachen Technik. Das ist völlig normal. Als ich in Neles Alter war, musste ich meinen Eltern gefühlt hundert Mal erklären, wie man den Videorekorder programmiert. Meine Mutter hatte Angst, dass die Mikrowelle das Essen radioaktiv verseucht, und mein Vater war der Überzeugung, dass PCs sich niemals durchsetzen werden, weil das daheim kein Mensch braucht.«

Das kam mir bekannt vor – er hätte genauso gut von meinen Eltern sprechen können. Das war wohl tatsächlich der natürliche Lauf des Lebens. Da gab es nichts zu beschönigen.

»Nur, dass ich wegen Neles Cybermobbing emotionaler reagiere als bei einem normalen Generationenkonflikt«, sagte ich gedankenverloren.

Jakob betrachtete mich aufmerksam. »Ich möchte nicht indiskret sein«, schickte er voraus, »und ich weiß, dass Mobbing eine schlimme Sache ist. Aber was genau ist mit Nele passiert, das dich bis heute nicht loslässt?«

Er war ein verdammt guter Beobachter. Noch heute kämpfte ich mit den Bildern von damals.

»Wir sind doch wegen deines Romantikunterrichts hier …«, sagte ich ausweichend.

»Der kann warten!«

Das stimmte nicht ganz. Immerhin hing sein Job davon ab, ob

er in Zukunft die Brautpaare zufriedenstellen konnte. Aber Jakobs Blick verriet mir, dass er im Augenblick andere Prioritäten hatte. Und ich vertraute ihm. Ich war mir sicher, dass er sein Wissen für sich behalten würde. Niemals würde er Nele oder mir Schaden zufügen wollen.

»Na schön!«

Ich holte tief Luft und fasste noch mal in groben Zügen das Geschehene bis zu dem Tag zusammen, als ich von dem Mobbing erfahren hatte. Dann kam ich jedoch ins Stocken.

»Damals an dem Abend … ich bin in Neles Zimmer gegangen, um nach ihr zu sehen und …« Ich schloss gequält die Augen.

Die Erinnerung an diesen Augenblick war noch so lebendig, dass es mir die Kehle zuschnürte.

Jakob legte mir sanft die Hand auf den Rücken. Seine Wärme sickerte in mich hinein und gab mir die Kraft weiterzusprechen.

»Wir haben im Hotel unter dem Dach gelebt«, fuhr ich fort. »Als ich hereinkam, stand Neles Fenster weit offen, und sie saß draußen auf dem Fenstersims. Ihr Handy lag in ihrer Hand, und sie starrte mit leerem Blick in die Tiefe.«

Jakob sog scharf die Luft ein. »Willst du damit sagen, dass sie springen wollte?«

Der Strand und das Meer verschwammen vor meinen Augen.

»Ich weiß es nicht«, sagte ich schniefend. »Nele hat es abgestritten und behauptet, sie hätte das für eine Internet-Challenge gemacht. Sie wollte ein Selfie von sich in großer Höhe machen.«

Seine Stirn legte sich in Falten. »Ich glaube, von dieser Challenge habe ich gehört. Jugendliche sind auf Baukräne geklettert oder haben sich über den Rand von Hochhäusern, Steilklippen und Brücken gelehnt. Manche sind dabei tödlich verunglückt.«

Ich nickte traurig. Diese Challenge war absolut bescheuert und lebensmüde gewesen. Eigentlich hatte ich geglaubt, dass meine Tochter intelligent genug war, das auch zu erkennen.

»Nele hatte wohl die Hoffnung, dass sie mit so einem waghalsigen Selfie das Ruder herumreißen könnte«, erzählte ich. »Dass sie dann alle wieder cool finden und das Mobbing aufhört. Doch gerade als ich ins Zimmer gekommen bin, war ihr anscheinend gerade bewusst geworden, dass sie Höhenangst hat.«

Jakob musterte mich intensiv. »Ich sehe der skeptischen Sorgenfalte zwischen deinen Augenbrauen an, dass du von dieser Erklärung nicht überzeugt bist.«

Ertappt legte ich meinen Zeigefinger an die Stirn und massierte die verräterische Falte weg.

»Ich bin mir nicht zu hundert Prozent sicher«, gab ich zu.

Jakob blickte aufs Meer hinaus und dachte kurz nach. »Also für mich klingt ihre Erklärung glaubwürdig.«

»Ach ja?«

Er fasste mich leicht am Kinn und drehte mich zu sich. Da wir direkt nebeneinander im Sand saßen, kamen wir uns noch näher. Er sah mir direkt in die Augen.

»Nele mag es an diesem Abend schlecht gegangen sein, aber sie hat während des ganzen Mobbings offensiv nach Lösungen gesucht«, erklärte er mit warmer Stimme. »Du hast erzählt, dass sie anfangs Rückendeckung bei ihrer Freundin gesucht und auch die Betreiber des Netzwerks angeschrieben hat, um das Fake-Profil löschen zu lassen. Schließlich hat sie einen Lehrer eingeweiht, der vor Ort die Möglichkeit hatte, schlichtend einzugreifen. Dass sie am Ende dieses Selfie machen wollte, war in Anbetracht der Gefahr nicht besonders clever, aber in ihren Augen logisch und plausibel. Es war der letzte rettende Strohhalm, nach dem sie gegriffen hat. Klingt das für dich nach jemandem, der sein Leben leichtfertig wegwerfen würde?«

Erneut wollte ich antworten, dass ich mir nicht sicher wäre. Doch dann zwang ich mich, tiefer in mich hineinzuhören. Ich ging den besagten Abend in Gedanken noch mal durch. Wie ich geschrien und Nele panisch vom Fensterbrett zurückgezerrt hatte – in meinen Augen in letzter Sekunde. Wie eine eisige Kälte meinen Körper erfüllt und die Angst mich fast um den Verstand gebracht hatte. Jede Mutter wusste, dass der Tod des Kindes das Schlimmste war, das ihr zustoßen konnte. Das war ein Wissen, das man tief im Herzen trug, auch wenn man zum Glück selten in der Praxis damit konfrontiert wurde. Für mich wäre es in diesem Moment jedoch um ein Haar Realität geworden. Wenn Nele sich in die Tiefe hätte fallen lassen, wäre ich mit ihr gestorben. Ohne sie hätte ich nie wieder auch nur einen Funken Glück empfinden können …

Ich blinzelte, denn in diesem Augenblick wurde es mir klar. Es war genau diese Angst, die mich die Vergangenheit nicht überwinden ließ. Die Panik, Nele zu verlieren. Sie begleitete mich bis heute wie ein dunkler Schatten. Denn innerhalb eines Wimpernschlags konnte eine Katastrophe über einem hereinbrechen – und man hatte nicht die geringste Kontrolle darüber. Das war eine der Wahrheiten des Lebens, die der Verstand nicht akzeptieren wollte.

Jakob hatte recht: Nele hatte das Mobbing für ihr Alter großartig gemeistert. Dass sie sich urplötzlich hätte umbringen wollen – ausgerechnet an dem Tag, an dem sie sich hilfesuchend an einen Lehrer gewandt hatte –, passte nicht zusammen.

Er blickte mich immer noch unverwandt an, und ich atmete tief durch.

»Sie wollte nicht springen«, sagte ich und nickte nachdrücklich. »Sie ist mutig und stark.«

Er hob die Hand und strich zärtlich eine verirrte Haarsträhne aus meinem Gesicht. »Genau wie ihre Mutter.«

In seiner Miene konnte ich keine Spur von Spott oder Ironie erkennen. Dabei kam ich mir nicht besonders mutig und stark vor. Seine Fingerspitzen, die meine Wange und mein Ohr gestreift hatten, hinterließen eine prickelnde Spur auf meiner Haut.

»Danke«, sagte ich mit heiserer Stimme und rückte ein wenig

von ihm ab. Sicher war sicher. Wenn mir Jakob noch länger so nah war, konnte ich für nichts garantieren. »Jetzt sollten wir uns aber wirklich um die Romantik kümmern!«

»Wie bitte?« Er deutete auf den Strand und das Meer. »Reicht dir das etwa nicht?«

»Es ist bezaubernd«, stimmte ich ihm schmunzelnd zu.

»Diese Art von Romantik verstehe sogar *ich*«, sagte er stolz.

»Wenn das Gegenteil der Fall gewesen wäre, hätten wir mit dem Unterricht gar nicht erst zu beginnen brauchen«, zog ich ihn auf. »Für die romantische Seite der Natur bist du also offen. Das ist gut.«

»Puh, ein Glück!« Er wischte sich mit dem Handrücken imaginäre Schweißtropfen von der Stirn. »Ich hatte schon Sorge, ich wäre ein hoffnungsloser Fall.«

In diesem Augenblick ertönte zwischen uns ein Knurren, das sogar das Branden der Wellen übertönte.

Jakob stutzte. »Was war das?«

»Ähm ...« Verlegen fasste ich mir an den Bauch. »Ich fürchte, das war ich. Seit dem Mittagessen habe ich nichts mehr gegessen, und mein Magen wartet sehnsüchtig auf das Gulasch deines Vaters.«

Er riss die Augen auf. »Das Knurren warst du? Ich dachte schon, hinter der Düne lauert uns ein tollwütiger Wolf auf.«

»Ha, ha.« Ich versetzte ihm einen freundschaftlichen Klaps.

Jakob legte den Kopf in den Nacken und lachte. Sein Anblick nahm mich gefangen. Wenn alle Ernsthaftigkeit und Zurückhaltung von ihm abfielen, war Jakob ein anderer Mensch. Es weckte den Wunsch in mir, ihn öfter zum Lachen zu bringen.

Schwungvoll sprang er auf, streckte mir die Hand hin und zog mich in die Höhe.

»Dann fahren wir lieber wieder zurück, bevor du dich vor Hunger an einem unschuldigen Eichhörnchen festbeißt.«

»Aber unser Unterricht …«, wollte ich einwenden.

»Den können wir auch nach dem Essen abhalten«, unterbrach er mich. »Mein Vater wartet ohnehin schon auf uns.«

Ich gab mich geschlagen. Doch da fiel mir noch etwas ein. »Einen Augenblick noch, ich bin gleich wieder zurück!«

Ich sauste zum Ufer, fischte kurz im kühlen Wasser herum und rannte wieder zurück. Jakob sah mich fragend an.

Ich hob eine kleine Muschel in die Höhe. »Zur Erinnerung.«

Er betrachtete abschätzig mein Fundstück. »Dafür ist sie aber ziemlich unscheinbar und winzig.«

Ich schloss die Faust um meine Minimuschel und presste sie an mein Herz. »Beleidige sie bitte nicht! Ich habe vor, sie in Ehren zu halten. Als wertvolles Andenken an meinen ersten Ausflug in den Darßer Urwald und an den Weststrand.«

Mit dir, fügte ich im Stillen hinzu. Denn auch das Zusammensein mit Jakob wollte ich in Erinnerung behalten.

Als hätte er meine Gedanken erraten, trat ein zärtlicher Ausdruck in seine Augen, und er überwand den Abstand zwischen uns, bis sich unsere Oberkörper fast berührten. »Ich nehme es zurück – es ist eine einzigartige Muschel.«

Ich sah zu ihm auf. »Danke, dass du mir das alles gezeigt hast. Ich verstehe, dass du dieses Fleckchen Erde liebst.«

Er nickte. »Dieser Wald ist ein Teil von mir. Doch es gibt noch viele andere Dinge, die es wert sind, geliebt zu werden …«

Eine Böe wehte eine Strähne vor meine Augen, aber ehe ich reagieren konnte, hatte Jakob schon die Hand gehoben und strich sie wieder hinter mein Ohr. Dieses Mal zog er seine Hand jedoch nicht zurück. Er ließ seine Finger durch mein Haar bis zu meinem Hinterkopf gleiten. Ich konnte ein wohliges Aufseufzen nicht unterdrücken. Das Knistern zwischen uns war fast greifbar. Nur noch verschwommen nahm ich das Meer, die tief stehende Sonne und den weißen Strand wahr. Meine Welt schien nur noch aus dem

Mann vor mir zu bestehen. Ich lehnte mich näher zu ihm, als … mein Magen erneut ein lautstarkes Knurren von sich gab.

Jakob zuckte mit einem amüsierten Lachen zurück. »Okay, ich habe die Warnung verstanden! Du brauchst sofort etwas zu essen.«

Verflixt! Zwar wusste ich nicht genau, was gerade um ein Haar zwischen uns geschehen wäre, dennoch machte sich Enttäuschung in mir breit. Ich verfluchte meinen unersättlichen Magen, der nur wegen ein paar Stunden ohne Nahrungszufuhr so einen Aufstand machte. Womöglich hatte er mich damit um einen wundervollen Kuss von Jakob in perfekter romantischer Kulisse gebracht – aber das würde ich wohl nie erfahren …

20. Kapitel

Wir mussten keine weite Strecke zurücklegen, aber die Abenddämmerung schien im Wald früher einzusetzen. Jedenfalls drang mittlerweile kaum noch Tageslicht durch das Blätterdach, und Schatten begannen durch das Unterholz zu kriechen. Auch die Geräuschkulisse hatte sich verändert. Das Vogelgezwitscher und das Brummen der Insekten waren nur noch vereinzelt zu hören, dafür hatte das Rascheln im Unterholz zugenommen, und es drangen seltsame Tierlaute an mein Ohr, die ich nicht auf Anhieb identifizieren konnte. Jakob versicherte mir jedoch, dass die hier lebenden Wildschweine genauso große Angst vor mir hätten wie ich vor ihnen. Das bezweifelte ich! Bestimmt saß gerade kein Wildschwein hinter einem Busch und malte sich besorgt aus, wie ich es angriff und ihm allein mit der Kraft meines Körpers sämtliche Knochen im Leib brach.

Als wir den Wald verließen und wohlbehalten das Forsthaus erreichten, atmete ich erleichtert auf. Die Strahlen der untergehenden Sonne tauchten das Anwesen in goldenes Licht. Neben Jakobs Wagen standen jetzt zwei weitere Autos, und fröhliches Stimmengewirr drang aus dem Garten.

»So viel zu unserem gemütlichen Abendessen zu dritt«, stöhnte Jakob. »Offenbar haben sich kurzfristig meine Schwester und mein Bruder eingeladen. Sie lassen sich nur selten das Gulasch meines Vaters entgehen.«

Er stieg ab und warf mir einen entschuldigenden Blick zu. »Tut mir leid! Ich habe dich ja vorgewarnt – bei uns ist immer etwas los.«

»Das stört mich nicht«, versicherte ich ihm, während wir die

Räder am Schuppen abstellten. »Ich bin in einem Hotel aufgewachsen und ständigen Trubel gewohnt. Das vermisse ich hier ein wenig. Ich finde es schön, dass du eine große Familie hast.«

»Das sagst du nur, weil du sie noch nicht kennst«, erwiderte er trocken.

Wir liefen nebeneinander zur Eingangstür, und ich spürte seine warme Hand an meinem Rücken. War es sehr bedenklich, dass ich jede seiner kleinen Berührungen so genoss?

Wir betraten das Haus. Der Boden im Flur war mit altem Backstein gefliest, und die Wände waren weiß getüncht. Direkt über unseren Köpfen prangte das stattliche Hirschgeweih, von dem Jakob erzählt hatte.

»Ich gebe zu, es ist etwas rustikal«, sagte er. »Hier unten ist noch fast alles so wie zu der Zeit, als mein Vater der Ranger von Liebwitz war. Damals hieß das natürlich noch Förster. Mit dem neuen Namen wollten sie dem Job wohl ein cooleres Image verleihen.«

Auf einer Holzkommode stand ein frischer Strauß Wiesenblumen, und an den Fenstern hingen weiß-rot karierte Vorhänge. »Ich finde es urig und gemütlich«, sagte ich lächelnd. »Es passt zu einem Haus am Wald.«

Er führte mich in die geräumige, gut ausgestattete Landhausküche, wo Ludwig gerade am Herd stand. Es roch herrlich nach gebratenem Fleisch, Zwiebeln, Paprika und Gewürzen. Als er uns entdeckte, legte er den Kochlöffel beiseite und eilte auf mich zu. Da er heute eine rote Kochschürze trug, erinnerte er mich umso mehr an den Weihnachtsmann.

»Eva, schön, dass du hier bist!«, sagte er und schloss mich in die Arme. Sein Rauschebart kitzelte an meinem Hals. »Willkommen im Hause Thiel.«

Gerührt erwiderte ich seine herzliche Umarmung. »Vielen Dank für die Einladung! Das Gulasch riecht herrlich.«

»Hoffentlich können wir bald essen«, bemerkte Jakob und

lehnte sich an die Anrichte. »Evas Magen hat auf dem Rückweg so laut geknurrt, dass sie die Vögel beim Brüten gestört hat.«

»Ich hoffe, mein Sohn hat dich nicht wegen des Verstoßes gegen das Naturschutzgesetz verwarnt?«, fragte Ludwig besorgt.

Ich lachte. »Nein, ich bin wohl noch mit einem blauen Auge davongekommen.«

»Das Essen ist gleich fertig. Ich schmecke nur noch ein letztes Mal ab.«

Geschäftig nahm er noch ein paar Gewürze vom Regal. So routiniert, wie er arbeitete, hielt er in der Küche das Zepter fest in der Hand.

»Die anderen sind schon draußen auf der Terrasse«, informierte er uns. »Und bevor du dich beschwerst, Jakob: Ich habe getan, was in meiner Macht stand, damit wir ein ruhiges Abendessen haben. Deshalb sind auch nur Annelie und Stefan mit den Zwillingen hier. Um ein Haar wäre die gesamte Mannschaft gekommen. Sie wollten alle Eva kennenlernen.«

»Mich?«, entfuhr es mir überrascht. Ich blickte von Ludwig zu Jakob, der sich mit gequälter Miene über das Gesicht rieb.

»Natürlich! Alle sind neugierig auf die Frau, die unseren brummigen Einsiedler aus seinem Schneckenhaus gelockt hat«, erklärte Ludwig. »Vor ein paar Tagen ist Jakob sogar lächelnd von der Arbeit nach Hause gekommen. Ich hab mich richtig erschreckt und dachte schon, er sei krank.«

Ich biss mir auf die Unterlippe, aber ich konnte mir ein Grinsen nicht verkneifen. »Ach ja?«, fragte ich an Jakob gewandt.

»Ich war dehydriert und wusste nicht mehr, was ich tat«, behauptete er.

Ich tätschelte seinen Arm. »Sicher doch.«

Er räusperte sich. »Lass uns nach draußen zu den anderen gehen!«

Offenbar suchte er sein Heil in der Flucht. Mir würde es wahrscheinlich nicht anders ergehen, wenn ich ihm meine Familie vorstellte. Mona wäre von Jakob begeistert und würde ihm brühwarm die Top Ten der peinlichsten Geschichten meines Lebens erzählen. Ein Besuch bei meinen Eltern auf Teneriffa wäre weitaus schwieriger zu organisieren. Vor allem, da sie mich immer noch nicht sehen wollten …

Ich verdrängte hastig diesen schmerzhaften Gedanken, als ich an Jakobs Seite auf die Terrasse trat. Am Tisch saßen zwei aufgeweckte rothaarige Kinder im Alter von etwa sechs Jahren, die eindeutig keine eineiigen Zwillinge waren, da es sich um einen Jungen und ein Mädchen handelte. Sie spielten gerade UNO mit zwei Erwachsenen, die sofort aufblickten und mich unverhohlen neugierig musterten.

»Tut mir leid«, raunte Jakob mir zu.

»Schon gut!« Ich drückte flüchtig seine Hand, aber als ich sie wieder zurückziehen wollte, hielt er sie einfach fest und verschränkte unsere Finger ineinander. Das zauberte mir unweigerlich ein strahlendes Lächeln ins Gesicht. Jakobs Geschwister mussten denken, dass ich mich über die Maßen freute, sie kennenzulernen.

Die Kinder rannten auf uns zu. »Onkel Ja«, jubelten sie und ließen sich von ihm die Haare verwuscheln.

Er schien bei den Kids tatsächlich sehr beliebt zu sein. Ich blickte ihn fragend an. »Onkel Ja?«

»Den Spitznamen habe ich *nicht*, weil ich so nachgiebig bin«, stellte er sofort richtig. »Sie hatten als Kleinkinder nur Probleme, Jakob richtig auszusprechen.«

»Von wegen …«, murmelte seine Schwester grinsend.

Interessant! Hier lernte ich ganz neue Seiten von Jakob kennen.

Sein Bruder erhob sich. Er war außergewöhnlich groß, stämmig, hatte breite Schultern und einen Vollbart. Eine höchst beeindruckende Erscheinung. Nur seine blauen Augen erinnerten an Jakob.

»Unser Waldschrat ist endlich da!«, tönte er augenzwinkernd. Er streckte mir mit einem breiten Grinsen die Hand hin. »Mit einer bezaubernden Waldfee an seiner Seite. Sehr erfreut, dich kennenzulernen, Eva. Ich bin Stefan, Jakobs Lieblingsbruder.«

»Das stimmt leider«, gab er zu. »Er ist noch der Erträglichste von allen. Und du wirst garantiert nicht erraten, was er von Beruf ist!«

Meine Hand verschwand fast vollständig in Stefans Pranke, und ich musste den Kopf in den Nacken legen, um zu ihm aufzusehen. »Holzfäller«, entfuhr es mir reflexartig.

Alle lachten.

»Ich bin Musiklehrer.« Stefan hob seine Hände und wackelte demonstrativ mit den Fingern. »Hier drin steckt Magie. Ich entlocke dem Klavier die schönsten Melodien.«

Ich war beeindruckt. Darauf wäre ich nie und nimmer gekommen. »Das ist bestimmt ein sehr erfüllender Beruf.«

»Und das hier …« Stefan zog die beiden Kids an ihren T-Shirts von Jakob weg und nahm sie rechts und links von sich in den Arm. »… sind unsere Nachzügler Jonas und Jana.« Er drückte beiden einen feuchten Kuss auf die Wange, was die Zwillinge zu lautstarkem Protest und Ekelbekundungen veranlasste. »Meine Frau Doreen und unseren Ältesten musste ich daheimlassen, weil unser Vater auf einer kleinen Runde bestanden hat.«

Nun stand auch Jakobs Schwester auf und kam auf mich zu. Sie hatte meine Größe, schulterlange blonde Haare, ausgeprägte weibliche Rundungen und ein sympathisches Lächeln. Sie hielt sich jedoch nicht damit auf, mir die Hand zu geben, sondern fiel mir um den Hals und drückte mich an sich.

»Danke!«, sagte sie inbrünstig. »Danke, Danke, Danke.«

Ich schaute hilfesuchend zu Jakob, der jedoch mit den Schultern zuckte.

Sie machte sich von mir los und hielt mich an den Schultern fest.

»Danke, dass ihr nach Liebwitz gezogen seid, Eva! Das hat mein Leben so viel schöner gemacht. Ich bin Annelie, Tines Mutter.«

Ich grinste. Nun konnte ich ihre überschwängliche Begrüßung nachvollziehen. »Oh, das freut mich! Du kannst dir gar nicht vorstellen, wie froh ich bin, dass Nele und Tine sich gefunden haben.«

»Oh, doch, das kann ich!« Sie nickte nachdrücklich. »Tine hat mir andauernd die Ohren vollgeheult, dass die Insel sterbenslangweilig sei und kein Mensch sie hier verstehen würde. Seit Nele in ihr Leben getreten ist, habe ich keine Beschwerde mehr gehört. Meine Tochter ist wie ausgewechselt.«

»Meine auch. Man kann ja viel gegen koreanische Pop-Bands sagen, aber in diesem Fall waren sie immerhin der Grundstein für eine innige Freundschaft.«

Annelie neigte sich vertraulich zu mir. »Also ich finde manche der Songs gar nicht so schlecht. Aber mein Mann, der gerade daheim die Stellung hält, kriegt bestimmt die Krise, wenn die beiden wieder stundenlang BTS hören.«

In diesem Augenblick trat Ludwig mit einem großen Topf auf die Terrasse und verkündete: »Essen ist fertig!«

Wir halfen ihm, den Tisch zu decken, und machten uns heißhungrig über das Gulasch mit Nudeln her. So wie alle zulangten, war ich wohl nicht die Einzige, die kurz vor dem Verhungern war.

Nachdem ich zwei Teller verputzt hatte, lehnte ich mich erschöpft, aber glücklich zurück.

»Willst du noch?«, bot Ludwig mir einen Nachschlag an.

Ich winkte erschöpft ab. »Nein, vielen Dank! Sonst platze ich. Das war wahrscheinlich das beste Gulasch, das ich je gegessen habe.«

Er lächelte zufrieden. »Das höre ich gern.«

Während des Essens hatte die Familie hauptsächlich über aktuelle Themen gesprochen – zum Beispiel ging im Dorf das Gerücht um, dass Dirk Jansen das Intervallfasten wegen Erfolglosigkeit aufgegeben hatte und er von seiner Frau jetzt auf eine Kohlsuppendiät gesetzt worden war. Außerdem hatte sich gestern das betagte Ehepaar Else und Heinz Jahnke wohl so lautstark gestritten, dass Passanten die Polizei alarmiert hatten. Anscheinend hatte Heinz versehentlich eine Krupeiche angesägt, die Else sehr am Herzen lag. Obwohl ich sie bei der Eröffnung des Cafés erlebt hatte, hätte ich niemals erwartet, dass sich das älteste Ehepaar Deutschlands derart leidenschaftlich zoffte. Außerdem hatte ich nicht die geringste Ahnung, was eine Krupeiche war.

Nun klatschte Stefan vergnügt in die Hände. »Jetzt kommt der unterhaltsame Teil des Abends! Eva, bist du bereit, in Jakobs dunkle Geheimnisse eingeweiht zu werden?«

Jakob, der gerade an seinem Wein nippen wollte, hielt mitten in der Bewegung inne. »Ach, Stefan, nein!«, stöhnte er.

»Wieso? Das wird lustig«, entgegnete sein Bruder. »Mit welcher Peinlichkeit fangen wir an? Mit der Geschichte, als du dich für Spider-Man gehalten hast?«

»Die kenne ich schon«, sagte ich schmunzelnd.

Ich warf Jakob einen mitfühlenden Blick zu. Er sah alles andere als glücklich aus. Für jemanden, der so ruhig und zurückhaltend war wie er, kam eine geballte Ladung peinlicher Kindheitsgeschichten wohl einem Gang über glühend heiße Kohlen gleich.

»Vielleicht ein andermal?«, schlug ich deshalb vor. »Eigentlich waren Jakob und ich nämlich verabredet, um …« Ich stockte und suchte nach einer unverfänglichen Beschreibung für unseren Romantikunterricht. »… über eine berufliche Fortbildung zu sprechen.«

Ich wollte seinem Bruder schließlich nicht noch mehr Stoff für hämische Kommentare liefern.

»Genau!«, stimmte Jakob mir sichtlich erleichtert zu. Er erhob sich umgehend. »Entschuldigt ihr uns bitte? Wir gehen hoch zu mir, damit wir in Ruhe reden können.«

Ich wollte ebenfalls aufstehen, doch dann fiel mein Blick auf die leeren Teller. »Sollen wir noch abräumen?«

Annelie winkte ab. »Keine Sorge, das übernehmen wir! Das ist das Mindeste, nachdem wir uns heute einfach zu eurem gemeinsamen Essen eingeladen haben. Nicht wahr, Stefan?« Sie schaute mit strenger Miene zu ihrem Bruder, wohl um ihn auch daran zu erinnern, dass er sich benehmen solle.

Er schien den Wink zu verstehen. »Ähm, ja, klar!«, versicherte er mir. »Das übernehmen wir gern.«

Ich sah von ihm zu Annelie. »Es hat mich wirklich gefreut, euch kennenzulernen!«, sagte ich lächelnd.

Ich kam nicht dazu, weitere Höflichkeiten auszutauschen, denn Jakob zog mich einfach an der Hand mit sich ins Haus.

Sein Bruder konnte sich einen letzten Kommentar nicht verkneifen. »Viel Spaß bei eurer *Fortbildung!*«, rief er uns in amüsiertem Tonfall hinterher.

Er glaubte anscheinend, dass wir in Wahrheit etwas anderes im Sinn hatten, als zu reden. Wäre meine Schwester Mona dabei gewesen, hätte sie jetzt bestimmt kichernd von dem Kondom aus dem Überlebenskit erzählt. Allerdings war ich mir nach wie vor sicher, dass nichts dergleichen passieren würde.

Dennoch schlug mein Herz mit jeder Stufe, die ich Jakob nach oben in seine Wohnung folgte, schneller, und Aufregung breitete sich wie prickelnde Brause in meinem Körper aus.

21. Kapitel

Der erste Stock des Hauses war Jakobs persönliches Reich, das er allein bewohnte. Das merkte man auch sofort am Einrichtungsstil: Hier gab es moderne Elemente, klare Kanten und dunklere Farben. Aber es gefiel mir und passte zu Jakob. Die Fotografien an den Wänden fesselten sofort meine Aufmerksamkeit, und mir fielen wieder die Reisen ein, von denen er erzählt hatte. Nun mit eigenen Augen zu sehen, wo er schon überall gewesen war, beeindruckte mich.

Ich deutete auf eine stimmungsvolle Dünenlandschaft. »Du warst sogar in einer Wüste?«

»In der westlichen Sahara. Es war überwältigend – allerdings auch kein Ort, an dem ich mich für längere Zeit hätte aufhalten wollen.«

»Das kann ich mir vorstellen.« Ich schritt die Bilder ab und konnte mir ein sehnsüchtiges Seufzen nicht verkneifen.

»Hab ich da gerade Fernweh herausgehört?«, fragte er schmunzelnd.

»Wenn man ein Hotel leiten muss, kommt man nicht viel herum«, erklärte ich. »Meine Eltern hatten nur in der Nebensaison die Möglichkeit zu verreisen, aber da hatten Mona und ich Schule. Deshalb habe ich als Kind nicht viel von der Welt zu sehen bekommen. Als Hotelchefin habe ich immerhin durchgesetzt, dass ich in Neles Sommerferien zwei Wochen frei hatte. Meine Eltern flogen dann aus Teneriffa her, um in meiner Abwesenheit das Hotel zu leiten. Doch ich musste in der Nähe bleiben, um im Notfall schnell zurückreisen zu können. Bei einem Hotel ist man immer auf Abruf: Eine plötzliche Krankheitswelle unter dem Personal oder unerwartet viele Gäste – und schon geht es drunter und drüber. Deshalb sind wir immer nur an die Ostsee gefahren.«

»Das ›nur‹ habe ich jetzt überhört«, brummte Jakob.

»So war das auch nicht gemeint«, sagte ich grinsend. »Es hat uns hier immer sehr gut gefallen. Aber ich bin nun mal nicht viel herumgekommen.«

Ich blieb vor einem Foto stehen, das ein typisches Pariser Straßencafé zeigte, in dem die Leute ihr Croissant in den Kaffee tunkten, mit den Händen gestikulierten oder Zeitung lasen. Im Vordergrund fuhr ein Radfahrer mit einem Baguette unter dem Arm aus dem Bild, und eine hübsche Frau in einem eleganten Kostüm stöckelte vorbei. Ich hatte fast das Gefühl, das melodiöse französische Stimmengewirr zu hören und den aromatischen Duft des Kaffees zu riechen.

»Du hast ein Talent, Stimmungen zu erfassen«, lobte ich ihn.

»Vielen Dank.«

Ich drehte mich zu ihm um. Sofort wurde ich von seinen Augen gefangen genommen, die aufmerksam auf mich gerichtet waren. »Gehst du jetzt auch noch auf Reisen?«

»Selten.« Er steckte die Hände in die Hosentaschen und hob die Schultern. »Alles, was ich mir anschauen wollte, habe ich schon gesehen. Und hier ist es einfach am schönsten. Du konntest dich heute am Weststrand selbst davon überzeugen.«

»Das stimmt.«

Ich wandte mich wieder der Fotografie zu. In meinem Herzen regte sich ein sehnsüchtiges Ziehen. »Ich war noch nie in Paris«, murmelte ich versonnen.

Jakob blickte über meine Schulter auf das Bild. Ich spürte seinen warmen Atem in meinem Nacken, und erneut regte sich in mir ein sehnsüchtiges Ziehen. Dieses Mal war es allerdings körperlicher Natur und weckte das Verlangen in mir, mich zu ihm umzudrehen, meine Finger durch sein Haar gleiten zu lassen und ihn zu küssen.

»Was hält dich ab?«, raunte er mir ins Ohr.

Für einen irrwitzigen Moment glaubte ich, er sprach von dem Kuss, den ich mir gerade ausgemalt hatte, doch dann rief ich mir wieder das Thema unseres Gesprächs ins Gedächtnis.

»Du hast kein großes Hotel mehr, für das du die Verantwortung trägst«, fuhr er fort. »Außerdem ist Paris wirklich nicht weit. Du könntest das Café für zwei, drei Tage schließen oder Peggy die Verantwortung übertragen. So kompetent, wie sie ist, rockt sie den Laden auch allein.«

Er hatte völlig recht. Wieso war mir das nicht eher aufgefallen? Ich war von den dramatischen Ereignissen innerlich so gelähmt gewesen, dass mir bisher nie in den Sinn gekommen war, dass es daran auch positive Seiten gab. Strahlend wandte ich mich zu Jakob um, der immer noch direkt hinter mir stand. Plötzlich waren unsere Gesichter nur noch Zentimeter voneinander entfernt. Zitternd atmete ich ein. Ein Muskel in seinem Kiefer zuckte, als meine Brust seinen Oberkörper berührte.

»Wenn du möchtest, begleite ich dich und zeige dir ein bisschen die Stadt.«

Ich nickte wie hypnotisiert. »Das wäre schön.«

Erst mit einiger Verzögerung erreichte mein Gehirn die Information, dass er mir gerade vorgeschlagen hatte, mit ihm gemeinsam in Urlaub zu fahren – nach Paris, in die Stadt der Liebe.

Das schien auch Jakob aufzufallen. Er unterbrach unseren Blickkontakt und trat ruckartig von mir zurück. »Also rein freundschaftlich«, ergänzte er kühl. »Natürlich mit getrennten Zimmern.«

Ich schluckte schwer. Dass er mich daran erinnerte, welcher Art unsere Beziehung war, hatte ich anscheinend dringend nötig. Wir waren Freunde, nicht mehr! Die Anziehung, die ich zwischen uns zu spüren glaubte, kam wohl allein von meiner Seite.

Er wandte sich ab, öffnete die Balkontür und trat nach draußen. »Die Temperaturen sind noch angenehm. Wir können uns für den Romantikunterricht raussetzen. Willst du noch einen Schluck Wein?«

»Ja, bitte«, krächzte ich. Wein konnte ich jetzt gut gebrauchen.

Jakob verschwand, und ich trat nach draußen auf die Loggia. Dunkelheit hatte sich inzwischen um das Haus gelegt, sodass ich von der Umgebung kaum etwas erkennen konnte. Nur die Wipfel des Waldes zeichneten sich dunkler vom Nachthimmel ab.

Ich ließ mich in einen Hängesessel neben der Sitzgruppe aus Rattan fallen, zog die Beine an und ließ mich sanft hin und her schwingen. Bis Jakob zurückkam, musste ich mich wieder gesammelt haben! Ich hatte mich von Peggy, Mona und den anderen dazu anstacheln lassen, zu viel in sein Verhalten hineinzuinterpretieren. Und den Fast-Kuss am Weststrand hatte ich mir offensichtlich auch nur eingebildet. Fakt blieb jedoch: Jakob konnte nichts dafür, dass ich mich in etwas verrannt hatte. Es war an der Zeit, dass mein Verstand wieder die Führung übernahm und ich mich nicht von meinen Hormonen fremdsteuern ließ! Bei meinem Telefonat mit Mona hatte ich selbst festgestellt, dass ich noch nicht bereit für etwas Neues war und erst die Scheidung hinter mich bringen musste. Davon abgesehen hatte ein männlicher Freund in meinem Leben etwas durchaus Positives. Irgendwie würde ich meine Gefühle schon wieder in den Griff kriegen! Zum Glück war ich eine wahre Meisterin im Verdrängen, und das unangenehme Stechen in meiner Herzgegend konnte ich sicherlich ausblenden. Außer natürlich es waren die Vorboten eines Herzinfarkts …

Jetzt musste ich mich ohnehin auf unseren Unterricht konzentrieren! Zu etwas Subjektivem wie Romantik eine allgemeingültige Aussage zu treffen, die Jakob für alle Typen von Hochzeitspaaren anwenden konnte, schien mir ein Ding der Unmöglichkeit zu sein.

In diesem Augenblick kam er auch schon mit den Weingläsern

zurück. Er blieb abrupt stehen und schnappte nach Luft. »Also, das geht jetzt echt nicht!«

»Was denn?«, fragte ich ahnungslos.

»Den Hängesessel habe ich mir erst vor Kurzem gekauft«, stieß er entrüstet aus. »Das ist *mein* Platz!«

Ich konnte mir ein Grinsen nicht verkneifen. »Ich habe keine Reservierung mit deinem Namen drauf gesehen«, entgegnete ich schulterzuckend. »Als Deutscher hättest du mindestens dein Handtuch hinterlassen müssen, um die Besitzverhältnisse deutlich zu machen.«

»Ganz schön frech.« Er kniff die Augen zusammen, doch um seine Mundwinkel zuckte ein Lächeln. »Aber als guter Gastgeber trete ich dir die Nutzungsrechte ausnahmsweise für einen Abend ab.«

Er reichte mir das Weinglas und setzte sich. »Ich wollte mich noch bei dir bedanken, dass du mir vorhin geholfen hast, meinen aufdringlichen Bruder auszubremsen.«

»Schon okay.« Ich trank einen Schluck. »Wir kennen uns schließlich noch nicht lange, und du wolltest bestimmt nicht, dass ich deine peinlichen Kindheitsgeschichten höre.«

Abrupt sah er auf. »Du denkst, das war der Grund?«

Er zog eine Grimasse. »Zugegeben, ich finde es nicht besonders prickelnd, wenn die Geschichte erzählt wird, wie ich mir als Zweijähriger beim Toilettentraining meinen vollen Pipipott über den Kopf geleert habe. Aber eigentlich ging es mir um etwas anderes.«

Mein Hirn blieb kurz an dem amüsanten Bild von Klein-Jakob und dem Pipipott auf dem Kopf hängen, ehe ich ihn fragend ansah. »Nämlich?«

»Ich wollte nicht den Abend mit meinen Geschwistern verbringen«, antwortete er freiheraus. »Immerhin hatten sie sich schon zu unserem Essen eingeladen. Aber eigentlich haben wir beide eine Verabredung. Allein, ohne Familie.«

Ich musste mich selbst ermahnen, nicht schon wieder zu viel in seine Aussagen hineinzuinterpretieren. Sonst hätte ich vermutlich geglaubt, es wäre ihm wichtig, Zeit mit mir zu verbringen. Aber wahrscheinlich ging es ihm in erster Linie um unseren Deal.

Ich räusperte mich. »Gut, dann fangen wir mal mit dem Unterricht an!«

»Einen Moment!« Er zündete eine Kerze an, die auf dem Tisch stand. Ihr tanzendes Licht erhellte unsere Gesichter. »Das ist die richtige Stimmung für den Romantikunterricht, oder?«

»Sehr gut«, lobte ich ihn. »Ich sehe, Sie sind gut vorbereitet, Herr Thiel!«

Ich konnte nur hoffen, dass das Kerzenlicht mir ebenso schmeichelte wie ihm. Es nahm seinen kantigen männlichen Zügen die Härte, und seine von der Sonne gebräunte Haut bekam einen warmen Unterton.

Er lehnte sich zurück. »Ich bin ganz Ohr, Frau Lehrerin!«

Ich holte tief Luft. »In unserer Gesellschaft gibt es viele Dinge, die gemeinhin als romantisch gelten. Ein Strauß Rosen, Sonnenuntergänge, ein Candle-Light-Dinner, ein Heiratsantrag auf dem Eiffelturm«, zählte ich auf. »Aber das ist eher etwas wie …«, auf der Suche nach dem richtigen Wort wedelte ich mit der Hand in der Luft herum, »… genormte Romantik. Damit kann man nicht viel falsch machen, aber es sind eben auch Klischees. Sozusagen eine Bedienungsanleitung für Einfallslose und Unkreative.«

»Also für Männer«, warf er trocken ein. »Wir verstehen zwar die Sprache der Romantik nicht, aber die Frauen haben uns ein paar einzelne Wörter beigebracht, die wir jetzt immer wieder stur anwenden.«

Ich lachte. Sein Vergleich mit der Fremdsprache traf es ziemlich gut. »Genau! Die Romantik, die Frauen sehnsüchtig aufseufzen lässt, ist jedoch meist anderer Natur«, fuhr ich fort. »Und in der Realität nur schwer umzusetzen. Deshalb ist sie wohl fast nur in Romanen und Filmen zu finden. Natürlich existiert sie auch im echten Leben, aber man kann sie nicht mit Gewalt herbeizaubern. Sie ergibt sich aus dem Moment. Jedenfalls meiner Meinung nach – das ist natürlich alles rein subjektiv.«

»Ich fühle mich, als würde ich gleich in das größte Geheimnis der Menschheit eingeweiht werden …«

»Ich fürchte, du wirst enttäuscht sein, denn so spektakulär ist es nicht.« Ich hob entschuldigend die Schultern. »Wir Frauen finden es romantisch, wenn uns die Liebe Dinge tun lässt, die absolut gegen jede Vernunft sind. Wenn die Liebenden alles aufs Spiel setzen – ihre Zukunft, ihre Sicherheit, ihr Leben –, um mit dem Menschen vereint zu sein, dem ihr Herz gehört. Denn ohne diesen einen Menschen wäre alles andere für sie sinn- und wertlos. Es ist romantisch, wenn man bereit ist, sich für diese Person selbst in die aussichtslosesten Kämpfe zu stürzen.«

»Also, wenn die Liebe die Vernunft wie einen Preisboxer k. o. schlägt, dann ist es für Frauen Romantik«, fasste er zusammen.

Ich wiegte den Kopf hin und her. »So in der Art. Du kennst sicherlich das Gedicht von Erich Fried? *Es ist, was es ist, sagt die Liebe.* Das bringt es ganz gut auf den Punkt.«

Vielleicht loderte deshalb die Sehnsucht nach Romantik auch heute noch so stark in unseren Herzen: Sie widersprach in ganz wundervoller Weise unserer rationalen, wissenschaftlich geprägten und gewinnorientierten Welt.

»Dieses Gedicht könntest du beispielsweise bei Paaren zitieren, die dir allzu unterschiedlich erscheinen«, schlug ich vor. »Man kann seinen persönlichen Eindruck nämlich auch auf positive Weise äußern, ohne die Leute gleich vor den Kopf zu stoßen.«

»Moment, ich mache mir eine Notiz!« Er zog sein Handy hervor.

Ich nippte nachdenklich an meinem Wein. »Ansonsten wäre es sinnvoll, wenn wir in deinem Gehirn ein paar Positivbeispiele für die große Liebe verankern – falls du mal wieder bei einer Trauung versehentlich improvisierst.«

Er stutzte. »Wie soll das funktionieren?«

»Als Standesbeamter brauchst du mehr von der ›genormten Romantik‹. Deshalb habe ich eine Hausaufgabe für dich!« Ich setzte mich auf und befahl mit ausgestrecktem Zeigefinger: »Mitschreiben! Die erste Aufgabe besteht darin, dass du dir ein paar bekannte Liebesfilme anschaust, damit du weißt, was der breiten Masse in romantischer Hinsicht gefällt.«

»Liebesfilme?« Jakob machte ein Gesicht, als würde ich von ihm verlangen, sich von einer Harpune aufspießen zu lassen.

»Muss das sein?«, fragte er ganz im Tonfall eines gequälten Schülers.

Ich nickte und diktierte ihm ein paar Filme, die mir spontan in den Sinn kamen. »Besonderen Wert lege ich auf *Stolz und Vorurteil* nach dem Roman von Jane Austen.« Ich kniff die Augen zusammen. »Wenn du dich darüber abfällig äußerst, sind wir geschiedene Leute.«

»Danke für die Warnung.« Er seufzte ergeben. »Und worin besteht der zweite Teil meiner Hausaufgaben?«

»Damit du aufhörst, von Prinz Charles und Lady Di oder dem Tod von Romeo und Julia zu reden, hätte ich von dir gern eine Sammlung von berühmten glücklichen Ehepaaren.«

Er ächzte. »Die gibt's?«

Ich blickte ihn tadelnd an. »Die gibt es sehr wohl! Da wären zum Beispiel Adam und Eva, Queen Elizabeth und Prince Philip, Barack und Michelle Obama, Steffi Graf und Andre Agassi und … Barbie und Ken.«

Mist! Mir war spontan kein glückliches Paar mehr eingefallen.

»Die sind perfekt«, verkündete Jakob jedoch. »Barbie und Ken nehme ich in Zukunft für meine Reden. Da muss ich vor der Trauung auch nicht noch schnell googeln, ob sie überhaupt noch ein Paar sind«, bemerkte er mit einer Stimme, die vor Sarkasmus triefte.

»Deine negative Haltung treibt mich noch zur Verzweiflung!« Ich rang die Hände. »Außerdem lebst du mit dem ältesten Ehepaar Deutschlands in einem Dorf. Die beiden könntest du auch als Positivbeispiel anführen.«

Er warf mir einen skeptischen Seitenblick zu. »Du hast Else und Heinz schon kennengelernt, oder? Soll ich diese zwei Streithähne etwa als Vorbild verkaufen?«, fragte er gereizt. »So eine Ehe will doch niemand führen. Für mich sind die zwei eher ein Beispiel dafür, wieso ich Single bleiben möchte.«

Okay, da war er wieder: Griesgram-Jakob! Und ich hatte schon geglaubt, wir hätten diese Phase hinter uns gelassen. Es musste wohl am Thema liegen …

»Zum einen kennen die meisten Brautpaare die Jahnkes nicht persönlich«, wies ich ihn scharf zurecht. »Und zum anderen solltest du mal von deinem hohen Ross runterkommen. Du bist nicht allwissend, und niemand hat dich zum Richter ernannt, der über fremde Beziehungen urteilen darf. Ob eine Ehe funktioniert, können nur die zwei Personen abschätzen, um die es dabei geht. Liebe hat viele Gesichter.« Ich hatte mich richtig in Rage geredet. Entschlossen stand ich auf, stellte mich vor Jakob und stemmte die Hände in die Taille. »Standesbeamter hin oder her – du hast nicht das Recht, dich da einzumischen. Vor allem, wenn du mit deiner Einschätzung durchaus falschliegen kannst. Die Jahnkes zum Beispiel sind schon über fünfundsiebzig Jahre verheiratet. Auf ihre spezielle Art scheint ihre Ehe zu funktionieren. Also sei endlich mal etwas toleranter!«

Es war nicht überraschend, dass Jakob über meine verbale Attacke wenig erfreut schien. Die Wärme aus seinen Augen war verschwunden, seine Stirn lag in tiefen Falten, und seine Lippen waren zu einer dünnen Linie zusammengepresst. Womöglich war ich übers Ziel hinausgeschossen und eine Spur zu offen und direkt gewesen … Aber jetzt gab es kein Zurück mehr, im Gegenteil. Um der Wurzel allen Übels auf den Grund zu kommen, musste ich mich noch einen weiteren Schritt vorwagen.

Ich setzte mich neben ihn und legte ihm sanft die Hand auf den Unterarm. »Jakob, was ist passiert, dass du Beziehungen so negativ siehst?«

Mit klopfendem Herzen sah ich ihn an. Die Kerze flackerte, und unruhige Schatten tanzten über Jakobs Gesicht. Das Schweigen zwischen uns schien sich endlos auszudehnen. Schließlich pflückte er meine Hand von seinem Arm. Allerdings nicht, um mich von sich zu schieben, sondern um sie in seiner zu halten.

Er räusperte sich. »Zwei Mal dachte ich, die Partnerin fürs Leben gefunden zu haben«, erzählte er. »Zwei Mal habe ich den Verlobungsring am Ende wieder zurückerhalten.«

So viel wusste ich bereits. Ich nickte wortlos und wartete geduldig, bis er weitersprach.

»Beim ersten Mal war ich recht jung, Anfang zwanzig. Sie hieß Smilla, kam aus Dänemark und war das Au-pair unserer Nachbarn. Wir haben uns Hals über Kopf ineinander verliebt.«

Ich musste lächeln. Die erste große Liebe war immer so gewaltig, intensiv und berauschend. Auch wenn es meist leider kein Happy End gab, vergaß man sie dennoch nie.

»Als sich Smillas Auslandsjahr dem Ende zuneigte, waren wir uns sicher, dass wir eine Trennung nicht überleben würden. Also habe ich ihr einen Antrag gemacht – und Smilla hat angenommen.« Er seufzte. »Aber als ihre Eltern von unserer Verlobung erfuhren, haben sie sich sofort auf den Weg nach Deutschland gemacht, um ihre Tochter wieder zur Vernunft zu bringen.«

»Sie fanden eure Hochzeitspläne nicht gut?«, tippte ich.

Er lachte trocken. »Nein, natürlich nicht. Sie haben Smilla klargemacht, dass sie mit zwanzig eine so weitreichende Entscheidung noch nicht fällen könne. Außerdem hatten wir beide noch keine Berufsausbildung, kein Geld, keine eigene Wohnung, und Smilla hätte weit entfernt von ihren Familien und Freunden leben müssen.«

Ich biss mir bedauernd auf die Unterlippe. »Das klingt nach fundierten Argumenten.«

Er zuckte mit den Schultern. »Das wussten wir alles schon vorher. In unserem jugendlichen Übermut waren wir uns allerdings sicher, gemeinsam alles schaffen und jedes Hindernis überwinden zu können.«

Das war das Schöne am Jungsein. Man dachte, einfach allem gewachsen zu sein. Ich wollte mir jedoch nicht anmaßen, über die Beziehung von Smilla und Jakob zu urteilen. Auch wenn die beiden erst zwanzig gewesen waren, hätte das nicht gleichzeitig bedeutet, dass eine Ehe zum Scheitern verurteilt gewesen wäre. Ob alt oder jung, reich oder arm – es gab nie eine Garantie. Es hing von vielen Faktoren ab, ob eine Beziehung funktionierte. Und das Alter war dabei sicher weniger ausschlaggebend, als viele glaubten.

»Was Smilla schließlich umgestimmt hat, war etwas anderes«, sagte er mit gepresster Stimme. »Ihre Eltern haben sie daran erinnert, wie sehr sie Kinder liebt.«

Mit gerunzelter Stirn versuchte ich, den Sinn hinter seiner Aussage zu entdecken, aber es gelang mir nicht. »Ich fürchte, ich versteh nicht ganz …«

Jakobs Miene blieb regungslos. Ruckartig erhob er sich, stützte sich am Balkongeländer ab und starrte in die Dunkelheit.

»Als Kind bin ich schwer an Mumps erkrankt«, erklärte er. »Meine Mutter war leider nicht nur Mikrowellen gegenüber skeptisch eingestellt, sondern auch Impfungen. Ich liebe und vermisse sie, aber in diesem Punkt fällt es mir bis heute schwer, ihre Entscheidung gutzuheißen.«

Mich überkam eine ungute Vorahnung. Ich hatte schon mal

davon gehört, dass man bei schweren Verläufen von Mumps zeugungsunfähig werden konnte.

»Du kannst keine Kinder bekommen?«, fragte ich vorsichtig.

Er nickte knapp, ohne sich zu mir umzudrehen. »Deshalb hat Smilla mich verlassen.« Er seufzte. »Und die Auflösung meiner zweiten Verlobung viele Jahre später hatte auch damit zu tun.«

Betroffenheit machte sich in mir breit, gefolgt von tiefem Mitgefühl. Damit hatte ich absolut nicht gerechnet. Wenn es um Unfruchtbarkeit ging, hatte ich bisher immer an das Schicksal der betroffenen Frauen gedacht. Dass auch Männer unter dieser Diagnose zu leiden hatten und es ihr ganzes Leben negativ beeinflussen konnte, hatte ich verdrängt. Aber Jakob war ein Mann, der es wert war, geliebt zu werden – ganz egal, ob zeugungsfähig oder nicht! Am liebsten hätte ich ihn in den Arm genommen, aber ich wusste nicht, ob er das zulassen würde.

Da ich immer noch nichts gesagt hatte, wandte er sich mit steifen Schultern zu mir um. Etwas blitzte in seinen Augen auf, das ich noch nie bei ihm gesehen hatte: Unsicherheit. Plötzlich wurde mir klar, dass er diese Geschichte noch nicht oft erzählt hatte. Das war nichts, mit dem ein Mann wie Jakob hausieren ging. Dass er mir so viel Vertrauen entgegenbrachte, gab mir den Mut, zu ihm zu gehen. Ich löste seine verkrampfte Hand vom Balkongeländer und sah ihm in die Augen.

»Das muss schwer für dich gewesen sein«, sagte ich mitfühlend. »Für deine Mutter ebenfalls, nehme ich an.«

Er nickte. »Sie hat sich große Vorwürfe gemacht, und die Schuldgefühle haben sie aufgefressen.«

Mein Herz zog sich zusammen. Das war eine so tragische Geschichte. »Konntest du ihr verzeihen?«

Er atmete tief durch. »Als Kind habe ich die Tragweite der Diagnose überhaupt nicht realisiert. Danach kam ich in ein Alter, in dem ich ohnehin keine Kinder haben wollte. Erst als mich Smilla verlassen hat, ist die Erkenntnis zu mir durchgesickert, dass diese Sache nicht nur mich allein betrifft. Mir wurde klar, dass ich mich zukünftig nur in eine Frau verlieben darf, die keine Sehnsucht nach eigenen Kindern verspürt.«

Oder schon ein eigenes Kind hat, ergänzte mein Hirn ohne mein Zutun. Der spontane Gedanke war mir so peinlich, dass meine Wangen zu glühen begannen. Zum Glück schien Jakob davon nichts zu bemerken.

»Zu dieser Zeit brannten mir meiner Mutter gegenüber oft zornige Vorwürfe auf der Zunge. Aber auch auf meinen Vater war ich sauer, weil er sich beim Thema Impfung nicht gegen sie durchgesetzt hatte.«

Er stieß die Luft aus und straffte sich. »Doch schließlich erkannte ich, dass ich die Wut loslassen und nach vorne schauen muss. Sonst hätte ich keine Chance, jemals glücklich zu werden.« Er blickte mich an. »Um deine Frage zu beantworten: Ja, ich konnte meiner Mutter verzeihen.«

»Darüber bin ich froh.«

»Ich auch.« Um seine Mundwinkel zuckte ein trauriges Lächeln.

Er ging zum Tisch, holte unsere noch halb vollen Weingläser und reichte mir meins.

Dankbar trank ich einen Schluck. »Und was ist mit Smilla? Bist du ihr böse?«

»Nein«, antwortete er ohne Zögern. »Am Anfang dachte sie, dass ihre Liebe zu mir groß genug sei, um die Kinderlosigkeit zu akzeptieren. Jedenfalls bis ihre Eltern ihr die Konsequenzen vor Augen geführt haben. Aber ich konnte ihre Zweifel verstehen.« Er seufzte. »Das hat es fast noch schlimmer gemacht. Ich konnte niemandem die Schuld am Scheitern unserer Beziehung geben.« Etwas leiser fügte er hinzu: »Außer mir selbst.«

Stirnrunzelnd schaute ich ihn an. Er gab sich die Schuld, dass Smilla ihn nicht geheiratet hatte? Um mein Weinglas schnell loszuwerden, stellte ich es in dem Balkonkasten neben mir zwischen zwei kümmerlichen Geranien ab. Ich legte Jakob die Hände auf die Schultern.

»Am traurigen Ende dieser Liebe trägt niemand Schuld«, sagte ich eindringlich. »Vor allem du nicht. Du bist ein toller Mann.«

Er schnaubte. »Einen *tollen Mann* hätte sie wohl kaum verlassen. Vielleicht wäre sie bei mir geblieben, wenn ich mir Mühe gegeben hätte? Wenn ich einfach besser gewesen wäre? Ich hätte ihr zeigen müssen, dass sich das Opfer lohnt.«

»Das stimmt nicht.« Ich schüttelte vehement den Kopf. »Ihr beide wart jung, und Smilla hat einfach der Mut gefehlt, eine Entscheidung zu treffen, die so weitreichende Folgen hatte. Sie hat ihren Gefühlen für dich nicht mehr vertraut und auf ihren Verstand gehört. Aber das hatte nichts mit dir zu tun!«

Ich konnte wohl nicht zu ihm durchdringen, denn er wollte erneut widersprechen. »Aber wenn ich …«

In diesem Moment wurde ich von einem Impuls überwältigt: Ich beugte mich kurzerhand zu ihm und stoppte Jakobs Selbstzweifel mit einem Kuss. Es war nur ein keuscher, flüchtiger Kuss, aber trotzdem erschütterte er mich tief in meinem Innersten. Als sich unsere Lippen berührten, blieb mein Herz einfach stehen, und jeder Muskel in meinem Körper erstarrte. Nur eine Sekunde später schien ein wahres Feuerwerk in meiner Brust zu explodieren, und meine Nervenenden standen in Flammen. Unwillkürlich seufzte ich an seinen Lippen auf.

Erst dann wurde mir bewusst, was ich gerade getan hatte. Ich hatte die Grenze, die Jakob zwischen uns gezogen hatte, mit diesem Kuss eindeutig überschritten. Wahrscheinlich hatte ich damit alles kaputtgemacht …

Ruckartig atmete ich ein. Unsere Gesichter waren sich immer noch so nah, dass ich seine Miene im Halbdunkel nur schemenhaft erkennen konnte.

Er hob die Hand und strich mit dem Daumen sanft meine Kinnlinie entlang. »Das kam überraschend.«

Tja, nicht nur für ihn! Normalerweise küsste ich nicht aus heiterem Himmel meine Arbeitskollegen. Oder sonst irgendjemand.

»Du bist ein toller Mann«, wiederholte ich leise und wedelte konfus mit der Hand in der Luft herum. »Und da du für Worte offenbar nicht zugänglich warst, wollte ich es dir mit etwas mehr … Nachdruck beweisen.«

Wir lösten uns nach wie vor nicht voneinander. Irgendwo im Haus klingelte ein Telefon, doch Jakob rührte sich nicht vom Fleck.

»Es hat funktioniert.« Ein Schmunzeln zuckte um seine Mundwinkel. »Ich glaube dir.«

Erleichterung schwappte über mich hinweg. Sein Daumen wanderte in einer leichten Spur meinen Hals hinab zu meinem Schlüsselbein. Ein Schauer durchlief mich und verharrte als angenehmes Kribbeln in der Mitte meines Körpers. Es war erschreckend, was Jakob mit diesen sachten Berührungen in mir auslösen konnte. Und ich sehnte mich nach mehr.

»Du hast dein Weinglas übrigens in meinen Geranien abgestellt.«

Ich zuckte mit den Schultern. »Die machen ohnehin einen recht traurigen Eindruck. Ich hätte gedacht, jemand wie du hätte ein besseres Händchen für Pflanzen.«

Er schnalzte tadelnd mit der Zunge. »Ich bin Ranger, kein Freizeitgärtner.«

Mir blieb keine Zeit zu antworten, denn seine Hand fuhr mit sanfter Entschlossenheit in meinen Nacken, während er mich mit der anderen näher an sich zog. Sein Blick wanderte über mein Gesicht zu meinen Lippen. In seinen Augen entdeckte ich das gleiche Verlangen, das auch ich empfand. Jakob beugte sich zu mir, überwand die letzten Zentimeter zwischen uns. Oh Gott, gleich würden wir uns küssen – und dieses Mal richtig!

Der Vorbote eines prickelnden Glücksgefühls durchlief mich, und ich klammerte mich an Jakobs Schultern fest, weil sich meine Beine plötzlich unglaublich schwach anfühlten. Ich schloss die Augen und war bereit, mich ganz dem Moment hinzugeben. Wir konnten uns auch morgen noch den Kopf darüber zerbrechen, ob das ein kluger Schritt war …

Ich wartete mit angehaltenem Atem.

Aber da kam nichts.

Blinzelnd hob ich die Augenlider. Jakob verharrte regungslos vor meinen Lippen. Als würde ihn etwas davon abhalten, den letzten Schritt zu tun. Als könnte er sich partout nicht überwinden, mich zu küssen.

In diesem Augenblick hörte ich von drinnen ein Klopfen, gefolgt von Ludwigs Stimme: »Hallo, ihr beiden? Darf ich kurz stören?«

»Tut mir leid!«, raunte Jakob mir zu.

Er richtete sich hastig auf und schob mich mit einem entschuldigenden Lächeln von sich.

»Ja, ich komme!«, rief er und eilte nach drinnen.

Ich brauchte einen Moment, um meine Fassung wiederzugewinnen. Denn ich fühlte mich gerade so verletzlich und schutzlos wie ein Krebs ohne Panzer. Wahrscheinlich hatte Jakob einen guten und nachvollziehbaren Grund für sein Zögern gehabt. Nur wollte mir partout keiner einfallen.

Ich atmete tief durch, straffte mich und folgte ihm.

Als Ludwig mich sah, lächelte er entschuldigend. »Tut mir leid, dass ich störe! Ich wollte mich von dir verabschieden, weil ich zu Bett gehe. Außerdem habe ich dir den Rest des Gulaschs eingepackt.« Er drückte mir eine Frischhaltedose in die Hand.

»Vielen Dank«, sagte ich gerührt und tätschelte liebevoll den Deckel. »Da freue ich mich schon drauf.«

Ludwig nickte zufrieden und wandte sich an Jakob. »Dirk Jansen hat übrigens vor ein paar Minuten auf dem Festnetztelefon angerufen. Mal wieder außerhalb der Arbeitszeiten, aber das kümmert diesen Typen ja nicht«, erzählte er grimmig.

»Und was war so dringend?«, wollte Jakob wissen.

»Morgen kommt ein Investor, der vielleicht ein Hotel in Liebwitz bauen will. Dirk möchte, dass du ihn durch den Wald führst und ihm die Schönheit unserer Fauna und Flora zeigst.«

Jakob fuhr sich stöhnend durch die Haare. »Aber ich habe morgen eine Führung mit zwei Schulklassen, danach drei Hochzeiten, und die Schilder für den Naturerlebnispfad werden auch geliefert.«

»Außerdem haben wir noch einen Gesprächstermin mit einem Brautpaar«, erinnerte ich ihn.

Er stöhnte erneut. »Das habe ich ganz vergessen.«

Ludwig sah seinen Sohn voller Sorge an. »Du willst das sicher nicht hören, aber diese zwei Jobs sind zu viel. Du arbeitest nur noch. Bestimmt gibt es keinen anderen Ort auf der Welt, an dem der Förster auch noch den Standesbeamten spielen muss. Das ist einfach lächerlich! Zu meiner Zeit hätte es das nicht gegeben.«

»Du weißt, dass überall in den Kommunen gespart wird. Ich muss das machen, sonst verliere ich mein Revier.« Jakob rieb sich müde über die Augen.

Wahrscheinlich hätte ich böse auf ihn sein müssen, aber ich konnte einfach nicht. Ich kannte ihn gut genug, um zu wissen, dass er nicht mit Absicht meine Gefühle verletzt hatte.

»Ich könnte das Traugespräch verschieben«, bot ich an. »Ich rufe die beiden morgen früh an und frage sie nach einem Ausweichtermin.«

»Und ich kümmere mich um die Lieferung mit den Schildern«, schob Ludwig hilfsbereit hinterher. »Das gibt dir ein Zeitfenster für die Führung mit dem Investor.«

Jakob sah erleichtert von mir zu seinem Vater. »Vielen Dank! Ich schulde euch was.«

»Er kann richtig froh sein, dass er uns hat, nicht wahr?« Ludwig zwinkerte mir zu.

Nun ja, was meine Person betraf, schien sein Sohn nur mäßig froh zu sein! Die Erinnerung an Jakob, wie er noch vor wenigen Minuten zögernd vor meinen Lippen innegehalten hatte, sorgte dafür, dass mir vor Scham die Röte in die Wangen stieg.

»Ich gehe dann mal nach Hause.« Ich schnappte mir hastig meine Handtasche. Daheim wartete nämlich ein Pott Schokoladeneis mit Keksteigstückchen auf mich, um mein angeknackstes Selbstbewusstsein wieder aufzubauen.

»Es ist spät geworden. Außerdem waren wir mit dem Unterricht ja so weit fertig, und mit deinen Hausaufgaben hast du einiges zu tun«, sagte ich an Jakob gewandt.

Wie erwartet stöhnte er beim Gedanken an die Liste mit den Liebesfilmen gequält auf. Aus nicht ganz uneigennützigen Gründen hoffte ich, dass er dabei wirklich etwas lernte. Zum Beispiel, wie man einen romantischen Kuss konsequent in die Tat umsetzte.

22. Kapitel

»Nein, ich habe das Kondom nicht gebraucht!«, zischte ich.

Es wunderte mich nicht im Mindesten, dass das Monas allererste Frage gewesen war, nachdem ich abgenommen hatte.

Ich stand gerade in der Küche und bereitete das Tagesessen zu. Für so ein Gespräch hatte ich im Augenblick überhaupt keinen Nerv.

»Jetzt sei mal nicht so gereizt!«, beschwerte sie sich. »Ich hab dir gestern Abend immerhin stundenlang die Daumen gedrückt und in Gedanken mitgefiebert. Schließlich will ich, dass meine Schwester ihr Glück findet.«

Ich seufzte ergeben und stellte das Handy auf laut, um die Flammkuchen für die Gäste fertig machen zu können. Sie waren belegt mit Schmand, Schafskäse und Rucola. Nach dem Backen würde ich noch einige Tropfen Honig darauf geben, damit der Geschmack abgerundet wurde.

»Das mit Jakob und mir gestaltet sich etwas kompliziert …«, begann ich. Ich erzählte ihr im Detail von unserem Ausflug zum Weststrand, dem Abendessen mit der Familie und unserem Gespräch auf dem Balkon. Jedes Mal, wenn ich von dem Kribbeln zwischen uns berichtete, seufzte Mona sehnsüchtig. Es hätte mich nicht gewundert, wenn sie nebenbei Popcorn gefuttert hätte. Als ich jedoch zu dem verpatzten Kuss kam, war auch sie irritiert.

»Vielleicht hattest du richtig ekligen Mundgeruch?«, sagte sie nachdenklich. »Und es ist ihm kurz vor deinen Lippen übel geworden?«

»Wenn du mich damit trösten oder aufmuntern möchtest, funktioniert es nicht mal ansatzweise.«

»Tut mir leid, dass ich helfen will«, sagte sie schnippisch. Sie stieß die Luft aus. »Hast du dich denn auch zurechtgemacht? Hast du optisch maximal ansprechend ausgesehen?«

»Nein, ich habe die hässlichsten Klamotten angezogen, die ich im Schrank finden konnte, und mir vor unserem Date extra noch Dreck ins Gesicht geschmiert«, keifte ich.

Mit meiner Geduld stand es heute nicht zum Besten. Das lag auch daran, dass ich äußerst schlecht geschlafen hatte. Ich hatte geträumt, dass ich Dornröschen war und jeder Prinz, der zu meiner Rettung geeilt kam, sich bei meinem Anblick angeekelt abgewandt und mich im Schlafkoma zurückgelassen hatte. Und Prinz Jakob, auf den ich sehnlichst gehofft hatte, war gar nicht erst aufgetaucht. So wartete ich und wartete, bis ich immer älter und faltiger wurde und schließlich nur noch mein vertrocknetes Skelett im Bett lag. Diese Version des Märchens würde sich bei der Leserschaft wohl eher nicht durchsetzen.

»Ha!«, stieß Mona triumphierend aus. »Ich wusste doch, dass ihr ein *Date* hattet. Gerade hast du es selbst zugegeben.«

Ich knirschte mit den Zähnen. Zum Glück unterbrach das Piepen des Backofens in diesem Moment unser Gespräch.

Ich verabschiedete mich von meiner Schwester und brachte Peggy die Flammkuchen nach draußen. Das deprimierende Bild, das sich mir im Café bot, verschlechterte meine Stimmung nur noch mehr. Bis auf die zwei Touristen, die das Essen geordert hatten, hatten wir nur noch vier weitere Gäste. Das war nicht richtig schlecht, aber eben auch nicht gut. Ich wechselte einen besorgten Blick mit Peggy und ging zurück in die Küche, um sauber zu machen.

Wenig später leistete sie mir dort Gesellschaft, was gleichzeitig bedeutete, dass draußen überhaupt nichts mehr los war.

Peggy lehnte sich an den Herd und fixierte mich mit kritischer Miene. Wie üblich war sie farbenfroh geschminkt mit einem tomatenroten Lippenstift, meerblauem Lidschatten und knalligem Rouge. »Es reicht nicht, oder?«

Ich wusste sofort, dass sie von den Einnahmen sprach. Halbherzig zuckte ich mit den Schultern, während ich die Schüsseln abtrocknete.

»Wenn es so weitergeht, nicht«, gab ich zu. »Ich beherrsche meinen Job und weiß auf den Cent genau, wie hoch die Tageseinnahmen sein müssen, um die Ausgaben decken zu können. Und momentan liegen wir leider immer knapp darunter.«

Peggy nickte langsam, als hätte sie mit dieser Antwort gerechnet.

»Aber das Café läuft besser als bei den Völlers – und das schon so kurz nach der Neueröffnung. Das ist doch ein Erfolg!«, versuchte sie mir Mut zu machen. »Die Gäste fühlen sich wohl, loben dein Essen, und der Kaffee aus dieser Teufelsmaschine ist ohnehin unschlagbar. Aber das muss sich erst noch herumsprechen. Es werden ganz bestimmt mehr Leute kommen, sobald die Saison losgeht.«

»Dafür werden im Winter deutlich weniger Leute im Café einkehren«, gab ich zu bedenken.

Ich räumte die Schüsseln auf. »Meine ursprüngliche Kalkulation hat deutlich mehr Einnahmen durch die Hochzeitsempfänge vorgesehen«, erklärte ich. »Aber nach den ersten Terminen mit Jakob musste ich feststellen, dass die Paare heutzutage eine halbe Ewigkeit im Voraus planen. Die Leute, die zum Vorgespräch kommen, heiraten frühestens Mitte nächsten Jahres – die meisten sogar später.«

Peggy zog eine Grimasse. »Daran habe ich gar nicht gedacht! Die Völlers haben nach ihrem Bankrott alle Empfänge telefonisch abgesagt. Sie wussten schließlich nicht, ob und wann ein Nachfolger kommen würde.«

Genau das war mein Problem. Alle Paare, die in den kommenden Monaten heirateten, wussten nichts von der neuen Pächterin im *Café Liebesbrise*.

»Aber wir finden andere Wege, um die Einnahmen zu steigern.« Ich nickte optimistisch. »Zum Beispiel will ich vorne an der Abzweigung zur Hauptstraße ein Schild platzieren, auf dem wir unser tagesaktuelles Mittagsmenü bewerben. Wie heute die Flammkuchen. Vielleicht finden sich dann einige Gäste spontan ein.«

»Gute Idee!« Sie lächelte aufmunternd. »Du wirst das schaffen, Eva! Ich glaube fest an dich. Außerdem haben wir auch noch Hannahs Babyparty.«

Am nächsten Tag wollten Ella und Hannah vorbeikommen, um die Einzelheiten zu besprechen. Ich freute mich schon auf unser Treffen. »Ein schöner Anlass mit viel Torte, Spaß und Musik«, stimmte ich ihr zu.

Peggy stutzte. »Apropos Musik«, sagte sie nachdenklich, »vielleicht hätte ich noch eine Idee, wie wir …«

In diesem Moment wurde die Hintertür aufgestoßen, und Nele rauschte herein. Mittlerweile hatte sie eine Monatskarte bekommen und fuhr wie Tine mit dem Bus zur Schule, was mir das Leben leichter machte.

»Hallo, Schatz!«, begrüßte ich sie. »Wie geht es dir? War die Übernachtung bei Tine schön? Wie war die Schule?«

Sie marschierte zum Kühlschrank und warf mir einen genervten Blick zu. Anscheinend waren das zu viele persönliche Fragen gewesen.

»Gut«, gab sie schließlich allgemeingültig zurück und verschwand mit dem Kopf suchend im Kühlschrank.

»Ich habe dir zum Mittagessen einen Flammkuchen vorbereitet. Natürlich vegetarisch«, sagte ich. »Ich muss ihn nur noch warm machen.«

Sie machte den Kühlschrank wieder zu und zuckte mit den Schultern. »Okay.«

Peggy betrachtete meine Tochter kritisch.

»Deine Mutter könnte sich die Mühe aber auch sparen«, bemerkte sie mit ungewohnt strenger Stimme. »Denn eigentlich muss man in deinem Alter nicht mehr von vorne bis hinten gepampert werden und kann sich ab und an auch selbst versorgen.«

Nele erwiderte trotzig ihren Blick. »Ah ja?«

Peggy richtete sich zu ihrer vollen Größe auf. Mit den Pumps und ihren hochtoupierten Haaren wirkte sie dabei recht eindrucksvoll. »Man könnte sich auch einfach mal bei den Leuten bedanken, die einen jeden Tag lieben und umsorgen – obwohl man ihnen mit seinem unhöflichen Verhalten eigentlich nicht den geringsten Anlass dazu gibt.«

Mit angehaltenem Atem beobachtete ich das Blickduell zwischen Peggy und Nele. Vor Überraschung gaben fast meine Knie nach, als es schließlich Nele war, die klein beigab.

Sie wandte sich an mich. »Danke«, brachte sie zwischen zusammengebissenen Zähnen hervor.

Es geschahen noch Zeichen und Wunder! Peggy musste unbedingt einen Erziehungsratgeber schreiben. Gleichzeitig wusste ich, dass dieselbe Ansprache aus meinem Mund nichts bewirkt hätte. So etwas musste ein Außenstehender sagen, um beim bockigen Teenager Gehör zu finden.

Nachdem ich den Flammkuchen in den Ofen geschoben hatte, drehte ich mich zu Peggy um und formte mit dem Mund ein wortloses »Danke«. Sie zwinkerte mir verschwörerisch zu.

»Du wolltest mir gerade von einer Idee erzählen«, griff ich unser vorheriges Gesprächsthema wieder auf.

Sie nickte eifrig. »Gestern habe ich bei meinem Bruder aufgeschnappt, dass im Juli die Seelüü auf der Insel sind. Vincent will sie für sein Hotel engagieren. Wären die nicht auch was für unser Café?«

Verständnislos schaute ich sie an. »*Wer* ist auf der Insel?«

»Die Seelüü«, wiederholte sie überdeutlich. »Sag bloß, die kennst du nicht? Die sind megabekannt.« Sie hielt kurz inne und korrigierte sich: »Also an der Ostseeküste jedenfalls. Die Leute lieben ihre Musik. Egal, wo sie auftreten, die Bude ist immer rappelvoll.«

»Und was genau darf man sich darunter vorstellen?«

»Das sind fünf junge Männer ...« Sie hob den Zeigefinger. »Nein, es sind *Sahneschnittchen*, die jeder Frau das Wasser im Munde zusammenlaufen lassen! Davon abgesehen können sie singen wie der Teufel. Shantys in moderner Interpretation, mit Gitarrenbegleitung.«

»So wie der *Wellerman*-Song?«, hakte ich nach.

Da dies Jakobs Klingelton war, musste ich sofort an ihn denken. Wie immer machte mein Herz dabei vor Aufregung einen freudigen Satz, nur um sich einen Moment später schmerzhaft zusammenzuziehen. Die übliche Reaktion bei unglücklich Verliebten, deren Gefühle nicht erwidert wurden.

»Exakt!«, bestätigte sie. »Vincent hat gute Kontakte zu den Seelüü und könnte sie bestimmt überreden, auch hier aufzutreten. Wenn du sie engagierst, wird das Café aus allen Nähten platzen! Dann musst du dir über die Einkünfte keine Gedanken mehr machen.«

Ich sah nervös zu Nele, die auf dem Küchenschemel saß und unserer Unterhaltung aufmerksam gelauscht hatte. Eigentlich hatte ich vermeiden wollen, dass sie von dem schleppenden Start des Cafés etwas mitbekam. Andererseits hatte ich mir fest vorgenommen, sie nicht mehr wie ein kleines Kind zu behandeln.

»Wenn die Gruppe so bekannt ist, wird ihre Gage recht hoch sein, nehme ich an?«

Peggy kratzte sich verlegen am Hals. »Ich glaube, Vincent hat was zwischen zwei- bis dreitausend Euro gesagt«, gestand sie kleinlaut.

Ich schnappte nach Luft. »*Wie viel?*«

Das war ausgeschlossen.

»Die Idee ist grundsätzlich gut, und ich bin dir dankbar für deine Unterstützung, Peggy, aber das wird nicht umsetzbar sein«, sagte ich bedauernd.

»Wieso denn nicht?«, schaltete sich Nele ein. Sie sah mich fragend an. »Das klingt doch toll. Wenn die Gruppe so beliebt ist, kriegst du die Gage locker wieder rein.«

»Leider nicht, denn wir dürfen die Größe des Cafés nicht vergessen«, erklärte ich ihr meine Entscheidung. »Es gibt Vorschriften und Brandschutzbestimmungen. So viele Leute dürfen wir überhaupt nicht reinlassen.«

»Stimmt!«, gab Peggy zu. »Vincent hat im Hotel für solche Veranstaltungen extra einen Saal.«

Nele tippte sich mit dem Zeigefinger nachdenklich an die Unterlippe, dann richtete sie sich ruckartig auf, und ein Funkeln trat in ihre Augen.

»Du machst ein Open-Air-Konzert daraus!«, schlug sie enthusiastisch vor. Sie lief zum Küchenfenster und deutete nach draußen. »Auf dem Parkplatz des Leuchtturms ist genug Platz. Und die Bewirtung machst du von hier drin.«

»Eine spitzenmäßige Idee!« Peggy klatschte begeistert in die Hände.

Ich hasste es, schon wieder die Spielverderberin sein zu müssen. »Und wenn das Wetter ausgerechnet an dem Tag schlecht ist und es schüttet wie aus Eimern?«, wandte ich ein. »Dann kommt niemand, und ich bleibe auf einem Berg an Ausgaben sitzen. Zudem wird eine Bühne im Freien deutlich mehr kosten. Dafür habe ich kein Geld.«

Ich blickte in zwei enttäuschte Gesichter, aber ich konnte es nicht ändern. Natürlich musste man im Leben manchmal etwas wagen und mutige Entscheidungen fällen. Zuweilen war es jedoch klüger, nur kleine, unspektakuläre Schritte vorwärtszugehen. Damit kam man im Endeffekt weiter.

Immerhin Peggy schien das einzusehen. »Schade, das wäre eine tolle Werbung fürs Café gewesen«, sagte sie. »Vielleicht im nächsten Sommer?«

Ich nickte ihr zu. »So machen wir es! Nächstes Jahr gibt es hier ein Konzert«, verkündete ich und sah zu Nele. »Denn dein Vorschlag ist wirklich genial. Der Parkplatz ist perfekt für eine Open-Air-Veranstaltung.«

Mein Lob sorgte wenigstens dafür, dass sich Neles hängende Mundwinkel wieder in eine neutrale Position hoben. Für ein Lächeln reichte es jedoch nicht.

»Ich hätte es dieses Jahr besser gefunden …«

Ich strich ihr tröstend über den Rücken. »Ich weiß!«

Der Ofen piepste, ich holte Neles Flammkuchen heraus und schnitt ihn in Stücke. Sie nahm den Teller entgegen und schnüffelte.

»Riecht lecker!«, sagte sie. »Ich esse oben und rufe währenddessen Papa an. Ich muss ihn noch mal wegen des Augenbrauenpiercings sprechen.«

Ich nickte ihr lächelnd zu. »Tu das, mein Schatz!«

Dass mir diese kleine Racheaktion an meinem Ex so viel Freude bereitete, war sicher ganz schlecht für mein Karma.

23. Kapitel

Gerade als ich Ellas Kaffee und Hannahs Schwangerschaftstee auf ein Tablett stellte, kam ein neuer Gast ins Café. Ich blickte auf. Vor dem Tresen stand ein waschechter Hipster – vom gestutzten und geölten Vollbart, der Strickmütze, einem weißen T-Shirt mit Flanellhemd bis hin zur Skinny-Jeans. Meine Güte, jetzt hatten sie auch schon Liebwitz erreicht! Wahrscheinlich wurden sie von der Stadt Berlin kostenlos an die Ostsee verschickt, um sie kurzzeitig loszuwerden.

»Ja, bitte?«, sagte ich mit einem freundlichen Lächeln.

»Haben Sie auch Maca-Smoothies?«, fragte er.

Ich zog die Augenbrauen in die Höhe. »Bitte *was?*«

Er seufzte. »Die Maca-Knolle ist ein Superfood«, klärte er mich auf. »Sie stärkt das Immunsystem und das Herz, hilft bei Depressionen, ist entzündungshemmend und macht stressresistent.«

Aha! Also der Heilige Gral der Superfoodjüngerschaft. Ich für meinen Teil war immer etwas skeptisch, wenn ein einziges Nahrungsmittel bei so vielen Dingen gleichzeitig helfen sollte.

»Außerdem gilt es als pflanzliches Viagra, das die Potenz und Libido steigert«, vervollständigte er seine Aufzählung.

»Wenn Sie denken, dass Sie das brauchen …« Ich zuckte mit den Schultern.

Über seinem Bart erschien ein Hauch Röte. Er räusperte sich. »Haben Sie dann wenigstens Mate-Limonade?«

»Nein, tut mir leid!«

»Mhm«, brummte er mit deutlichem Missfallen in seinen Bart.

Mir kam eine Idee. »Aber ich kann Ihnen einen Mokka anbieten? Wäre das extravagant genug? Er steht jedenfalls nicht auf der Karte.«

Sein Interesse war geweckt. »Ist Mokka gesünder als Kaffee?«

Ich kratzte mich am Hals. »Ja, klar! Das Koffein ist gut für den Kreislauf, der Kardamom im Mokka wirkt verdauungsfördernd, und das im Getränk schwebende Kaffeepulver … reinigt die Zähne. Es wirkt wie ein hocheffektives Mundinnenraumpeeling.«

»Das nehme ich«, erwiderte er prompt.

»Kommt sofort!« Ich eilte in die Küche, wo ich das Mokka-Set von Jakob aufbewahrte. Zum Glück hatte ich mich schon mit der Zubereitung beschäftigt. Trotzdem dauerte es fast zehn Minuten, bis ich dem Hipster, der sich nach draußen auf die Terrasse gesetzt hatte, seinen Mokka bringen konnte.

Er wirkte glücklich. »Ein toller Service!«, lobte er mich. »Ich werde im Internet eine Empfehlung schreiben.«

Das freute mich. »Wie schön, vielen Dank!«

Gute Internetbewertungen waren Gold wert. Wie ich Peggy gesagt hatte: Wir gingen vielleicht nur kleine Schritte vorwärts, aber wir kamen voran.

»Entschuldigt, dass es länger gedauert hat!«, sagte ich zu Ella und Hannah, als ich an ihren Tisch zurückkam. Die Blätter mit den Dekorationsbeispielen, die ich für die Babyparty im Internet zusammengesucht hatte, lagen zwischen ihnen. »Peggy hat heute Mittag frei, und der Gast wollte ein etwas aufwendiges Getränk.«

»Kein Problem!«, beruhigte mich Ella, die auf ihrem Stuhl kniete und mit der Nase hinter der Fensterscheibe klebte.

Auch Hannah starrte unverhohlen nach draußen.

»So eine hübsche Braut – und dann zieht sich der Bräutigam so scheußliche Klamotten an«, bemerkte sie, während sie sich in kreisenden Bewegungen über den Babybauch strich. »Welcher normale Mann kauft sich denn freiwillig einen hellblauen Anzug mit glänzendem Schlangenledermuster?«

Ich grinste und stellte mich neben sie. Offenbar waren sie ebenfalls ein Opfer der Faszination »fremde Hochzeiten« geworden. Gerade posierte das Brautpaar draußen für ein Foto.

»Jetzt hat er sich auch noch einen hellblauen Zylinder aufgesetzt.« Ella schnappte nach Luft. »Einen *Zylinder!*«

»Wem's gefällt«, wandte ich ein. »Die Braut sieht ihn jedenfalls äußerst verliebt an.«

»Du hast recht«, sagte Hannah und seufzte verträumt. »Das muss echte Liebe sein.«

»Oder sie ist farbenblind«, murmelte Ella.

Anscheinend fand jeder Mensch Hochzeiten interessant. Na gut, ausgenommen vielleicht heterosexuelle Männer. Aber sonst jeder! Vielleicht sollte ich das als Event auf der Social-Media-Seite des Cafés anbieten? Ich könnte eine Happy Hour veranstalten und die Frauen zum »Wedding-Watching« einladen …

»Wenn ich mal heirate, dann in meiner Lieblingsjogginghose«, verkündete Ella. »Damit meine Braut gleich weiß, was im Alltag auf sie zukommt. Wenn sie mir dann trotzdem das Ja-Wort gibt, ist es echte Liebe.« Vielsagend deutete sie nach draußen zum Bräutigam.

In diesem Moment entdeckte ich am Rand der Hochzeitsgesellschaft Jakob, der die Augen mit der flachen Hand abgeschirmt hatte und in unsere Richtung blickte. Hatte er mich etwa schon wieder beim Gaffen erwischt? Heute trug er eine graue Anzughose, eine dazu passende Anzugweste und ein weißes Hemd, dessen Ärmel er bis zum Ellbogen hochgekrempelt hatte, was seine muskulösen Unterarme betonte. Das Outfit bildete den perfekten Kontrast zu seinen dunklen Haaren und seiner leicht gebräunten Haut. Das fiel offenbar nicht nur mir auf. Die Trauzeugin der Braut stand neben ihm und starrte ihn an, als würde sie ihn am liebsten an Ort und Stelle vernaschen. Doch er würdigte sie keines Blickes. Stattdessen hob er die Hand und winkte mir zu. Reflexartig winkte ich zurück, während mein Herz einen kleinen Hüpfer machte.

Sofort schossen die Köpfe meiner Freundinnen zu mir herum. Fragend blickten sie mich an.

Hitze stieg mir in die Wangen, und ich setzte mich hastig an den Tisch. »Also, hast du dich schon entschieden, Hannah? Welche Deko möchtest du für die Babyparty?«

Die beiden bedachten mich mit einem Lächeln, das mir deutlich machte, dass wir jetzt bestimmt nicht über die Dekoration sprechen würden.

Ella wischte sich einen unsichtbaren Fussel vom T-Shirt. »Im Hofladen ist mir ja das Gerücht zu Ohren gekommen, dass du zum Abendessen eingeladen warst«, sagte sie betont beiläufig. »Als Ehrengast bei Familie Thiel.«

»Oh ja, das hab ich auch gehört«, sagte Hannah grinsend. »Ludwig hat angeblich extra für dich sein berühmtes Gulasch gekocht.«

»Mhm-mhm«, machte ich und ordnete konzentriert die Blätter auf dem Tisch.

»Für uns hat er das doch nie gekocht, dabei leben wir schon ewig in Liebwitz«, führte Ella das Thema weiter aus. »Aber wie man hört, ist er von dir hellauf begeistert und hat große Hoffnungen in dich gesetzt …«

Ich sah auf. »Also, ich kann euch versichern: Zwischen Ludwig und mir ist nichts.«

Die beiden stöhnten gequält.

»Das wissen wir auch! Er setzt große Hoffnungen in dich, weil du die erste Frau seit Langem bist, die Jakob an sich heranlässt«, erklärte Hannah.

»Das fühlt sich aber nicht so an«, entfuhr es mir leise.

Diesen Kommentar hätte ich mir wohl besser verkniffen, denn die beiden rückten sofort näher und hatten solidarische Mienen aufgesetzt.

»Schütte uns dein Herz aus!«, sagte Ella und tätschelte meinen Arm. »Wir sind für dich da und helfen, wo wir können.«

Ich seufzte. »Das zwischen Jakob und mir ist … kompliziert.«

Hannah lächelte nachsichtig. Sie schien genau zu wissen, was ich meinte. »Ist es das am Anfang nicht immer?«

»Bei manchen hört es sogar nie auf, kompliziert zu sein.« Ella zog eine Grimasse. Sie dachte dabei sicherlich an ihre eigene On-Off-Beziehung.

Vielleicht tat es ganz gut, den beiden mein Herz auszuschütten? Das Gespräch mit meiner Schwester war leider nicht sonderlich hilfreich gewesen. Es hatte lediglich dafür gesorgt, dass ich mir vorsichtshalber ein extra starkes Mundwasser gekauft hatte. Ich gab mir einen Ruck.

»Jakob und ich verstehen uns gut«, gab ich zu. »Und ja, es gibt Momente, da liegt zwischen uns ein Kribbeln in der Luft. Doch jedes Mal, wenn ich denke, dass mehr daraus werden könnte, stößt er mich wieder von sich und betont, dass wir nur Freunde wären.« Ich zog die Schultern in die Höhe. »Es ist, als würde ich immer wieder an eine Mauer stoßen, die er um sich herum errichtet hat.«

Wahrscheinlich sah ich recht unglücklich aus, denn nun fasste auch Hannah über den Tisch nach meiner Hand. »Vielleicht erwartest du zu schnell zu viel«, sagte sie mit sanfter Stimme. »Gib ihm einfach etwas Zeit. Die Liebe hat es Jakob in der Vergangenheit nicht leicht gemacht.«

Ich nickte. »Er hat mir schon von Smilla erzählt.«

Ellas Stirn legte sich in Falten. »Die Geschichte hab ich kaum mitbekommen«, räumte sie ein. »Er war damals schon ein Erwachsener, wir noch Teenager.«

»Aber dafür haben wir später die Sache mit dieser Umweltbiologin hautnah mitbekommen«, sagte Hannah. »Mit ihr war er lange zusammen, bevor sie heiraten wollten. Wie hieß sie noch? Valerie?«

Ella nickte. »In dieser Frau habe ich mich total getäuscht.« Sie verzog unglücklich das Gesicht. »Ich fand Valerie supernett und sympathisch. Außerdem war sie so engagiert für die Umwelt. Tatsächlich hat sie mich auf die Idee gebracht, unseren Hof umzukrempeln und auf Bio umzustellen.«

Da Jakob mir von Valerie noch nichts erzählt hatte, wäre es wohl angebracht gewesen, die beiden zu stoppen. Doch mein Mund blieb verschlossen. Ich konnte einfach nicht anders, als die Informationen aufzusaugen.

Ella seufzte. »Die beiden waren ein perfektes Paar. Sie hatten die gleichen Interessen und schienen wie füreinander geschaffen. Jakob hat Valerie abgöttisch geliebt und sie auf Händen getragen. Kurz vor der Hochzeit hat sie ihm dann erzählt, dass sie schwanger ist.«

Natürlich war es idiotisch, aber bei den Worten »perfektes Paar« und »wie füreinander geschaffen« verspürte ich einen eifersüchtigen Stich im Herzen, sodass die weitaus wichtigere Information mein Hirn erst mit Verspätung erreichte. Moment mal … Sie war kurz vor der Hochzeit schwanger geworden? Aber das war unmöglich. Allerdings wussten im Dorf wahrscheinlich nicht viele über die Folgen von Jakobs Mumpserkrankung Bescheid.

»Leider hat sie ihm mitgeteilt, dass nicht er, sondern sein bester Freund und Trauzeuge der Vater des Babys ist«, fuhr Ella fort und schüttelte fassungslos den Kopf. »Das war so dermaßen abgeschmackt!«

Wie ich wusste, hatte sie gar keine andere Wahl gehabt, als Jakob die Wahrheit zu gestehen. Für ihn musste das ein Schlag ins Gesicht gewesen sein. Wie hatten die beiden ihm das nur antun können? Kein Wunder, dass er Beziehungen in einem so negativen Licht sah und Probleme hatte, sich auf andere einzulassen. Gleich zwei Menschen, denen er wahrscheinlich vorbehaltlos sein Leben anvertraut hätte, hatten ihn hintergangen.

»Man muss Valerie zugutehalten, dass sie nicht versucht hat,

Jakob das Kind still und heimlich unterzujubeln«, sagte Hannah und bestätigte damit meinen Verdacht.

Eigentlich war ich ein friedliebender Mensch, aber wenn ich an Jakobs Stelle gewesen wäre, hätte ich die beiden einen Kopf kürzer gemacht. Ich ballte die Fäuste und knirschte gleichzeitig mit den Zähnen.

Ella betrachtete mich kritisch. »Wieso siehst du denn plötzlich so sauer aus? Man könnte direkt Angst vor dir kriegen.« Ihre Augen wurden groß. »Wusstest du etwa nichts von Valerie?«

Es hatte wohl keinen Sinn, es zu leugnen. »Jakob hat mir nur die Geschichte von Smilla erzählt.«

Ella schlug sich die Hand vor den Mund. »Wieso hast du mich denn nicht gebremst? Ich hasse es, eine Tratschtante zu sein. Du hättest das alles von Jakob erfahren sollen.«

»Ich denke, es ist besser, dass Eva es weiß«, widersprach Hannah nachdenklich. »Vielleicht haben wir damit sogar etwas Gutes bewirkt? Aus eigener Erfahrung kann ich sagen, dass Geheimniskrämerei ziemlich viel Schaden anrichten kann. Es ist manchmal ganz hilfreich, den Grund dafür zu kennen, wieso ein anderer Mensch sich etwas merkwürdig verhält.«

Damit sprach sie mir aus der Seele. Nun hatte ich wenigstens eine Ahnung, wieso Jakob sich nicht hatte überwinden können, mich zu küssen. Und das hatte rein gar nichts mit Mundgeruch oder einem hässlichen Outfit zu tun.

»Ich bin euch wirklich dankbar.« Ich drückte Ellas Hand. »Ihr habt mir damit sehr geholfen.«

Sie stieß die Luft aus. »Wenn du meinst …«

Ich nickte nachdrücklich, griff wieder nach den Dekorationsvorschlägen und blickte die beiden auffordernd an.

»So, was wollt ihr denn nun für die Party – die Torte mit den Schühchen oder die in Form eines Babystramplers?«

24. Kapitel

Das Traugespräch, das ich für Jakob wegen des Investors verschoben hatte, fand nun heute Morgen statt. Vor mir stand ein junges Paar Mitte zwanzig, das sichtlich aufgeregt war. Sie hielten sich permanent an den Händen oder umschlangen einander, als hätten sie Angst, sich bei mangelndem Körperkontakt aus den Augen zu verlieren.

»Sie haben einen so schönen Beruf, Herr Thiel!«, sagte Kira Breuer, die zukünftige Braut. »Man kann all die Liebe, die man im Herzen trägt, jeden Tag aufs Neue weitergeben.«

»Ja, das ist Herr Thiels ganz große Stärke!«, erwiderte ich glucksend. »Er verteilt so viel Liebe, dass für ihn selbst kaum noch etwas übrig bleibt.«

Jakob wandte sich zu mir um und zog eine Augenbraue in die Höhe. Sein Blick verriet mir, dass ich für diese Frechheit noch bezahlen würde. Das jagte mir jedoch keine Angst ein, im Gegenteil. Ich biss mir sehnsüchtig auf die Unterlippe. Eine Geste, die Jakob nicht entging, denn sein Blick wurde noch intensiver.

Leider war die Sache zwischen uns immer noch kompliziert. Bisher hatte keiner von uns den »Fast-Kuss« angesprochen. Nach dem, was Hannah und Ella mir erzählt hatte, hielt ich es für klüger, den Vorfall auf sich beruhen zu lassen und einfach so zu tun, als wäre nichts geschehen. Dass Jakob sich nach seinen negativen Erfahrungen nicht leichtfertig in eine Beziehung stürzte, war nachvollziehbar und sprach sogar für ihn.

Diese Startschwierigkeiten hatte das Paar vor uns natürlich schon hinter sich. Wir setzten uns an einen Tisch am Fenster, und ich erklärte den beiden meinen Aufgabenbereich. Mittlerweile klang ich deutlich routinierter, was mich ein wenig stolz machte. Als ich Frau Breuer fragte, ob sie schon Pläne wegen des Hochzeitsempfangs hätten, zuckte sie jedoch nur hilflos mit den Schultern.

»Wir wissen noch nicht genau, wie groß das Ganze werden soll«, erklärte sie. »Timo überlässt mir die Planung, aber ich bin ganz schlecht darin, Entscheidungen zu fällen. Das fängt schon beim Brautkleid an. Es sollte einfach diesen Wow-Effekt haben.« Sie blickte voller Liebe zu ihrem Verlobten. »Wenn Timo mich darin sieht, soll er sich sicher sein, dass ich seine Traumfrau bin.«

Er lächelte sie an. »Das weiß ich doch auch so, mein Schatz.«

»Ich verstehe dieses ganze Theater ums Brautkleid sowieso nicht«, tat Jakob offen seine Meinung kund. »Männer sind schlichte Gemüter. Wenn Frauen einem Mann zeigen wollen, dass sie die Frau seiner Träume sind, sollten sie in Dessous zur Trauung kommen.«

Ich wollte mich zusammenreißen, aber das Lachen brach einfach aus mir heraus. Zum Glück stimmten Frau Breuer und Herr Geppert mit ein.

Da die Braut noch keine konkreten Wünsche äußern konnte, brachten wir das Vorgespräch zügig und problemlos über die Bühne. Bis sie gegen Ende eine verhängnisvolle Frage stellte …

»Ach, eine Sache wäre da noch! Timo und ich haben uns auf einer Geburtstagsfeier bei einer Floßfahrt kennengelernt. Gibt es auf der Insel zufällig einen Veranstalter, der so etwas anbietet? Ich würde gern übers Wasser mit einem Floß zur Trauung kommen.«

»Das da draußen ist kein Fluss, sondern die Ostsee, gute Frau! Wenn das Wetter rau ist, könnte das Floß auseinanderbrechen oder an den Felsen zerschellen.« Jakob wandte sich an den Bräutigam. »Wollen Sie etwa, dass Ihre Braut vor aller Augen baden geht?«

Ich seufzte leise. Diplomatie war einfach nicht seine Stärke. Herr Geppert funkelte ihn empört an. »Natürlich nicht, ich liebe sie! Außerdem wird das Ganze per Livestream ins Internet übertragen. Da soll alles perfekt werden.«

»Ein Livestream?«, warf ich irritiert ein. »Wozu das denn?«

»Das ist momentan angesagt bei den Brautpaaren«, erklärte Jakob. »Sie übertragen die komplette Zeremonie ins Internet, als würde es sich um eine royale Hochzeit handeln. In der Hoffnung, dass sich das da draußen irgendwer ansehen will.«

Die Wangen der Braut färbten sich rosa. Anscheinend hatte Jakob ins Schwarze getroffen.

Er betrachtete die beiden. Mit einem Mal trat ein milder Ausdruck auf sein Gesicht, er beugte sich vor und faltete die Hände. »Ich sag Ihnen mal was: Es gibt bei einer Hochzeit keinen Preis für die beste Inszenierung, das schönste Kleid oder das teuerste Catering«, sagte er mit sanfter Stimme. »Es geht an diesem Tag nicht darum, andere zu beeindrucken oder dem eigenen durchschnittlichen Dasein zu entkommen. Es gibt nur eine Sache, die an diesem Tag wirklich von Bedeutung ist. Nämlich das, was Sie beide sich dort oben«, er deutete nach draußen auf den Leuchtturm, »gegenseitig versprechen. Darauf sollte Ihr Fokus liegen. Denn in den kommenden Jahren wird jeder von Ihnen Fehler machen, und es werden Zeiten auf Sie zukommen, in denen Sie zweifeln werden. In einer Beziehung ist das unvermeidlich. Doch mit Ihrer Hochzeit zeigen Sie sich und der Welt, dass Sie fest entschlossen sind, miteinander und füreinander zu kämpfen. Weil Ihre Liebe es wert ist.«

Bewegt legte ich ihm die Hand auf den Arm. Auch das zukünftige Brautpaar hatten seine Worte berührt. Sie sahen sich verliebt in die Augen.

»Sie haben vollkommen recht, Herr Thiel« Herr Geppert nickte ihm versöhnlich zu. »Wir werden das im Auge behalten.«

Nachdem sich die beiden verabschiedetet hatten, klappte ich seufzend den Buchungsplaner zu, ohne einen Termin vermerkt zu haben. Auch wenn das Paar erst kommendes Jahr heiratete, wäre es immerhin ein kleiner Lichtblick gewesen. Jeder Eintrag sicherte unsere Zukunft.

Jakob schaute mich fragend an. »Was ist los?«

Ich rieb mir über die Stirn. »Ach nichts …«

»Los, raus mit der Sprache!«, befahl er.

»Ich mache mir nur Sorgen um das Café. Wenn es so weitergeht, kriege ich über kurz oder lang Probleme.« Ich deutete auf die Handvoll Gäste, die Peggy problemlos allein bedienen konnte.

Sein Blick wanderte durch den Raum. »Aber du hast mehr Gäste als die Völlers. Außerdem hast du gerade erst eröffnet.«

Das Gleiche hatte auch Peggy gesagt.

»Es müssten aber mehr Leute kommen, damit ich die Hochzeitsempfänge, die mir im nächsten halben Jahr entgehen, kompensieren kann«, erklärte ich ihm genau wie meiner Angestellten. »Die Völlers haben alle Empfänge, die bei ihnen für die kommenden Monate gebucht waren, abgesagt. Dazu war das Café einen Monat lang komplett geschlossen.« Ich stieß die Luft aus. »Ich weiß einfach nicht, ob wir so lange durchhalten werden.«

Für einen Moment hatte ich die Befürchtung, dass er meine Sorgen nicht ernst nehmen oder entgegnen würde, dass ihn das alles nichts anginge. Doch dann zog er mich an sich, bis mein Kopf an seiner Schulter lag. Seine Wärme und sein frischer Duft hüllten mich ein.

Er legte sein Kinn auf meinen Scheitel. »Du wirst das Café nicht verlieren!«, sagte er entschlossen.

Tatsächlich sorgte allein schon seine Nähe dafür, dass meine Zweifel weniger wurden. Ich fühlte mich in seiner Umarmung wunderbar aufgehoben.

»Ich werde dir helfen«, versprach er.

»Aber wie …?«

»Es wird alles gut«, versicherte er mir mit einer solchen Überzeugung, dass ich ihm einfach glauben musste.

Er gab mir einen federleichten Kuss auf die Stirn, der all meine Bedenken davonschweben ließ. Ich hob den Kopf und verlor mich in seinen Augen. »Danke.«

Er lächelte. »Immer doch.«

Ich machte mich von ihm los und strich mir eine Locke hinters Ohr, während Jakob seine Sachen zusammenpackte.

»Hast du jetzt eine Trauung?«

Er schüttelte den Kopf. »Gleich hat sich eine Schulklasse für eine Führung durch den Darßwald angemeldet. Aber später habe ich noch drei Hochzeiten. Die Mittagspause muss heute wohl leider ausfallen.«

Sein Vater hatte recht. Diese beiden Jobs waren einfach zu viel und ließen Jakob kaum noch Luft zum Atmen.

»Apropos Hochzeiten: Ich habe meine Hausaufgaben gemacht und mir all die langw… kurzweiligen Liebesfilme angesehen«, berichtete er. »Ich habe sogar schon ein passendes Filmzitat in meine heutige Rede eingebaut.«

Ich horchte auf. »Kann ich sie mir anhören? Natürlich heimlich, wie beim letzten Mal.«

»Ich würde mich freuen.«

So fand ich mich später an diesem Tag im Leuchtturm auf der Treppe zum Trauungszimmer wieder, um Jakobs Fortschritten zu lauschen.

»Nur den, der mein Herz berührt, will ich heiraten«, begann er seine Ansprache mit dieser ruhigen, wohlklingenden Stimme, mit der er mühelos einen ganzen Raum ausfüllte.

Ich lächelte, denn ich erkannte das Zitat sofort. Es war aus *Stolz und Vorurteil.* Nach diesem schönen Spruch schaffte Jakob in seiner Rede elegant eine Brücke zum anwesenden Hochzeitspaar – dieses Mal ohne eine einzige deprimierende Abschweifung. Ich war stolz auf ihn.

»… Werfen wir zum Abschluss einen Blick in Ihre Zukunft! Denken Sie an sich als Paar in fünfzig Jahren – auf einer Bank sitzend, grauhaarig, mit etwas weniger Haaren auf dem Kopf und mit ein paar Kilos mehr auf den Rippen …«

Ich hörte die Leute leise lachen.

»Sie sind gemeinsam durch ein langes Leben gegangen. Haben sich gestützt, aufgefangen und gehalten. Sie sind alt geworden, aber Sie haben immer noch den Menschen an Ihrer Seite, den Sie lieben und auf den Sie blind vertrauen können. Sie sind eins geworden. Bitte behalten Sie dieses schöne Bild im Kopf! Nehmen Sie es als Ansporn durchzuhalten, und bedenken Sie, dass jedes überstandene Tief Ihre Liebe stärker und tiefer werden lässt.«

Leider ließen mich Jakobs Worte in unangenehmer Weise an meine eigene Ehe denken, denn auch ich hatte bis vor Kurzem geglaubt, mit Thomas alt zu werden. *Bis dass der Tod uns scheidet.* In einem versteckten Winkel meines Herzens keimte ein Anflug von Schuld auf. Hätte ich länger durchhalten und dafür sorgen müssen, dass Thomas und ich dieses Tief überstanden? Hatte ich es mir zu leicht gemacht, indem ich unsere Ehe aufgegeben hatte? Mein Verstand antwortete mit einem entschlossenen Nein und der Versicherung, dass Thomas mit seinen Lügen eine klare Grenze überschritten hatte. Leider vertrieb dieses Wissen nicht die plötzliche Schuld in meinem Inneren. Das Gefühl, versagt zu haben, begleitete mich auch noch, als ich in grüblerischer Stimmung die Treppen des Leuchtturms hinabstieg.

25. Kapitel

Meine Idee mit dem »Wedding-Watching« nahm Gestalt an. Zum Glück waren die Termine, an denen der Leuchtturm wegen der Hochzeiten belegt war, im Rathaus frei einsehbar. Ich hatte dafür zwei Nachmittage pro Woche eingeplant, die ich auf Social Media und der Webseite des Cafés bewarb. Dazu bot ich eine Happy Hour für Kuchenbestellungen an, da Hochzeiten und Kuchen nun mal perfekt zusammenpassten. Die positiven Rückmeldungen im Netz lasen sich sehr vielversprechend, und ich freute mich schon auf das erste Event in ein paar Tagen.

Heute stand die zweite Stunde unseres Romantikunterrichts an, und dieses Mal entführte Jakob mich aufs Meer. Er stand am Steuerrad des Fischkutters und machte einen äußerst routinierten Eindruck. Das gleichmäßige Tuckern wirkte beruhigend, und ich genoss das leichte Schaukeln der Wellen. Der Wind, der durch das Seitenfenster hereinblies, spielte mit meinen Haaren. Schon jetzt fühlte ich mich wie eine richtige Insulanerin. Touristen wurden schließlich eher selten in einem abgenutzten Boot von Einheimischen durch die Gegend geschippert.

»Woher hast du eigentlich den Kutter?«, wollte ich wissen.

»Ich hab ihn mir von einem Freund geliehen.« Mit zusammengekniffenen Augen fügte er hinzu: »Und bevor du fragst: Ja, ich habe tatsächlich Freunde.«

»Daran habe ich nie gezweifelt. Ihr habt euch bestimmt im Verein der Brummbären kennengelernt, oder?«, zog ich ihn auf. »Wahrscheinlich trainiert ihr gemeinsam, wie man Auswärtige allein mithilfe unfreundlicher Grunz- und Abwehrlaute vertreibt.«

»Exakt!« Er warf mir einen Seitenblick zu. »Ich bin übrigens der Vorsitzende. Bei unseren Treffen besprechen wir auch die moralischen Grenzen unserer Abwehrtechniken. Zum Beispiel, ob man Zugezogene, die ein allzu freches Mundwerk haben, bei voller Fahrt über Bord werfen darf.«

»Muss ich mir jetzt Sorgen machen?«, fragte ich belustigt.

»Das liegt ganz in deiner Hand ...« Seine Stimme klang so tief und verheißungsvoll, dass mein Herz ins Stolpern geriet.

Ich räusperte mich. »Wohin fahren wir überhaupt?«

»Auf der Insel ist allseits bekannt, dass es in Zingst die schönsten Sonnenuntergänge gibt«, erzählte er. »Und am allerschönsten ist er selbstverständlich auf dem Wasser zu beobachten. Als neue Bewohnerin von Liebwitz musst du ihn mit eigenen Augen gesehen und bewundert haben!«

Ich würde mit Jakob zusammen also gleich das wundervolle Farbenspiel der untergehenden Sonne beobachten? Auf der Romantikskala rangierte das ganz, ganz weit oben. Vielleicht war es besser, wenn ich mich nicht allzu begeistert zeigte.

»Was die Bewunderung betrifft, kann ich nichts versprechen«, gab ich zurück. »Ich habe schon eine Menge schöner Sonnenuntergänge gesehen.«

»Deine Skepsis sei dir im Augenblick noch verziehen. Aber schon in Kürze wirst du die Schönheit deiner neuen Heimat in den Himmel loben, Ungläubige!«, prophezeite er.

Ich musste lachen. Man merkte, dass er die Insel liebte.

»Hier ist ein gutes Plätzchen«, entschied er und stellte den Motor ab.

Mit einem Mal waren wir von friedlicher Stille umgeben. Man hörte nur noch das Krächzen der Möwen und das Klatschen der Wellen an den Bootsrumpf. Obwohl das Ufer noch in Sichtweite war, hatte ich das Gefühl, wir befänden uns in einer anderen Welt – fern aller Sorgen und Probleme.

»Ich werfe den Anker, und du beobachtest die Umgebung, sodass die Natur ihren Zauber wirken kann«, ordnete er an.

Ich salutierte. »Aye, aye, Captain!«

Er nickte zufrieden. »Endlich verbessern sich deine Umgangsformen mir gegenüber.«

Ich trat aus dem kleinen Führerhaus. Der Geruch von Fisch, Salz und Wasser schien sich tief ins Holz des Kutters eingegraben zu haben. Hier draußen gab es Netze, Seile, Eimer und allerlei Gerätschaften, deren Sinn sich mir als Laie nicht mal ansatzweise erschloss. Besser, ich beobachtete wie geheißen die Natur! Auf der einen Seite befand sich als beigefarbener Streifen der Strand von Zingst, und auf der anderen Seite näherte sich die Sonne dem Horizont. Es würde allerdings noch ein wenig dauern, bis das spektakuläre Farbenspiel begann.

Ich hielt Ausschau nach einer Sitzmöglichkeit. Da es ein Fischkutter und kein Ausflugsboot war, musste ich auf einer harten Metallbox Platz nehmen. Doch das machte die fantastische Aussicht wieder wett. Der Blick über die endlos weite See hatte eine hypnotische Wirkung. Das Chaos in meinem Inneren schien sich wie von selbst zu ordnen, und ich atmete entspannter.

Jakob kam zu mir und setzte sich neben mich. Zu zweit war es ziemlich eng auf der Metallbox, aber das störte mich nicht, im Gegenteil.

»Ich habe etwas für dich.«

»Etwas zu essen?«, entfuhr es mir hoffnungsvoll. Keine Ahnung, wieso ich immer Hunger hatte, wenn ich mit Jakob einen Ausflug machte.

Er schmunzelte. »Das auch! Aber diese Liste wird dir auf lange Sicht wohl mehr helfen …«

Mit diesen Worten zog er ein paar zusammengefaltete Blätter hervor und reichte sie mir.

»Das sind die Mailadressen der Hochzeitspaare, die in den

kommenden Monaten im Leuchtturm heiraten«, erklärte er. »Jetzt kannst du sie kontaktieren und ihnen mitteilen, dass das *Café Liebesbrise* eine neue Pächterin hat und sie den Hochzeitsempfang auch bei dir buchen können.«

Ungläubig starrte ich von Jakob auf die Liste und wieder zurück. Dann fiel ich ihm überschwänglich um den Hals.

»Danke«, jubelte ich. »Danke, danke, danke.«

Er lachte und strich mir mit der Hand über den Rücken.

Diese Adressen waren genau das, was ich gebraucht hatte. Ein warmes Glücksgefühl durchströmte mich. Doch dann kam mir ein anderer Gedanke …

»Darfst du das denn? Ich habe mit diesen Paaren schließlich kein Vorgespräch geführt. Sie kennen mich überhaupt nicht.« Ich schaute ihn stirnrunzelnd an. »Du sollst wegen mir nicht noch mehr Ärger mit dem Bürgermeister bekommen, Jakob!«

Falls er sich deshalb Sorgen machte, ließ er es sich nicht anmerken. Er wiegte lediglich den Kopf hin und her. »Ich baue darauf, dass du nur eine kurze Mail schreibst und die Paare höflich auf deine tollen Angebote hinweist.«

»Du kannst dich auf mich verlassen«, gelobte ich. »Ich werde die Paare nicht mit Mails nerven oder Druck auf sie ausüben. Nur eine nette Nachricht mit den wichtigsten Infos, das war's.«

»Ich weiß.« Er sah mich voller Vertrauen an. »Etwas anderes hätte ich von dir auch nicht erwartet.«

Sein Blick ging mir durch Mark und Bein. Er glaubte mir ohne Vorbehalte, und von seinem früheren Misstrauen war nichts mehr zu spüren.

»Ich habe übrigens auch etwas für dich …« Mit großer Geste, die eines Bühnenzauberers würdig gewesen wäre, zog ich ebenfalls ein zusammengefaltetes Blatt hervor.

»Du hast mir einen Liebesbrief geschrieben?«, fragte Jakob geschmeichelt. »Eine schöne und natürlich nachvollziehbare Geste.«

Ich versetzte ihm lachend einen Klaps. »Nein, das ist besser! Davon hast du mehr als von einem dilettantischen Liebesbrief aus meiner Feder.«

»Sag das nicht! Ich hätte ihn wie einen Schatz bewahrt«, entgegnete er bedeutungsvoll.

Er überflog die aufgelisteten Punkte. »Ein Fragenkatalog für die Hochzeitspaare, die im Leuchtturm heiraten?«

Ich nickte stolz. Von Anfang an hatte ich das Gefühl gehabt, dass der Romantikunterricht im Grunde nicht das Richtige war.

»Wir haben ja schon beim letzten Mal festgestellt, dass man über Romantik streiten kann«, holte ich zu einer Erklärung aus. »Manche Paare halten es sogar für romantisch, dieselbe Zahnbürste zu benutzen …«

»Igitt!«, sagte Jakob, und sein vor Ekel verzerrtes Gesicht brachte mich zum Kichern.

»Genau! Mir ist klar geworden, dass es für Romantik keinen ultimativen Leitfaden gibt«, fuhr ich fort. »Durch die Liebesfilme, die du dir angesehen hast, hast du jedoch schon ein besseres Gespür dafür bekommen, was der Mehrheit gefällt. Und deine Reden werden auf lange Sicht noch besser gelingen, wenn du die Romantik individuell entstehen lässt.« Ich deutete auf die Liste. »Mit diesen persönlichen Fragen erfährst du das Wichtigste über die Paare und ihre Liebe.«

»Wie haben Sie sich kennengelernt?«, las er vor. *»Wann war der Moment, in dem Sie sich in Ihren Partner verliebt haben? Welche drei Charakterzüge lieben Sie an Ihrem Partner am meisten? Was für eine schrullige Eigenheit an ihm möchten Sie nicht mehr missen …«*

»Diese Informationen sind für dich als Standesbeamten Gold wert«, unterbrach ich ihn. »Wenn du in deiner Traurede einige Antworten des Paares einfließen lässt, werden die Anwesenden automatisch gerührt sein, und die Romantik entsteht von ganz allein.«

Ein Lächeln breitete sich auf seinem Gesicht aus. »So könnte es funktionieren. Das ist die Lösung!«

»Mit dem Fragenkatalog wirst du ab sofort auch besser verstehen, was die Leute zum Heiraten bewogen hat. Du musst dich nicht mehr auf deinen persönlichen Eindruck verlassen, mit dem du ja durchaus falschliegen kannst.«

»Danke, Eva.« Er schloss mich in die Arme. Obwohl ich vorhin das Gleiche bei ihm gemacht hatte, reagierte mein Körper auf seine Umarmung deutlich intensiver. Am liebsten hätte ich meine Nase an seinem Hals vergraben und seinen angenehmen Duft inhaliert.

»Gern geschehen«, krächzte ich. Ich freute mich, dass ich ihm hatte helfen können. Auch wenn das gleichzeitig das Ende unseres Romantikunterrichts bedeutete.

Er machte sich von mir los. Seine blauen Augen hielten mich gefangen, und ich atmete nur noch flach. Meinem Herzrasen nach zu urteilen, war es äußerst ungesund, sich mit knapp vierzig noch mal neu zu verlieben. Moment mal … verlieben? Wieso war mir denn dieses bedeutungsvolle Wort durch den Kopf geschwirrt? Beleidigt stellte mein Hirn seine Tätigkeit nun vollständig ein. Ich saß nur noch da und starrte Jakob blöde an. Mir war völlig schleierhaft, worüber sich zwei Menschen, die sich zusammen auf einem Boot befanden, unterhalten könnten.

In diesem Augenblick spiegelte sich goldenes Licht auf Jakobs Zügen. Mein Blick zuckte zum Horizont.

»Oh, verflixt!«, stieß ich aus. »Die Sonne geht unter. Um ein Haar hätten wir es verpasst …«

Jakob griff hinter sich und zauberte einen Picknickkorb hervor, der mir im allgegenwärtigen Chaos überhaupt nicht aufgefallen war, und förderte eine Weinflasche ohne Etikett und zwei Gläser zutage.

»Gemäß unserer Abmachung habe ich für diesen Moment eine Kleinigkeit vorbereitet«, sagte er. »Leckeres von der Insel. Zum einen Apfelwein von meinem Nachbarn Holger. Schmeckt eine Spur säuerlicher als normal, aber alle in Liebwitz lieben das Zeug.«

Er schenkte uns ein, und wir stießen an. In der Hoffnung, dass der Alkohol meine Nerven beruhigte, nahm ich einen großen Schluck.

Ich hustete und zog eine Grimasse. »Sauer macht lustig, hm?«

Er hob den Zeigefinger. »Die Kombination ist hier ausschlaggebend: Sauer und Alkohol machen lustig.«

Erneut griff er in den Korb. »Zum anderen habe ich uns Fischbrötchen mitgebracht. *Kais Räucherbude* in Ahrenshoop macht den besten Fisch – das kann dir jeder hier sagen.«

Da ich mittlerweile kurz vor dem Verhungern war, packte ich gierig das Brötchen aus, und der verlockende Duft von geräuchertem Fisch stieg mir in die Nase. Ich biss hinein und verdrehte genießerisch die Augen.

»Wow!«, entfuhr es mir kauend. »Gigantisch.«

Während wir aßen, versank die Sonne als glühender Feuerball am Horizont. Auf den tanzenden Wellen der Ostsee lag ein goldener Schimmer, und die Wolken am Himmel wurden in wundervolle Orange- und Rottöne getaucht. Das Farbenspiel war beeindruckend – wie das Gemälde eines besonders begabten Künstlers. Mit dem großen Unterschied, dass die Realität nicht kitschig sein konnte.

Ich spülte den Rest des Brötchens mit Apfelwein herunter und blickte zu Jakob. »Ich gebe zu, dass es ein außergewöhnlicher schöner Sonnenuntergang ist. Sehr romantisch.«

»Ich habe es dir doch prophezeit!« Er wirkte zufrieden. »Da fällt mir ein: Eine letzte Frage hätte ich noch an meine Romantiklehrerin. Es gibt etwas, das mich vor ein Rätsel stellt und auf Frauen ein äußerst fragwürdiges Licht wirft.«

Neugierig sah ich ihn an.

»Als guter Schüler wollte ich mich auf den Unterricht vorbereiten und habe mir das hier gekauft …« Er zog aus dem Korb ein dünnes Romanheftchen hervor, auf dem ein Paar in barocker Kleidung abgebildet war. Die Frau lag schmachtend in den Armen des Mannes, und er beugte sich verlangend über sie. Der Titel war *Die Comtesse – Romantik zum Träumen.*

Ich lachte schallend. »Das hast du ernsthaft gelesen?«

Er ächzte. »Ich habe es versucht. Gefällt Frauen so etwas wirklich?«

Verlegen kratzte ich mich am Hals. »Nun ja, manchmal schon. Wenn man viel Stress hat und keine Kraft für ein ›richtiges‹ Buch, sind diese Heftchen zum Abschalten nicht schlecht. Leichte Kost für harte Zeiten.«

Beispielsweise wenn man mitten in einer hässlichen Trennung steckte und nicht mehr wusste, wie man sein Hotel noch retten konnte …

»Bin ich jetzt in deiner Achtung gefallen?«

»Womöglich.« Er legte den Kopf schräg. »Aber ich gebe dir noch eine Chance, dein Urteil zu revidieren. Ich konfrontiere dich jetzt ohne Gnade mit dem Text.«

»Oh nein, bitte nicht!«, flehte ich, doch er zeigte kein Erbarmen.

Jakob blätterte im Heft herum, schlug es auf und holte tief Luft. Dann blinzelte er angestrengt und hielt die Seite ein Stück weiter von sich weg. Aha! Da klopfte offenbar schon die Alterskurzsichtigkeit an die Tür. Vielleicht lag es aber auch an den schlechter werdenden Lichtverhältnissen. Die Sonne am Horizont war mittlerweile schon zur Hälfte verschwunden.

Jakob stand auf und warf sich wie ein Dichter in Pose. *»Claire hatte ihre Zofe schon zur Nacht entlassen und trug lediglich einen Morgenrock, als die Tür ihres Schlafgemachs aufgestoßen wurde«*, las er mit seiner warmen, tiefen Stimme vor. *»Der Comte Frederic de Cars betrat eiligen Schritts den Raum. Sein Blick glitt suchend umher,* *bis er Claire neben dem Bett stehend fand. Einem Raubtier gleich nahm er sie ins Visier. Sofort klopfte Claires Herz bis zum Hals, und sie fasste sich hastig an die Brust, um zu überprüfen, ob das Band ihres Morgenrocks geschlossen war. Es schickte sich nicht für eine junge Dame ihres Standes, einem Mann in diesem Aufzug gegenüberzutreten.«*

Jakob gab mir ein Zeichen, mich ebenfalls zu erheben, und hielt mir das Heft hin. Mit einem Grinsen stand ich auf und las nun den Frauenpart: *»›Was führt Euch zu dieser Stunde zu mir, Comte?‹ fragte Claire mit bebender Stimme, obwohl sie die Antwort kannte.«*

Jakob übernahm wieder. *»Der Comte näherte sich langsam. ›Das wisst Ihr ganz genau. Ihr habt mit voller Absicht den ganzen Abend mit diesem Aufschneider Luynes getanzt! Nur um meine Eifersucht zu schüren. Dabei wisst Ihr, wie ich zu Euch stehe. Eure Blicke gleiten wie Feuer über meine Haut und treiben mich in den Wahnsinn.‹ Mit diesen Worten riss er sie besitzergreifend an sich.«*

Passend zur Szene packte Jakob mich an der Taille und zog mich in einer männlich-dominanten Geste an seine Brust. Mir entwich, ähnlich der Comtesse, ein überraschtes Keuchen. Es wäre durchaus lustig gewesen, wenn es sich nicht so real angefühlt hätte. Überdeutlich spürte ich jede Stelle, an der sich unsere Körper berührten. Mein Herz begann zu rasen, und ich atmete nur noch flach. Jakobs Duft, seine Nähe, seine warme Hand in meinem Rücken – all das ließ meine Knie weich werden.

Er hielt mir das Heft hin, und nur mit Mühe konnte ich mich auf meinen Text konzentrieren. *»Claires Hände legten sich an seine muskulöse Brust – allerdings nicht mit der Absicht, ihn wegzustoßen, wie es sich für eine Dame gehört hätte. ›Oh nein, das dürfen wir nicht! Mein Verlobter wird davon erfahren. Wir müssen unser Verlangen zügeln, Geliebter!‹«*

Entschlossen zog Jakob mich noch näher an sich, sodass kein Blatt Papier mehr zwischen uns gepasst hätte. Eine dunkle Haarsträhne fiel ihm in die Stirn, und er sah mir tief in die Augen. *»In Eurer Gegenwart kann ich mich nicht zügeln. Ich muss Euch küssen, verführen und für mich beanspruchen!«*, zitierte er den Comte und bog mich nach hinten, um mich zu küssen.

Da ich Angst hatte, das Gleichgewicht zu verlieren, klammerte ich mich reflexartig an seine Schultern, sodass ich Jakob noch näher zu mir zog. Die Comtesse wäre stolz auf mich gewesen. Sein warmer Atem strich über meine Lippen. Wie hypnotisiert sah ich zu ihm auf. Auch in Jakobs Augen sah ich Verlangen aufblitzen. Dieses Mal würde er mich küssen, da war ich mir sicher! Meine Finger tasteten sich langsam seinen Nacken hinauf in sein volles Haar. Er überwand die letzten Zentimeter zwischen uns. Als sich Jakobs weiche Lippen auf meine legten, durchlief ein Prickeln meinen Körper. Der Kuss war herzergreifend zart, wie der Flügelschlag eines Schmetterlings – und doch löste er in meinem Inneren einen wahren Sturm an Gefühlen aus. Glück, Freude und Verlangen brachen über mich herein wie eine Welle. Unser Kuss intensivierte sich, wurde leidenschaftlicher, hungriger. Doch gerade als ich die Lippen öffnete, um seine Zunge einzulassen, hielt Jakob mitten in der Bewegung inne.

Er richtete sich abrupt auf und zog mich mit sich in die Höhe. Ich blinzelte benommen.

»Ende der Szene«, verkündete er wie ein Regisseur, trat einen Schritt von mir zurück und fuhr sich mit der Hand durchs Haar.

Wie? Was? Leider gelang es mir nicht ganz so gut, von der Rolle der Comtesse wieder in die Realität zurückzufinden. Benommen tastete ich nach einem aufgehängten Fischernetz neben mir, um einen Halt zu finden. Ich hatte das Gefühl, gerade aus einer Achterbahn gestiegen zu sein. Dieser Kuss hatte sogar den Boden zu meinen Füßen ins Wanken gebracht. Ach so, ich war ja auf einem Boot! Da war das Schwanken normal …

»Auf alle Fälle ist das Schund der übelsten Sorte«, stellte er grimmig fest, holte aus und schmiss das Heftchen kurzerhand über Bord.

»Du hast die Comtesse ins Wasser geworfen«, sagte ich vorwurfsvoll. »Hast du schon mal was von der Verschmutzung der Weltmeere gehört?«

Erschrocken runzelte er die Stirn. »Tut mir leid, daran habe ich nicht gedacht!«, beteuerte er. »Das war ein Reflex.«

War ihm unser flüchtiger Kuss etwa derart unangenehm? Womöglich hatte Mona doch recht gehabt, und ich litt unter exorbitantem Mundgeruch. Ein Fischbrötchen mit Zwiebeln verbesserte so ein Leiden nicht unbedingt. Wahrscheinlich stank ich jetzt aus dem Mund wie ein Mülleimer vor einem drittklassigen Fischrestaurant.

Schuldbewusst sah er auf das Heftchen, das zwischen den Wellen davontrieb. »Verdammt!«, fluchte er. »Zu all dem Müll schwimmen jetzt auch noch der Comte und seine Geliebte im Wasser rum.«

»Immerhin ist es Recyclingpapier«, murmelte ich.

»Wir müssen sofort Greenpeace anrufen und sie warnen, dass vor Zingst was Schlimmeres aufs Festland zutreibt als jeder Ölteppich, den sie je gesehen haben«, versuchte er zu scherzen, doch ich brachte nur ein leichtes Lächeln zustande.

Ich atmete tief durch und riss mich zusammen. »Natürlich ist das nicht unbedingt hohe Literatur. Viele Frauen finden diese Geschichten von stürmischer Liebe jedoch reizvoll, auch wenn sie unrealistisch sein mögen.«

Obwohl sich unsere nachgespielte Szene alles andere als unrealistisch angefühlt hatte. Und falls Jakob nicht ein unglaublich guter Schauspieler war, hatte er es ebenfalls gespürt. Prompt verfingen sich unsere Blicke ineinander.

»Du weißt schon, dass das keine Liebe ist. Das sind nur Verlangen und Leidenschaft«, sagte er mit kühler Stimme.

Ehe ich es verhindern konnte, entgegnete ich leise: »Es könnte jedoch auch der Anfang von etwas ganz Wundervollem sein.«

»Könnte es.« Seine Miene wurde hart. »Meistens führen Verlangen und Leidenschaft aber nirgendwohin.«

Natürlich sprachen wir nicht mehr über den Groschenroman. Zwischen den Zeilen ging es um weitaus mehr, nämlich um ihn und mich. Darum, dass er mich immer wieder von sich stieß, obwohl er sich offensichtlich zu mir hingezogen fühlte. Aber unser Kuss musste doch irgendetwas bedeutet haben? Hannahs mahnende Worte schwirrten in meinem Kopf herum, dass ich Jakob Zeit geben musste. Doch ich konnte einfach nicht.

»Trotzdem könnte es …«, wollte ich widersprechen, aber er fiel mir ins Wort.

»Das ist nicht das, was du willst, Eva. Das weißt du ganz genau«, sagte er mit einer Direktheit, die mich kalt erwischte.

Anscheinend war mir die Kränkung, die sich augenblicklich in mein Herz fraß, im Gesicht abzulesen, denn er trat näher und ergänzte deutlicher sanfter: »Du bist eine wundervolle und liebenswerte Frau. Du hast mehr verdient als das. Viel mehr. Aber ich kann dir das nicht geben.«

Trotzig wollte ich ihm entgegenschleudern, dass ich mich auch mit Verlangen und Leidenschaft zufriedengeben könnte. Dass ich nicht zwingend eine Beziehung und immerwährende Liebe benötigte. Doch das wäre eine Lüge gewesen. Ich würde immer hoffen, dass sich daraus mehr entwickeln würde. Ein Kloß bildete sich in meiner Kehle, und ich brachte kein Wort mehr hervor.

Jakob schaute zum Horizont, wo die Sonne mittlerweile untergegangen war. Die Dämmerung hatte eingesetzt, und der Himmel war in ein tiefes Blau getaucht.

»Wir sollten das letzte Tageslicht nutzen und in den Hafen zurückfahren!«, sagte er knapp.

Ich nickte. Ich wollte nur noch so schnell wie möglich von

diesem Kutter herunter. Plötzlich fand ich das alles unerträglich: das Meer, unser Picknick, die Gespräche, unser Lachen, die Erinnerung an den wunderschönen Sonnenuntergang … Es gab wohl kaum etwas Schlimmeres als einen perfekten romantischen Ausflug, der mit einem gebrochenen Herzen endete.

26. Kapitel

Wir kamen gerade noch rechtzeitig im Hafen an, ehe endgültig die Nacht hereinbrach. Von der lockeren, freundschaftlichen Atmosphäre zwischen uns war nichts mehr zu spüren. Auch die Autofahrt nach Liebwitz verbrachten wir überwiegend schweigend. Jakobs Kiefer war angespannt, seine Miene wurde nur vom elektronischen Licht des Armaturenbretts erhellt. Mit seinem dunklen Haar und den scharf geschnittenen Gesichtszügen erschien er mir fremd und ungewöhnlich düster.

Dieses Mal hatte er mich tatsächlich abgewiesen. Mit einer Deutlichkeit, die keinen Raum für Spekulationen oder Hoffnung ließ. Ich versuchte, den Schmerz darüber zu verdrängen – wenigstens so lange, bis ich aus dem Auto steigen konnte und allein war. Aber es war schwer. Mit jedem Meter, den wir uns Liebwitz näherten, eroberten die Selbstzweifel mein Herz. Wieso wollte er mich nicht? Was stimmte nicht mit mir? Natürlich hatte Jakob behauptet, dass ich eine wundervolle und liebenswerte Frau wäre, die mehr verdiente, als er geben konnte – aber das klang nach den üblichen tröstenden Floskeln. Vielleicht war ich nicht sein Typ? Oder er bevorzugte jüngere Frauen? Womöglich besaß ich zu wenig Sex-Appeal, um ihn ernsthaft in Versuchung zu bringen? Oder ich war zu naiv, zu wenig geistreich, zu … zu …

Krampfhaft starrte ich aus dem Beifahrerfenster, während sich meine Gedanken überschlugen. Ich hatte geglaubt, ich hätte Jakobs Mauer, die er um sich herum errichtet hatte, eingerissen. Was ich nicht geahnt hatte: Dahinter lag offenbar noch eine zweite, weitaus höhere Mauer. Erst jetzt fiel mir wieder ein, dass er mich bei unserem Kennenlernen davor gewarnt hatte, ihm schöne Augen zu machen, da dies zu nichts führen würde. Offenbar war das die Wahrheit gewesen.

Ich wollte mir nicht eingestehen, wie tief verletzt ich war. Doch die Tränen, mit denen ich kämpfte, logen nicht. Denn egal, was ich Peggy oder Mona gegenüber behauptet hatte – ich mochte Jakob. Sehr sogar. Außerdem hätte ich schon blind sein müssen, um ihn nicht auch körperlich attraktiv zu finden. Viel wichtiger war jedoch: Ich hatte geglaubt, wir wären uns nähergekommen. Er hatte mir einfühlsam zugehört und mir das Gefühl gegeben, ihm wichtig zu sein. Jakob hatte sich still und heimlich in mein Herz geschlichen. Dass er mich jetzt von sich stieß, tat weh – und ich war nun mal nah am Wasser gebaut. Während ich regungslos dasaß, liefen mir im Schutze der Dunkelheit stille Tränen über die Wangen.

Leider wusste ich aus Erfahrung, dass ich beim Weinen keinen schönen Anblick abgab. Ich bekam rote Flecken im Gesicht, meine Augenlider schwollen an, und meine Nase lief ohne Unterlass. Deshalb kam ich kurz vor Liebwitz auch in die unangenehme Situation, ein Taschentuch zu benötigen. Und zwar dringend! Von so was war in Liebesfilmen nie die Rede. Sandra Bullock oder Julia Roberts lief nie der Schnodder aus der Nase, wenn ihnen das Herz gebrochen worden war.

Wenn ich allerdings lautstark in ein Taschentuch schnäuzte, würde Jakob wissen, dass ich gerade wie eine Mimose vor mich hin flennte. Aber dieses letzte bisschen Stolz wollte ich mir nicht nehmen lassen! Er sollte denken, dass ich seine Abfuhr wortlos, aber souverän und gelassen akzeptierte. Also tat ich das einzig Mögliche: So leise wie möglich zog ich den Inhalt meiner Nase hoch …

In der angespannten Stille des Wagens erklang ein Geräusch, das sich so anhörte, als würde ein Elefantenbulle in der Kalahari seinen morgendlichen Auswurf durch den Rüssel ziehen. Verdammt! Ich schien ein nicht diagnostiziertes Loch in der Nasenscheidewand zu haben.

»Eva, weinst du etwa?«, fragte Jakob.

Er klang ehrlich betroffen. Ich misstraute meiner eigenen Stimme und schüttelte deshalb lediglich den Kopf. Das wussten schon Kinder: Ohne Worte war es leichter zu lügen. Wenigstens ließ Jakob es darauf beruhen und hakte nicht weiter nach. Doch aus den Augenwinkeln sah ich, wie er das Lenkrad fest umklammert hielt, sodass seine Knöchel weiß hervortraten.

Wir passierten das Ortsschild, und ich atmete erleichtert auf. Nur noch wenige Meter, dann hatte ich es geschafft.

Jakob kam auf dem Parkplatz vor dem Café zum Stehen und stellte den Motor ab. Ich hatte mich in Windeseile abgeschnallt, packte hastig meine Handtasche und öffnete die Tür.

»Tschüss«, brachte ich immerhin noch heraus.

Er stieß hinter mir die Luft aus. Seine Hand legte sich sanft auf meine Schulter. »Bitte warte!«

Ohne mich umzudrehen, hielt ich in der Bewegung inne.

Er grummelte etwas in meinen Rücken, von dem ich nur die Hälfte verstand. Irgendwas mit »leid«. Da gab es jedoch viele Variationsmöglichkeiten. Zum Beispiel: *Des einen Freud, ist des anderen Leid …*

Nun wandte ich mich doch zu ihm um. »Wie bitte?«

Man musste ihm zugutehalten, dass er beim Anblick meines verquollenen Weingesichts nur ein klein wenig zurückzuckte. Seine Augen weiteten sich, als würde ihm jetzt erst klar werden, was er angerichtet hatte. Sanft strich er mir die Tränen von den Wangen.

»Eva, es tut mir leid. Was ich gesagt habe, war gemein und völlig aus dem Zusammenhang gerissen. Außerdem …«, er stieß erneut die Luft aus, »… war es überhaupt nicht die Wahrheit. Kannst du mir bitte verzeihen?«

Er hatte Glück. Ich hatte eine Schwäche für Männer, die in der

Lage waren, sich zeitnah und nicht viel, viel zu spät zu entschuldigen. So wie Thomas.

»Vielleicht. Mal sehen.«

Er hielt mir ein Taschentuch hin. Geräuschvoll putzte ich mir die Nase. Endlich bekam ich wieder Luft!

»Danke«, murmelte ich.

»Kommst du noch mit mir auf den Leuchtturm?«, fragte er plötzlich.

Misstrauisch kniff ich die Augen zusammen. Sie fühlten sich vom Weinen immer noch geschwollen an. »Wieso?«

»Weil ich dir etwas zeigen will«, erwiderte er. »Außerdem möchte ich in Ruhe mit dir reden und dir alles erklären. Du bist mir wichtig.«

»Ach ja?«

»Selbstverständlich«, versicherte er mir und nickte dabei so nachdrücklich, dass mein Ärger dahinschmolz wie Eis in der Sonne.

»Also gut«, lenkte ich ein.

Meine Tochter, die tagelang die beleidigte Leberwurst spielen konnte, hätte mich wahrscheinlich für meine Nachgiebigkeit geschüttelt.

Jakob war die Erleichterung jedoch deutlich anzusehen. Er drückte meine Hand. »Danke!«

27. Kapitel

Wir betraten das Trauungszimmer. Während des Aufstiegs hatte Jakob meine Hand festgehalten, als hätte er Angst, dass ich meine Meinung ändern und wieder kehrtmachen würde.

Er öffnete die Tür zur Aussichtsplattform und schaltete das Licht im Trauungszimmer aus, sodass uns Finsternis umgab. Ich war quasi blind.

»Wieso hast du denn das Licht ausgemacht?«

»Um den Effekt zu steigern.« Ich hörte am Klang seiner Stimme, dass er schmunzelte. »Vertrau mir einfach!«

Zielstrebig führte er mich nach draußen, wo mich ein kühler Nachtwind empfing.

Am Geländer blieb Jakob stehen und beugte sich zu mir.

»Schau nach oben«, raunte er mir ins Ohr.

Ich legte den Kopf in den Nacken, und mir entfuhr ein Laut der Bewunderung. Über mir funkelten Tausende Sterne, der Vollmond stand über dem Meer und warf eine silbrige Schneise auf die Wellen. Auf dem Leuchtturm störten kein Geräusch, kein Licht die stille Schönheit der Nacht. Ich hatte das Gefühl, vom Boden losgelöst zu sein und irgendwo zwischen Himmel und Erde zu schweben.

»Das ist noch schöner als der Sonnenuntergang. Die Sterne wirken hier oben so nah – als könnte ich sie mit der Hand berühren.«

»Wunderschön, nicht wahr?«

Ich schaute zu ihm. Im Mondlicht erkannte ich, dass er nicht den Sternenhimmel, sondern mich beobachtete. Mein Herz machte einen kleinen Satz.

»Das wolltest du mir zeigen?« Ich strich mir über die Arme, auf denen sich eine Gänsehaut gebildet hatte.

»Gehört alles zu der versprochenen Inseltour.« Er zog seine Jacke aus und legte sie mir über die Schultern. Dankbar kuschelte ich mich hinein.

Er lehnte sich ans Geländer. »Ich sollte dir einige Dinge erklären, Eva. Du hast ein Recht darauf zu erfahren, wieso ich keine Beziehung haben möchte – und es ist mir wichtig, dass du mich verstehst.«

»Okay«, sagte ich mit belegter Stimme.

Er atmete tief ein. »Von Smilla habe ich dir ja schon erzählt. Es hat danach natürlich noch andere Frauen in meinem Leben gegeben, aber die Liebe ist mir erst wieder am Tag meines dreißigsten Geburtstags begegnet.«

»Valerie«, entfuhr es mir.

»Du weißt von ihr?«, fragte er überrascht. Ehe ich antworten konnte, gab er sich selbst die Antwort: »Natürlich, der Dorftratsch!«

»Ich kenne keine Einzelheiten«, versicherte ich ihm. »Und ich würde die Geschichte gern von dir hören!«

Er starrte aufs dunkle Meer, und es dauerte einen Moment, ehe er fortfuhr: »Mein Freund Andreas hatte eine Umweltbiologin zu meiner Geburtstagsfeier mitgebracht. Valerie und er arbeiteten zusammen an einem Projekt, und er hatte sich bei ihr wohl mehr erhofft. Doch an diesem Abend bin ich ihm unwissentlich in die Quere gekommen.«

Ich verzog das Gesicht. »Das ist meist nicht gut für eine Freundschaft.«

»Damals hat Andreas es ganz gut weggesteckt«, entgegnete er. »Vor allem, als er sah, dass die Sache zwischen Valerie und mir etwas Ernstes war. Da sie sich wie ich gern in der Natur aufgehalten und für Umweltschutz starkgemacht hatte, waren wir wie Seelenverwandte. Wir verstanden uns ohne Worte.«

»Das klingt schön«, sagte ich, obwohl ich einen eifersüchtigen Stich im Herzen verspürte.

»Schon vor unserer Beziehung hatte Valerie sich gegen Kinder und für ihre Karriere entschieden, sodass alles perfekt zu sein schien. Nach zwei Jahren ist sie bei mir eingezogen, und nach weiteren vier habe ich ihr einen Antrag gemacht. Dieses Mal wollte ich es langsam angehen lassen, zur Sicherheit.«

Das war tatsächlich alles andere als übereilt gewesen.

»Unsere Familien freuten sich über die Verlobung, und wir begannen mit den Hochzeitsvorbereitungen. Andreas und Valeries beste Freundin, die gerade ihr erstes Kind erwartete, wurden unsere Trauzeugen. Dementsprechend oft war Andreas bei uns. Valerie und er haben zusammen die kleineren Details für die Feier vorbereitet.« Er seufzte. »Denn auch bei meiner eigenen Heirat konnte ich mich nicht besonders für Hochzeitskram begeistern.«

Trotz der ernsten Geschichte musste ich schmunzeln. »Du bist nun mal, wie du bist.«

»Offengestanden erkenne ich nicht mal einen Unterschied zwischen *himmelblauen* oder *pastellblauen* Servietten. Deshalb war ich dankbar, dass Andreas mir einiges abgenommen hat.«

Obwohl ich wusste, worauf die Sache hinauslief, zog sich mein Magen krampfhaft zusammen. Fast kam es mir vor, als wäre ich selbst von meinem besten Freund verraten worden.

»Zwei Wochen vor der Hochzeit hat Valerie mir dann gesagt, dass sie schwanger sei. Von Andreas.«

»Das war einfach nur scheiße!«, sprach ich genau das aus, was ich empfand.

Jakob schwieg einen Moment, dann lachte er zu meiner Überraschung lauthals auf. »Ich habe schon so viele Kommentare zu dem Vorfall gehört – voll von Mitgefühl und Mitleid, manchmal ehrlich, manchmal geheuchelt. Aber noch nie hat es jemand so treffend auf den Punkt gebracht wie du. Das war erfrischend.«

»Ich bin nur ehrlich«, entgegnete ich schulterzuckend, wobei seine Jacke ein wenig verrutschte. »Hat dir Valerie auch gesagt, wie es zu dem Fehltritt gekommen ist?«

Er nickte knapp. »Es war wohl eine Kombination aus mehreren Dingen: kalte Füße wegen der Hochzeit. Andreas' Flirtversuche, die ihr geschmeichelt hatten. Die Schwangerschaft ihrer besten Freundin, die Zweifel in ihr geweckt hatte, ob sie nicht doch Kinder haben wollte.« Er seufzte. »Insbesondere bei diesem Thema hatte Andreas natürlich ein offenes Ohr für sie und tröstete sie nach Kräften.«

»Mistkerl!«, knurrte ich.

Allerdings war Valerie auch nicht besser gewesen. Wenn sie Zweifel wegen der Hochzeit oder der Kinderlosigkeit gehabt hatte, hätte sie nicht mit Andreas, sondern mit ihrem zukünftigen Mann darüber sprechen sollen!

»Valerie und ich sagten die Hochzeit ab und trennten uns«, sagte er mit rauer Stimme. »Ich konnte ihr das nicht verzeihen.«

Nun verstand ich, wieso Jakob der Liebe nicht mehr viel abgewinnen konnte. Zwei Mal hatte er sich mit ganzem Herzen auf sie eingelassen – und am Ende nur Schmerz und Verrat erfahren. Jedes tröstende Wort, das mir durch den Kopf schwirrte, fühlte sich hohl und bedeutungslos an.

Er drehte sich zu mir um. »Gar kein optimistischer Spruch? Irgendwas Positives von der Romantikfront?«

Hilflos zuckte ich mit den Schultern. Was sollte ich schon sagen? *Pech gehabt, aber beim nächsten Mal läuft's besser? Wahre Liebe findet ihren Weg? Jeder Topf findet seinen Deckel?* Solche Phrasen wollte ich Jakob ersparen. Es gab offensichtlich Momente, in denen auch Romantikern die guten Ratschläge in Sachen Liebe ausgingen.

»Mir fällt nichts ein«, gestand ich ihm. »Was dir passiert ist, lässt sich nicht schönreden.«

»Wenn selbst du mit deinem Latein am Ende bist, muss es

schlimm um mich stehen«, sagte er betrübt. Doch im Mondlicht glaubte ich, ihn grinsen zu sehen.

»Jedenfalls habe ich nach meinen zwei Fast-Ehen mit dem Thema abgeschlossen«, fuhr er mit seiner Erzählung fort. »Ich verteufle die Liebe nicht, aber ich halte sie lediglich für ein *Nice-to-have.*«

Ich glaubte, mich verhört zu haben. »Wie bitte?«

»Ich denke, man kann auch sehr gut als Single durchs Leben gehen. Ruhiger, ausgeglichener, zufriedener. Eine Ehe bedeutet gleichzeitig auch immer Stress und Arbeit. Das erspare ich mir.«

Mir blieb die Spucke weg. Für einen Standesbeamten war diese Einstellung fast wie Blasphemie.

»Deshalb kommen für mich nur noch unverbindliche Geschichten infrage, bei der beide Seiten wissen, dass sich daraus nichts Festes ergeben wird. Ich habe meine Familie und Freunde, ein schönes Heim und bin beruflich mehr als ausgelastet. Ich brauche dieses ganze Theater nicht, um glücklich zu sein.«

Ich hatte meine Augenbrauen vor Skepsis derart hochgezogen, dass sie jetzt fast unter meinem Haaransatz klebten. »Pfff!«, entfuhr es mir reflexartig.

Er wandte sich mir zu. »Du scheinst anderer Meinung zu sein?«

»Das ist Bockmist«, stellte ich unumwunden fest.

»Bockmist?« Er klang eher amüsiert als verärgert.

Ich nickte vehement. »Ja! Oberbockmist, um genau zu sein. Denkst du ernsthaft, man kann den Entschluss fällen, sich nicht mehr zu verlieben?« Ich schnaubte. »So einem Irrglauben kann auch nur ein Mann anheimfallen. Wenn sich dein Herz für einen anderen Menschen entscheidet, hat dein Verstand überhaupt nichts mitzureden.«

»Das kann auch nur von einer Frau kommen«, entgegnete er ebenso überzeugt. »Wir Männer sind nämlich wahre Meister darin, unerwünschte Gefühle in Schach zu halten.«

Angesichts seiner Entschlossenheit geriet mein Glauben an

die Kraft der Liebe etwas ins Wanken. Vielleicht war ich naiv? Zu blauäugig, um der Realität ins Auge zu sehen? Womöglich war die Liebe doch nicht die Lösung aller Probleme …

Kälte breitete sich in mir aus, die nicht von der Kühle der Nacht stammte. Denn mir wurde klar, was das alles für mich bedeutete: Für Jakob und mich würde es kein Happy End geben.

»Danke, dass du so ehrlich warst«, brachte ich mit belegter Stimme hervor. »Jetzt verstehe ich dich besser.«

Das tat ich tatsächlich. Jakob war nicht bereit, sein Herz wieder zu öffnen. Und das musste ich wohl oder übel akzeptieren. Auch ich war nicht frei von Altlasten. Schon gar nicht, solange meine Scheidung noch nicht durch war. Es war besser, mich von Jakob zurückzuziehen! Dass mein eigenes Herz dabei lautstark protestierte, versuchte ich zu ignorieren.

»Vielleicht sollten wir langsam wieder runtergehen …«

»Aber ich war noch gar nicht fertig«, erwiderte er. »Ich muss dir noch von der dritten Frau in meinem Leben erzählen.«

Ach herrje, es gab noch eine, die ihm das Herz gebrochen hatte? Ich wusste nicht, ob ich mir diese Geschichte auch noch anhören wollte.

»Als ich sie das erste Mal getroffen habe, empfing sie mich in einem alten Schlafshirt und mit zerzausten Haaren. Ich bin in aller Frühe bei ihr daheim reingeplatzt. Trotzdem lächelte sie freundlich und war außerordentlich höflich zu diesem grantigen Kerl, der da vor ihrer Tür stand.«

Von einer Sekunde auf die andere klopfte mir das Herz bis zum Hals. Er sprach von mir?

»Ein seltsames Verhalten, wenn du mich fragst!«, wandte ich ein.

»Ja, mir war das auch gleich suspekt«, gab er zu. »Außerdem musste ich mir echt Mühe geben, nicht auf ihre fantastischen Beine zu starren. Dieses Schlafshirt war wirklich extrem kurz.«

Zusätzlich zu meinem Herzklopfen stieg mir jetzt auch noch Hitze in die Wangen. Meine stille Hoffnung, dass er meinen geblümten Schlüpfer nicht gesehen hatte, schmolz dahin. Leider war mir immer noch nicht ganz klar, auf was Jakob hinauswollte.

Er sah auf mich herab, während der Mond und die Sterne in all ihrer Schönheit über uns funkelten.

»Bei unserem zweiten Treffen hatte sie deutlich mehr an, aber dafür war die Bluse so tief ausgeschnitten, dass ich kaum einen klaren Gedanken fassen konnte.«

Jetzt übertrieb er aber! *Sooo* tief war der Ausschnitt auch nicht gewesen. Bevor ich allerdings widersprechen konnte, zog er mich einfach an sich. Seine plötzliche Nähe machte mich schwindlig, und meine Widerworte blieben mir in der Kehle stecken.

»Außerdem hatte sie wieder diese hartnäckige Freundlichkeit an sich, obwohl ich mich wie ein garstiger Stoffel verhalten habe. Wie sich herausstellte, war sie eine Frau, die an das Gute im Menschen glaubte und trotz allem, was sie erlebt hatte, leidenschaftlich für die Liebe eintrat.« Sein Atem strich beim Sprechen über meine Wange, und ein leichter Schauer rieselte meinen Rücken hinab.

»Ich hatte fest vor, nur mit dir befreundet zu sein. Als wir jedoch eine Grenze zu überschreiten drohten, wollte ich Schadensbegrenzung betreiben und dich …« Er stockte.

»… wieder auf Abstand halten«, beendete ich leise seinen Satz.

»Ich dachte, es wäre für uns beide das Beste.«

Seine Fingerspitzen wanderten meinen Rücken hinauf. Dabei rutschte seine Jacke von meinen Schultern und fiel zu Boden, doch wir achteten beide nicht darauf. Mittlerweile war mir nicht mehr kalt, im Gegenteil.

»Aber ich kann dich nicht auf Abstand halten«, sagte er mit rauer Stimme. »Und ehrlich gesagt will ich es auch nicht mehr.«

Er hob mein Kinn an, und obwohl ich durch die Dunkelheit seine Augen nicht sehen konnte, spürte ich seinen intensiven Blick auf mir. »Als du vorhin im Auto geweint hast, hat es mich innerlich zerrissen. Ich will dir nicht wehtun, Eva! Im Gegenteil. Seit du in mein Leben getreten bist, hat sich so vieles zum Positiven verändert. Ich freue mich sogar auf jede einzelne Hochzeit im Leuchtturm, weil ich dann in deiner Nähe sein kann.«

»Jetzt übertreib mal nicht«, erwiderte ich schmunzelnd.

»Es ist die reine Wahrheit!«

Er lehnte seine Stirn an meine. »Du hattest völlig recht: Man kann sich nicht bewusst gegen die Liebe entscheiden – noch nicht mal ich, obwohl ich wahrscheinlich der sturste Mann auf der ganzen Insel bin.«

Er streichelte zärtlich über meine Wange. In der Dunkelheit konnte ich keine Details seines Gesichts mehr ausmachen, so nah waren wir uns. Wir verschwammen einfach miteinander, wurden eins.

»Davon abgesehen war ich viel zu lange allein – und das hat mich wahrscheinlich …«

»Jakob?«, unterbrach ich ihn.

»Ja?«

»Du redest zu viel.«

Er lachte leise. »Ich garantiere dir, dass du das zum letzten Mal zu mir gesagt hast!«

Ohne ein weiteres Wort und mit einer Entschlossenheit, die ich nicht erwartet hatte, legte er seine Lippen auf meine und eroberte meinen Mund. Der Kuss war leidenschaftlich, sinnlich und dominant. Aber das war genau das, wonach ich mich gesehnt hatte. Als seine Zunge zum ersten Mal meine umspielte, schoss ein Feuer durch mich durch und raubte mir den Atem. Jede Faser meines Körpers schien auf Jakob zu reagieren. Das Verlangen, das schlagartig in mir erwachte, hatte ich in dieser Intensität noch nie empfunden. Meine Hände wanderten von seinem Rücken zu seinem Oberkörper, strichen über seine muskulöse Brust. Am liebsten hätte ich jede Stelle seines Körpers erkundet. Als er unseren Kuss für einen Moment unterbrach, entwich mir ein Seufzer.

»Das ist der Beweis, dass Reden überbewertet wird«, sagte ich. »Wir sollten unbedingt weitermachen!«

Ich spürte sein amüsiertes Lachen unter meinen Händen. »Auf deine Verantwortung! Denn ich kann nicht garantieren, dass ich wieder damit aufhören kann.«

»Vielleicht will ich das gar nicht«, gab ich mit erhitztem Gesicht zurück.

Er knabberte an meinem Ohrläppchen und setzte dann eine Spur aus zärtlichen Küssen meinen Hals hinab. Als er die empfindliche Stelle im Übergang zur Schulter erreichte, legte ich den Kopf zurück und stöhnte leise. Über mir wölbte sich der Nachthimmel in all seiner bezaubernden Schönheit. Die Sterne über Liebwitz funkelten wie kostbare Diamanten.

»Weißt du, dass du unfassbar gut riechst?« Jakob vergrub seine Nase an meiner Haut. »Ich kann von deinem Duft nicht genug bekommen.«

Als er mich erneut küsste, wusste ich, dass ich rettungslos verloren war. Dieser Mann brachte mich um den Verstand. Mit seiner Offenheit, seinem Sinn für Gerechtigkeit und seinem Lachen hatte er sich still und heimlich einen Weg in mein Herz gebahnt. Bevor ich mich endgültig im Glück des Augenblicks verlor, schoss mir das Zitat durch den Kopf, von dem ich Jakob erzählt hatte. Jetzt erschien es mir fast wie Schicksal, denn es passte perfekt auf diesen Moment: *»Die Liebe ist wie ein funkelnder Stern am Nachthimmel – sie zaubert Licht in die Dunkelheit und weist dir die Richtung.«*

28. Kapitel

»Ooooh, wie schön!«, hauchte Mona ins Telefon, als ich mit meinem Bericht des vorangegangenen Abends fertig war. »Auch wenn es natürlich bedauerlich ist, dass das Kondom schon wieder nicht zum Einsatz gekommen ist.«

Ich verdrehte die Augen, während ich im Café die Spülmaschine ausräumte. Es war noch früh, und ich hatte gerade erst geöffnet. Im Augenblick saßen nur drei rüstige alte Damen auf einem Sofa am Fenster und unterhielten sich angeregt.

»Ich finde das völlig in Ordnung«, erwiderte ich mit gesenkter Stimme. »Ich teile Jakobs Meinung, dass wir es langsam angehen und nichts überstürzen sollten.«

Gestern Nacht hatte ich das noch anders gesehen. Ich war derart in Jakobs Armen dahingeschmolzen, dass ich zu so etwas wie klarem Denken überhaupt nicht mehr fähig gewesen war.

Mona seufzte erneut. »Ich hatte gleich das Gefühl, dass das zwischen euch etwas Ernstes ist.«

»Jetzt mach mal halblang!«, bremste ich ihren Enthusiasmus. »Der Zauber der Verliebtheit ist noch kein Garant für eine funktionierende Beziehung.«

Immerhin hatte man sich ab einem gewissen Alter spezielle Eigenheiten zugelegt, die auf einen neuen Partner durchaus abschreckend wirken konnten. Zum Beispiel war ich ein Morgenmuffel und wollte vor meinem ersten Kaffee nicht direkt angesprochen werden. Jakob und ich kannten uns noch nicht gut genug, um von unseren speziellen Macken zu wissen. Erst die Zeit würde zeigen, ob wir auch im Alltag kompatibel waren.

»Pfff!«, stieß meine Schwester abfällig aus. »Seit wann bist du denn so schrecklich vernünftig?«

Ich polierte gerade ein Glas und hielt abrupt inne. Für mich als Romantikfan war diese Abgeklärtheit in der Tat ungewöhnlich. Allerdings war es manchmal klüger, ein bisschen Vernunft walten zu lassen – selbst in der Liebe. Ansonsten hatte man viel zu hohe Erwartungen und wurde am Ende enttäuscht. Wenigstens das hatte ich aus dem Desaster mit Thomas gelernt. Trotzdem: Wie lange war es her, dass ich zum letzten Mal Schmetterlinge im Bauch hatte? Eindeutig viel zu lange! Und es fühlte sich großartig an.

»Du hast recht, ich sollte es genießen.«

Jedes Mal, wenn ich an Jakobs Küsse zurückdachte, verspürte ich dieses angenehme Flattern in der Magengegend. Ganz egal, wie es sich zwischen uns entwickeln mochte – diesen Moment auf dem Leuchtturm würde ich nie vergessen. Denn es war einmalig und wunderschön gewesen. Jakob hatte mir das Gefühl gegeben, perfekt zu sein. Während ich an ihn dachte, musste ich unwillkürlich lächeln.

»Hat er sich heute schon bei dir gemeldet?«, wollte Mona wissen.

»Ja, vor etwa zwanzig Minuten.«

Bis dahin war ich ein Nervenbündel und voller Sorge gewesen. Eine kleine fiese Stimme in meinem Kopf hatte mich nämlich davon überzeugen wollen, dass Jakob den gestrigen Abend zwischenzeitlich garantiert bereute. Schließlich hatte er recht überzeugt gewirkt, als er sich gegen eine feste Beziehung ausgesprochen hatte. Ich hatte mir schon ausgemalt, wie er sich gleich nach dem Aufstehen den Kopf darüber zerbrach, wie er mich wieder loswerden sollte. Doch dann hatte Jakob mir zum Glück geschrieben. Da er kein Mann vieler Worte war, hatte seine Nachricht lediglich aus einem einzigen Emoji bestanden: einem roten Herz. Das hatte mir genügt. Ich hatte mein Handy an meine Brust gepresst und breit gegrinst.

In diesem Augenblick winkten mich die älteren Damen zu sich an den Tisch.

»Mona, ich muss aufhören! Ich melde mich, wenn es Neuigkeiten gibt.«

»Ist gut! Und halte das Kondom griffbereit, Schwesterherz!«, erwiderte sie kichernd.

Himmel, sie würde sich niemals ändern!

*

Nachdem ich am Abend das Café geschlossen und alles sauber gemacht hatte, stand ich am Fenster und starrte brütend auf den leeren Parkplatz. Aus beruflicher Sicht war es ein richtig guter Tag gewesen, denn es waren erfreulich viele Gäste gekommen. Mein Stimmungstief hatte einen anderen Grund.

Zum hundertsten Mal zog ich mein Handy hervor und starrte auf das Display. Seit dem Herz-Emoji heute Morgen hatte ich nichts mehr von Jakob gehört. Dabei hatte er den ganzen Nachmittag Trauungen im Leuchtturm abgehalten. Wie selbstverständlich war ich davon ausgegangen, dass er nach der letzten Hochzeit bei mir vorbeischauen würde. Doch jetzt war sein Auto weg. Vielleicht hatte er noch einen dringenden Termin? Allerdings wäre für einen kurzen Kuss doch sicherlich Zeit gewesen, oder?

Außer natürlich, er bereute nun doch den gestrigen Abend. Womöglich waren Jakob im Laufe des Tages Zweifel gekommen, und er hatte sich entschlossen, sich lieber wieder in seine emotionale Festung der Gleichgültigkeit und Einsamkeit zurückzuziehen. Je länger ich darüber nachdachte, desto nichtssagender erschien mir sein Herz-Emoji. Ich für meinen Teil schickte das allen möglichen Leuten. Stöhnend rieb ich mir übers Gesicht. Diese Ungewissheit machte mich wahnsinnig!

Nervös trommelte ich mit der Fußspitze auf den Boden. Gestern Abend hatte ich es noch toll gefunden, verliebt zu sein. Wundervoll, berauschend und beglückend. Ich war tatsächlich mit einem Lächeln im Gesicht eingeschlafen. Im Moment jedoch fand ich meine frisch erwachten Gefühle für Jakob richtig doof. Denn ich sehnte mich nach ihm und wollte ihn sehen. Ich brauchte die Gewissheit, dass er mich genauso vermisst hatte wie ich ihn. Deshalb hatte ich ihm auch eine Nachricht geschrieben und gefragt, ob wir uns heute noch treffen. Bisher hatte ich allerdings keine Antwort erhalten. Wieso meldete er sich nicht bei mir? Schließlich hatte ich ihn sogar angerufen, aber Jakob hatte nicht mal abgenommen.

Ich ärgerte mich über mich selbst, weil ich hier wartete und mein Handy anstarrte, als wäre es eine wertvolle Reliquie, der jederzeit ein Wunder in Form einer Nachricht entspringen könnte. Ich hatte schließlich auch Besseres zu tun.

Dann meldete er sich eben nicht, na und? So etwas sah ich völlig locker und entspannt. Ich gehörte nicht zu diesen verkrampften Frauen, die sich verzweifelt nach der Bestätigung eines Mannes sehnten und … Moment mal! War da draußen nicht ein Motorengeräusch?

Ich drückte mir fast die Nase am Fenster platt, um das Auto ausmachen zu können. Allerdings schien es vor dem Parkplatz und somit außer Sichtweite Halt gemacht zu haben. Offenbar hatte der Fahrer vor unserer privaten Garage geparkt. Gleich darauf klingelte es an der Hintertür.

Jakob! Er war gekommen. Endlich.

In Windeseile rannte ich durch die Küche, riss die Tür auf – und mein freudiges Lächeln erstarb.

Es war nur Thomas. Mein Ex war ungewohnt leger in Jeans und einem dunkelgrau melierten Pullover gekleidet. Erst jetzt fiel mir wieder ein, dass Nele etwas von einem Treffen erzählt hatte. Hatte sie nicht erwähnt, dass sie nach Rostock ins Kino gehen wollten?

Kaum erblickte er mich, legte sich seine Stirn in Falten, und er deutete auf mich.

»Duuu!«, sagte er anklagend.

Oh, oh! Ich hatte ganz vergessen, dass ich ihm mit Neles Augenbrauenpiercing einige nervenaufreibende Tage eingebrockt hatte. Hektisch sah ich mich nach einer Fluchtmöglichkeit um, doch es war zu spät.

»Was hast du dir eigentlich dabei gedacht?«, begann er auch schon zu zetern. »Ich kann ja verstehen, dass du dich alleingelassen fühlst und einige Dinge auf mich abwälzen willst. Aber ein Piercing, Eva! Ein PIERCING!«

»Ähm …« Ich kratzte mich verlegen am Hinterkopf.

»Du kannst doch einer Fünfzehnjährigen nicht erlauben, ihr hübsches Gesicht mit Metall zuzutackern!«

Die schöne Selbstzufriedenheit, die ich die letzten Tage bezüglich meines genialen Coups empfunden hatte, verpuffte schlagartig, und Schuldgefühle machten sich in mir breit.

»Ähm …«, wiederholte ich wenig schlagfertig.

Er stemmte die Hände in die Hüften, schüttelte den Kopf und stieß langsam die Luft aus.

Trotz seiner wütenden Worte erkannte ich, dass er nicht ganz so aufgebracht war, wie er tat. Nach so vielen Ehejahren wusste man, wenn der Partner ernsthaft sauer war.

Endlich kam mein Hirn wieder in Schwung, und ich fand meine Sprache wieder.

»Ich hatte einfach nicht die Kraft, schon wieder mit ihr zu streiten«, erklärte ich.

Ich sah kurz über meine Schulter zur Treppe. Obwohl von Nele nichts zu sehen war, trat ich vorsichtshalber zu Thomas vor die Tür und fuhr mit gesenkter Stimme fort: »Es ist unglaublich ermüdend, mit ihr jede Kleinigkeit auszudiskutieren. Es gibt Momente, da habe ich einfach keine Energie mehr. Es erschien mir irgendwie gerecht, dass du dich auch mal mit den pädagogischen Freuden einer Teenagertochter herumschlagen darfst.«

Eine Böe vom Meer versuchte vergeblich, mit seinen kurz geschnittenen grau melierten Haaren zu spielen. Nur eine einzelne verirrte Strähne an der Stirn wiegte sich leicht im Wind. Thomas' Gesichtszüge waren mir fast so vertraut wie meine eigenen.

Sein Blick wurde weicher. »An deiner Stelle hätte ich wohl schon früher die Waffen gestreckt«, räumte er ein.

Er berührte mich leicht am Arm. »Wie ich schon gesagt habe: Es tut mir leid, dass ich mich so wenig um unsere Tochter gekümmert habe. Ab sofort werde ich mich wieder mehr einbringen.«

Seine Reue wirkte aufrichtig. »Deine Aufmerksamkeit tut ihr gut«, gab ich zu.

»Mir tut es auch gut, mit ihr zusammen zu sein. Zu lange Zeit war ich mit mir selbst und dem Chaos, das ich angerichtet habe, beschäftigt. Meinen Pflichten als Vater jetzt wieder nachzukommen erdet mich. Und hilft mir, mir die wirklich wichtigen Dinge im Leben bewusst zu machen.«

Ich sah ihn verblüfft an. Dass Thomas solche weisen Worte von sich gab, hätte ich noch vor Kurzem für unmöglich gehalten.

Er setzte sogar noch eins drauf. »Deine kleine Racheaktion habe ich verdient. Vielleicht ist es dir ein Trost: Nele setzt alles daran, mich mit ihrem Telefonterror in den Wahnsinn zu treiben.«

Er zog eine derart gequälte Miene, dass ich mir ein Schmunzeln nicht verkneifen konnte.

»Ich hoffe, du gibst nicht nach, was das Piercing betrifft?«, hakte ich nach.

»Nur über meine Leiche!«, verkündete er.

»Dann ist ja gut, dass ich auf deine Entschlossenheit gesetzt habe.«

Er sah mir in die Augen. »Du weißt, dass ich bis zum letzten Atemzug kämpfe, wenn ich mich für etwas entschieden habe.«

Seinem eindringlichen Blick nach zu urteilen, sprach er nicht allein über das Piercing. Als wir uns kennenlernten, hatte er auch alles darangesetzt, mein Herz zu gewinnen. Wir hatten uns zum ersten Mal auf einem Grillfest bei Freunden getroffen – er ein Student, ich Abiturientin. Thomas hatte mich mit seinem selbstbewussten Auftreten und seiner Ernsthaftigkeit, die vielen Jungs in seinem Alter abging, zwar beeindruckt, aber von Liebe auf den ersten Blick konnte keine Rede sein. Wir wurden erst einmal nur Freunde. Seine Behauptung, dass ich die Frau sei, die er mal heiraten würde, hatte ich zu jener Zeit noch für einen Scherz gehalten. Doch es war ihm ernst gewesen, und er hatte alles darangesetzt, mich von sich zu überzeugen: Er war für mich da gewesen, wenn es mir schlecht ging, hatte gemeinsame Ausflüge geplant und mir Komplimente gemacht. Er hatte mich nach allen Regeln der Kunst umworben und mich bei meiner beruflichen Laufbahn ermutigt, als mir Zweifel gekommen waren, ob ich tatsächlich das Zeug dazu hatte, ein großes Hotel zu leiten. Schlussendlich war ich davon überzeugt gewesen, keinen besseren Mann finden zu können. Ja, Thomas kämpfte in der Tat für seine Ziele!

»Papaaa!«, ertönte Neles Stimme hinter uns.

Er lächelte liebevoll. »Mein Schatz, schön, dich zu sehen!«

Nele stürzte sich in seine ausgebreiteten Arme – genau wie damals, als sie laufen gelernt und ihre ersten Schritte getan hatte. Nur konnte Thomas sie mittlerweile nicht mehr herumwirbeln, bis sie vor Freude kreischte.

»Hast du schon einen Film ausgesucht?«, wollte er wissen.

»Ja, aber welcher, wird noch nicht verraten«, entgegnete sie geheimnisvoll.

Thomas wandte sich an mich. »Hast du heute Abend etwas Schönes vor?«

Seine Frage traf mich unvorbereitet. Deshalb fiel mir spontan auch keine gute Ausrede ein.

»Ähm, ich mache …«, ich legte eine kurze Pause ein, um meinem Hirn die Möglichkeit zu geben, sich eine tolle Freizeitaktivität auszudenken, doch da kam nichts, »… nix Besonderes. Wahrscheinlich erledige ich die Wäsche oder die Buchhaltung.«

Das waren zwar sinnvolle Beschäftigungen, aber in Wahrheit würde ich meine Zeit wohl eher damit verbringen, auf eine Nachricht von Jakob zu warten und mich zu fragen, wieso er sich nicht meldete. Da mein Handy bisher keinen Laut von sich gegeben hatte, wusste ich, dass er mir immer noch nicht geschrieben hatte.

»Komm doch mit, Mama!«, schlug Nele zu meiner Überraschung vor.

»Nein!« Ich hob abwehrend die Hände. »Es ist euer Abend.«

»Quatsch!«, widersprach sie vehement. »Das wird toll. Wir drei gehen zusammen ins Kino, genau wie früher.«

Das begeisterte Strahlen in ihrem Gesicht versetzte mir einen Stich. Es war nicht überraschend, dass sie sich nach ihrer Familie zurücksehnte. Es so deutlich vor Augen geführt zu bekommen, schmerzte mich trotzdem.

»Ich würde mich freuen, wenn du uns begleitest«, unterstützte sie nun auch Thomas. »Dann kaufen wir uns wie immer eine Jumbofamilienpackung Popcorn und futtern so viel, dass uns schlecht wird.«

»Bitte, Mama, gib dir einen Ruck!«, bettelte Nele. »Abgesehen davon wolltest doch noch etwas Wichtiges mit Papa besprechen …«

Ach ja, richtig! Ich hatte ihr versprochen, mit ihrem Vater über die Aufhebung des Internetverbots zu reden. Tatsächlich war der Ausflug dafür eine gute Gelegenheit – und für Nele war diese Angelegenheit verständlicherweise dringend.

Immer noch zweifelnd sah ich von Nele zu Thomas. Schließlich konnte ich mir nicht verkneifen, kurz mein Handy zu checken. Kein Lebenszeichen von Jakob, genau wie erwartet. Meine

Geduld war endgültig erschöpft. Sollte er doch bleiben, wo der Pfeffer wächst!

Ich hob den Kopf. »Okay, ich komme mit!«

29. Kapitel

»Ich lasse dich für deine Schandtaten büßen«, grollte Thomas mit seiner tiefen Batman-Stimme, die er schon immer perfekt imitieren konnte. *»… und klau dir deine Pommes!«*

Nele prustete los, und ich konnte nicht anders, als in ihr Lachen einzustimmen. Er schnappte sich grinsend eine Fritte von ihrem Teller.

Wir hatten uns im Kino einen neuen Batman-Film angesehen – mit der im Grunde üblichen Handlung: Der superreiche, aber leicht melancholische Batman rettet mit einer schönen Frau an seiner Seite Gotham City vor dem Bösen. Nichtsdestotrotz war es unterhaltsam gewesen, und ich war froh, mitgekommen zu sein. Der Ausflug hatte mich von meinem Herzschmerz abgelenkt. Wohlweislich hatte ich mein Handy zu Hause gelassen, denn ansonsten hätte ich im Kino nicht auf die Leinwand, sondern permanent auf mein Display geglotzt. Falls Jakob sich in der Zwischenzeit bei mir gemeldet hatte, würde er mal am eigenen Leib erfahren, wie nervenaufreibend es war, auf eine Antwort zu warten.

Das Zusammensein mit Thomas war nicht so unangenehm wie befürchtet. Mit ihm und unserer Tochter unterwegs zu sein fühlte sich erschreckend normal an. Als hätte es unsere Trennung nie gegeben. Wir hatten über Alltägliches geplaudert, uns an amüsante Erlebnisse erinnert, und Nele hatte sogar bereitwillig vom Tonnenkloppen-Training erzählt. Trotz ihres Talents standen ihre Chancen auf den Titel dieses Jahr wohl nicht so gut, da die Zeit bis zum Turnier für eine perfekte Vorbereitung einfach nicht ausreichte. Thomas und ich hatten Nele trotzdem Mut gemacht.

Nun saßen wir zusammen in einem Schnellimbiss in der Nähe des Kinos, denn nach dem vielen Popcorn hatten wir Heißhunger auf etwas Herzhaftes bekommen. Für unsere frischgebackene Vegetarierin gab es lediglich eine doppelte Portion Pommes, aber das schien Nele nicht zu stören.

Ich gabelte mein letztes Stück Currywurst auf. »Da wir auf der Herfahrt offiziell die Aufhebung deines Internetverbots beschlossen haben, habe ich eine Überraschung für dich«, sagte ich kauend.

Tatsächlich hatte es wegen des Verbots nicht sonderlich viel Überredungskunst gebraucht, und Thomas hatte überraschend schnell eingelenkt. Sehr zur Freude unserer Tochter.

Ich kramte in meiner Handtasche nach dem Geschenk, das ich vorhin in aller Eile eingesteckt hatte. Ich war froh, dass ich trotz des spontanen Ausflugs daran gedacht hatte.

»Momentan habe ich leider nicht das Geld für ein neues Handy. Aber ich habe mit Mona telefoniert, und du weißt ja, dass dein Onkel ein Technikfreak ist und ein Handy für ihn nach spätestens einem Dreivierteljahr uralt ist.« Ich überreichte Nele den kleinen Karton. »Mona hat mir deshalb per Post ein so gut wie neues …«

Ich kam nicht weiter, denn sie kreischte begeistert auf. Zwei Leute, die gerade an der Theke bestellten, sahen sich irritiert zu uns um, aber das störte Nele nicht im Geringsten. Mit leuchtenden Augen hielt sie ihr neues Handy in die Höhe. Ihre Lippen formten sich zu einem lautlosen und ehrfürchtigen »Oh«.

»Es ist voll aufgeladen, und ich habe schon die wichtigsten Apps runtergeladen.«

»Danke, Mama!« Sie fiel mir stürmisch um den Hals. Lächelnd strich ich ihr über den Rücken, während ich Thomas' Blick auffing. Er betrachtete uns schmunzelnd und zwinkerte mir zu.

Sie gab mir einen Kuss auf die Wange. »Danke, danke, danke! Du bist die Beste.«

»Gern geschehen«, erwiderte ich. »Deine Tante und dein Onkel freuen sich sicherlich, wenn du bei ihnen anrufst und dich für ihr großzügiges Geschenk bedankst.«

Sie löste sich von mir. »Das wird morgen früh mein erster Anruf sein«, gelobte sie.

Fieberhaft tippte sie auf dem Handy herum. »Wo fange ich nur an?«, murmelte sie. »Ich muss neue Accounts anlegen, mich mit den anderen vernetzen, Klingeltöne festlegen, Kontakte eingeben …« Sie riss den Kopf in die Höhe. »Ein Profilbild! Ich brauche ein gutes Selfie.«

Sie sah sich um und verzog das Gesicht. »Aber ganz bestimmt nicht hier drin.«

In dem Punkt musste ich ihr zustimmen. Wie bei fast jedem Schnellimbiss war das Ambiente irgendwo zwischen Bahnhofsrestaurant und öffentlicher Duschkabine anzusiedeln.

»Ist es okay, wenn ich kurz nach draußen gehe?«

Ich scheuchte sie grinsend davon. »Nur zu! Aber bitte nicht zu weit.«

Immer noch strahlend eilte sie davon. Als sich meine Aufmerksamkeit wieder auf Thomas richtete, bereute ich jedoch, Nele weggeschickt zu haben. Denn jetzt waren wir allein. Sofort veränderte sich die Atmosphäre zwischen uns. Verdammt, das war unangenehm …

Thomas studierte plötzlich mit äußerstem Interesse die Menüauswahl über der Theke, während ich dringend meinen Flüssigkeitsspeicher auffüllen musste und hingebungsvoll an meinem Wasser nuckelte. Als die Flasche leer war, starrte ich angestrengt nach draußen – in der Hoffnung, Nele zu entdecken, die in Rekordzeit ein perfektes Selfie geknipst hatte. Dabei fiel mir Thomas' Spiegelung im Fenster auf. Nun, da ich mich von ihm abgewandt hatte, blickte er zu mir, und die Traurigkeit, die plötzlich auf seinem Gesicht lag, berührte etwas in mir. Obwohl ich eigentlich jede

Berechtigung hatte, ihn mit Missachtung zu strafen, beschloss ich, über meinen Schatten zu springen.

Ich holte tief Luft. »Wegen des …«

»Wie läuft …«, fragte er genau zur selben Zeit.

Wir lachten beide – was immerhin einen Teil der Anspannung vertrieb.

Er legte den Kopf zur Seite. »Es ist seltsam, wie es jetzt zwischen uns ist«, stellte er fest. »Befremdlich. Ungewohnt.«

»Das kannst du laut sagen«, stimmte ich ihm zu. »Es scheint nur gut zu funktionieren, solange es um unsere Tochter geht.«

»Immerhin ein Anfang, oder? Viele getrennte Eltern schaffen nicht mal das.« Er lächelte, doch die Wehmut in seinen Augen blieb. Er räusperte sich und machte eine auffordernde Handbewegung. »Aber ich habe dich unterbrochen. Was wolltest du gerade sagen?«

»Du hast vorhin im Auto wegen Neles Internetverbot verdächtig schnell eingelenkt. Warst du schon länger der Meinung, dass wir es aufheben sollten?«

»Ja, war ich.«

Ich blinzelte irritiert. »Wieso hast du nichts gesagt?«

Er zuckte mit den Schultern. »Ich wusste, dass du noch nicht so weit warst, und wollte dir nicht in den Rücken fallen.«

Das war nett und rücksichtsvoll von ihm gewesen. Vor allem, wenn man bedachte, wie viel Pluspunkte er bei Nele gesammelt hätte, wenn er sich offen gegen mich gestellt hätte. Dummerweise weigerte sich ein Teil von mir, seine selbstlose Tat anzuerkennen. Man hätte ihn auch den »Mona«-Teil nennen können, denn genau wie meine Schwester wollte ich an dem Bild festhalten, dass Thomas ein verräterischer Mistkerl war. Schon allein aus Selbstschutz. Schließlich war ich schon einmal blind gewesen, was seine charakterlichen Untiefen betraf.

Als ich beharrlich schwieg, fuhr er fort: »Wir waren immer der

Meinung, dass wir als Eltern mit einer Stimme sprechen müssen, erinnerst du dich? Wenn es unsere Tochter betraf, waren wir stets ein Team. Wir *sind* ein Team, Eva! Deshalb wollte ich dich nicht überrumpeln. Niemand weiß besser als ich, was dieser Abend in dir ausgelöst hat, als Nele in ihrem Zimmer draußen auf der Fensterbank saß und in die Tiefe gestarrt hat. Die Angst, sie zu verlieren, hat deine Welt erschüttert und dein Herz zerrissen. Mir ging es nämlich genauso.«

Viel mehr als Glück verband zwei Menschen manchmal der Schmerz, den sie miteinander geteilt hatten. Das erkannte ich in diesem Moment. Nur Thomas konnte wirklich nachvollziehen, wie nachhaltig mich der besagte Abend geprägt hatte. Und trotz unserer Trennung hatten wir diese schwere Zeit gemeinsam überstanden. Als Team, genau wie er gesagt hatte.

»Aber wir können stolz auf unsere Tochter sein, denn sie hat das alles großartig verarbeitet. Ich wollte dir jedoch die Zeit geben, selbst zu dieser Erkenntnis zu gelangen.«

Ich sah ihm in die Augen und konnte nichts als Aufrichtigkeit darin entdecken. Das war eine höchst unerwartete Entwicklung. Ich knibbelte am Etikett meiner Wasserflasche herum.

»Danke«, brachte ich schließlich hervor.

Er lächelte, und in seinem Mundwinkel zeichnete sich das kleine, halbmondförmige Grübchen ab, das ich immer geliebt hatte.

»Ich bin nicht dein Feind, Eva«, erwiderte er mit sanfter Stimme. »Sogar alles andere als das.«

Ein flaues Gefühl breitete sich in meiner Magengegend aus. Was meinte er denn damit?

Ehe ich etwas erwidern konnte, beugte er sich zu mir. »Hat Nele dir erzählt, dass ich jetzt in Berlin als Sachbearbeiter bei der Krankenkasse arbeite?«

Mir blieb die Spucke weg. »Wie bitte?«

Da ich Nele gebeten hatte, mir nichts vom Leben ihres Vaters zu erzählen, hatte ich noch kein Wort davon gehört.

»Irgendwie muss ich schließlich Geld verdienen«, erwiderte er schmunzelnd. »Ein alter Schulfreund hat mir den Job besorgt, und nun bearbeite ich als Quereinsteiger Anträge für Hilfsmittel und Rehas.«

Offenbar legte Thomas es heute Abend darauf an, meine Vorurteile über den Haufen zu werfen. Immerhin hatte ich vermutet, er würde noch über geheime Geldreserven verfügen und im Luxus leben, während ich ums finanzielle Überleben kämpfte. Nie und nimmer wäre mir in den Sinn gekommen, dass er einem ganz normalen Job nachging.

»Aber … aber dafür bist du doch überqualifiziert«, stammelte ich.

Er zuckte bescheiden mit den Schultern. »Ich wollte nun mal etwas komplett anderes machen. Leider ist der Unterschied zu meiner Arbeit bei der Bank nicht besonders groß: Es geht immer nur ums Geld.« Er verzog das Gesicht. »Selbst Anträge für lebensnotwendige Hilfsmittel werden prinzipiell beim ersten Mal abgelehnt – in der Hoffnung, dass die Versicherten nicht die Energie und Kraft haben, sich zur Wehr zu setzen.«

Betroffen sah ich ihn an. »Das klingt nach einem schrecklichen Job.«

Er beugte sich verschwörerisch zu mir. »Deshalb bin ich auch heimlich in den Widerstand gegangen«, vertraute er mir im Flüsterton an. »Gestern habe ich einer alten Dame am Telefon geraten, sofort Widerspruch einzulegen und wegen des Rollators gleich ein Attest vom Arzt und einer Physiotherapeutin vorzulegen. Dann kann ich ihn genehmigen.«

Ich schüttelte ungläubig den Kopf. »Thomas Huber hat sein Herz für seine Mitmenschen entdeckt. Es geschehen noch Zeichen und Wunder.«

Er fasste sich getroffen an die Brust. »Ich hatte schon immer ein Herz. Das kam in der Bank nur nicht entsprechend zur Geltung.«

Er wurde ernst. »Eva, ich habe mich verändert und arbeite hart an mir. In der Therapie habe ich …«

Mir fielen fast die Augen aus dem Kopf. »Du machst eine Therapie?«, quiekte ich.

Ich erkannte Thomas kaum wieder. Früher hätten ihn keine zehn Pferde zu einem »Seelenklempner« gebracht. Was kam wohl als Nächstes? Machte er vielleicht auch Yoga und tröpfelte sich morgens Bachblütenessenz auf die Zunge?

»Ich habe herausgefunden, wieso ich mich auf diese riskanten Spekulationen eingelassen habe«, fuhr er ungeachtet meines Einwurfs fort. »Es war wohl ein typischer Fall von Midlife-Crisis. Mein vierzigster Geburtstag hat mir mehr zugesetzt, als ich mir eingestehen wollte. Ich habe erkannt, wie kostbar die Zeit ist, und mich gefragt, ob ich tatsächlich für immer so weitermachen will. Bei all dem Stress und der Arbeit vergisst man, wirklich zu leben. Und so dachte ich, Geld wäre die Lösung.« Er fuhr sich mit beiden Händen durch die Haare und schien mit sich zu kämpfen. Offenbar fiel ihm dieses Geständnis nicht leicht.

»Ich habe mich an die Vorstellung geklammert, dass wir mit ausreichend Kapital endlich unsere Träume verwirklichen können. Und zwar jetzt gleich – nicht erst nach der Rente, wenn wir schon mit einem Bein fast im Grab stehen! Dieser Gedanke wurde so übermächtig, dass ich meine moralischen Bedenken über Bord geworfen und mit fremdem Geld spekuliert habe, um die Gewinne einzustreichen«, sagte er mit belegter Stimme. »Anfangs ging alles gut – und das hat sich fantastisch angefühlt. Ich kannte die Schlupflöcher im System, habe de facto niemandem geschadet, konnte meine Kollegen hinters Licht führen. Plötzlich habe ich mich wahnsinnig lebendig gefühlt, und meine depressiven Gedanken waren verschwunden.«

Besorgt sah ich Thomas an. Ich hatte keine Ahnung gehabt, was damals in ihm vorgegangen war. Wieso hatte er sich mir nicht anvertraut? Hätte er offen über seine Krise gesprochen, wäre alles anders gekommen. So war er offenbar in eine Art Spielsucht abgerutscht. Das verdächtige Funkeln in seinen Augen verriet mir, dass er dieses berauschende Hochgefühl noch nicht vergessen hatte.

»Wie du weißt, war diese Glücksphase leider nicht von langer Dauer. Ich wurde gierig, ging zu hohe Risiken ein, völlig blind für die Gefahren. Schließlich sah es so düster aus, dass es für mich nur noch zwei Möglichkeiten gab.« Sein Blick richtete sich auf die fettverschmierte Tischplatte, während er die Lippen zusammenpresste. Ein Muskel in seinem Kiefer zuckte.

»Und die waren?«, hakte ich nach.

Er stieß die Luft aus und hob den Kopf. »Ich hatte die Wahl, dich zu einer Bürgschaft zu überreden – oder auf dem Heimweg gegen den nächsten Baum zu fahren.«

»Thomas, so etwas sagt man nicht einfach so dahin!«, erwiderte ich verärgert.

Er hielt meinem Blick stand. »Das war nicht so dahingesagt …«

Die Aura der Stärke und des Selbstbewusstseins, die so typisch für ihn war, fiel mit einem Mal von ihm ab, und plötzlich wirkte er so verletzlich wie ein kleiner Junge. »Ich hatte mir den Baum schon ausgesucht«, erzählte er mit belegter Stimme. »Erinnerst du dich an die große Linde, kurz vor dem Ortseingang? Dagegen wollte ich mit Vollgas fahren. Wenn ich den Mut dazu besessen hätte, wäre diese Option die bessere Wahl gewesen. Ein Mann sollte für den Mist, den er fabriziert hat, geradestehen! Doch feige, wie ich war, habe ich dir stattdessen dein Hotel genommen – und damit auch noch deinen Job.« Er sah mich mit traurigen Augen an. »Es tut mir so leid.«

Ich schluckte schwer. Wie konnte es sein, dass ihn solche schweren Gedanken gequält hatten und ich nichts davon mitbekommen hatte? War er ein so guter Schauspieler gewesen? Oder ich so eine schlechte Ehefrau?

Es dauerte einen Moment, ehe ich meine Fassung wiederfand. »Denkst du allen Ernstes, es wäre mir lieber gewesen, dass du dich umbringst?« Ich schüttelte den Kopf. »Nele wäre am Boden zerstört gewesen. Und ich …« Meine Stimme brach.

Schreckliche Bilder tauchten vor meinem inneren Auge auf, wie unser Leben verlaufen wäre, wenn Thomas den Freitod gewählt hätte.

»Ich bin froh, dass du es nicht getan hast«, gestand ich ihm.

Auch wenn es die Vergangenheit nicht ungeschehen machen konnte, war ich erleichtert, nun die ganze Geschichte zu kennen. Das erklärte auch, wieso er sich in diesen skrupellosen Typen verwandelt hatte, der jegliche Verantwortung von sich geschoben und mir vorgeworfen hatte, ich wäre unfair und verbittert. Nun hatte ich die Gewissheit, dass er es damals schon besser gewusst hatte. Seine Schuldgefühle mussten jedoch so unerträglich gewesen sein, dass er aus reinem Selbstschutz wild um sich geschlagen hatte.

»Durch meine neue Arbeit, die Zeit allein und die Therapie habe ich viel über mich selbst gelernt. Deshalb wird so etwas auch nie wieder vorkommen!«, versprach er. »Und du sollst wissen, dass ich jeden Cent, den ich erübrigen kann, spare. Bei dem Schaden, den ich dir und deiner Familie zugefügt habe, ist das natürlich nur ein Tropfen auf den heißen Stein. Von dem ideellen Wert des Hotels ganz zu schweigen. Aber ich möchte dir wenigstens einen kleinen Teil zurückzahlen.«

Er hatte recht: Die Summe konnte er unmöglich zusammensparen. Aber ich rechnete ihm hoch an, dass er es wenigstens versuchte. Das würde ihm selbst Mona zugestehen müssen.

»Ich schätze, das ist ein guter Anfang«, sagte ich versöhnlich.

Thomas wirkte erleichtert. Das alles schien ihm schon lange auf der Seele gelegen zu haben. Dass wir uns endlich ausgesprochen hatten, ließ auch mich befreiter atmen.

Die Stimme unserer Tochter riss mich aus meinen Gedanken. »Fertig!«, verkündete sie gut gelaunt.

Mit geröteten Wangen stand sie vor unserem Tisch und wackelte mit dem Handy in der Luft herum. »Alles okay bei euch?«

»Alles bestens«, versicherte ich ihr.

»Deine Mutter und ich haben uns gut unterhalten.«

»Oh, das ist cool!« Ihre Erleichterung war ihr anzusehen. »Sollen wir dann noch was trinken?«

Ehe ich etwas erwidern konnte, schüttelte Thomas schon den Kopf.

»Nein, es ist spät«, verkündete er. »Du musst ins Bett.«

»Boah, Papa, ich bin doch kein kleines Kind mehr!«, maulte sie.

Es fühlte sich gut an, wenn mal jemand anderes die Rolle des Spielverderbers übernahm. Ich seufzte verstohlen, woraufhin Thomas mir verschwörerisch zuzwinkerte. Reflexartig erwiderte ich sein Grinsen, doch schon einen Atemzug später zwickte mich das schlechte Gewissen. Wenn Mona mich gerade bei dieser vertraulichen Geste beobachtet hätte, wäre sie wohl ausgeflippt und hätte meinen Kopf in Fritteusenfett getunkt. Außerdem gab es da noch Jakob. Auch wenn ich im Augenblick nicht wusste, wie wir eigentlich zueinander standen. Die Sache zwischen uns war wie ein zartes Pflänzchen, von der niemand wusste, ob daraus etwas Kräftiges und Starkes erwuchs oder ob sie womöglich schon bald eingehen würde. Zum Beispiel, wenn ich gleich nach Hause käme und noch immer keine Nachricht von ihm erhalten hätte …

30. Kapitel

Auf der Heimfahrt plapperte Nele wie ein Wasserfall. Sie erzählte uns von ihren neuen Lehrern und Mitschülern, die ihr offenbar alle wohlgesonnen waren. Nach dem, was sie hinter sich hatte, freute mich, das zu hören. Sie hatte sogar vor, zusammen mit Tine und Spike eine Website zu erstellen, um Betroffenen von Cybermobbing Tipps und Ratschläge zu geben. Ihre neuen Freunde hatten sie ermutigt, ihre Erfahrungen zu teilen, um damit anderen zu helfen. Und indem sie selbst aktiv wurde, konnte sie endgültig der Opferrolle entkommen. Nele war bereits Feuer und Flamme für das Projekt.

Thomas bestärkte sie in dieser Idee, doch ich bekam kaum ein Wort heraus. Ihr Mut und ihr Kampfgeist machten mich so stolz, dass mir fast die Tränen kamen. Ohne dass ich etwas hätte sagen müssen, griff Thomas nach meiner Hand und drückte sie. Er schien immer noch genau zu wissen, was in mir vorging. Ich warf ihm einen Seitenblick zu, doch er sah nur weiterhin konzentriert auf die Fahrbahn und unterhielt sich mit Nele über die geplante Website.

Als kurz vor der Insel ein leichter Nieselregen einsetzte, fragte er schmunzelnd: »Wisst ihr noch, wie wir zum ersten Mal an die Ostsee gefahren sind? Damals hat es auf der Hinfahrt geschüttet wie aus Kübeln.«

Ich lachte. »Wir hatten schon Sorge, dass es den ganzen Urlaub so bleiben würde, doch dann hatten wir zwei Wochen das schönste Sommerwetter.«

»Daran kann ich mich nicht erinnern«, meinte Nele.

»Damals warst du auch noch ein sehr kleines, süßes Mädchen,

und dein Lieblingslied war *Er hat ein knallrotes Gummiboot*«, erzählte er. »Du hattest eine ausgeprägte Schwäche für die alten Schlager, die deine Großeltern gehört haben. Weißt du noch?«

»Ähm … nein!«, entgegnete sie, aber ihrer Stimme war anzuhören, dass sie sich sehr wohl erinnerte.

»Wir mussten es ständig mit dir singen.« Er seufzte leidgeprüft. »Den Text kann ich heute noch auswendig. Soll ich es beweisen?«

»Nein!«, riefen Nele und ich unisono, aber Thomas war nicht zu bremsen.

Schon legte er lauthals los und gab uns mit einer auffordernden Geste zu verstehen, dass wir mitmachen sollten. Als er beim Refrain ankam, erbarmten wir uns schließlich und stimmten lachend mit ein. Musik schien die Gesetze von Zeit und Raum aufzuheben, denn plötzlich fühlte es sich an, als wären wir wieder eine glückliche Familie. Eine unzerstörbare Einheit. Auch Thomas und Nele schienen dieses Gefühl zu genießen, denn bis wir Liebwitz erreichten, hatten wir auch noch *Aber bitte mit Sahne*, *Vielen Dank für die Blumen* und *Mein kleiner grüner Kaktus* gesungen. Die Stimmung im Auto hätte kaum besser sein können.

Erst als wir vor dem Café anhielten, holte mich wieder die Realität ein. Während der Regen in stetigem Rhythmus auf die Windschutzscheibe prasselte, wurde ich zurück in die Gegenwart katapultiert. Suchend glitten meine Augen über den Parkplatz und hoch zum Leuchtturm. Alles war unverändert, keine Spur von Jakob.

»Wartet einen Moment! Ich habe einen Schirm im Kofferraum.«

Gentlemanlike eilte Thomas hinaus und brachte zuerst Nele und dann mich trocken in die Küche des Cafés.

»Gute Nacht, Papa!«, verabschiedete sie sich mit einem Küsschen.

»Gute Nacht, Mama!« Auch ich bekam einen Kuss. Nele wirkte glücklich und strahlte richtiggehend. »Es war ein echt toller Abend. Ich fand's superschön.«

Sie flitzte die Treppe nach oben, während ich verstohlen nach meinem Handy sah, das ich neben dem Herd zurückgelassen hatte. Keine Anrufe, zwei Nachrichten von Mona und eine von Ella, die mich gefragt hatte, ob ich spontan Lust auf einen Filmabend bei Hannah hätte. Jakob hatte sich nicht bei mir gemeldet. Die Enttäuschung schnürte mir für einen Moment die Kehle zu. Hatte er mich belogen? War ich ihm überhaupt nicht so wichtig, wie er behauptet hatte? Sein Verhalten ließ jedenfalls keinen anderen Schluss zu. Reflexartig rieb ich mir über die Brust, in der irrigen Hoffnung, mein Herz damit vor dem Schmerz zu bewahren.

»Schlechte Nachrichten?«, fragte Thomas.

Ruckartig sah ich auf, denn ich hatte ihn völlig vergessen. Die Tür hinter ihm stand offen, und unter dem Regenschirm in seiner Hand hatte sich eine Wasserlache gebildet.

»Ähm …« Ich räusperte mich. »Nein, alles gut.«

Seiner Miene nach zu urteilen, hatte ich nicht besonders überzeugend geschwindelt, aber er beließ es dabei. Stattdessen kam er noch einen Schritt näher. »Eva …«

Er hatte meinen Namen derart gefühlvoll ausgesprochen, dass ich mich innerlich verkrampfte.

»Wahrscheinlich ist es zu früh, dir das zu sagen, aber ich kann einfach nicht länger warten«, sagte er bedeutungsvoll und holte tief Luft. »Eva, du sollst wissen, dass ich nie aufgehört habe, dich zu lieben. Mittlerweile weiß ich, dass ich mit dir das Beste, das ich hatte, verloren habe. Und ich möchte es wieder zurück.«

Wie bitte? Das konnte unmöglich sein Ernst sein! Erst als sich mein Gaumen unangenehm trocken anfühlte, bemerkte ich, dass ich Thomas mit weit geöffnetem Mund anstarrte.

»Du bist die Liebe meines Lebens. Ich will mich nicht von dir scheiden lassen!« Seine Hand zuckte in meine Richtung, doch dann ließ er sie mit trauriger Miene wieder sinken.

»Hier vor dir zu stehen und dich nicht berühren zu dürfen

ist eine Qual für mich«, sagte er mit rauer Stimme. »Ich möchte um dich kämpfen – sofern du auch nur die geringste Möglichkeit siehst, dass wir unsere Ehe retten können.«

Er wollte eine zweite Chance? Zugegeben, es hat eine Zeit gegeben, in der ich mir in meinen Träumen so eine Situation ausgemalt hatte: Thomas erklärte mir seine Beweggründe für seine Missetat, zeigte glaubhaft Reue und gestand mir seine Liebe. Doch mittlerweile hatten sich die Dinge geändert. Ich hatte in Liebwitz ein neues Leben angefangen, ohne ihn. Und es gab Jakob. Theoretisch jedenfalls. Mein waidwundes Herz erinnerte mich daran, dass ich mir in diesem Punkt nicht sicher sein konnte.

Nach dem heutigen Abend hatte ich an eine Freundschaft mit Thomas gedacht. Aber eine Beziehung?

Sein Blick glitt prüfend über mein Gesicht. Wahrscheinlich suchte er nach einem Zeichen, das ihm Hoffnung gab.

»Hast du unseren Ausflug denn nicht auch genossen? Wir alle zusammen …« Er lächelte. »Ich habe das so vermisst. Es war genau wie früher, oder?«

»Ja, das war es«, gab ich zu.

Er überbrückte den Abstand zwischen uns, sodass er direkt vor mir stand. Ich sah zu ihm auf. Thomas war mir so unfassbar vertraut. Ich kannte jedes Fältchen um seine Augen, jeden Leberfleck an seinem Körper. Ich wusste, wie sein verknautschtes Morgengesicht aussah, und seinen Duft hätte ich mit geschlossenen Augen wiedererkannt.

»Vielleicht können wir noch mal von vorn beginnen? Wir könnten eine Ehetherapie machen.«

Hilflos hob ich die Schultern. »Ich … ich weiß nicht.«

Thomas hatte mich belogen und hintergangen. Dieser Stachel saß tief. Ich wusste nicht, ob ich ihm je wieder vorbehaltlos vertrauen konnte. Eigentlich wusste ich im Augenblick überhaupt nichts mehr. Durch meinen Kopf schien ein Tornado zu fegen.

»Denk an das, was wir so viele Jahre hatten«, bat er mich eindringlich. »Wir waren glücklich. Nele, du und ich. Sollen wir es nicht wenigstens noch mal versuchen?«

Ich rieb mir über die Stirn, als könnte ich dadurch einen klaren Gedanken zu fassen kriegen. Die Schuldgefühle, die neulich bei Jakobs Traurede in mir aufgekeimt waren, kamen mit aller Macht zurück. Hatte ich meine Ehe zu früh aufgegeben? Musste ich nicht allein schon unserer Tochter zuliebe über seinen Vorschlag nachdenken? Das war ich Nele schuldig. Sie hatte heute Abend so ausgeglichen und fröhlich gewirkt wie seit langer Zeit nicht mehr. Das Beste für ein Kind war ganz ohne Zweifel eine vollständige Familie.

»Vielleicht ... hast du recht«, antwortete ich schließlich zaghaft. Etwas in mir zog sich zusammen, als ich die Worte laut aussprach. »Womöglich sollten wir es noch mal miteinander versuchen.«

»Eva?«, sagte in diesem Moment eine tiefe männliche Stimme.

Ich erstarrte und fuhr herum.

»Jakob«, krächzte ich.

Er stand an der geöffneten Tür, und der Regen durchnässte seine Kleidung. In der einen Hand hielt er einen Strauß farbenfroher Rosen, sein anderer Arm lag in einer Schlinge. Ungläubig sah er mich an, während er langsam den Strauß sinken ließ.

31. Kapitel

»Jakob, bitte …«, hauchte ich. Die Verzweiflung schnürte mir die Kehle zu und ließ meine Stimme dünn klingen.

Ich machte einen Schritt auf ihn zu, ohne zu wissen, was ich sagen oder tun konnte, um die Situation noch zu retten. Aber Jakob schüttelte nur den Kopf. Ohne ein weiteres Wort wandte er sich ab.

»Wer war denn der Kerl?«, fragte Thomas.

»Nicht jetzt! Bitte fahr heim!«, rief ich ihm zu, ehe ich nach draußen eilte. Ich musste mit Jakob sprechen.

Der Regen hatte zugenommen. In Sekundenschnelle war ich durchnässt, und im Schein der Außenbeleuchtung konnte ich kaum etwas erkennen. Ich entdeckte Jakobs Wagen auf dem Parkplatz gerade in dem Moment, als die Rücklichter angingen. Mit einem Tempo, das ich mir selbst nicht zugetraut hatte, sprintete ich zur Beifahrerseite und riss die Tür auf.

»Kann ich mit dir reden? Und dir alles erklären?«

»Geh, Eva!«, knurrte er. »Ich hab genug gehört.«

Ich blinzelte heftig, da mir der Regen in Strömen übers Gesicht floss. »Bitte, gib mir fünf Minuten!«, flehte ich.

Seine Enttäuschung über mein Verhalten war ihm überdeutlich anzusehen. Jakob umklammerte das Lenkrad und presste die Lippen so fest zusammen, dass seine Kiefermuskeln hervortraten. Doch ich rührte mich nicht vom Fleck und wartete mit angehaltenem Atem. Schließlich nickte er knapp, nahm den Strauß vom Beifahrersitz und beförderte ihn unsanft auf den Rücksitz. »Okay, fünf Minuten!«

Erleichtert nahm ich Platz und zog die Tür hinter mir zu. Einige Augenblicke saßen wir nebeneinander, und nur das Prasseln der Regentropfen schützte uns vor der Stille. Ich hatte keine Ahnung, wo ich anfangen sollte. Fahrig wischte ich mir die feuchten Haare aus der Stirn.

»Was ist mit deinem Arm passiert?«, fragte ich und musterte besorgt die Schlinge. »Hast du dich verletzt?«

»Ich hab mir die Schulter ausgekugelt«, antwortete er, ohne mich eines Blickes zu würdigen. »Nicht zum ersten Mal. Mittlerweile bin ich das Einrenken gewohnt.«

Die Kälte in seiner Stimme schmerzte mich wie spitze Nadelstiche. Aber ich konnte es ihm nicht verübeln. Schlimmer hätte ich ihm wohl kaum in den Rücken fallen können. Dabei hatte ich mich den ganzen Tag gesorgt, dass er Zweifel an unserer Liebe bekommen hatte – und das nur, weil er sich nicht mehr gemeldet hatte! So schnell konnten sich die Rollen umkehren. Es war für Jakob wahrscheinlich nur ein schwacher Trost, dass ich von mir selbst bis ins Mark enttäuscht war.

Ihm entfuhr ein schmerzhaftes Ächzen, als er versuchte, eine bequemere Position für seine Schulter zu finden.

»Hat dich ein Bräutigam angegriffen?«, riet ich ins Blaue hinein.

Er lachte bitter. »So viel hältst du also von meinen Fähigkeiten als Standesbeamter?«

»Nein, natürlich nicht. Ich dachte nur, dass … weil du …« Ich stockte, als Jakob sich kopfschüttelnd über die Augen rieb. Seine Geste wirkte müde und erschöpft.

»Nach der letzten Trauung im Leuchtturm wollte ich dir Blumen besorgen«, erklärte er. »Ich wollte mich an einer romantischen Geste versuchen und dich überraschen.«

Ich schielte zu dem wunderschönen Strauß auf dem Rücksitz. Am liebsten hätte ich ihn an mich genommen und den herrlichen Duft eingesogen.

»Als ich zu dir zurückfuhr, erhielt ich jedoch einen Anruf, dass ein Baum in meinem Revier zu entwurzeln und auf die Straße zu fallen drohte. Aber eigentlich kontrolliere ich die Strecke regelmäßig. Deshalb war ich mir sicher, dass das nur ein kurzer Umweg würde und für die Autofahrer keine echte Gefahr bestand.«

Die Innenbeleuchtung des Wagens hatte sich ausgeschaltet, doch selbst im Schimmer der Parkplatzbeleuchtung konnte ich erkennen, wie sich Unzufriedenheit auf seinem Gesicht abzeichnete.

»Vor Ort stellte ich fest, dass der Baum tatsächlich umgehend gefällt werden musste. Ich kann immer noch nicht fassen, dass mir das entgangen ist!« Schwere Selbstvorwürfe schwangen in seiner Stimme mit.

Ich griff nach seiner Hand. »Das ist nur passiert, weil du überarbeitet bist. Du bist schon frühmorgens im Wald, und ab Mittag traust du die Hochzeitspaare wie am Fließband.«

Er entzog mir seine Hand und schüttelte den Kopf. »Durch meine Nachlässigkeit hätten Menschen zu Schaden kommen können. Das lässt sich mit nichts entschuldigen.«

Da war ich anderer Meinung. Dass ihm der Bürgermeister diese zwei Jobs aufhalste, war nicht in Ordnung.

»Ich habe sofort alles Notwendige organisiert«, fuhr er fort. »Ich muss allerdings zugeben, dass ich nicht ganz bei der Sache war. Bei der darauffolgenden Aktion habe ich mir nicht nur die Schulter ausgekugelt, sondern auch mein Handy im Unterholz verloren. Deshalb konnte ich dir nicht Bescheid geben, dass es länger dauert und ich ins Krankenhaus muss.«

Vor Scham stieg mir Hitze in die Wangen. Wieso hatte ich Jakob nicht einfach mehr vertraut?

»Und ich dachte, du hast mich versetzt«, gestand ich. »Nur deshalb habe ich mich von Nele und Thomas dazu überreden lassen, mit ihnen ins Kino zu gehen.«

»Das muss ein schöner Ausflug gewesen sein.« Die Bitterkeit in seiner Stimme war unüberhörbar. »Wenn man bedenkt, wie nah ihr euch am Ende gewesen seid …«

Ich schluckte, doch der Kloß in meinem Hals steckte hartnäckig fest.

Jakob wandte sich in seinem Sitz zu mir um. »War das die Wahrheit? Das, was du zu ihm in der Küche gesagt hast?«

Ich konnte ihm nicht in die Augen sehen und starrte auf meine Hände, die ich so fest ineinander verschränkt hatte, dass die Knöchel weiß hervortraten.

»Vielleicht«, flüsterte ich.

Er seufzte schwer. Dass ihn meine Antwort nicht zufriedenstellte, war kein Wunder.

»Denkst du wirklich, dass für deinen Mann und dich noch eine Chance besteht? Bitte sei ehrlich zu mir, Eva. Ich denke, das habe ich verdient.«

Ich öffnete den Mund und gab ein armseliges Krächzen von mir, weil meine Stimme ihren Dienst versagte. Erst beim zweiten Anlauf klappte es.

»Vielleicht … vielleicht gibt es tatsächlich eine klitzekleine Chance, dass wir uns nicht scheiden lassen. Nicht wegen meiner Gefühle für Thomas!«, schob ich hastig hinterher, denn Jakob sollte nicht denken, dass ich ihm etwas vorgemacht hatte. »Sondern wegen Nele. Damit sie wieder eine Familie hat.«

Mein Herz wurde unendlich schwer, und ich musste die folgenden Worte förmlich aus mir herauspressen: »Letztens hast du gesagt, dass man in einer Ehe nicht aufgeben darf. Dass in einer langjährigen Beziehung jeder Mensch Fehler macht und man bereit sein muss, zu vergeben. Dass man kämpfen muss. Und ich weiß nicht, ob ich …«, Tränen sammelten sich in meinen Augen, und ich schluchzte auf, »… für meine Ehe schon genug gekämpft habe. Ich habe Thomas bei unserer Heirat ein Versprechen gegeben, und ich glaube, ich bin es ihm – und mir – schuldig, es wenigstens noch mal zu versuchen. Obwohl ich nicht mehr dasselbe für ihn empfinde wie damals. Denn jetzt gibt es dich in meinem Leben. Dir gehört mein Herz, weil ich …« Meine Stimme brach. Ich konnte nicht aussprechen, was mir eigentlich auf der Zunge lag: *weil ich dich liebe*.

Es kostete mich all meine Kraft, den Kopf zu heben und seinen Blick zu erwidern. »Es tut mir so leid«, wisperte ich.

Ich wusste, dass dies das Schlimmste war, was ich ihm antun konnte. Gerade erst hatte er seine Schutzmauer eingerissen und sich verwundbar gemacht – und nun brach auch ich ihm das Herz. Genau wie Smilla, genau wie Valerie. Ich versuchte, ruhiger zu atmen, doch das Stechen in meiner Brust machte es fast unmöglich.

»Es tut mir so leid, Jakob«, wiederholte ich. »Ich wollte dir niemals wehtun!«

Er hatte sein Gesicht von mir abgewandt und starrte aus dem Fenster. Ich hatte keine Ahnung, was gerade in ihm vorging.

»Bitte, sag doch was!«, flehte ich. »Überschütte mich mit Vorwürfen! Schrei mich an! Das habe ich verdient. Ich nehme es dir nicht übel, wenn du mich jetzt hasst.«

»Dich hassen?«

Ruckartig wandte er sich zu mir um. »Das könnte ich niemals.«

Langsam stieß er die Luft aus. »Und ich werde dich auch nicht mit Vorwürfen überschütten. Genau wie du glaube ich daran, dass die Familie wichtig ist – und in diesem Fall sind das Nele, Thomas und du. Wenn du euch diese Chance nicht gibst, würdest du dich immer fragen, ob das ein Fehler war. Denn du bist eine Kämpferin mit einem großen Herz.« Er lächelte traurig. »Und genau dafür liebe ich dich.«

Bei diesen Worten schluchzte ich erneut auf. Wäre Jakobs Schulter nicht verletzt gewesen, wäre ich ihm sofort um den Hals gefallen. Aber wahrscheinlich war es besser so – für uns beide.

»Glaub mir, wenn ich das geahnt hätte, wäre ich dir nie so

nahegekommen«, beteuerte ich. Die Schuldgefühle fraßen mich fast auf. »Ich wollte nicht, dass es so endet.«

Jakob schwieg einen Moment. Dann griff er nach meiner Hand und sah mir in die Augen.

»Ich bin froh, dass du mich nicht auf Abstand gehalten hast«, erwiderte er. »Bevor du in mein Leben getreten bist, habe ich nicht mehr an die Liebe geglaubt. Ich habe nicht mehr auf mein Herz gehört. Eigentlich habe ich überhaupt nichts mehr gefühlt.«

Einige Augenblicke starrte er in die Dunkelheit hinaus. Dann sagte er mit rauer Stimme: »Du hast mich mal gefragt, was Liebe für mich bedeutet, aber ich habe dir keine Antwort gegeben. Möchtest du sie wissen?«

Ich nickte zaghaft.

Er fuhr mit dem Daumen sanft über meine Wange, um eine Träne beiseitezuwischen. »Wenn deine Meinung die einzige ist, die für mich zählt. Wenn ich unbedingt der Mensch sein will, den du in mir siehst – dann ist es Liebe.« Er kam noch etwas näher, sodass mich sein vertrauter Duft umfing. »Wenn du die Einzige bist, vor der ich nichts verstecken will. Bei der ich der Mann sein kann, der ich wirklich bin – dann ist es Liebe.«

Obwohl es schmerzte, konnte ich nicht aufhören, ihn anzusehen und in seinen Augen zu versinken.

»Wenn ich nur an dich denken kann, dich beschützen und dich lachen sehen will. Wenn ich es hasse, mir dir zu streiten – dann ist es Liebe.« Er streichelte erneut über meine Wange. »Ich liebe dich, weil du wie ein Sonnenstrahl bist, der nach einem Sturm durch die grauen Wolken bricht. Und weil du so perfekt in meinen Arm hineinpasst.«

Ich lachte und schluchzte gleichzeitig auf. Nach seinen Worten konnte ich nicht anders, als mich vorzubeugen und Jakob zu küssen. Es war ein bittersüßer Kuss, der nach Abschied und Trauer schmeckte.

»Tut mir leid, aber ich kann dir bei der Versöhnung mit deinem Mann kein Glück wünschen«, sagte er mit rauer Stimme, nachdem ich mich von ihm gelöst hatte. »Aber ich hoffe, dass du dein Glück findest.«

»Das wünsche ich dir auch«, flüsterte ich.

Ich stieg aus, und als ich die Autotür hinter mir zuschlug, hatte ich das Gefühl, dass mein Herz in meiner Brust in tausend Stücke zerbrach.

32. Kapitel

Drei Tage später stand ich im Café hinterm Tresen, während mich Musik, Gelächter und fröhliche Stimmen umgaben. Hannahs Babyparty war in vollem Gange. Gerade packte sie die Geschenke aus und hielt mit breitem Grinsen eine batteriebetriebene Milchpumpe in die Höhe.

»So was wollte ich schon immer«, rief sie in ironischem Tonfall, wofür sie einige Lacher erntete.

Peggy kam mit geröteten Wangen zu mir und knallte das Tablett auf den Tresen. »Zwei Latte macchiato, drei große Cola, ein Milchkaffee, zwei stille Wasser, und Hannah wünscht sich eine extra schokoladige heiße Schokolade«, ratterte sie die Bestellungen herunter.

»Wird erledigt«, erwiderte ich und machte mich an die Arbeit. Das lenkte mich wenigstens von meinem Leid ab. Irrigerweise hatte ich gehofft, dass in meinem Alter Liebeskummer nicht mehr so intensiv wäre und schneller vorbeiging. Das war leider nicht der Fall. Es gab kaum einen Augenblick, an dem ich nicht an Jakob dachte.

Neben mir auf dem Tresen stand ein großer Blumenstrauß. Thomas hatte ihn mir per Boten geschickt, zusammen mit einer Nachricht, in der er sich für den schönen Abend in Rostock bedankte und fragte, ob Nele und ich kommende Woche Lust auf einen Nachmittag am Strand hätten. Genau wie früher mit einem Picknickkorb voller Leckereien.

Nele freute sich schon riesig auf unseren Familienausflug und checkte täglich voller Sorge die Wettervorhersage. In solchen Momenten wusste ich, dass ich mich richtig entschieden hatte. Das war ich meiner Tochter schuldig.

Peggy baute sich erneut vor dem Tresen auf. »Zwei Rosé, ein gemischtes Eis und noch mal eine Cola, weil du gerade ein Glas vergessen hast.«

Ich verzog das Gesicht. »Ich bin wohl nicht ganz bei der Sache, tut mir leid.«

»Das musst du mir nicht sagen. Deine Leidensmiene ist unübersehbar.«

Eigentlich hatte ich gedacht, ich würde mich bestmöglich zusammenreißen. »So schlimm?«

Sie betrachtete mich mitfühlend. »Nun ja, zu einer Trauerfeier würdest du besser passen.«

Ich warf einen besorgten Blick auf die Gäste. Keinesfalls wollte ich jemandem die Stimmung vermiesen. Zum Glück waren alle mit der Party beschäftigt und hatten gar keine Zeit, großartig auf mich zu achten.

»Ich gebe mir ab sofort mehr Mühe«, versprach ich Peggy.

»Du bist schon seit Tagen so traurig.« Sie legte den Kopf zur Seite und musterte mich besorgt. »Du musst mal mit jemandem darüber reden! Wenn sich das alles da drin anstaut«, sie machte eine kreisende Bewegung um die Herzgegend, »ist das nie gut. Frisst man den Kummer in sich hinein, macht das alles nur noch schlimmer.«

Ich nickte schweigend. Bisher hatte ich lediglich mit meiner Schwester über die jüngsten Ereignisse gesprochen. Dabei hätte mir klar sein müssen, dass ich von Mona keinerlei Verständnis zu erwarten hatte.

»Ich dachte, das Thema hätten wir abgehakt!«, hatte sie ins Telefon gekeift. »Himmel noch mal! Thomas ist wie Schimmelpilz. Wenn du den mal in der Wohnung hast, kriegst du den auch nie wieder weg.«

»Jetzt mach mal halblang! Ich habe diesen Schimmelpilz früher immerhin mal geliebt.«

»Genau, du sagst es: *früher*. Vergangenheitsform.«

»Aber wir sind immerhin noch verheiratet und haben zusammen eine Tochter.«

Auch dieses Argument hatte sie nicht gelten lassen. Mona hatte sich immer mehr in Rage geredet, ehe sie am Ende ohne ein Wort des Abschieds aufgelegt hatte. Sie war eindeutig Team Jakob. Ich konnte ihr das nicht mal übel nehmen. Bei der Trennung von Thomas hatte ich ihr monatelang die Ohren vollgeheult – und sie war zu jeder Tages- und Nachtzeit für mich da gewesen. Als meine große Schwester wollte sie mich verständlicherweise vor einem weiteren großen Fehler bewahren.

Bis zum Ende der Babyparty riss ich mich zusammen und gab mir Mühe, etwas mehr Lebensfreude zu versprühen. *The show must go on* – das galt auch im Gaststättengewerbe.

Bis sich die letzten Gäste verabschiedet hatten, dämmerte es bereits. Elly, Peggy, Finn und ich räumten gemeinsam auf, während Hannah sich auf Befehl ihres Mannes auf einem der Sofas ausruhte.

»Das war eine tolle Party«, sagte sie zufrieden. »Mir hat es richtig Spaß gemacht! Hätte ich gewusst, dass man so viele Geschenke kriegt, hätte ich schon früher zugestimmt.«

Ich stand gerade auf der Leiter, um die Girlanden abzuhängen. »Du wolltest gar keine Babyparty?«

Ella schnaubte. »Am Anfang der Schwangerschaft hat sie das vehement abgelehnt. Zu *oberflächlich und kapitalistisch*.«

»Wenn man wochenlang quasi unter Hausarrest steht und alle guten Serien schon gestreamt hat, kann man seine Meinung schon mal ändern«, entgegnete Hannah verschnupft.

Peggy, die hinter der Theke die Gläser spülte, nickte zustimmend. »In meiner zweiten Schwangerschaft musste ich auch die letzten Wochen Bettruhe einhalten. Superätzend! Das kann einem ganz schön die Stimmung vermiesen.«

»Apropos die Stimmung vermiesen …« Ella wandte sich mir zu. »Was ist eigentlich mit dir los?«

Ich zuckte zusammen. »Mit mir? Was soll mit mir sein?«

Ella stemmte die Hände in die Hüften. »Wen willst du hier für dumm verkaufen, Süße? Du bist todunglücklich. Das sieht man deinen Augen an.«

»So dramatisch ist es auch wieder nicht«, behauptete ich.

Ich stieg von der Leiter, wobei mein Blick aus dem Fenster fiel. Ausgerechnet in diesem Moment entdeckte ich Jakob auf dem Parkplatz. Normalerweise arbeitete er um diese Uhrzeit nicht mehr. Vermutlich hatte er noch aufgeräumt oder eine Trauung für den kommenden Morgen vorbereitet. Ihn zu sehen versetzte mir einen schmerzhaften Stich. Er fehlte mir schrecklich. Auch wenn wir uns aus beruflichen Gründen nicht komplett aus dem Weg gehen konnten, war es das Beste für uns beide, Abstand zu halten.

Ich wandte mich hastig vom Fenster ab und bemerkte erst jetzt, dass Ella, Hannah und Peggy mich mitfühlend anstarrten.

»Ich hab gehört, dass du dich nicht mehr mit Jakob triffst«, sagte Ella vorsichtig.

»Du weißt schon davon?«

Sie zuckte mit den Schultern. »Annelie wollte ein Grillfest für dich organisieren, um dich der kompletten Familie Thiel vorzustellen. Das Gemüse für die Salate und Beilagen hat sie bei mir im Hofladen vorbestellt. Aber vorgestern hat sie alles wieder storniert …«

Jakobs Schwester war mir sofort sympathisch gewesen, und ich hätte mich unglaublich auf die Feier gefreut. Es wäre schön gewesen, sämtliche Geschwister von Jakob und seine Schar von Patenkindern kennenzulernen. Leider würde es dazu nicht mehr kommen.

»Womöglich habe ich einen riesengroßen Fehler gemacht«, wisperte ich.

Hannah klopfte auffordernd neben sich aufs Sofa. »Setz dich! Wir sind hervorragende Zuhörer bei Problemen aller Art.«

»Genau!« Ella nahm mir die Babyschnuller-Girlande ab und zwang mich, Platz zu nehmen.

Als hätte Peggy schon mit einer Aussprache gerechnet, kam sie mit vier Tassen heißer Schokolade an. Die drei waren einfach großartig! Ihre Aufmerksamkeit und ihr Mitgefühl rührten mich zu Tränen.

»Ich bin so durcheinander, dass es mich innerlich fast zerreißt«, schluchzte ich.

Hannah sah mich mit ernster Miene an. »Fang einfach an, von vorne zu erzählen.«

Ich nickte, aber gerade als ich den Mund öffnen wollte, kam Finn wieder herein.

»Das Auto ist voll«, verkündete er. »Die Kuchenreste, die Deko, der neue Kinderwagen, diese seltsame Wippe, der Berg an Spielzeug und Kleinkram …« Er blickte zu seiner Frau. »Für dich ist jetzt nur noch auf dem Dachgepäckträger Platz. Wenn ich noch meinen Pick-up hätte, wäre das alles …«

»Wir kriegen ein Kind, Finn!«, fiel Hannah ihm ins Wort. »Der Pick-up musste weg. Bring das Zeug nach Hause, und hol mich dann wieder ab!«, ordnete sie an.

Er nickte ergeben und wollte sich schon abwenden, doch dann hielt er inne. »Moment mal … Wer bin ich denn? Dein Sklave?«, empörte er sich.

»*Bitte*, bester Ehemann von allen!«, korrigierte sie sich und schickte zur Entschuldigung einen Luftkuss in seine Richtung. »Es sollte nur ein nahe liegender Vorschlag sein. Denn wir haben hier wichtige Dinge zu besprechen.« Sie deutete auf mich und mein tränenüberströmtes Gesicht.

»Frauenangelegenheiten«, ergänzte Ella mit gewichtiger Miene.

Finn sah zu mir. Sofort wurden seine Züge weicher, und in seinem Blick lag Mitgefühl.

»Natürlich! Ich lasse mir beim Ausladen extra viel Zeit, okay?«

Hannah lächelte. »Danke, Schatz!«

Er nickte mir aufmunternd zu, dann verschwand er. Ich verstand, wieso Hannah diesen Mann liebte.

Ella wandte sich wieder an mich. »Also, jetzt erzähl!«

Zwar hatte ich schon von Thomas und unserer Trennung berichtet, aber damit die drei ein besseres Bild bekamen, holte ich dieses Mal weiter aus. Im Detail berichtete ich ihnen alles – von Thomas' hinterhältigem Betrug, Jakobs romantischem Kuss auf dem Leuchtturm und dem verhängnisvollen Ausflug nach Rostock, der damit geendet hatte, dass ich es unserer Tochter zuliebe noch einmal mit Thomas versuchen wollte.

Während Hannah und Peggy nachdenklich wirkten, schüttelte Ella verständnislos den Kopf.

»Es gibt Dinge, die kann man nicht entschuldigen«, vertrat sie offen ihre Meinung. »Du hast einem herzensguten, loyalen und großartigen Mann den Laufpass gegeben, um einem wirtschaftskriminellen Adrenalinjunkie, der dich nach Strich und Faden hintergangen und betrogen hat, eine Chance zu geben? Das ist verrückt! Und dabei liebst du Thomas nicht mal mehr. Tut mir leid, Eva, aber das versteh ich beim besten Willen nicht!«

»Aber er ist der Vater ihrer Tochter«, entgegnete Hannah und strich sich über den gewölbten Bauch. »Als Mutter darfst du nicht nur an dich selbst denken.«

Peggy nickte zustimmend. »Sobald du Mutter bist, ändert sich deine komplette Denkweise. Die eigenen Bedürfnisse kommen erst an zweiter Stelle. Für Egoismus ist da kein Platz.«

Ella zeigte den beiden einen Vogel. »Spinnt ihr jetzt etwa auch? Es gibt doch wohl noch einen kleinen Unterschied zwischen Egoismus und totaler Selbstaufgabe. Auch als Mutter ist Eva immer noch ein Mensch – mit Bedürfnissen, Wünschen und Träumen. Sie hat ein Recht darauf, sich für den Mann zu entscheiden, den sie liebt!«

Ich folgte schweigend dem Wortgefecht, denn im Prinzip diskutierten die drei genau das, was mir seit Tagen im Kopf herumspukte.

»Tut mir leid, Ella, aber wenn du Kinder hättest, würdest du das verstehen«, sagte Peggy. Ihre Worte hätten kränkend sein können, aber ihr Tonfall war sanft und versöhnlich.

Trotzdem verschränkte Ella demonstrativ die Arme vor der Brust. »Ich habe zwar keine Kinder, aber dafür gesunden Menschenverstand«, entgegnete sie bissig. »Und wie ich gehört habe, wünschen sich die meisten Kinder, dass ihre Eltern glücklich sind. Mensch, Leute, das wird Eva auf Dauer kaputtmachen!«

»Wir sagen ja nicht, dass sie sich für ihr Kind ins Unglück stürzen muss«, erwiderte Hannah besänftigend. »Aber sie muss wenigstens den Versuch wagen, ihre Ehe zu retten. Vielleicht funktioniert es zwischen Thomas und ihr, wer weiß?«

Ella wandte sich zu mir um. »Was ist eigentlich mit der körperlichen Komponente?«, wollte sie wissen. »Du liebst Jakob. Bist du trotzdem bereit, mit Thomas in die Kiste zu springen und Zärtlichkeiten auszutauschen? Wenn ihr euch versöhnt, wird er das jedenfalls erwarten.«

»Äh …« Ich schluckte schwer.

Darüber hatte ich mir noch gar keine Gedanken gemacht. Für Thomas kam eine platonische Beziehung wohl kaum in Frage. Obwohl ich so lange mit ihm verheiratet war, fühlte sich die Vorstellung, ihn zu küssen oder gar mit ihm zu schlafen, plötzlich falsch an. Mein Magen zog sich zusammen und rebellierte.

»Womöglich gibt er mir Zeit, bis ich für körperliche Nähe wieder offen bin?«, sagte ich zögerlich. »Thomas wird sich bestimmt nach meinem Tempo richten.«

Okay, das klang ziemlich erbärmlich! Dabei gehörte ich doch eigentlich auch zu Ellas Romantikfraktion. Wie es aussah, gab ich im Ernstfall jedoch der Vernunft den Vorzug und war sogar bereit, auf die Liebe zu verzichten.

»Wisst ihr, ich stand mal vor einem ähnlichen Dilemma.« Peggy verzog die Mundwinkel. »Der Vater meines jüngsten Sohnes hat sich im Laufe der Zeit als ziemlicher Arsch herausgestellt. Er hat mich ebenfalls bestohlen. Natürlich nicht in dem Ausmaß wie dein Mann, Eva! Aber er hat regelmäßig mein Portemonnaie leer geräumt und sogar den Schmuck versetzt, den mir meine Mutter vererbt hat. Und wenn ich ihm gesagt habe, er soll gefälligst arbeiten gehen, wurde er ziemlich laut.«

Erstaunt sah ich sie an. Davon hatte sie noch nie erzählt. »Und wie ging es dann weiter?«

»Schließlich wurde er sogar handgreiflich …«, fuhr sie nach kurzem Zögern fort.

Hannah, Ella und ich rissen die Augen auf.

Peggy hob die Hände. »Ich weiß, das geht überhaupt nicht. Mit dem Wissen von heute hätte ich ihn sofort rauswerfen müssen. Aber natürlich hat er mir geschworen, dass so was nie wieder vorkommt.« Sie verdrehte die Augen, als würde sie sich selbst für ihre Naivität verachten. »Also habe ich dem Mistkerl eine Chance gegeben. Dabei habe ich in erster Linie an unseren gemeinsamen Sohn gedacht. Er hat seinen Vater vergöttert, und ich wollte ihm die Trennung ersparen.« Sie blickte vielsagend zu Ella. »So etwas macht man als Mutter nun mal für seine Kinder, selbst wenn es anderen total doof erscheint.«

»Meine Güte, Peggy«, entfuhr es mir mitfühlend. Dagegen kam mir meine derzeitige Situation wie eine Lappalie vor.

Sie seufzte und fummelte nervös an ihrer Frisur herum. Trotz ihrer extravaganten Erscheinung und der bunten Schminke wirkte sie mit einem Mal unsicher und verletzlich.

»Ihr könnt euch denken, dass er sich nicht an sein Versprechen gehalten hat. Aber ich habe mich nicht ein zweites Mal für dumm verkaufen lassen!« Sie schüttelte nachdrücklich den Kopf.

Ella griff nach ihrer Hand. »Du hast dem Dreckskerl hoffentlich zur Strafe ordentlich den Hintern versohlt?«

»Und wie!« Ihr Gesicht hellte sich auf, und sie ballte die Hand kämpferisch zur Faust. »Nachdem er mich zum zweiten Mal geschlagen hat, habe ich ihm einen kräftigen Tritt in die Kronjuwelen verpasst. Und mein Nachbar hat mir geholfen, ihn an die frische Luft zu setzen.«

Ich war stolz auf Peggy. Und wütend auf ihren Ex, der es gewagt hatte, Hand an diese wundervolle Frau zu legen.

»Danach wollte ich nur noch weg aus Rostock. Ich habe meinen Halbbruder angerufen, und Vincent hat keine Sekunde gezögert. In Windeseile hat er mir hier einen Job und eine Bleibe verschafft. Und dann habe ich meinen Fred kennengelernt«, beendete sie ihre Geschichte mit einem verliebten Lächeln. »Den sanftesten und gutmütigsten Mann auf der Insel.«

»Das hast du großartig gemacht!« Hannah hob den Zeigefinger. »Und schäm dich bloß nicht dafür, was dir passiert ist. Es ist bewundernswert, wie entschlossen du dich da rausgekämpft hast. Du bist eine taffe, selbstbewusste Frau.«

»Und wie!« Ella und ich nickten einhellig.

»Danke, Mädels«, hauchte Peggy. Selbst ihr Make-up konnte die Röte ihrer Wangen nicht verdecken. Es war ihr anzusehen, wie sehr sie sich über unseren Zuspruch freute.

Sie wandte sich an mich. »Tut mir leid, eigentlich wollten wir dir bei deinem Problem helfen! Mit der Geschichte wollte ich nur deutlich machen, was eine Mutter zum Wohle ihres Kindes zu tun bereit ist. Das geht – wie in meinem Fall – sogar über den gesunden Menschenverstand hinaus.«

»Okay, ich hab's kapiert«, lenkte Ella ein. »Aber ich bin immer noch der Meinung, dass dieser Thomas keine Chance verdient hat, sorry! Ich kenne Jakob nun mal mein ganzes Leben und weiß, dass Eva mit ihm einen großartigen Fang machen würde. Die beiden wären ein Traumpaar.«

Mein Herz zog sich bei ihren Worten schmerzhaft zusammen. Um mich abzulenken, trank ich hastig von meiner heißen Schokolade, die mittlerweile jedoch kalt geworden war.

»Wie läuft unter diesen Umständen eigentlich die Zusammenarbeit mit Jakob?«, wollte Hannah wissen.

Als Antwort stöhnte ich auf. Seit Neustem wusste ich, wieso man nie mit Arbeitskollegen anbändeln sollte. Die Atmosphäre zwischen Jakob und mir war angespannt und verkrampft. Er setzte bei jedem Vorgespräch diese kühle professionelle Maske auf, die mich auf Abstand hielt und dafür sorgte, dass sich ein dicker Knoten in meinem Magen bildete. Es war kaum zu ertragen. Doch wenn ich wegsah, spürte ich seine Blicke auf mir, die sich anfühlten wie eine stille liebevolle Berührung. Jedes Mal, wenn ich neben ihm saß, erinnerte ich mich an seine sinnlichen Küsse, die mir fast den Verstand geraubt hatten. Ich spürte noch seine Finger auf meinem Körper, die verlangend meinen Rücken hinaufgefahren waren. Und ich sehnte mich danach, genau dort weiterzumachen.

»Das ist alles so verfahren«, jammerte ich. »Meine Schwester redet kein Wort mehr mit mir, seit ich ihr von der Versöhnung mit Thomas erzählt habe. Und was meine Eltern davon halten werden, will ich mir gar nicht erst vorstellen. Schließlich sind sie immer noch sauer, weil ich wegen ihm das Hotel verloren habe.«

»Es ist wirklich verfahren!«, sagte Ella mitfühlend. »Nicht mal wir sind uns einig, was das Richtige ist.«

»Tut mir leid, dass wir keine große Hilfe sind«, sagte Hannah und zog mich in eine Umarmung, die aufgrund ihres gewaltigen Bauchumfangs etwas umständlich ausfiel.

Rational betrachtet war ich tatsächlich nicht weiter als vorher:

Mona und Ella waren für Jakob, während es mit Peggy und Hannah zwei Stimmen für Thomas gab. Trotzdem hatte es gutgetan, darüber zu reden. Wenigstens hatte ich die Gewissheit, dass ich in Liebwitz drei tolle Freundinnen gefunden hatte, die mit mir zusammen durch dick und dünn gingen.

33. Kapitel

Wenn man deprimiert war und sich nicht gut fühlte, zogen sich die Tage wie Kaugummi. Wahrscheinlich, weil man die Schwere des Augenblicks besonders intensiv erlebte. Ich versuchte, mich mit Arbeit abzulenken, und schrieb die Brautpaare an, deren Adressen mir Jakob gegeben hatte. Wenn ich Glück hatte, würden einige von ihnen auch noch kurzfristig ihren Empfang bei mir buchen. Das würde die Zukunft des Cafés sichern. Wie versprochen ging ich jedoch mit Fingerspitzengefühl vor und hielt meine Nachrichten ausgesucht höflich und knapp. Keinesfalls wollte ich riskieren, dass Jakob wegen mir Schwierigkeiten bekam!

Nachts lag ich meist wach, starrte im Dunkeln an die Decke und dachte über Beziehungen, Vertrauen und Vergebung nach. Trotz Thomas' Entschuldigung war mein Misstrauen ihm gegenüber nicht verschwunden. Aber ich konnte nicht ausschließen, dass dies mit der Zeit besser wurde und sich meine Emotionen ihm gegenüber normalisierten. Dazu musste Thomas sich jedoch erst einmal beweisen – und das würde Zeit brauchen. Es gab nur einen Haken: Dummerweise weigerte mein Herz sich trotzig und stur, Jakob aufzugeben. Aber bestimmt ging das bald vorüber! Wenn ich mir das nur oft genug sagte, ließ vielleicht auch das schmerzhafte Stechen in meiner Brust nach.

Nach solchen Nächten fühlte ich mich am Morgen wie gerädert, und noch nicht mal die Aussicht auf meinen heiß geliebten Kaffee schaffte es, meine Lebensgeister zu wecken. Obwohl Teenager im Allgemeinen nicht als die empathischsten Wesen auf Erden galten, beäugte mich mittlerweile sogar Nele misstrauisch und voller Sorge.

Zu allem Überfluss tauchte auch noch Thomas unangekündigt bei uns auf. Angeblich, weil er einen freien Nachmittag und Sehnsucht nach Nele gehabt hatte. Er hatte es bis zu unserem Picknick wohl nicht erwarten können. Allerdings wäre es schön gewesen, wenn er uns vorher Bescheid gegeben hätte. Denn nachdem er mit Nele ein Eis essen gegangen war, hatte sie ihn einfach stehen lassen mit der Information, dass sie auch ein eigenes Leben hätte und nicht den Babysitter für ihn spielen könne.

Somit verbrachte er den Rest des Nachmittags im Café und versuchte, mich in ein Gespräch zu verwickeln. Das kam mir ziemlich ungelegen, denn an diesem Tag fand die erste »Wedding-Watching«-Veranstaltung statt. Nach und nach trudelten die ersten Gäste ein. Wie zu erwarten waren es nur Frauen – jeden Alters und in allerbester Stimmung. Neben meiner Ankündigung auf Social Media hatte mir Ella versprochen, im Hofladen für mich die Werbetrommel zu rühren. Anscheinend hatte ich mit meiner Hochzeits-Happy-Hour einen Nerv getroffen. Von der ganzen Insel hatten sich Frauen eingefunden, und die Fensterfront war voll besetzt. Zum Glück hatte ich eine Extraladung Kuchen geordert, denn ich kam mit den Bestellungen kaum hinterher. Die älteren Frauen erzählten von ihren eigenen Hochzeiten, während die jüngeren sich ihre ganz persönliche Traumhochzeit ausmalten. Das war wohl ein Thema, das Jung und Alt vereinte.

Leider musste ich den Gästeansturm allein bewältigen, da Peggy ihre Schicht kurzfristig abgesagt hatte. Ihr Jüngster hatte Fieber bekommen und sich wohl etwas eingefangen. Als Mutter hatte ich dafür volles Verständnis, als Arbeitgeberin wünschte ich mir dringend eine zweite Kraft. Ich war tierisch im Stress, und jedes Mal, wenn ich hinter dem Tresen die Getränke richtete, wollte Thomas mit mir über unsere Versöhnung, einen Familienurlaub im Sommer oder unseren zukünftigen Wohnort reden. Anscheinend bemühte er sich, das Eis zwischen uns zu brechen, aber sein Timing war denkbar schlecht. Sah er denn nicht, dass ich dafür überhaupt keinen Nerv hatte? Nebenbei bemerkt: Es hätte ihn wohl nicht umgebracht, wenn er mir ein wenig zur Hand gegangen wäre. Auch ein Banker konnte Cola in Gläser füllen oder Kuchenstücke schneiden. Stattdessen wurde er immer mürrischer, weil ich auf seine Gesprächsversuche nicht reagierte. Ich war heilfroh, als er irgendwann die Segel strich und wieder nach Hause fuhr.

*

Am Tag darauf hatte ich frei. Zwar hätte ich dringend die Buchhaltung erledigen müssen, doch ich beschloss, mich um mein Seelenheil zu kümmern. Peggy hatte recht: All der Kummer in meinem Herz musste irgendwie raus. Deshalb plante ich einen Streaming-Marathon der besonderen Art. Ich würde mir einen traurigen Liebesfilm nach dem anderen ansehen – so lange, bis auch die letzte Träne vergossen und ich vollständig leergeweint war. Danach würde es mir bestimmt besser gehen!

Ich war bestens vorbereitet: Nach einem Schaumbad saß ich im Morgenmantel und Plüschsocken auf dem Sofa, neben mir eine Familienpackung Taschentücher und zwei Tafeln Schokolade. Ich hatte sogar an ein Meersalznasenspray gedacht, falls ich nach der Tränenattacke keine Luft mehr bekommen würde.

Ich war gerade beim zweiten Film PS*: Ich liebe dich* angekommen und heulte Rotz und Wasser, als Nele zu mir ins Wohnzimmer kam. Meine Tochter verschränkte die Arme vor der Brust und sah mich abschätzig an. Anscheinend gab ich mit meiner Triefnase und den geschwollenen Augenlidern ein jämmerliches Bild ab.

»Ich … ich dachte, du bist bei Tine«, schluchzte ich und putzte mir die Nase. Neben mir auf dem Sofa hatte sich schon ein Berg an gebrauchten Taschentüchern angesammelt.

»Wir wollen in den Reitstall. Deshalb muss ich schnell meine Sachen holen.«

Stirnrunzelnd blickte ich zum Fenster, denn bis vor Kurzem hatte es noch geregnet. Mittlerweile hatte es jedoch wieder aufgeklart, und Sonnenstrahlen kämpften sich durch die Wolkendecke.

Ich riss mich zusammen und setzte mich auf. »Trainierst du fürs Tonnenkloppen-Fest?«

»Eigentlich wollen wir nur kurz die Pferde bewegen, danach haben wir noch was anderes vor.«

»Na dann, viel Spaß!«

Nele wandte sich zum Gehen, doch in der Tür blieb sie stehen. Seufzend drehte sie sich wieder um und stapfte zu mir zurück. Sie ließ sich neben mich aufs Sofa plumpsen und warf einen angeekelten Blick auf die benutzten Taschentücher. Fragend sah ich sie an, doch sie starrte schweigend ins Leere.

»Ich … ich dachte, du wärst glücklich«, sagte sie schließlich, ohne mich anzuschauen. »Jetzt, wo Papa wieder da ist. Du hast bei eurer Trennung so viel geweint. Ich dachte, er fehlt dir. Bist du nicht froh, dass er wieder mit dir zusammen sein will?«

Ich sog scharf die Luft ein. Mit diesem Themenwechsel hatte ich absolut nicht gerechnet.

»Doch, natürlich bin ich froh«, behauptete ich.

Nele schürzte die Lippen und schüttelte missbilligend den Kopf. Anscheinend hatte ich mit meiner schlechten schauspielerischen Darbietung ihre Intelligenz beleidigt.

»Ist es wegen Jakob?«, fragte sie unvermittelt.

Mir blieb der Mund offen stehen. Woher, um Himmels willen, wusste sie von ihm und mir? Bisher hatte ich ihr nicht den geringsten Anlass gegeben, etwas in dieser Richtung zu vermuten. Peinlich genau hatte ich darauf geachtet, mich nicht zu verraten.

Sie schnaubte angesichts meines Erstaunens. »Mama, ich bin doch nicht blind. Schon allein, wie du Jakob ansiehst …«

»Wieso?«, quiekte ich. »Wie sehe ich ihn denn an?«

»Als wäre er eine Praline, die du am liebsten sofort auspacken würdest.« Sie verzog das Gesicht. Anscheinend hatte sie Bilder vor Augen, die man im Zusammenhang mit der eigenen Mutter am liebsten schnell wieder verdrängte. Etwas leiser fügte sie hinzu: »Du siehst ihn an, als sei er der Mensch auf der Welt, der dich glücklich macht.«

Ich schluckte schwer.

»Es stimmt, ich empfinde etwas für Jakob«, gab ich zu. »Und er auch für mich. Eigentlich hätten wir es gern miteinander versucht.«

Ich gab mir einen Ruck und stellte die alles entscheidende Frage. »Hättest du denn ein Problem damit?«

Mit klopfendem Herzen wartete ich auf ihre Antwort.

Sie nagte an der Innenseite ihrer Wange herum. Schließlich zuckte sie mit den Schultern.

»Keine Ahnung! Es ist komisch. Aber wahrscheinlich könnte ich mich daran gewöhnen. Außerdem hat Spike gesagt, dass sein Onkel echt total in Ordnung und ein cooler Typ ist. Aber …«

Sie stockte und biss sich auf die Unterlippe.

»Aber?«, hakte ich vorsichtig nach.

Nele blickte auf ihre Knie, ihre Haare fielen ihr ins Gesicht, und sie fummelte an den Fäden ihrer Jeans herum. »Papa vermisst uns. Ich will nicht, dass er allein ist!«

Mit Schrecken wurde mir bewusst, was ich gerade angerichtet hatte. Ich hatte mich so sehr nach Absolution gesehnt, dass ich Nele in eine unmögliche Situation gebracht hatte. Nur weil ich hatte hören wollen, dass es okay war, wenn ich mich nicht für ihren Vater entschied. Aber das konnte ich nicht von ihr verlangen.

»Es tut mir leid!« Ich drückte bedauernd ihre Hand. »Dich das zu fragen, war nicht fair. Du solltest nicht entscheiden müssen, welcher Elternteil glücklich sein darf.«

Ich bemühte mich um ein Lächeln. »Dein Vater hat mich um

eine zweite Chance gebeten, und wenn wir uns zusammenraufen können, ist bald alles wieder so wie früher. Dann muss keiner von uns allein sein.«

Nele schielte auf meinen Taschentuchberg. Ihr Stirnrunzeln vertiefte sich, als würde sie jetzt erst begreifen, was meine niedergeschlagene Stimmung zu bedeuten hatte. Vorher war es ihr wohl abwegig erschienen, dass ihre Mutter Liebeskummer wegen eines anderen Mannes haben könnte. Sie sank noch ein bisschen tiefer in sich zusammen.

»Ich werde bald sechzehn, Mama. Es dauert nicht mehr lang, bis ich mit der Schule fertig bin, und zum Studieren werde ich die Insel verlassen müssen. Nur wegen mir musst du es nicht noch mal mit Papa versuchen«, sagte sie leise. »Ich weiß, dass er dir sehr wehgetan hat.«

Ihre Worte zerrissen mir das Herz. All unseren täglichen Querelen zum Trotz: Sie hätte mir wohl kaum deutlicher sagen können, dass ich ihr wichtig war und sie mich liebte.

Ich stand auf und kniete mich vor sie auf den Boden. Mit ernster Miene nahm ich ihre Hände und hielt ihren Blick mit meinem fest. »Ich habe deinen Vater geheiratet, und wir haben uns geschworen, gute wie schlechte Zeiten miteinander durchzustehen. Das war noch vor deiner Geburt, und deshalb galt dieses Versprechen allein uns beiden. Ja, er hat mir sehr wehgetan! Und wir haben schlechte Zeiten hinter uns.« Ich holte tief Luft. »Aber dein Vater hat mir versichert, dass er sich geändert hat – und deshalb bin ich es ihm schuldig, unserer Ehe noch eine Chance zu geben. Du musst dich für nichts verantwortlich fühlen, Schätzchen.«

Das Gleiche hatte ich auch schon zu Jakob gesagt, doch dieses Mal saß Nele vor mir – und das verlieh meinen Worten eine neue Wahrhaftigkeit. Was bisher eine rein rationale Entscheidung gewesen war, begriff ich nun auch mit dem Herzen. Thomas gehörte unauslöschbar zu meinem Leben dazu, und unsere Tochter war das perfekte Sinnbild dafür. So vieles an ihr erinnerte mich an ihren Vater: die Farbe ihrer Augen, die hohe Stirn, die kleinen Leberflecke und die scharf geschnittenen Wangenknochen, die ihr ein vornehmes Aussehen verliehen. Sie war die bestmögliche Kombination aus uns beiden: intelligent, aufmerksam, schlagfertig, kämpferisch und zuweilen auch sensibel. Unsere Tochter war der Beweis, dass Thomas und ich in der Lage waren, Großartiges hervorzubringen.

Dass ich es ernst gemeint hatte, schien auch Nele zu spüren. Sie atmete erleichtert auf.

»Ich hoffe, es klappt mit Papa und dir! Bestimmt hat er aus seinem Fehler gelernt.«

»Hoffentlich«, sagte ich seufzend. Ich erhob mich wieder aus meiner knienden Haltung, wobei sich meine Knochen mit einem lautstarken Knacken beschwerten.

Nele strich sich eine Haarsträhne hinters Ohr und verzog die Mundwinkel. »Jetzt weiß ich immerhin, wieso du mir noch nicht überschwänglich um den Hals gefallen bist.« Vielsagend deutete sie auf die Taschentücher. »Wahrscheinlich hast du gerade gar keinen Nerv, dich mit dem Café zu beschäftigen.«

Verständnislos sah ich sie an. »Ich fürchte, ich stehe gerade auf der Leitung …«

»Ich spreche natürlich von dem Geld!« Sie kicherte, weil ich so schwer von Begriff war. »Papa hat es dir doch gegeben.«

Leider kapierte ich noch immer nicht, um was es eigentlich ging. »Von welchem Geld redest du?«

Nun musterte Nele mich ihrerseits verständnislos. In ihrer Miene spiegelten sich in kurzer Abfolge ihre Emotionen: Irritation, Begreifen, Ungläubigkeit und am Ende grenzenlose Fassungslosigkeit.

»Er … er hat es dir nicht gegeben?«, keuchte sie.

»Das Einzige, was ich von Thomas in den vergangenen Tagen bekomme habe, ist ein Blumenstrauß«, antwortete ich.

»Nein … nein …«, stammelte sie und schüttelte immer wieder den Kopf. Ihre Brust hob und senkte sich hektisch.

»Erklärst du mir, um was es eigentlich geht?«, bat ich sie eindringlich.

Doch Nele schien mich gar nicht zu hören. Tränen sammelten sich in ihren Augen.

»Wie konnte er mir das antun?«, wisperte sie. »Ich bin doch seine Tochter, und er hat es mir versprochen. Ich habe ihm vertraut!«

Noch immer konnte ich mir keinen Reim darauf machen, was Thomas angestellt haben mochte, aber meine Geduld war endgültig aufgebraucht. Voller Sorge fasste ich sie an den Schultern. »Von was redest du, Nele? Bitte erzähl mir, was los ist!«

Sie sprang abrupt auf. »Papa hat sich kein Stück geändert. Hast du gehört? Kein Stück! Aber das lasse ich mir nicht bieten!«, spie sie aus. Hektisch suchte sie ihre Taschen ab. »Mein Handy … Wo ist mein Handy? Fuck, ich muss es bei Tine vergessen haben!«

»Nele, jetzt beruhige dich erst mal!« Ich griff nach ihrer Hand, aber sie entzog sich mir noch im selben Moment.

»Daran bist nur du schuld! Nur weil ich so lange kein funktionierendes Handy hatte, vergesse ich es jetzt andauernd«, fuhr sie mich an. Ihre Augen blitzten vor Wut. »Und wenn du mir von Anfang an erzählt hättest, wie Papa dich verarscht hat, hätte ich ihm nie so schnell wieder vertraut.« Ihre Stimme überschlug sich vor Aufregung. »Wieso hast du dir das überhaupt gefallen lassen? Du hättest ihn anzeigen müssen! Schlimm genug, dass Papas Kollegen seine Betrügereien gedeckt haben, aber wenigstens du hättest den Mut haben müssen, zur Polizei zu gehen. Was er gemacht hat, war kriminell. Dass du dich nicht gewehrt hast, ist erbärmlich, Mama!«

Verstört blinzelte ich sie an. Es fiel mir schwer, ihrem Stimmungswechsel zu folgen.

»Aber er ist dein Papa«, verteidigte ich mich. »Ich konnte doch nicht den Vater meines Kindes ins Gefängnis bringen.«

»Hättest du wohl! Es ist alles deine Schuld!« Ein verzweifeltes Schluchzen entrang sich ihrer Kehle. »Ihr beide seid so … so …«

Anscheinend fehlten ihr für ihre Abscheu die Worte, denn sie machte auf dem Absatz kehrt und stürmte aus dem Zimmer.

»Du kannst mein Handy haben, wenn du willst«, bot ich an und lief ihr hinterher. »Jetzt warte doch!«

Wegen meiner Plüschsocken fehlte mir leider die Bodenhaftung, um mit ihrem Tempo mithalten zu können. Ich hatte gerade den Treppenabsatz erreicht, als ich schon die Hintertür ins Schloss fallen hörte. Obwohl ich ahnte, dass sie sich umgehend auf ihr Rad geschwungen hatte, folgte ich ihr mit wehendem Morgenmantel nach draußen. Gerade noch rechtzeitig, um Nele am Ende der Straße in Richtung Dorf radeln zu sehen. Verdammt!

34. Kapitel

Ich zog mich an, während ich abwechselnd versuchte, Thomas, Nele oder Tines Mutter Annelie anzurufen. Bei Thomas sprang jedes Mal sofort die Mailbox an, und Nele ging nicht ran, was nicht überraschend war. Wenigstens Tines Mutter erreichte ich, und sie versprach mir, Nele umgehend nach Hause zu schicken, sobald sie bei ihnen auftauchte. Wahrscheinlich wäre es klüger gewesen, hierzubleiben und abzuwarten, aber ich schaffte es nicht, untätig herumzusitzen. Nele hatte so aufgelöst gewirkt – und das machte mir Sorgen. Dass ich nach wie vor nicht wusste, was eigentlich vorgefallen war, machte es noch schlimmer.

Ich holte mein eigenes Rad aus der Garage, um das Dorf nach Nele abzusuchen. In den kleinen Gassen von Liebwitz war ich damit mobiler als mit dem Auto. Als Erstes steuerte ich das Haus von Tines Familie an. Mittlerweile war dies fast Neles zweites Zuhause.

Annelie öffnete mir. Es war das erste Mal, dass wir seit dem Abendessen im Forsthaus aufeinandertrafen. Prompt fiel mir das Grillfest ein, das sie für mich hatte veranstalten wollen. Ob sie mich jetzt hasste, weil ich ihrem Bruder wehgetan hatte? Kaum blickte ich in Annelies blaue Augen, die denen ihres Bruders so ähnelten, hörte ich Jakobs Stimme in meinem Kopf, die mir zuflüsterte: »*Wenn deine Meinung die einzige ist, die für mich zählt. Wenn ich unbedingt der Mensch sein will, den du in mir siehst – dann ist es Liebe … Wenn ich nur an dich denken kann, dich beschützen und dich lachen sehen will. Wenn ich es hasse, mir dir zu streiten – dann ist es Liebe …*«

Seine Worte verfolgten mich seither bei Tag und bei Nacht.

Ich schluckte schwer und verdrängte Jakob aus meinen Gedanken. Jetzt war allein meine Tochter wichtig.

»Hallo, Eva!« Annelie lächelte freundlich. Anscheinend war meine Sorge unbegründet gewesen. »Ist Nele noch nicht zurück? Ich hab ihr ausgerichtet, dass sie sofort zu dir nach Hause kommen soll.«

»Sie war hier?«

»Ja, um ihr Handy zu holen. Gleich, nachdem du angerufen hast.«

Meine Aufregung war mir wohl anzusehen, denn sie musterte mich besorgt. »Kann ich dir irgendwie helfen? Nele hat auch schon so aufgelöst gewirkt.«

»Ach, wahrscheinlich ist es halb so schlimm«, erwiderte ich seufzend. »Du weißt ja, wie Teenager sind! Sie explodieren wegen Kleinigkeiten, und zwei Stunden später ist wieder alles in Ordnung. Bestimmt klärt sich schon bald alles auf.«

Jedenfalls hoffte ich das. Mein Bauchgefühl sagte mir allerdings, dass ich Nele nicht daheim vorfinden würde – aber ich musste wenigstens mein Glück versuchen!

Ich bedankte mich bei Annelie und radelte im Rekordtempo zurück zum Café. Wie befürchtet war niemand zu Hause. Anstatt meiner Bitte nachzukommen, ließ Nele mich lieber noch ein wenig länger schmoren.

Also machte ich mich erneut auf die Suche, dieses Mal allerdings mit dem Auto. Denn ich konnte nicht ausschließen, dass Nele versuchte, Liebwitz zu verlassen. Vielleicht wollte sie nach Berlin zu ihrem Vater, um ihm die Leviten zu lesen? Zuzutrauen wäre es ihr. Zwar hatte Nele kein Geld bei sich, aber überall auf der Insel gab es »Mitfahrbanken« an den Hauptstraßen. Wenn man von einem Autofahrer mitgenommen werden wollte, musste man nur auf einer Bank Platz nehmen und abwarten, bis jemand anhielt. Das war für den ländlichen Raum mit mäßiger Anbindung an den öffentlichen Personennahverkehr eine schöne Idee, aber als

Mutter einer Fünfzehnjährigen hielt ich das für genauso gefährlich wie normales Trampen.

Schließlich machte ich im Ortskern halt und lief zu Fuß zum Strand, da dort für den Verkehr gesperrt war. Leider konnte ich auch hier keine Spur von Nele entdecken. Was sollte ich jetzt tun?

Am Strand war es ruhig, und nur wenige Leute trotzten dem wechselhaften Wetter. Der Sand war dunkel und schwer vor Nässe, während im Dünengras die Regentropfen wie kleine Diamanten glitzerten. Obwohl momentan die Sonne schien, näherten sich der Insel schon die nächsten düsteren Regenwolken. Hoffentlich braute sich da kein Sturm zusammen!

In diesem Augenblick klingelte mein Handy. Ein Blick aufs Display verriet mir, dass es sich weder um Thomas noch um Nele handelte. Mist! Schon wollte ich den Anrufer wegdrücken, als mir die ausländische Vorwahl auffiel. Waren das meine Eltern? Wenn ja, hatten sie wohl eine neue Handynummer, seit wir zum letzten Mal Kontakt gehabt hatten.

Mit klopfendem Herzen nahm ich den Video-Anruf entgegen. Zuerst sah ich ein braunes Auge in Nahaufnahme, dann eine männliche Nase im Profil. Ich erkannte sie sofort.

»Hallo, Papa!«, sagte ich mit bewegter Stimme.

»Du musst es weiter weghalten!«, hörte ich meine Mutter im Hintergrund. »Mensch, Karl, das ist doch nicht so schwer!«

Tatsächlich vergrößerte sich nun der Bildausschnitt. Mein Vater war von der Sonne Teneriffas braun gebrannt, was einen interessanten Kontrast zu seinen schlohweißen Haaren bildete. Sein Gesicht war von kleinen Fältchen überzogen, doch seine Augen waren hellwach, und ein Lächeln umspielte seine Mundwinkel.

»Hallo, Butterblümchen!«, sagte er mit warmer Stimme.

So nannte er mich schon, seit ich ein kleines Kind war, weil ich aus unerfindlichen Gründen am liebsten Butterblumen gepflückt hatte.

»Wie geht es dir?«, wollte er wissen.

Im Augenblick war das eine ganz schlechte Frage. Denn ich wollte meine Eltern wegen Neles Verschwinden nicht unnötig in Angst versetzen.

»Es geht so. Zurzeit ist viel los. Und bei euch?«

Meine Mutter drängte sich ins Bild. »Wir machen uns Sorgen um dich, Kindchen!«

Sie war wie mein Vater von der Sonne gebräunt. Ihre kastanienbraunen Locken waren bisher nur von wenigen grauen Strähnen durchzogen, und die grünen Augen hatte ich ebenfalls von ihr geerbt. Seit sie mit meinem Vater in Teneriffa lebte, trug sie hauptsächlich bequeme Yogakleidung und verzichtete auf Schminke.

»Deine Schwester hat uns erzählt, dass du dich mit Thomas versöhnen willst.«

Ich knirschte mit den Zähnen. So eine Petze! Mona hätte wissen müssen, dass meine Eltern sofort bei mir anriefen, um mich mit Vorwürfen zu überhäufen. Aber wahrscheinlich war genau dies ihre Absicht gewesen. Das würde ich meiner Schwester heimzahlen!

»Deswegen meldet ihr euch bei mir …« Die Enttäuschung, die in meiner Stimme mitschwang, war nicht zu überhören.

»Nein, wir wollten schon seit Längerem Kontakt zu dir aufnehmen«, widersprach meine Mutter mit sanfter Stimme. »Wir haben dich schrecklich vermisst.«

Es fiel mir schwer, ihren Worten Glauben zu schenken. »Ah ja?«

»Thomas war der Grund, weshalb wir uns seit dem Verlust unseres Hotels von dir zurückgezogen haben«, sagte mein Vater. »Das hatte nichts mit dir zu tun.«

Meine Mutter, von der ich gerade nur noch die Hälfte ihres Gesichts erkennen konnte, nickte bekräftigend.

»Wir waren sauer, Butterblümchen«, fuhr er fort. »Auf Thomas, aber auch auf uns selbst, weil wir diesem Mann blind vertraut und ihm unsere Tochter überlassen haben.«

»Wir waren nicht sauer, sondern stinkwütend«, warf meine Mutter ein und winkte mit der Faust angriffslustig in die Kamera. »Hätte ich diesen Mistkerl in die Finger bekommen, hätte er sich warm anziehen müssen.«

Anscheinend hatten sich ihre Gefühle für Thomas nach wie vor nicht abgekühlt. Dabei waren meine Eltern besonnene und sanftmütige Typen.

»Wie konnten wir uns nur so in ihm täuschen«, schob sie kopfschüttelnd hinterher.

»Du solltest unsere Wut allerdings nicht zu spüren kriegen, denn *dir* wollten wir keine Vorwürfe machen«, erklärte mein Vater. »Deine Mutter hat vom Arzt sogar Blutdruckmedikamente verschrieben bekommen, weil ihr die Aufregung aufs Herz geschlagen ist. Und wir kennen dich: Du hättest es auf dich bezogen, und dein schlechtes Gewissen wäre noch schlimmer geworden.«

Dass meine Mutter deshalb gesundheitliche Probleme gehabt hatte, schockierte mich. Ich hätte mich tatsächlich schuldig gefühlt – schließlich hatte ich den Mann geheiratet, der sie so in Aufruhr versetzt hatte. Mona hätte mir davon erzählen müssen! Sie hatte mir immer nur wie ein Mantra vorgebetet, dass unsere Eltern sich lediglich wieder abregen müssten.

»Ich dachte, ihr hasst mich. Weil ich so dumm und leichtgläubig war.«

»Um Himmels willen, nein! Wir wären genauso auf ihn reingefallen wie du«, beteuerte mein Vater. »Weil wir Thomas für einen vertrauenswürdigen Menschen gehalten haben.«

»Dabei ist er eine linke, hinterhältige Bazille«, zischte meine Mutter.

»So schlimm ist er gar nicht«, verteidigte ich ihn, obwohl sich alles in mir dagegen sträubte. Denn nach Neles Reaktion zu schließen, hatte er mal wieder etwas Unverzeihliches angestellt. Vielleicht übertrieb sie aber auch nur wieder heillos? Ich hatte keine Ahnung.

»Er hat sich bei mir entschuldigt und mir erklärt, wie es dazu gekommen ist. Thomas war verzweifelt.«

»Das ist doch Blödsinn!« Mein Vater schob entschlossen meine Mutter aus dem Bild. »Tu mir mal den Gefallen und mach mit mir ein kleines Gedankenexperiment, Butterblümchen! Stell dir vor, du hättest Geldprobleme. Das Wasser steht dir bis zum Hals, und du kommst aus diesem Schlamassel allein nicht wieder raus. Kannst du dir das vorstellen?«

Ich lächelte bitter. »Nach dem, was ich hinter mir habe, brauche ich dazu nicht viel Fantasie.«

»Bitte, bleib in der Szenerie!«, ermahnte er mich. »Du bist verzweifelt, deine Gläubiger machen Druck. Würdest du deine Schwester bitten, mit ihrem Haus für dich zu bürgen? Und ihr dabei eine Lügengeschichte auftischen, dass das alles zu ihrem Besten wäre? Obwohl du genau weißt, dass sie am Ende ihr Haus und alles andere verlieren könnte. Würdest du riskieren, Mona in den Ruin zu treiben, um deine eigene Haut zu retten?«

Ich schnappte nach Luft. »Natürlich nicht! Ich würde für den Mist, den ich verbockt habe, geradestehen. Niemals würde ich Mona dafür den Kopf hinhalten lassen! So etwas wäre unmoralisch, zutiefst hinterhältig und …« Ich hielt inne. Okay, ich hatte kapiert! Thomas war genauso eine Art von Mensch.

Mein Vater nickte. »Dein Mann hat keine moralischen Grundsätze und keinen Anstand«, sagte er im Tonfall eines Staatsanwalts, dessen Beweisführung abgeschlossen war. »Er hat dich nicht mal ansatzweise verdient!«

Meine Mutter schob sich wieder ins Bild. »Du hast ein zu gutes Herz, Eva, und verzeihst viel zu schnell. Aber es gibt Dinge, die man nicht entschuldigen kann. Mach dich nicht unglücklich, indem du diesem Mann wieder einen Platz in deinem Leben einräumst!«, redete sie mir ins Gewissen. »Ich könnte es ja verstehen, wenn du ihn lieben würdest. Aber Mona hat uns erzählt, dass dein

Herz für einen anderen Mann schlägt. Einen, der sehr nett, gut aussehend und aufmerksam ist.«

Erneut knirschte ich mit den Zähnen. So eine Oberpetze! Mona hatte meinen Eltern aber auch wirklich alles brühwarm berichtet.

»Ich denke dabei doch nur an Nele!«, erklärte ich meine Entscheidung. »Außerdem haben Thomas und ich viele Jahre eine glückliche Ehe geführt.«

Ein Wassertropfen klatschte auf das Gesicht meiner Mutter. Erstaunt sah ich auf. Ich war so in unser Gespräch vertieft gewesen, dass ich meine Umgebung überhaupt nicht mehr wahrgenommen hatte. Mittlerweile hatte die Regenfront die Insel erreicht, und die dramatischen dunklen Wolken ließen befürchten, dass sich etwas Ernstes zusammenbraute. Die Leute am Strand packten hektisch ihre Sachen zusammen, um nach Hause zu eilen. Ich tat es ihnen gleich und lief zu meinem Wagen zurück. Hoffnung keimte in mir auf, dass das schlechte Wetter auch Nele wieder nach Hause treiben würde.

»Ihr beide habt bestimmt keine glückliche Ehe geführt«, widersprach meine Mutter schnaubend. »Ihr habt euch schließlich kaum gesehen. Thomas war beruflich immer unterwegs, und am Wochenende musstest du im Hotel arbeiten. Ihr seid viel zu selten zusammen gewesen, um euch aneinander zu reiben – diesen Umstand solltest du nicht mit *glücklich* verwechseln. Hättet ihr euch aufrichtig geliebt, hättet ihr diese Art von Beziehung überhaupt nicht ausgehalten, weil ihr euch ständig nacheinander gesehnt hättet.«

So wie sie es ausdrückte, klang es tatsächlich nicht nach einer gesunden Ehe. Aber vielleicht lag sie gar nicht so falsch mit ihrer Einschätzung? Erst seit der Trennung von Jakob wusste ich, wie es sich anfühlte, wenn man sich ununterbrochen nach jemandem verzehrte. Dass man innerlich zu zerreißen drohte, weil einem der andere Mensch so sehr fehlte. Dabei arbeitete ich mit Jakob zusammen und sah ihn – wenigstens von Weitem – fast jeden Tag.

Ehe ich etwas erwidern konnte, fuhr meine Mutter auch schon fort: »Und dein Argument mit Nele ist auch nicht sonderlich schlagkräftig. Falls es dir noch nicht aufgefallen ist: Sie ist fast erwachsen und kein Kleinkind mehr.« Sie schüttelte nachsichtig den Kopf. »Dein Herz schlägt nicht mehr für Thomas, Eva! Auch wenn du jetzt glaubst, dass du dich dazu zwingen könntest – eine Beziehung mit ihm würde auf Dauer nicht gut gehen. Euer gemeinsamer Alltag wäre von verletzten Gefühlen und hässlichen Streitereien geprägt. Eine Ehe ohne Liebe kann nicht mehr funktionieren!«

Wahrscheinlich hatte sie recht. Selbst Nele hatte gesagt, dass ich meine Entscheidung nicht von ihr abhängig machen sollte. Womöglich konnte ich mir tatsächlich erlauben, wieder mehr an mich selbst zu denken?

Um mich herum klatschten immer mehr Regentropfen auf den Boden, und ein unheilvolles Grollen tönte vom Himmel. Ich begann zu rennen, und das Display vor mir hüpfte auf und ab.

Einen Punkt hatte ich bisher noch nicht angesprochen. Nämlich die tiefe Verbundenheit, die ich mit Thomas und Nele zusammen empfunden hatte. Aber eigentlich kannte ich selbst die Antwort. Das Dasein als Alleinerziehende war schwer, und es war ganz natürlich, dass mir dieses Familiengefühl gefehlt hatte. Aber auf Dauer würde das mit Thomas nicht möglich sein. Zum einen, weil ich ihn nicht mehr liebte. Zum anderen, weil er unsere Familie kaputtgemacht hatte – und zwar mutwillig und sehenden Auges. Alle guten Vorsätze der Welt konnten das nicht vergessen machen, das erkannte ich jetzt. Außerdem hatte ich in der Zwischenzeit eine andere Art von Familie gefunden. Selbstverständlich gehörten meine Eltern, Nele, Mona und ihr Mann dazu, aber mittlerweile gab es da auch noch Peggy, Ella und Hannah. Und natürlich Jakob. Bei ihnen fühlte ich mich beschützt, geliebt und aufgehoben. Seit ich in Liebwitz lebte, hatte ich mich kaum noch einsam gefühlt.

Ich erreichte mein Auto und kreischte vor Schreck, als es ohne

Vorwarnung direkt über mir donnerte. Japsend fasste ich mir an die Brust.

»Diese plötzlichen Wetterwechsel an der Küste sind wirklich gewöhnungsbedürftig«, keuchte ich.

»Also, bei uns scheint die Sonne«, sagte meine Mutter. »Wenn Nele uns in den Sommerferien besucht, kannst du sie ja begleiten und ein bisschen Wärme tanken.«

»Bis dahin wird sich der Sommer hoffentlich auch hier etabliert haben«, murmelte ich und stieg hastig ein.

Während draußen das Unwetter in Fahrt kam, sank ich in den Sitz zurück.

»Danke, dass ihr mir den Kopf gewaschen habt! Und dass wir wieder miteinander reden. Ich habe euch schrecklich vermisst.«

»Wir dich auch.« Verstohlen wischte mein Vater sich über die Augen.

»Ich verspreche, es wird nie wieder vorkommen«, gelobte meine Mutter. »Ab sofort melde ich mich täglich bei dir – dann kannst du mir alles erzählen, was ich verpasst habe.«

Wie bitte? Täglich? Bei aller Freude – man musste es auch nicht gleich übertreiben ...

Ich räusperte mich. »Ich mach jetzt Schluss, ja?«

Draußen schüttete es wie aus Eimern, und in regelmäßigen Abständen blitzte und donnerte es. Ich war mir fast sicher, dass Nele inzwischen zu Hause war, aber ich musste mich mit eigenen Augen davon überzeugen.

Mein Vater nickte. »Ist gut, mein Schatz!«

Doch da fiel meiner Mutter noch etwas ein. »Ach, das hätte ich fast vergessen: Ihr habt Neles Sparkonto aufgelöst? Wir haben eine Mitteilung von der Bank erhalten.«

Irritiert runzelte ich die Stirn. »Wie bitte?«

»Ist sie denn schon alt genug für den Fahrunterricht?«, fragte mein Vater interessiert. »Was das begleitende Fahren von Jugendlichen betrifft, sind wir bei den gesetzlichen Bestimmungen offengestanden nicht auf dem Laufenden.«

»Ja, ich meine, nein …«, stammelte ich.

Fieberhaft versuchte ich, meine Gedanken zu ordnen. Um das Geld abheben zu können, musste Nele in Begleitung eines Erziehungsberechtigten zur Bank. Da das Konto aufgelöst worden war, konnte ihr somit nur ihr Vater geholfen haben. Hatte sie nicht erwähnt, dass Thomas mir *das Geld* hätte geben sollen? Aber wozu, um Himmels willen?

In diesem Moment ging ein weiterer Anruf auf meinem Handy ein – von Fred, Peggys Freund. Überrascht zog ich die Augenbrauen in die Höhe. In meiner Magengegend breitete sich ein flaues Gefühl aus.

Ich verabschiedete mich hastig von meinen Eltern und nahm Freds Anruf entgegen. Er hielt sich nicht lange mit einer Begrüßung auf.

»Ist deine Tochter von allen guten Geistern verlassen?« Das war anscheinend eine rhetorische Frage, denn er fuhr umgehend fort: »Ich hab ihr x-mal gesagt, dass sie nur auf unserem Gelände trainieren darf. Minderjährigen Mitgliedern ist es nur erlaubt, zu zweit und mit Erlaubnis eines Erwachsenen in den Wald zu reiten. Und sie hat es mir versprochen – *versprochen!* –, sich daran zu halten.«

Ich spürte, wie mir das Blut aus dem Gesicht wich. »Sie ist in den Wald geritten? Allein?«

Bei meiner Suche hatte ich natürlich auch beim Pferdestall vorbeigeschaut. Doch offenbar hatte ich Nele verpasst – oder sie hatte sich vor mir versteckt.

»Sie wurde von einem anderen Reiter gesehen. Nele hat ihm gegenüber rotzfrech behauptet, ich hätte es ihr erlaubt. Und jetzt ist sie weg – zusammen mit Zeus, unserem besten Pferd im Stall.«

Fred, den ich bisher nur gutmütig und verständnisvoll erlebt hatte, schien außer sich zu sein. Ich konnte es ihm nicht verübeln.

Nele hatte sein Vertrauen missbraucht, und als Vorstand fühlte er sich für seine menschlichen und tierischen Schützlinge verantwortlich.

»Ehe das Unwetter losgegangen ist, habe ich noch versucht, sie zu finden«, erzählte er. »Aber weißt du, wie groß der Darßwald ist? Das ist, als würde man die Nadel im Heuhaufen suchen. Außerdem darf man nicht mit dem Auto reinfahren.« Ihm entfuhr eine Reihe von Flüchen. »Und Zeus hasst Gewitter. Bestimmt ist er schon beim ersten Donner gestiegen. Mein Gott, ich darf gar nicht daran denken, was den beiden da draußen alles passieren kann!«

Auch mir kamen prompt diverse Horrorszenarien in den Sinn. Die schon altbekannte lähmende Angst um das Leben meiner Tochter blieb jedoch aus, im Gegenteil. Nun, da Nele sich in einer realen Gefahr befand, erfüllte mich eine fast schon beängstigende Ruhe. Denn ich wusste genau, was ich zu tun hatte.

»Fred, ich werde sie finden! Und euer Pferd«, entgegnete ich. »Vertrau mir, alles wird gut!«

Noch während ich sprach, fuhr ich los und drückte das Gaspedal durch. Jetzt gab es nur noch eine Person, die mir helfen konnte …

35. Kapitel

Auf der Fahrt wählte ich Jakobs Nummer. Er nahm nach dem zweiten Klingeln ab, und mir fiel ein Stein vom Herzen, dass er mich nicht einfach weggedrückt hatte. Angesichts unserer derzeitigen komplizierten Beziehung wäre das durchaus im Bereich des Möglichen gewesen. In knappen Worten schilderte ich ihm, was geschehen war, und noch ehe ich ihn um Hilfe bitten konnte, sagte er mit ruhiger Stimme: »Komm zum Forsthaus!«

Vor Erleichterung traten mir die Tränen in die Augen. Ich hätte ihm nicht verübeln können, wenn er entgegnet hätte, dass ihn meine Probleme nichts mehr angingen.

Er stand schon vor der Haustür, als ich ankam. Er trug Ölzeug und kam durch den strömenden Regen zu meinem Auto gelaufen.

»Wir nehmen meinen Wagen, der ist besser für schwieriges Gelände«, rief er über das Donnern, Prasseln und Grollen hinweg. »Hier, für dich!« Er drückte mir eine Regenjacke mit Kapuze in die Hand.

Sie war zwar etwas groß, aber ich schlüpfte dankbar hinein und rannte ihm hinterher. Kaum saß ich auf dem Beifahrersitz seines Geländewagens, blinzelte ich überrascht, denn direkt hinter mir saß Tine.

»Was machst du denn hier?«

Sie lehnte sich zwischen den Sitzen durch. Auf ihrem Gesicht zeichnete sich aufrichtige Sorge ab.

»Ich will meine beste Freundin suchen!«, sagte sie entschlossen, während Jakob losfuhr. »Als Sie angerufen haben, war ich gerade bei Onkel Jakob. Wir haben uns für heute verabredet, weil er uns beim Einrichten der Website hilft – für die Opfer von Cybermobbing.«

Erstaunt sah ich zu Jakob, denn Nele hatte nicht erwähnt, dass er sich ebenfalls ihrem Hilfsprojekt angeschlossen hatte. Aber er schaute angestrengt auf die Straße, ohne meinen Blick zu erwidern.

»Du kannst so was?«, entfuhr es mir.

»Onkel Jakob ist so was wie der Technikbeauftragte unserer Familie und kennt sich mit solchem Kram aus«, antwortete Tine an seiner Stelle. »Nele wollte auch mitkommen, aber nachdem sie ihr Handy abgeholt hat, ist sie einfach verschwunden. Dabei wollten wir vorher eigentlich noch schnell im Stall vorbeischauen.«

Das gefiel mir gar nicht. Wenn Nele sich nicht mal Tine anvertraut hatte, musste sie wirklich durcheinander und aufgebracht gewesen sein.

Ich lächelte sie dankbar an. »Schön, dass du uns hilfst!«

Nele hatte wirklich großes Glück, dieses tolle Mädchen gefunden zu haben.

Jakob hielt am Waldrand vor der Schranke an, stieg aus und entsperrte sie. Wie gut, dass er der Ranger war!

»Ich fahre erst mal die größeren Wege in der Nähe des Pferdestalls ab«, informierte er mich, nachdem er wieder eingestiegen war. »Vielleicht hat sie sich irgendwo untergestellt.«

Ich nickte. Mit zusammengekniffenen Augen starrte ich nach draußen, in der Hoffnung, Nele irgendwo zu entdecken. Tine und ich ließen die Fenster herunter, denn der Dauerregen hatte sich wie ein Vorhang über das Glas gelegt, sodass man nur grüne und braune Schemen erkennen konnte. Über uns rauschten und ächzten die Bäume, und es herrschte düsteres Zwielicht.

»Was hatte sie denn an?«, wollte Jakob wissen.

»Eine Jeans mit Löchern, Sneaker und ein kirschrotes T-Shirt.«

»Rot ist hervorragend!«, entgegnete er. »Das setzt sich gut von der Umgebung ab.«

Er fuhr kreuz und quer die Wege ab. Innerhalb kürzester Zeit hatte ich die Orientierung verloren. So bekam ich eine Ahnung, wie Nele sich im Augenblick wahrscheinlich fühlte. Je länger wir unterwegs waren, desto größer wurde meine Anspannung. Vielleicht war ich doch etwas zu optimistisch gewesen, was meinen mütterlichen Spürsinn betraf? Einfach mit Jakob in den Wald zu fahren und sie innerhalb kürzester Zeit am Wegesrand aufzulesen, erschien mir plötzlich nicht mehr sonderlich realistisch. Ich hatte unterschätzt, wie groß der Darßwald war – genau wie Fred gesagt hatte.

»Wieso war Nele eigentlich so durcheinander?«, durchbrach Tine irgendwann unser Schweigen.

Ich räusperte mich. »Wegen ihres Vaters. Es geht um das Geld auf Neles Sparkonto. Anscheinend hätte Thomas es mir aushändigen sollen. Als Nele erfahren hat, dass er das nicht getan hat, war sie völlig aufgelöst. Ich denke ...«

Ich hielt inne, denn eigentlich hasste ich Spekulationen ohne die Spur eines Beweises. Aber inzwischen war mir das Gespräch mit Peggy und Nele in der Küche des Cafés wieder eingefallen.

»Was denkst du?«, hakte Jakob nach.

Ich stieß die Luft aus. »Nele hat den Vorschlag gemacht, auf dem Parkplatz ein Open-Air-Konzert zu veranstalten. Sie war Feuer und Flamme für diese Idee. Als ich ihr gesagt habe, dass mir das finanzielle Risiko zu hoch ist, war sie unglaublich enttäuscht«, erzählte ich. »Deshalb vermute ich, dass sie mir das Geld von ihrem Sparkonto geben wollte, damit ich die Gage von den Seelüü bezahlen kann.«

»Oh Mann, meine Mutter fährt voll auf die ab!«, warf Tine stöhnend ein. »Moment mal ... Nele hat mit ihr sogar über die Band gesprochen und sich von ihr die komplette CD-Sammlung zeigen lassen! Neles Interesse hat mich total gewundert.«

Damit erhärtete sich mein Verdacht. Nele hatte mir tatsächlich helfen wollen, die Zukunft des *Café Liebesbrise* zu sichern.

»Aber wieso hat mir Thomas das Geld dann nicht gegeben?«, fragte ich stirnrunzelnd.

Jakob warf mir einen skeptischen Seitenblick zu.

»Nein«, sagte ich kopfschüttelnd. »Auf keinen Fall.«

Das wollte ich schlicht und einfach nicht glauben! Thomas konnte doch unmöglich so weit gegangen sein, mit Neles Geld zu spekulieren? Außerdem hatte er absolut aufrichtig gewirkt, als er mir versichert hatte, dass er aus seinen Fehlern gelernt habe. Und jetzt sollte er so skrupellos gewesen sein, seine eigene Tochter zu bestehlen?

»Er hat auch die Frau hintergangen, die er liebt«, sagte Jakob, als hätte er meine Gedanken erraten.

Das stimmte. Mir wurde abwechselnd heiß und kalt. Thomas war und blieb ein Mistkerl! Hätte ich das eher gewusst, hätten meine Eltern mich nicht erst in einem langen Gespräch mühevoll davon überzeugen müssen, dass Thomas die zweite Chance nicht verdient hatte.

Nele schien sofort die richtigen Schlüsse gezogen zu haben. Kein Wunder, dass es ihr förmlich den Boden unter den Füßen weggezogen hatte.

»Wie konnte er das nur tun?«, zischte ich. »Dieser elende, verfluchte, hinterhältige …« Mir fehlten die Worte. »Wenn ich ihn in die Finger kriege, garantiere ich für nichts!«

»Da deine Tochter in diesem Fall die Leidtragende ist, schätze ich, dass sie das gern selbst übernehmen möchte«, wandte Jakob mit mitfühlender Miene ein.

So wie ich Nele kannte, hatte sie das auch vor. Sie würde sich das nicht gefallen und keine Ausreden gelten lassen.

»Aber dazu müssen wir sie erst einmal finden«, erwiderte ich niedergeschlagen.

»Warum ist sie eigentlich in den Wald geritten?«, wollte er wissen. »Tine hat erzählt, dass Fred das strikt verboten hat.«

Ich zog seufzend die Schultern in die Höhe. »Schon am Tegernsee hat es Nele immer in den Wald gezogen, wenn sie aufgebracht war. Das Reiten und die Natur beruhigen sie.«

Allerdings galt das wohl nicht für die erbarmungslose Seite der Natur, die gerade mit aller Kraft über die Insel hinwegfegte.

Wir fuhren schweigend weiter und hielten angestrengt Ausschau. Jedes Mal, wenn es donnerte, zuckte ich zusammen, und mein Magen zog sich vor Sorge zusammen. Tine versuchte währenddessen unermüdlich, Nele auf dem Handy zu erreichen, obwohl der Empfang dürftig war.

Einmal versperrte uns ein großer Ast den Weg, der von der Gewalt des Sturms abgerissen worden war. Ich stieg mit Jakob aus, und im strömenden Regen hievten wir den Ast zur Seite. Hoffentlich bemerkte er nicht, wie unsicher ich dabei auf den Beinen war! Meine Knie fühlten sich an wie Wackelpudding. Bevor wir zurück ins Auto stiegen, fasste er mich sanft am Arm.

»Wir werden sie finden, Eva!« Er hielt meinen Blick fest. »Deine Tochter ist eine Kämpferin, die nicht so leicht aufgibt. Das hat sie dir schon einmal bewiesen.«

Ich atmete zitternd ein. »Ich wüsste nicht, was ich jetzt ohne dich tun würde. Danke, dass du uns hilfst! Und das nach dem, was ich dir angetan habe …«

Er schnalzte tadelnd mit der Zunge. »Du kennst mich schlecht, wenn du denkst, dass ich dir deshalb meine Hilfe verweigern würde. Egal, was zwischen uns vorgefallen ist – ich bin immer für dich da, Tag und Nacht!«

Seine Worte klangen so ehrlich und aufrichtig, dass sich eine wundervolle Wärme in meiner Brust ausbreitete. Als wir einstiegen, fühlte ich mich wieder deutlich optimistischer.

Nur wenige Augenblicke später klingelte mein Handy. Mit angehaltenem Atem schaute ich aufs Display. Doch es war nicht Nele, die anrief, sondern Fred.

»Endlich erreiche ich dich!«, stieß er erleichtert aus, nachdem ich abgenommen hatte. »Ich versuche es schon eine halbe Ewigkeit.«

Geistesgegenwärtig hielt Jakob an, damit mein Handy den Funkkontakt nicht gleich wieder verlor.

»Hast du Nele gefunden?«, wollte er wissen.

»Nein, aber Jakob und Tine sind bei mir. Wir suchen zusammen den Wald ab.«

»Das ist gut! Jakob ist der richtige Mann dafür«, sagte Fred und klang erleichtert. »Ich wollte dir sagen, dass Zeus bei uns im Stall aufgetaucht ist. Allein. Er hat ein paar blutige Schrammen, wahrscheinlich weil er panisch querfeldein geprescht ist. Aber ansonsten geht es ihm gut.«

Natürlich war ich froh, dass das Tier zurückgefunden hatte und wohlauf war. Trotzdem wallte Sorge in mir auf. Ich hielt es für ein schlechtes Zeichen, dass Zeus und Nele getrennt worden waren, denn niemals hätte meine Tochter zugelassen, dass ein verängstigtes Pferd allein durch den Wald galoppierte. Sie hätte mit allen Mitteln versucht, das Tier wieder einzufangen und zu beruhigen. Aber womöglich hatte Zeus sie abgeworfen? Vielleicht lag sie irgendwo schwer verletzt und brauchte dringend medizinische Hilfe?

»Danke, dass du mich informiert hast! Das sind schon mal gute Nachrichten«, entgegnete ich, doch meine zitternde Stimme strafte meine Worte Lügen. »Wir melden uns, sobald wir etwas Neues wissen.«

»Ist gut. Bestimmt findet ihr sie bald. Viel Glück!«

Das konnten wir dringend gebrauchen.

Kaum hatte ich aufgelegt, stieß Tine auf dem Rücksitz ein Kreischen aus.

»Es klingelt!« Ihre Stimme überschlug sich fast vor Aufregung. Offenbar hatte sie die kurze Pause genutzt, um erneut bei Nele anzurufen. »Ihr Handy klingelt.«

Jakob und ich fuhren gleichzeitig zu ihr herum. Keiner von uns wagte, einen Mucks von sich zu geben. Ich hörte, wie das gleichmäßige Tuten aus Tines Handy abbrach und ein Rauschen ertönte.

»Nele?«, rief sie sofort. »Nele, hörst du mich? Geht es dir gut? Wo bist du?«

Keine Ahnung, ob Tine mehr verstehen konnte, aber ich nahm nur abgehakte Wortfetzen wahr.

»Ich kann dich nicht verstehen!« Jetzt schrie Tine fast. »Bleib stehen und sprich ganz langsam. Wo bist du?«

Wieder nur ein Rauschen.

Dann brach die Verbindung ab. Für einen Moment herrschte im Auto enttäuschte Stille.

»Immerhin ist sie an ihr Handy gegangen«, sagte Jakob.

Er griff nach meiner Hand. Der warme Druck seiner Finger wirkte wie ein Anker auf stürmischer See. Dankbar lächelte ich ihn an.

»Fuck!« Tine stieß verärgert die Luft aus. »Soll ich es noch mal probieren? Hier haben unsere Handys wenigstens Empfang. Wenn Nele uns sagen könnte, welchen Weg sie genommen hat, würden wir sie deutlich schneller finden.«

»Moment mal …« Jakob richtete sich ruckartig auf. »Ihr seid doch beide bei Snapchat, oder?«

»Klar, wir schicken uns jeden Tag Snaps, um Flammen zu sammeln. Aber was …« Tines Augen weiteten sich. »Die Snapmap! Wieso habe ich nicht schon vorher daran gedacht? Onkel Jakob, du bist genial!«

Er nickte zufrieden, und Tine begann sofort, auf ihrem Handy herumzutippen.

Anscheinend lebte ich hinter dem Mond, denn ich hatte keine Ahnung, von was sie redeten. Jakob schien sich mit moderner Technik und Software tatsächlich gut auszukennen. Natürlich war mir Snapchat bekannt, auch wenn ich die App nicht installiert hatte. Nele hatte mir erklärt, dass es sich um eine Art Messengerdienst handelte, über den man sich mit den Freunden zusammenschließen und Fotos oder Videos hochladen konnte, die jedoch nach einer kurzen Zeitspanne wieder gelöscht wurden. Der Sinn von Letzterem erschloss sich mir nicht mal ansatzweise. Schließlich gab es Menschen wie mich, die eher selten auf ihr Handy schauten – und damit die Hälfte der Posts überhaupt nicht mitbekamen.

»Und wie kann Snapmap hilfreich sein?«, fragte ich.

»Das ist eine Funktion innerhalb der App«, teilte mir Jakob mit. »Damit können deine Freunde den Standort erkennen, an dem sich dein Handy gerade befindet. Da Nele gerade mit Tine telefoniert hat, hatte ihr Handy Empfang – sie könnte somit auch online gewesen sein. Dann müsste ihr Standort aktuell sein.«

Ich wusste nicht, ob mir diese Funktion gefiel. Immerhin gab Nele mit ihrem Aufenthaltsort eine ziemlich private Information preis. Auf unsere aktuelle Situation bezogen fand ich Snapmap wiederum großartig und ein Geschenk des Himmels.

Erwartungsvoll blickte ich zu Tine.

Diese zog jedoch einen enttäuschten Flunsch. »Nele war tatsächlich kurz online, denn ihr Avatar ist eindeutig im Wald. Aber das hilft leider nicht sonderlich viel. Sie ist irgendwo in diesem riesigen grünen Bereich …«

Sie zeigte uns das Display, auf dem eine kleine Comicfigur in einem großen Waldareal zu sehen war.

»Dass da keine Straßennamen stehen, war ja zu erwarten«, meinte Jakob schmunzelnd und streckte die Hand aus. »Gibst du es mir mal?«

Er studierte die Karte auf Tines Handy sehr genau. Er schob sie hoch und runter, vergrößerte sie und verkleinerte sie wieder. Ich beobachtete ihn mit angehaltenem Atem.

»Ich denke, ich weiß, wo das ist«, sagte er schließlich.

Dass er sich hier auskannte wie kein anderer, war Neles und mein Glück. Am liebsten wäre ich ihm um den Hals gefallen. Doch das musste warten.

Zügig fuhr Jakob durch den sturmgepeitschten Wald. Jede Minute zog sich hin wie eine Ewigkeit. Unruhig knetete ich meine Finger und rutschte auf dem Sitz herum.

»Jetzt müssten wir in ihrer Nähe sein«, sagte er irgendwann.

Tine und ich hielten die Köpfe aus dem Fenster und fingen an, nach Nele zu schreien. Doch der Wind schien uns die Laute einfach von den Lippen zu reißen. Davon ließen wir uns allerdings nicht entmutigen.

»Da … da vorne ist etwas Rotes!«, rief Jakob.

Ich kniff die Augen zusammen. Tatsächlich entdeckte ich weit vor uns auf dem Waldweg einen roten Punkt. Je näher wir kamen, desto mehr wurden die Konturen einer menschlichen Gestalt sichtbar – und sie ging aufrecht. Allein dieser Umstand sorgte dafür, dass mich grenzenlose Erleichterung erfüllte. Allerdings humpelte Nele und presste einen Arm an ihre Seite, den sie mit der anderen Hand fest umklammert hielt. Offensichtlich war sie verletzt.

Als Jakob anhielt, sprang ich aus dem Wagen und rannte ihr entgegen. Ich rutschte auf dem matschigen Waldboden aus, strauchelte und landete im Dreck. Aber ich rappelte mich sofort wieder auf und schoss auf sie zu, um sie in die Arme zu schließen. Das Glücksgefühl, das mich dabei durchflutete, war mit Worten nicht zu beschreiben.

»Mama«, schluchzte sie. »Ich bin so froh, dass du mich gefunden hast.«

Sie presste ihren Kopf an meine Schulter und klammerte sich mit ihrem gesunden Arm an mich. Sie war von oben bis unten komplett durchnässt, und ihr Körper zitterte wie Espenlaub.

»Zeus«, flüsterte sie mit erstickter Stimme. »Ich habe Zeus verloren. Es … es tut mir so leid! Ich wusste doch nicht, dass so ein heftiger Sturm aufzieht. Wenn ihm etwas passiert ist, dann werde ich mir das nie …«

»Ganz ruhig!«, unterbrach ich sie und strich ihr über die Haare. »Zeus hat allein den Rückweg zum Stall gefunden. Ihm geht es gut.«

»Ehrlich?« Sie sah ungläubig zu mir auf, als würde sie befürchten, dass ich sie lediglich beruhigen wollte.

»Zeus ist in besten Händen und wird schon von Fred versorgt«, versicherte ich ihr.

Erst jetzt fielen mir die blutigen Kratzer in ihrem Gesicht und auf den Armen auf. »Wie geht es dir? Bist du verletzt?«

»Es geht schon«, sagte sie schniefend. »Zeus ist gleich beim ersten Donner gestiegen und hat mich abgeworfen – ich bin voll auf die rechte Seite gestürzt. Mir tun die Schulter und die Hüfte weh, aber es scheint nichts kaputt zu sein. Meinen Helm habe ich unterwegs leider auch irgendwo verloren …«

Sie blickte zur Seite, und ein Lächeln breitete sich auf ihrem Gesicht aus. »Tine!«

Die beiden Mädchen fielen sich stürmisch in die Arme, wobei Nele immer wieder Schmerzenslaute von sich gab und gleich darauf lachen musste.

»Ich bin so froh!«, stieß Tine erleichtert aus.

»Und ich erst«, erwiderte Nele. »Nachdem du angerufen hast, wusste ich, dass ihr mich sucht. Deshalb habe ich sofort an Snapmap gedacht und versucht, meinen Standort zu aktualisieren. Hat euch das geholfen, mich zu finden?«

»Das hat es«, bestätigte Jakob, der sich ebenfalls zu uns gesellt hatte. »Bis uns die Idee dazu gekommen ist, hat es nur ein paar Minuten länger gedauert.«

Das war meine Tochter: clever und ihren Mitmenschen immer einen kleinen Schritt voraus. Nun gut, ihre Idee mit dem unerlaubten Ausritt war nicht ganz so clever gewesen, aber dieses Thema würden wir später besprechen.

»Jetzt sollten wir so schnell wie möglich aus dem Regen raus und zurückfahren!«, ordnete Jakob an. »Du bist völlig durchgefroren, und ein Arzt sollte nach dir sehen.«

Ausnahmsweise widersprach meine Tochter nicht.

»Danke.« Sie blickte in die Runde und schniefte. »Euch allen. Ihr … ihr seid großartig!«

»Wir sind immer für dich da«, sagte ich und drückte ihr einen Kuss auf die nasse Stirn.

Ich ließ es mir nicht nehmen, mich neben sie auf die Rückbank zu setzen. Doch Nele beschwerte sich nicht und schmiegte sich sogar an mich. Jakob zauberte noch eine Decke hervor und breitete sie über uns aus.

Als er hinter dem Steuer Platz genommen hatte, drehte er sofort die Heizung auf und wechselte ein paar leise Worte mit Tine.

»Ich werde Papa nie verzeihen, was er mir angetan hat«, flüsterte Nele. »Wie konnte ich nur so dumm sein, ihm zu vertrauen?«

Ich versteifte mich ein wenig. »Ich kann es selbst kaum fassen, dass er dein Geld für sich behalten hat«, gab ich zu. »Das hätte ich ihm niemals zugetraut.«

»Du weißt von dem aufgelösten Sparkonto?«, fragte sie erstaunt.

»Mittlerweile ja! Oma hat mich angerufen. Ich vermute, du wolltest damit das Open-Air-Konzert fürs Café finanzieren?«

Sie nickte. »Wir haben das Geld schon vor einer Weile abgehoben, aber er hat immer eine neue Ausrede gefunden. Anfangs behauptete er, er plane eine ganz tolle Überraschung für die Übergabe, die dich umhauen würde. Und als wir nach Rostock ins Kino fuhren, hatte er das Geld angeblich daheim vergessen. Deshalb habe ich ihn schwören lassen, dass er es dir so schnell wie möglich gibt. Ich habe ihm sogar versprochen, dass ich dann aufhöre, ihn wegen des Augenbrauenpiercings zu nerven. Er ist gestern ja auch tatsächlich nach Liebwitz gekommen, aber …« Sie stockte und schluckte schwer.

Als Thomas sich zu mir ins Café gesetzt hatte, war ich mit dem »Wedding-Watching«-Event vollauf beschäftigt gewesen. Trotzdem wäre es mir ganz sicher aufgefallen, wenn er mir dreitausend Euro über den Tresen geschoben hätte.

»Dennoch möchte ich dir danken, mein Schatz. Immerhin ist das dein Führerscheingeld gewesen. Das war sehr selbstlos von dir.« Ich strich ihr sanft übers Haar. »Du bist die beste Tochter, die ich mir wünschen kann!«

Sie schniefte und drückte sich noch enger an mich. Seit Jahren hatte ich sie nicht mehr so dünnhäutig und verletzlich erlebt.

»Vielleicht bin ich doch noch nicht ganz so erwachsen, wie ich dachte«, sagte sie nach kurzem Schweigen. »Es gibt ziemlich viele Momente … da brauche ich dich noch.«

Ich streichelte ihr über den Rücken. »Wenn ich dich anschaue, sehe ich eine intelligente, hübsche junge Frau, die auf dem besten Weg ist, erwachsen zu werden. In deinem Alter ist es schwierig, sich selbst zu finden und zu erkennen, was für ein Mensch man sein will. Aber ich gehe diesen Weg mit dir. Ganz egal, ob du so liebenswert bist wie jetzt – oder wie üblich ein unerträglicher Bockgnom.«

Wir lachten beide.

»Vielleicht«, schniefte sie, »kann ich daran arbeiten, etwas weniger unerträglich zu sein.«

»Na, warten wir's mal ab!«

Es war wohl eine der simplen Konstanten des Lebens: Jeder brauchte seine Mutter – egal, ob man fünfzehn Jahre alt war und unbedingt schon erwachsen sein wollte. Oder vierzig und die Mutter aus Teneriffa einem erst den Kopf waschen musste, um zu erkennen, dass man einen riesengroßen Fehler gemacht hatte.

36. Kapitel

Jakob brachte uns zurück zum Forsthaus, wo uns sein Vater schon mit Handtüchern, Decken und heißen Getränken erwartete. Tine hatte es unterwegs irgendwie geschafft, ihrem Großvater eine Nachricht zu schicken.

»Annelie kommt gleich vorbei, um dir von Tine trockene Kleidung zu bringen. Und der Arzt ist auch in ein paar Minuten hier«, informierte uns Ludwig, während er Nele auf dem Sofa im Wohnzimmer platzierte und ihren Rücken mit Kissen auspolsterte. Er drückte ihr eine dampfende Tasse Tee in die Hand. »Jetzt wärm dich erst mal auf!«

Ich staunte. Für Notfälle war diese Familie perfekt organisiert. Genau das brauchten wir jetzt.

»Ein Glück, dass es dir gut geht! Wir haben uns solche Sorgen um dich gemacht. Du hättest dir den Hals brechen können, Kind!« Er seufzte und schüttelte den Kopf, als wolle er diesen Gedanken so schnell wie möglich wieder vertreiben.

»Vielen Dank«, hauchte Nele deutlich erschöpft.

Ludwig musterte nacheinander Tine, mich und Jakob. »Bei euch alles in Ordnung?«

Wir nickten synchron. Dabei gaben wir wahrscheinlich ein anderes Bild ab. Trotz der Regenklamotten hatten wir nasse Schuhe und Hosen, die Haare klebten uns im Gesicht, und durch meine unfreiwillige Bekanntschaft mit dem Waldboden strotzte ich vor Dreck.

»Ihr setzt euch erst mal hin«, ordnete Ludwig an. »Ein Tee wird euch ebenfalls guttun.«

Wir folgten seinem Befehl ohne Widerrede. Erst jetzt bemerkte ich, wie viel Kraft mich die Suche nach Nele gekostet hatte. Ich fühlte mich, als wäre ich einen Marathon gelaufen. Dankbar lächelte ich Ludwig an, als er mir den Tee reichte.

Während ich trank, bemerkte ich aus den Augenwinkeln, wie Jakob sich mit angespannter Miene die Schulter massierte. Da er keinen Verband mehr trug, hatte ich völlig vergessen, dass er sich vor Kurzem die Schulter ausgekugelt hatte. Als wir im Wald den schweren Ast zur Seite gehievt hatten, hatte er sich mit keinem Wort darüber beschwert.

»Tut es sehr weh?«, fragte ich besorgt.

Sofort ließ er die Hand sinken. »Es geht schon. Da ich die Bandage weggelassen habe, bin ich selbst schuld, dass es etwas zwickt.«

»Du solltest dich ordentlich auskurieren«, schlug ich vor. »Der Arzt hat dich bestimmt krankgeschrieben – aber du hast die Woche ganz normal gearbeitet.«

»Die Trauungstermine musste ich einhalten.« Er seufzte. »Schließlich gibt es keinen Ersatz für mich, und die Hochzeitspaare haben alles für ihren großen Tag organisiert.«

Gerade als ich ihm sagen wollte, dass er darüber unbedingt mal mit Dirk Jansen sprechen sollte, klingelte es an der Haustür. Wenige Sekunden später führte Ludwig den Dorfarzt Doktor Seiler herein.

Der ältere Herr schien sehr nett zu sein und ließ sich Zeit mit Neles Untersuchung. Er bestätigte, dass sie großes Glück gehabt hatte. Von ihrem Sturz hatte sie Schürfwunden und heftige Prellungen am Oberarm und an der Hüfte davongetragen. Er verordnete ihr Ruhe, Schmerzmittel und eine Salbe. Außerdem sollte Nele es mit dem Reiten erst mal langsam angehen lassen. Doktor Seiler prophezeite, dass sie es mit ihren Prellungen ohnehin keine fünf Minuten auf dem Pferd aushalten würde. Damit war das Tonnenkloppen-Turnier dieses Jahr für sie wohl gestorben. Aber Nele beschwerte sich nicht. Ihr schien klar zu sein, dass sie das selbst verbockt hatte.

Als er mit der Untersuchung fertig war, führte ich Doktor Seiler in die Küche, wo Jakob und sein Vater warteten. Ludwig stand am Herd, und der Geruch von gekochtem Hühnchen, Sellerie, Möhren, Lorbeerblättern und Petersilie lag in der Luft. Offenbar bereitete er für Nele eine stärkende Hühnersuppe zu. Ich beneidete seine Enkel um diesen fürsorglichen und herzensguten Großvater.

»Die Behandlung meiner jungen Patientin ist abgeschlossen.« Doktor Seiler stellte seine Tasche auf den Tisch. »Aber ihre bezaubernde Mutter hier hat mich gebeten, mir noch einen weiteren Patienten anzusehen.«

Sein Blick richtete sich auf Jakob, der einen gequälten Seufzer ausstieß. »Das ist wirklich nicht nötig.«

»Du hast Schmerzen«, sagte ich mit Nachdruck. »Sei doch nicht so ein Sturkopf!«

»Ich bin nicht stur, das ist männliche Tapferkeit«, belehrte er mich. »Dafür solltest du mich eigentlich gebührend bewundern und mir Respekt zollen.«

»Pfff«, stieß ich augenrollend aus, doch ich konnte mir ein Grinsen nicht verkneifen. Auch um Jakobs Mundwinkel zuckte ein Lächeln. Die Verbundenheit zwischen uns fühlte sich für einen Moment so intensiv an, dass ich völlig vergaß, was zwischen uns vorgefallen war.

Doktor Seiler ließ sich ohnehin nicht abwimmeln und begann, Jakobs Schulter abzutasten. »Du hättest gleich zu mir kommen sollen, als es passiert ist. Deshalb in die Klinik zu fahren, war unnötig. Niemand kennt deine Schulter so gut wie ich.«

»Du hattest Urlaub«, entgegnete er störrisch.

»Du weißt, bei einem Notfall bin ich immer zur Stelle. Los, zeig mal her!«

Mit einem ergebenen Seufzen zog Jakob sein T-Shirt über den

Kopf, und ehe ich es mich versah, durfte ich einen Blick auf seinen freien Oberkörper riskieren. An jenem Abend auf dem Leuchtturm hatte ich mich lediglich auf meinen Tastsinn verlassen müssen. Er war leicht gebräunt und durchtrainiert, aber nicht übertrieben muskulös. Kein Sixpack. Das fand ich extrem erleichternd, da es mit meinen sportlichen Ambitionen auch nicht so weit her war. Ein Mann, der von oben bis unten aus gestählten Muskeln bestand, hätte nur meine Komplexe verstärkt und dafür gesorgt, dass ich in seiner Gegenwart niemals entspannt wäre. Somit besaß Jakob für mich einen absolut perfekten männlichen Oberkörper, mit dem ich unglaublich gern näher Bekanntschaft gemacht hätte. Beispielsweise, indem ich zärtlich seine Haut küsste und seinen Geschmack kostete, um mich dann ganz langsam nach unten … Gütiger Himmel, ich starrte ihn schon viel zu lange an! Und das fiel leider nicht nur mir auf. Jakob sah mich mit hochgezogenen Augenbrauen fragend an – und das, obwohl Doktor Seiler gerade an seiner verletzten Schulter herumhantierte. Ich spürte, wie mir die Röte in die Wangen schoss.

Zum Glück entdeckte ich in diesem Moment einen Stapel Kleidung auf dem Küchentisch. »Sind das die trockenen Kleider für Nele?«

»Ach, das hätte ich fast vergessen!« Ludwig wandte sich vom Kochtopf ab. »Annelie war in der Zwischenzeit hier und hat Tine mit nach Hause genommen. Ich soll dir einen ganz lieben Gruß von ihr ausrichten.«

»Ähm … Danke!« Ich schnappte mir die Sachen und verließ fluchtartig die Küche. Dabei wurde ich das Gefühl nicht los, dass Jakobs Blick mir höchst amüsiert folgte.

*

Nachdem Nele sich im Bad frisch gemacht und umgezogen hatte, saßen wir zusammen am Küchentisch. Sie sah schon deutlich besser aus. Nur ihre Prellungen schmerzten bei jeder Bewegung, genau wie Doktor Seiler prophezeit hatte. Ludwig kredenzte uns zum Abendessen Hühnersuppe und warmes Brot. Mir lief das Wasser im Mund zusammen, denn nach all dem Stress hatte ich tierischen Hunger.

Gerade als ich mich über die Suppe hermachen wollte, räusperte sich Nele vernehmlich. Besorgt wandte ich mich zu ihr um. Sie wollte doch jetzt nicht etwa fragen, ob die Suppe vegetarisch war? Ludwig war ein alter Mann und hatte extra für sie gekocht! Und ihr Dasein als Vegetarierin beschränkte sich immerhin nur auf wenige Tage. Da konnte sie doch wohl eine klitzekleine Ausnahme …

»Papa hat angerufen, als ich im Bad war«, sagte sie in diesem Moment. »Er ist in Liebwitz und wollte wissen, wo ich bin.«

Ich schluckte schwer. Mit ihm hatte ich mich eigentlich erst morgen beschäftigen wollen, wenn wir alle wieder zu Kräften gekommen waren.

»Ich hab ihm gesagt, dass wir im Forsthaus sind, und ihm den Weg erklärt. Er müsste gleich da sein.«

Verdammt! Für eine Auseinandersetzung mit Thomas war ich im Augenblick überhaupt nicht gewappnet. Auf einen Streit musste man sich schließlich vorbereiten, sich schon im Vorfeld messerscharf formulierte Argumente zurechtlegen und sich emotional in die Thematik hineinsteigern. Im Improvisieren war ich schon immer ganz schlecht gewesen. Von einer Sekunde auf die andere hatte ich das ungute Gefühl, dass mir die Situation zu entgleiten drohte.

Wie aufs Stichwort klingelte es an der Tür, und Ludwig machte Anstalten, aufzustehen. Jakob hielt ihn jedoch zurück.

»Vielleicht sollte Eva gehen?« Er blickte fragend zu mir. Dann nickte er mir mit einem ermutigenden Lächeln zu.

Ich verstand, was er mir damit sagen wollte: Ich sollte die Sache aktiv angehen und selbst in die Hand nehmen. Um die Kontrolle zurückzugewinnen.

Ich erwiderte sein Nicken mit neuer Entschlossenheit. Genau wie bei seinem Schubs ins Meer, mit dem er mich zum Schwimmen gezwungen hatte, hatte er mir den richtigen Impuls gegeben.

»Ja, ich mach das!«, verkündete ich.

Es klingelte gerade zum zweiten Mal, als ich Thomas die Tür öffnete. Mittlerweile hatte sich der Sturm verzogen. Die Natur gab sich wieder friedlich, und die Luft roch nach nassem Gras, Erde und Wald. Im Garten erinnerten nur noch ein paar abgebrochene Äste und umgefallene Blumentöpfe an das Unwetter.

Thomas dagegen sah aus wie aus dem Ei gepellt: frisch rasiert, jedes Haar saß auf seinem Platz, er trug einen schicken Anzug und hatte einen Aktenkoffer in der Hand. In seinem Banker-Outfit wirkte er an diesem Ort seltsam deplatziert.

»Hallo, Eva!«, begrüßte er mich so unbeschwert, als wäre nichts geschehen. Demonstrativ sah er sich um. »Was treibt ihr denn hier? Das schaut aus wie ein verwunschenes Hexenhäuschen am Wald.«

»Was wir hier machen? Lass mich mal überlegen …« Gespielt nachdenklich tippte ich mir an die Lippen. »Vielleicht hat es damit zu tun, dass du, ohne mich zu fragen, Neles Sparkonto aufgelöst hast, das eigentlich für ihren Führerschein gedacht war. Und dass du dieses Geld einfach für dich behalten hast – anstatt es mir zu geben, wie Nele es von dir verlangt hat.« Meine Stimme wurde mit jeder Anschuldigung schärfer. »Womöglich war deine Tochter so enttäuscht von deinem Verhalten, dass sie ein Pferd geklaut hat und damit blindlings in den Wald geritten ist, während ein schwerer Sturm aufgezogen ist.« Ich deutete nach drinnen. »Vielleicht sind wir deshalb in diesem Haus, weil diese wunderbaren Menschen mir geholfen haben, sie stundenlang zu suchen und danach zu verarzten, während du einfach abgetaucht bist und nicht erreichbar warst.«

Mit meiner improvisierten Eröffnungsrede war ich durchaus zufrieden. Kein Stottern oder unzusammenhängendes Gefasel, sondern klar formulierte Anschuldigungen in zeitlich korrekter Reihenfolge. Dummerweise schien Thomas davon nicht im Mindesten beeindruckt.

»Aber ich habe doch gerade mit Nele telefoniert, und sie klang ganz normal«, entgegnete er stirnrunzelnd.

»Mittlerweile geht es wieder einigermaßen gut«, knurrte ich.

Er lächelte erleichtert. »Dann hat sie ja Glück gehabt. Ende gut, alles gut, oder?«, stellte er lapidar fest. »Leider hatte ich mein Handy daheim vergessen, als ich heute Morgen zur Arbeit bin. Wenigstens weiß ich jetzt, wieso ihr mir so viele Nachrichten hinterlassen habt. Ich war davon so erschlagen, dass ich mir nicht mal alle anhören konnte. Aber jetzt …«, er breitete die Arme aus, wobei sein Aktenkoffer hin und herschwang, »… bin ich ja hier und werde euch Rede und Antwort stehen. Nicht sauer sein, mein Spätzchen, ich werde alles im Nullkommanix aufklären! Ich habe eine Überraschung für euch, die euch umhauen wird.«

»Mein Spätzchen?« Ich schnappte ungläubig nach Luft. »Du hast mir wohl gerade nicht zugehört! Von dem Stadium, in dem wir uns gegenseitig Kosenamen geben, sind wir meilenweit entfernt. Du hast Neles Geld für dich behalten, du Mistkerl!«

Er verzog tadelnd das Gesicht. Offengestanden fand er es unnötig, dass ich derart emotional reagierte.

»Wie gesagt, ich kann alles erklären!«, wiederholte er.

»Darauf bin ich aber mal gespannt! Und Nele ganz sicher ebenfalls. Komm mit!«

Er folgte mir in die Küche, wo Nele, Jakob und Ludwig auf uns warteten. Um ein Mindestmaß an Höflichkeit zu wahren, stellte ich die Männer einander vor.

»Schön, Sie kennenzulernen!«, sagte Thomas in seiner üblichen jovialen Art. »Und vielen Dank, dass Sie bei der Suche nach meiner Tochter geholfen haben.«

Als Antwort nickten Jakob und sein Vater nur knapp. Ich konnte ihnen ihre verhaltene Begrüßung nicht übel nehmen. Wenn ich geglaubt hatte, Jakob wäre bei meiner Ankunft in Liebwitz mir gegenüber abweisend gewesen, so hatte ich mich offenbar getäuscht. Denn nun musterte er Thomas mit so kühlem Blick, dass es selbst mir kalt den Rücken runterlief.

»Besser, wir lassen euch allein!«, sagte er zu mir und gab seinem Vater mit einer Geste zu verstehen, dass sie sich zurückziehen sollten.

»Nein!«, hielt Nele die beiden auf. Seit Thomas gekommen war, hatte ihre ohnehin schon blasse Gesichtsfarbe ins Weißliche gewechselt. »Bitte, bleibt hier! Ein paar neutrale Zuhörer können nicht schaden.«

Jakob hielt überrascht inne, dann nickte er ihr verständnisvoll zu und ließ sich zurück auf den Stuhl sinken.

»Neutrale Zuhörer?« Thomas lachte nachsichtig. »Ist das nicht etwas dramatisch, mein Schatz? Nele, ich bin dein Vater! Was hältst du denn von mir?«

Er streckte die Hand nach ihr aus, doch sie zuckte demonstrativ zurück. »Finger weg!«, blaffte sie ihn an. »Vielleicht hilft die Anwesenheit von Jakob und Ludwig ja, dass du weniger lügst – und ich nicht so bereitwillig und leichtgläubig auf deine Lügen hereinfalle.«

»Ach, Teenager!«, stöhnte er mit einem schiefen Grinsen und blickte um Unterstützung heischend zu mir. Aber da konnte er lange warten!

Ich verschränkte die Arme vor der Brust und wandte mich an Nele. »Dein Vater hat mir gerade gesagt, dass er alles problemlos aufklären kann und eine Überraschung für uns hat.«

»Da bin ich aber mal gespannt«, murmelte sie skeptisch.

Thomas räusperte sich. »Eva, ich habe dir gesagt, dass ich jeden Cent spare, den ich entbehren kann, weil ich dir das Geld, das du wegen mir verloren hast, zurückzahlen will.«

Ich nickte. So weit entsprach alles der Wahrheit.

»Natürlich war das bisher ein recht überschaubarer Betrag, und es hätte ewig gedauert, bis ich dir eine erste Anzahlung überreichen kann«, fuhr er fort. »Aber zusammen mit dem Geld von Nele hatte ich genügend beisammen, um mein Wissen spielen zu lassen und die Summe mit ein paar Aktiengeschäften zu vermehren.«

Entsetzt starrte ich ihn an. Genau das hatte ich befürchtet. Thomas schien sich jedoch keiner Schuld bewusst zu sein und war allerbester Stimmung.

»Natürlich hat das etwas Zeit gekostet. Deshalb musste ich dich auch immer wieder vertrösten, mein Engel!« Er schenkte Nele ein entschuldigendes Lächeln »Hätte ich dir die Wahrheit gesagt, hätte ich die Überraschung schließlich vorweggenommen. Aber das Warten hat sich gelohnt!«

Er platzierte den Aktenkoffer neben mir auf der Anrichte. »Eva, nimm dies als Zeichen meiner aufrichtigen Reue und zum Start in unsere neue gemeinsame Zukunft!« Er öffnete den Deckel. »Hiermit überreiche ich dir elftausend Euro.«

Mir blieb die Spucke weg. In der Küche herrschte Totenstille. Man hätte eine Fliege furzen hören können. Ungläubig schaute ich auf die Geldbündel. Sicher, es handelte sich durchweg um kleine Scheine, und der Koffer war beileibe nicht vollständig gefüllt, dennoch war es beeindruckend.

»Ähm … äh …«, stammelte ich. Meine neugewonnene Fähigkeit der sprachgewandten Artikulation hatte sich leider schon wieder verflüchtigt.

Hilflos blickte ich zu den anderen, doch ich sah lediglich in überraschte Gesichter. Meine Augen wanderten zurück zum Koffer.

Das erste Gefühl, das mich durchströmte, war Erleichterung. Keine Geldsorgen mehr! Ich musste mir nicht länger den Kopf darüber zerbrechen, ob das *Café Liebesbrise* den ersten Winter überstand oder ich mir schon im nächsten Frühjahr einen neuen Job und eine neue Bleibe suchen musste. Ich spürte förmlich, wie mir eine Last von den Schultern genommen wurde.

Thomas starrte mich erwartungsvoll an, als würde er darauf bauen, dass ich ihm jeden Moment dankbar um den Hals fiel. Nun meldete sich jedoch mein Bauchgefühl zu Wort. Mein Magen sträubte sich und zog sich zusammen. Auch wenn es unfassbar verlockend war, konnte ich nicht einfach ignorieren, dass Thomas schon wieder denselben Fehler gemacht hatte. Nur, dass er dieses Mal mit dem Geld seines Kindes spekuliert hatte. Wie tief wollte er eigentlich noch sinken?

»Um in dieser kurzen Zeit ein paar tausend Euro in diese Summe zu verwandeln, musst du dich auf hochriskante Aktiengeschäfte eingelassen haben«, stellte ich mit gepresster Stimme fest. »Du musst das Risiko eingegangen sein, alles zu verlieren. Anders ist dieser Gewinn nicht zu erklären.«

Er hob beschwichtigend die Hände. »Das waren keine hochriskanten Geschäfte, denn ich wusste genau, was ich tat«, behauptete er. »Ich bin schließlich Profi. Meine Ersparnisse und Neles Führerscheingeld waren in den besten Händen.«

»Ah ja? So gut wie meins?«, erwiderte ich sarkastisch. »Nur weil du dieses Mal zufällig Glück hattest und alles gut gegangen ist, macht das deine moralische Schuld nicht besser.«

Seine Stirn legte sich in tiefe Falten. Offenbar gefiel ihm nicht, dass ich nicht so reagierte, wie er erwartet hatte.

»Ich schenke dir gerade einen Haufen Geld, um Himmels willen!«, entgegnete er in scharfem Tonfall. »Du solltest mir dankbar sein! Was stimmt denn nicht mit dir? Jeder andere Mensch in deiner Situation wäre überglücklich.« Er funkelte mich wütend an.

»Das ist mal wieder typisch, dass du immer ein Haar in der Suppe suchst und einen Grund findest, herumzumeckern.«

Auf seine Beleidigungen ließ ich mich gar nicht erst ein. Stattdessen deutete ich auf den Koffer. »Siehst du denn nicht, dass du rückfällig geworden bist? Kaum, dass du wieder ein bisschen Geld zur Hand hattest?«

Mir fiel ein, was Nele vorhin erzählt hatte: Thomas hätte mir das Geld schon bei unserem Ausflug nach Rostock geben sollen. Das bedeutete, dass er zu der Zeit schon rückfällig geworden war und mich eiskalt angelogen hatte. Doch ich war so gutgläubig und naiv gewesen, auf seine Lügen hereinzufallen. Das brachte das Fass zum Überlaufen.

»Ich kann dir nicht mehr vertrauen – jetzt nicht und auch nicht in Zukunft. Verschwinde, Thomas!« Entschlossen reckte ich mein Kinn. »Verschwinde aus meinem Leben, und nimm dein Geld mit.«

Demonstrativ klappte ich den Aktenkoffer zu und schob ihn von mir weg. Fassungslosigkeit spiegelte sich auf seiner Miene.

»Moment!«, schaltete sich Nele ein. »Nicht so schnell.«

Sie stand auf und verzog das Gesicht, weil ihr die Bewegung anscheinend Schmerzen bereitete. Doch sie biss die Zähne zusammen und humpelte zu mir.

Kopfschüttelnd sah sie mich an. »Sei doch nicht so unfassbar dumm, Mama!«

Tja, die Phase, in der ich nicht von ihr beleidigt worden war, hatte offenbar nur kurz gewährt.

»Du brauchst jeden Cent fürs Café, um dir eine stabile Zukunft aufzubauen«, erklärte sie. »Und Papa hat dich um eine gewaltige Summe betrogen. Falscher Stolz ist hier völlig fehl am Platz.«

»Aber …«, wollte ich widersprechen.

»Aber das hast du sowieso nicht zu entscheiden«, fiel sie mir trocken ins Wort, »weil Papa mit *meinem* Führerscheingeld spekuliert hat. Also ist es genaugenommen meins.«

Ich klappte den Mund wieder zu. Sie hatte schlicht und einfach recht. Nele nahm den Koffer an sich.

Sie funkelte ihren Vater an. In ihren Augen lagen Tränen der Enttäuschung und Wut. »Du hast echt Scheiße gebaut, Papa! Und glaub ja nicht, dass *das* als Entschuldigung ausreicht«, sagte sie und tippte dabei auf den Koffer. »Vielleicht werde ich dir das irgendwann verzeihen, aber das kann dauern. In nächster Zeit solltest du keinen Anruf von mir erwarten.«

Damit humpelte sie zurück und setzte sich an den Tisch zu Jakob und Ludwig. Für sie war die Angelegenheit damit erledigt.

»Tja, du hast sie gehört«, sagte ich. »Von mir brauchst du ebenfalls keinen Anruf zu erwarten. Wir sehen uns wie geplant vor Gericht bei unserem Scheidungstermin.«

Thomas lockerte mit ruckartigen Bewegungen seine Seidenkrawatte. Ungläubig sah er von mir zu Nele und wieder zurück. »Ihr … ihr seid doch völlig …«, stammelte er. Seinem hochroten Gesicht nach zu urteilen, schäumte er vor Zorn. »Wisst ihr was? Bleibt doch, wo der Pfeffer wächst!«

Mit diesen nicht sonderlich geistreichen Abschiedsworten machte er auf dem Absatz kehrt und stürmte aus dem Haus.

Erst als ich von draußen hörte, wie Thomas davonfuhr, erlaubte ich mir, erleichtert aufzuatmen.

Mit den Händen rieb ich mir stöhnend übers Gesicht. Als ich die Augen wieder öffnete, stand Nele neben mir.

»Mama …«, flüsterte sie mit erstickter Stimme.

Ich schloss sie in die Arme. Ihr Rücken bebte, als die unterdrückten Tränen aus ihr herausbrachen. Ich flüsterte ihr tröstende Worte zu. Für einen einzigen Tag hatte sie extrem viel durchmachen müssen.

Schließlich machte sie sich wieder von mir los und wischte sich fast trotzig über die feuchten Wangen. Sie bückte sich nach dem Koffer.

»Da!« Sie drückte ihn mir mit Nachdruck an die Brust, als wollte sie ihn so schnell wie möglich loswerden. »Sorg gefälligst dafür, dass das Café ein Erfolg wird und wir in Liebwitz bleiben können!« Sie schniefte. »Mir gefällt es nämlich hier.«

»Ich verspreche dir, mein Bestes zu geben.«

»Du wirst es schaffen!«, sagte sie optimistisch.

Ludwig räusperte sich. »Na, wenn das kein Grund zum Feiern ist! Ich hole mal was zum Anstoßen. Das können wir jetzt alle gebrauchen. Und dir mache ich eine heiße Schokolade, Nele.«

»Danke … für alles!«

Ich blickte zu Jakob. Als er mich anlächelte, schlugen die Schmetterlinge in meinem Bauch Purzelbäume, und ich hatte das Gefühl, dass endlich alles gut werden würde.

37. Kapitel

Seit Neles Sturz war über eine Woche vergangen. Mittlerweile ging es ihr deutlich besser, und sie war wieder ganz die Alte.

»Boah, Mama, jetzt bleib bei der Sache!«, rügte sie mich genervt.

Ertappt zuckte ich zusammen und zwang meinen Blick zurück zu Peggy und Nele. Wir saßen gerade im Café und planten das Open-Air-Konzert. Peggy hatte ihren Bruder dazu überredet, bei den Seelüü ein gutes Wort für uns einzulegen – und heute Morgen hatten sie tatsächlich zugesagt. Jetzt war Nele mit Feuereifer bei der Sache und hatte das Projekt zu ihrem »Baby« erklärt. Ihr Engagement freute und überraschte mich gleichermaßen. Außerdem brachte sie wirklich gute Ideen ein.

Ich räusperte mich. »Wo waren wir stehen geblieben?«

»Du meinst, bevor du mit Leidensmiene nach draußen auf die Hochzeit geglotzt und Jakob wie eine liebeskranke Stalkerin beobachtet hast?«, entgegnete meine Tochter spitz.

Peggy presste ihre rot geschminkten Lippen zusammen. Trotzdem zuckte unverkennbar ein Grinsen um ihre Mundwinkel.

»Stimmt überhaupt nicht!«, entgegnete ich lahm. Ich deutete mit der Hand zum Fenster. »Ich hab überhaupt nicht … Jakob stand nur zufällig in meinem Blickfeld und …« Ich unterbrach mein peinliches Gestammel. Die beiden glaubten mir ohnehin kein Wort.

Seit einer Woche hatte sich zwischen Jakob und mir so gut wie nichts getan. Unsere Treffen beschränkten sich auf die Arbeit, und unser Umgang war höflich und freundschaftlich. *Freund-*

schaftlich. Das war nicht unbedingt das, was ich mir insgeheim wünschte.

Andererseits wollte ich auch nicht undankbar sein, denn so viele Dinge hatten ein positives Ende gefunden. Nele ging es den Umständen entsprechend gut – auch wenn sie an den Lügen ihres Vaters wahrscheinlich noch längere Zeit zu knabbern haben würde. Das Café lief immer besser, und mit dem Geld von Thomas hatte ich erst mal keine Geldsorgen mehr. Auch hatte ich mich nicht nur mit meinen Eltern, sondern auch mit Mona wieder versöhnt. Sobald meine Schwester erfahren hatte, dass ich Thomas aus meinem Leben verbannt hatte, war sie überglücklich gewesen und hatte mir zu meinem weisen Entschluss gratuliert. Außerdem hatte ich in Liebwitz eine neue Heimat und tolle Freunde gefunden. Ich hatte viele Gründe, glücklich und zufrieden zu sein. Bedauerlicherweise drehten sich meine Gedanken trotzdem nur um eine einzige Person.

»Ich versteh nicht, wieso ihr euch nicht endlich aussprecht«, mischte sich nun auch Peggy ein.

Ich seufzte schwer. »Das ist nicht so leicht. Ich habe Jakob immerhin das Herz gebrochen, um mit einem anderen Mann zusammen zu sein. Da kann ich doch nicht einfach ankommen und sagen, dass ich es mir jetzt anders überlegt habe.«

»Natürlich kannst du«, entgegnete Peggy lapidar. »Wo ist denn das Problem?«

Mein Liebesleben im Beisein meiner Tochter zu erörtern, war mir wirklich unangenehm. Ich ließ meinen Blick durchs Café schweifen, in der Hoffnung, dass ein Gast eine Bestellung aufgeben wollte. Leider schienen alle bestens versorgt zu sein. Der »Liebwitzer Häkelverein«, bestehend aus sieben älteren Damen, hatte neuerdings einmal pro Woche die beiden Sofas reserviert, um bei Kaffee und Kuchen ihrem Hobby zu frönen. Auch eine Gruppe Touristen machte keine Anstalten, mich heranzuwinken. Ich würde wohl nicht darum herumkommen, Peggys Frage zu beantworten.

Wie von selbst wanderte mein Blick zurück zum Fenster. Jakob verabschiedete sich gerade von einem jungen Brautpaar, das sich überschwänglich bei ihm zu bedanken schien. Offenbar hatte sich Jakobs Romantikunterricht ausgezahlt. Bei seinem Anblick machte mein Herz einen sehnsüchtigen Satz.

Ich seufzte erneut. »Mein Problem ist, dass er mir überhaupt keine Signale sendet. In seinen Augen sind wir wohl nur Freunde. Ich hab keine Ahnung, ob er mich überhaupt noch will.«

»Sprich dich mit ihm aus!«, wiederholte Peggy ihren Rat. »Das ist die einzige Möglichkeit. Oder willst du ewig so weitermachen?«

»Wie im Kindergarten!« Nele tippte kopfschüttelnd mit ihrem Kugelschreiber auf dem Block herum, auf dem sie sich die Ideen für das Konzert notiert hatte. »Du benimmst dich total kindisch und feige. Geh zu ihm!«

Ich schluckte schwer. »Ja, okay.«

Sie kniff die Augen zusammen. »Und wieso glaub ich dir das nicht?«

Ihre Hand schnellte hervor. Ehe ich es verhindern konnte, hatte sie sich mein Handy geschnappt und tippte mit fliegenden Fingern darauf herum. Natürlich wusste sie, dass meine PIN als gute Mutter ihr Geburtsdatum war.

»Was machst du da?«, fragte ich alarmiert.

»Ich beschleunige die Sache ein wenig.« Sie lächelte zufrieden, als wenige Sekunden später eine Nachricht einging. »Na, bitte! Jakob erwartet dich zu deinem Liebesgeständnis oben im Trauungszimmer.«

»Jetzt?«, quiekte ich. »Zu meinem … *bitte was?*«

Ich riss ihr mein Handy aus der Hand. Sie hatte tatsächlich *Liebesgeständnis* geschrieben. Zum ersten Mal im Leben hätte ich meine Tochter einen Kopf kürzer machen können.

Sie grinste teuflisch. »Viel Spaß!«

Ich atmete tief durch. Leider hatten die beiden recht. Es brachte nichts, die Aussprache vor mir herzuschieben. Besser, ich hatte Klarheit. Außerdem hatte ich ohnehin keine Wahl mehr.

»Na schön!« Ich stand auf und straffte den Rücken. »Ich gehe.«

Peggy klatschte begeistert in die Hände. »Viel Glück!«

Nele nickte auffordernd. »Aber bitte keine Einzelheiten von der Versöhnung!«, schickte sie gleich voraus. »Und in meiner Nähe wird nicht geknutscht oder gefummelt. Sonst kotze ich!«

»Ähm … okay«, murmelte ich.

Die beiden schienen äußerst optimistisch zu sein. Mein Magen dagegen krampfte sich vor Aufregung schon zu einem Knoten zusammen.

*

Im Inneren des Leuchtturms war es angenehm kühl, und meine Schritte hallten durch das Gebäude. Noch ehe ich den Trauungsraum erreichte, stieg mir ein herrlicher Rosenduft in die Nase. Das heutige Paar hatte sich beim Blumenschmuck offensichtlich viel Mühe gegeben und das Zimmer in eine farbenfrohe Blütenoase verwandelt. Neben einem Gesteck auf dem Tisch gab es Blütenblätter auf dem Boden, und über den Stühlen des Hochzeitspaars stand ein wunderschöner Rosenbogen.

Ich räusperte mich, und Jakob, der gerade den Schreibtisch aufräumte, schaute auf. Er trug eine graue Anzugweste zu einer dunkelgrauen Hose, und das weiße Hemd hatte er wie immer bis zu den Ellbogen hochgekrempelt.

Obwohl ich innerlich angespannt war, zwang ich mich zu einem Lächeln. »Das sieht hier ja aus wie in einer Gärtnerei.«

Er ließ den Blick durch den Raum schweifen. »Erinnert mich ein bisschen an die zahlreichen Blümchen-Emojis in deinen Nachrichten«, neckte er mich.

Damit entlockte er mir ein Grinsen, und ein Teil meiner Anspannung löste sich. »Als Romantikmuffel ist dieses Ambiente für dich sicherlich schwer zu ertragen«, zog ich ihn auf. »Ich hoffe, die angenehmen Blütendüfte reizen deine männlichen Atemwege nicht zu sehr.«

»Es ist gerade noch erträglich.« Er wiegte den Kopf hin und her. »Zum Glück bin ich ein harter Kerl! Aber sobald ich zu Hause bin, stecke ich meinen Kopf ein paar Minuten in die Restmülltonne, um die Nase wieder freizukriegen.«

Wir wechselten einen amüsierten Blick.

»Diese peinliche Nachricht gerade eben hat Nele geschrieben«, erklärte ich. »Sie hat mein Handy geklaut.«

»Ah!« Er ließ sich leider nicht anmerken, ob er enttäuscht oder erleichtert darüber war.

Ich gab mir einen Ruck und holte tief Luft. »Kann ich trotzdem mit dir reden? Über uns?«

»Natürlich!« Er legte die Papiere beiseite, umrundete den Tisch und lehnte sich an die Kante. Seine erwartungsvolle Miene steigerte meine Nervosität ins Unermessliche.

»Also, die Sache ist die …«, begann ich und knetete dabei meine Finger. »Du weißt ja, dass meine Versöhnung mit Thomas hinfällig ist?«

Keine Ahnung, wieso ich das als Frage formuliert hatte. Immerhin war Jakob dabei gewesen, als ich meinen Mann abserviert hatte.

Er nickte. »Keine überraschende Entscheidung, nachdem er Neles Geld fast verzockt hätte.«

»Nein!«, widersprach ich vehement. »Nein, ich wusste schon vorher, dass ich mich falsch entschieden hatte. Ich hatte ein Gespräch mit meinen Eltern, das mir die Augen geöffnet hat.«

Im Grunde änderte das nichts an den Fakten, aber es war mir wichtig, dass Jakob davon erfuhr.

»Selbst wenn Thomas sich korrekt verhalten hätte, wäre das

zwischen uns niemals gut gegangen. Weil mein Herz unwiderruflich einem anderen Mann gehört.«

Nun war ich an dem Punkt angekommen, an dem normalerweise die bedeutungsvolle Liebeserklärung begann. Wunderschöne Worte, die das Herz des anderen erreichten und verzauberten. Aber mein Hirn war wie leer gefegt. Verflixt! Hatte ich von all den Liebesfilmen, die ich förmlich in mich aufgesogen hatte, denn nichts gelernt? Oder von den zahlreichen Romanen? Da musste doch wenigstens eine winzige Textzeile hängen geblieben sein?

Ich räusperte mich. »Was ich damit sagen will ... Ich liebe dich, Jakob. Und es würde mich sehr glücklich machen, wenn du meine Gefühle noch erwiderst. Meiner Meinung nach sollten wir es miteinander versuchen.«

Ich starrte ihn nervös an und wagte kaum zu atmen.

Jakob wirkte perplex. »Also, das kommt jetzt überraschend«, murmelte er.

Wie? Wieso das denn? Immerhin hatten wir uns vor nicht allzu langer Zeit sehr intensiv und leidenschaftlich geküsst. Außerdem hatte er mir absolut glaubwürdig seine Liebe gestanden. Wieso kam das für ihn überraschend, um Himmels willen?

»Das bedeutet, du willst mich nicht mehr?«, fragte ich mit zitternder Stimme. Anscheinend war meine schlimmste Befürchtung wahr geworden: Ich hatte ihm so sehr wehgetan, dass er mir nicht verzeihen konnte.

Er runzelte die Stirn. »Nein, das war anders gemeint, Eva!«, versicherte er mir. »Ich finde es lediglich überraschend, weil das wohl die unromantischste und nüchternste Liebeserklärung war, die ich je gehört habe – und das von der Frau, die ich als Romantiklehrerin engagiert hatte.«

Mir entfuhr ein erleichtertes Lachen, das sich eher wie ein Quieken anhörte. Ich nahm meinen Mut zusammen und ging auf den duftenden Blumenblättern zu ihm.

»Das liegt nur daran, dass ich das, was ich für dich empfinde, unmöglich in Worte fassen kann.« Ich blieb vor ihm stehen. »Aber jemand hat mir mal gesagt, dass wahre Liebe keinen romantischen Firlefanz benötigt.«

Er schmunzelte. »Das muss ein weiser Mann gewesen sein.«

Ich griff nach seiner Hand. »Ist es schlimm, dass mein Liebesgeständnis nicht filmreif war?«

Er zog mich an sich. »Nein, das bestärkt mich nur darin, dass wir wie füreinander geschaffen sind.«

»Dann willst du mich noch?«, fragte ich atemlos.

Er lachte. »Natürlich, was für eine Frage! Ich wollte dir nur Zeit geben, um über den Vorfall mit Thomas hinwegzukommen.«

Sein Blick hielt meinen fest, und die Zärtlichkeit, die in seinen Augen lag, machte mich schwindlig.

»Schon passiert«, hauchte ich.

Ich fuhr mit den Fingerspitzen über seine Schultern bis in seinen Nacken. Allein, ihm so nah zu sein und ihn endlich berühren zu können, war überwältigend. Doch meine Sehnsucht nach ihm wurde dadurch nur noch stärker angefacht. Ich wollte Jakob schmecken, ihn fühlen, seinen Körper erkunden und seine Hände auf meiner Haut spüren.

»Vielleicht kann ich dir einfach zeigen, wie viel ich für dich empfinde«, schlug ich mit heiserer Stimme vor.

»Das klingt nach einer guten Idee …«

Seine Hand in meinem Rücken verstärkte den Druck, sodass unsere Körper auf herrliche Weise aneinandergepresst wurden. Das Verlangen, das in seinen Augen funkelte, ließ meine Knie weich werden.

Mein Herz klopfte wie verrückt an meine Brust, als ich die letzten Zentimeter zwischen uns überwand. Ich schloss die Augen und küsste ihn hingebungsvoll. Es begann als ein sinnliches Liebkosen seiner Lippen, ein sanftes Erkunden und Erfühlen. Als ich den

Druck erhöhte, seufzte er leise, und seine Lippen beantworteten meine Berührungen mit der gleichen Zärtlichkeit. Als sich unsere Zungen fanden, schien jede Faser meines Körpers Feuer zu fangen, und ein Sturm an Gefühlen riss mich mit sich.

Als Jakob sich schließlich von mir löste, schien sich das Zimmer um mich herum zu drehen, und ich war froh, dass er mich festhielt.

»Das war ein wirklich überzeugender Kuss«, sagte er zufrieden. Er beugte sich vor und knabberte leicht an meinem Ohrläppchen. Mir entwich ein wohliges Stöhnen.

»Und das war nur der Anfang!«, versprach ich. »Ich habe vor, noch viel überzeugender zu sein.«

Er lachte leise. »Das freut mich zu hören.«

Unsere Blicke trafen sich, und mein Herz wurde überschwemmt von der Liebe, die ich für diesen Mann empfand.

»Ich glaube, das könnte der Beginn von etwas ganz Wundervollem sein«, sagte er, und es dauerte einen Augenblick, ehe ich bemerkte, dass er damit meinen Satz vom Fischkutter zitierte, als wir die Szene mit dem Comte nachgespielt hatten.

Ich grinste. »Das denke ich auch.«

Erneut küssten wir uns, und schon jetzt wusste ich, dass ich davon niemals genug bekommen würde.

Epilog

Vorsichtig hielt ich das Baby im Arm, das mich mit seinen blauen Augen unverwandt ansah und mit den kleinen Fäustchen in der Luft herumboxte.

»Paula ist unfassbar süß!«, stieß ich verzückt aus. »Ich muss mich echt zusammenreißen, sie nicht von oben bis unten abzuküssen.«

»Na, na«, wandte Jakob in gespieltem Tadel ein. »Hier wird niemand abgeknutscht außer mir.«

Hannah und Finn blickten stolz auf ihre Tochter. Ihre strahlenden Mienen verrieten, dass sie überglücklich waren – trotz der dunklen Ringe, die sich unter ihren Augen abzeichneten. Der Schlafmangel, der für frischgebackene Eltern so typisch war, stand ihnen deutlich ins Gesicht geschrieben.

»Es ist so schön, dass ihr zum Konzert gekommen seid!«, sagte ich und sah sie mitfühlend an. »Im Augenblick würdet ihr bestimmt am liebsten auf dem Sofa liegen und euch ausruhen.«

»Ach, Quatsch!«, widersprach Hannah. »Wenn in Liebwitz ein Open-Air-Konzert stattfindet, darf man sich das nicht entgehen lassen. Es ist unglaublich, wie viele Leute hier sind!«

Der Parkplatz vor dem Café war tatsächlich voller Menschen und kaum wiederzuerkennen. Direkt neben dem Leuchtturm stand die Bühne, wo die Seelüü gerade eine moderne Interpretation eines Klassikers spielten. Die Menge jubelte und sang begeistert mit. Zu dem besonderen Anlass waren sogar meine Schwester Mona und ihr Mann Anton nach Liebwitz gekommen – und zu meiner Freude hatten sie sich hier genauso schnell wohlgefühlt wie ich. Gerade standen sie vor der Bühne und feierten mit Ella und ihrer Freundin Jackie, die ich an diesem Wochenende ebenfalls kennengelernt hatte.

Da bisher alles wie am Schnürchen klappte, war ich mit der Organisation unseres Konzerts äußerst zufrieden. Nele war mir eine große Hilfe gewesen, und ihr hatte die Vorbereitung so viel Spaß gemacht, dass sie jetzt Eventmanagerin werden wollte. Wir hatten uns für einen Ausschank im Freien und einen im Café entschieden, sodass niemand allzu lange auf seine Getränke warten musste. Auch mit dem Wetter hatten wir Glück, denn es war ein perfekter Abend. Nach dem wechselhaften Start in den Sommer wurden wir schon seit Wochen mit Sonnenschein und warmen Temperaturen verwöhnt. Ab und an wehte eine Brise vom Meer zu uns herüber und kühlte die feiernden Gäste.

Jakob, der kurz im Café verschwunden war, kam wieder heraus und brachte mir eine Tasse meines heiß geliebten Kaffees.

»Was würde ich nur ohne dich tun?«, stöhnte ich dankbar. »Du bist der Beste!«

»Ich weiß.« Er grinste. »Jemand muss doch auf dich achtgeben. Du siehst fast so müde aus wie Hannah und Finn.«

»Stimmt gar nicht«, widersprach Finn gähnend. »Ich bin topfit.«

»Wer's glaubt«, sagte Hannah schmunzelnd und nahm mir Paula wieder ab, damit ich meinen Kaffee trinken konnte.

Fast hätte Finn mich mit dem Gähnen angesteckt, denn ich arbeitete seit Tagen ununterbrochen und war hundemüde. Da es am Ausschank gerade etwas ruhiger zugegangen war, hatte Peggy mich deshalb zu einer Pause verdonnert. Meine Angestellte konnte wirklich sehr resolut sein. Ich hatte mich allerdings nicht großartig gewehrt, da ich eine Auszeit gebrauchen konnte und neben Peggy auch ein paar zuverlässige Aushilfskräfte engagiert hatte. Außerdem hatte ich Sehnsucht nach Jakob gehabt. Als ich ihn im Gespräch mit Finn und Hannah am Rand des Fests auf einer Bierbank entdeckt hatte, hatte ich mich sofort zu ihnen gesellt.

Wie ein Junkie kippte ich den Kaffee herunter, um gleich darauf näher an Jakob heranzurücken und mich in seinen Arm zu kuscheln. »Danke!«

Er neigte den Kopf, wobei sein Bart an meiner Stirn kratzte. »Für den Kaffee?«

»Nein, für alles«, entgegnete ich mit einem zufriedenen Seufzen. »Dafür, dass du bist, wie du bist. Dafür, dass du dich von meinem chaotischen Leben nicht abschrecken lässt. Und natürlich dafür, dass du mich glücklich machst.«

Er legte den Finger unter mein Kinn und hob mein Gesicht an, um mir einen zärtlichen Kuss zu geben. »Nichts mache ich lieber.«

Unsere Beziehung erfüllte mich jeden Tag von Neuem mit Dankbarkeit. Und das nicht allein wegen unseres fantastischen Sexlebens, das in höchstem Maße befriedigend war. Jakob war der perfekte Mann für mich: Er hörte mir zu, wenn ich Sorgen hatte, massierte mich, wenn ich gestresst war, und brachte mich zum Lachen, wenn ich einen schlechten Tag hatte. Unseren gemeinsamen Trip nach Paris im Herbst konnte ich schon jetzt kaum erwarten. Mit Jakobs Hilfe hatte ich es sogar geschafft, Nele ihre verhasste Zahnspange »Zanko« wieder unterzujubeln, die sie in dem Karton mit dem Vibrator versteckt hatte. Jakob hatte einfach behauptet, dass er ein paar Klamotten in meiner Schublade verstaut hatte und ihm die Schachtel beim Umräumen aus der Hand gefallen war. Neles Freude über den »glücklichen Fund« hatte sich erwartungsgemäß in Grenzen gehalten. Davon abgesehen kam sie jedoch ganz gut damit klar, dass es jetzt einen neuen Mann in meinem Leben gab. Hilfreich war sicherlich auch gewesen, dass die beiden zusammen mit Tine und Spike eine tolle Website für die Opfer von Cybermobbing erstellt hatten und die Zusammenarbeit anscheinend Spaß gemacht hatte. Ab und an ließ meine Tochter Jakob sogar schon in den Genuss ihrer schlechten Laune kommen und blaffte ihn rüde an – was dafür sprach, dass sie ihn immer mehr als Familienmitglied akzeptierte.

Gerade als die Musiker ankündigten, dass sie nun zum letzten Song des Abends kämen, blickte Jakob auf, und seine Miene verdüsterte sich. »Oh, oh!«, raunte er.

Der Bürgermeister steuerte direkt auf uns zu. Er hatte sich selbst als Ehrengast eingeladen und es sich nicht nehmen lassen, die Eröffnungsrede des Konzerts zu halten. Seine diversen Diäten hatten bisher keine sichtbare Wirkung gezeigt. Wenn überhaupt, dann sah Dirk Jansen noch korpulenter aus als bei meiner Ankunft.

Er nickte unserer kleinen Gruppe zur Begrüßung zu. Als sein Blick auf Hannah fiel, schwächelte sein Lächeln ein wenig. Sie dagegen funkelte ihn angriffslustig an.

»Sehr schön, was Sie da auf die Beine gestellt haben, Frau Huber«, lobte er mich. »Für Liebwitz ist das eine tolle Werbung.«

»Danke.«

Er räusperte sich. »Wenn ich Sie beide hier zusammen sehe, muss ich allerdings ein etwas unangenehmes Thema ansprechen.« Er trat näher an Jakob und mich heran und senkte die Stimme. »Jakob, ich wurde darauf aufmerksam gemacht, dass du Frau Huber die persönlichen Daten unserer Hochzeitspaare weitergeleitet hast. Ist das korrekt?«

»Ja, das stimmt.« Er versuchte gar nicht erst, sich herauszureden.

Dirk Jansen runzelte die Stirn. »Das ist ein eindeutiger Verstoß gegen unsere Datenschutzrichtlinien! Dabei habe ich dich vorgewarnt. Ich habe dir gesagt, dass ein weiterer Fehler dich den Job kosten wird.«

Ich spürte, wie mein Herz ins Stolpern geriet und mir das Blut aus dem Gesicht wich.

»Aber er hat es nur gut gemeint«, wandte ich ein. »Aufgrund der Übernahme habe ich die ersten Buchungen für Hochzeitsempfänge erst im kommenden Jahr, und Jakob wollte nicht, dass das Café wegen dieses finanziellen Ausfalls schon wieder bankrott…«

Er stoppte mich mit einer resoluten Handbewegung. »Die Gründe sind in diesem Fall irrelevant. Die Fakten zählen.«

Jakob blickte ihn mit unbewegter Miene an. Wie konnte er nur so ruhig bleiben? Wenn ihm der Bürgermeister als Standesbeamter kündigte, würde er automatisch auch sein Revier verlieren!

Ich sprang auf. »Wir haben niemandem geschadet«, rief ich entrüstet. »Ich habe an jedes Paar nur eine kurze, freundliche Nachricht geschickt und sie über die Neueröffnung des Cafés und unsere Mottopakete informiert. Mehr war da nicht.«

Leider schien ich gegen eine Wand zu reden, denn Dirk Jansen beachtete mich gar nicht.

»Ich muss dir fristlos kündigen, Jakob. Der offizielle Brief geht nach dem Wochenende an dich raus, ich wollte dich nur schon mal vorwarnen. Wir werden uns einen neuen Standesbeamten suchen.«

»Und was ist mit meinem Revier?«, hakte er nach.

Die Antwort kam prompt. Offenbar hatte Dirk Jansen alles schon genau durchdacht. »Wir werden die Verantwortung abgeben. Das Waldstück hat ohnehin nur Kosten verursacht, und dass sich ein kleines Dorf wie Liebwitz einen eigenen Ranger leistet, war im Grunde absurd.« Er atmete tief durch. »Von meiner Seite ist es jedoch in Ordnung, wenn du mit deinem Vater im Forsthaus wohnen bleibst. Aber du musst natürlich Miete zahlen!«

Das wurde ja immer besser! Durch den Wegfall von Jakobs Gehalt und den Einsparungen bei der Forstverwaltung sparte er nicht nur Kosten, sondern konnte sogar noch einen Gewinn einstreichen. Gleichzeitig wurde er einen unliebsamen Widersacher los, der sich weigerte, nach seiner Pfeife zu tanzen.

Ich wusste, wie tief Jakob diese Kündigung treffen musste. Er liebte seinen Job und sein Revier. Da er jedoch unbestreitbar gegen das Datenschutzgesetz verstoßen hatte, schien er Dirk Jansens Urteilsspruch ohne Gegenwehr hinnehmen zu wollen. Für ihn war das wohl eine Frage der Ehre und gehörte zu den Dingen, die ein Mann nun mal tun musste.

Ich dagegen ballte wütend die Fäuste. »Das können Sie nicht machen! Jakob wollte lediglich helfen. Außerdem hat er Ihre Forderung erfüllt und sich bei den Trauungen extrem verbessert. Die Leute lieben seine Traureden, die er für jedes Paar individuell erstellt. Davon abgesehen reißt er sich mit den beiden Jobs fast ein Bein aus und macht permanent unbezahlte Überstunden. Sie sollten dankbar sein, so einen Angestellten zu haben!«

»Nicht ich habe in diesem Fall den Fehler gemacht, Frau Huber«, klärte er mich mit herablassender Miene auf. »Das alles hat Jakob sich selbst zuzuschreiben. Recht und Gesetz kann man nicht nach seinem eigenen Gutdünken auslegen.«

»Aus deinem Mund klingen diese Worte wie Hohn«, mischte Hannah sich in scharfem Tonfall ein. Sie hatte ihre Tochter Finn überlassen und schob mich zur Seite.

Entschlossen baute sie sich vor dem Bürgermeister auf. »Hat sich denn jemand über Evas Mails beschwert?«

»Wie bitte?«, entgegnete er überrascht.

Während er von meiner Ansprache völlig unbeeindruckt gewesen war, schien schon Hannahs Eingreifen auszureichen, um ihn aus dem Konzept zu bringen.

»Von den Brautpaaren. Hat sich jemand über Evas Nachrichten beschwert?«, wollte sie wissen. »Es gibt doch sicherlich entsprechende Beweise, mit denen du das belegen kannst.«

»Ach so, ähm …« Sein Gesicht bekam eine rötliche Farbe. »Eigentlich nicht. Sie haben sich nicht direkt beschwert.«

»Sondern?«, bohrte sie weiter.

Er rang sichtlich mit sich.

»Sie haben sich bei der Gemeinde Liebwitz bedankt«, gab er seufzend zu. »Für unseren guten Service. Weil sie händeringend nach geeigneten Caterern gesucht und nichts von der Neueröffnung des Cafés gewusst hatten. Sie waren sehr angetan von Frau Hubers Angeboten.«

Mir blieb die Spucke weg. Das war eine Information, die ein völlig anderes Licht auf den Vorfall warf.

»Das ist ja äußerst interessant.« Hannah verschränkte die Arme vor der Brust. »Jakob und Eva haben somit für zufriedene Gäste gesorgt. Was eigentlich in deinem Sinne sein sollte. Und du nimmst das als Anlass, Jakob rauszuwerfen?«

»Die Datenschutzrichtlinien in Deutschland sind nun mal …«, wollte er sich verteidigen.

»Sie wollen doch nur Geld sparen!«, unterbrach ich ihn empört. »Und nutzen dabei die Gelegenheit, Jakob loszuwerden. Hannah hat recht: dass ausgerechnet Sie dabei auf Recht und Gesetz pochen, ist der blanke Hohn! Schließlich haben Sie Peggys Bruder den Bauplatz für seine Lagerhalle weit unter Marktwert angeboten und ihm quasi geschenkt. Nur damit er im Gegenzug in dieses Café investiert.«

Ups! Das war mir einfach rausgerutscht. Hoffentlich bekam Peggy deswegen nicht Ärger mit ihrem Bruder.

Der Bürgermeister war blass um die Nase geworden. »Woher wissen Sie von …?« Er presste hastig die Lippen zusammen, ehe er sich noch mehr verriet.

Doch Hannah hatte genug gehört. Sie warf ihm einen scharfen Blick zu.

»Dirk, habe ich dir nicht gesagt, dass ich solche Machenschaften nicht mehr dulde?«, sagte sie mit gefährlich leiser Stimme. »Nach der hässlichen Erpressung von Else und Heinz habe ich dich gewarnt, dass ich dein Verhalten öffentlich machen werde, wenn du noch ein einziges Mal den Pfad der Tugend verlässt. Und jetzt erfahre ich von dreisten Lügen, Bestechung und unlauteren Geschäften.«

»Dabei handelt es sich nur um harmlose Gefälligkeiten«, erklärte er mit zitterndem Doppelkinn. »Und … und dumme Missverständnisse, über die man natürlich reden kann.«

Damit deutete er auf Jakob, der ob des plötzlichen Sinneswandels erstaunt die Brauen hochzog.

»Wie darf ich das jetzt verstehen?«, fragte er.

Der Bürgermeister atmete tief durch. »Ich schätze, dein Rauswurf war ein etwas übereilter Entschluss«, ruderte er zurück. »Im Endeffekt hast du zum Wohle des Dorfes gehandelt. Deshalb sollte ein Vermerk in deiner Personalakte ausreichend sein. Du kannst deine Jobs behalten.«

Ich atmete erleichtert auf. Mir fiel ein Stein vom Herzen.

Aber für Hannah war damit der Gerechtigkeit noch nicht Genüge getan. »Du könntest auch noch eine Teilzeitkraft einstellen«, schlug sie mit bittersüßem Lächeln vor. »Du erinnerst dich bestimmt an Jakobs viele Überstunden, die Eva erwähnt hat? Seit Liebwitz das *Dorf der Liebe* ist und immer mehr Paare hier heiraten, bedeutet das für den Standesbeamten einen ungleich höheren Arbeitsaufwand. Vor allem da Jakob hauptberuflich Ranger ist. Eine weibliche Standesbeamtin wäre doch ganz nett? Für die Romantik.«

Dirk Jansen schnaufte genervt, aber die erwartete Gegenwehr blieb aus.

»Na schön, ich werde das in der nächsten Gemeinderatssitzung vorschlagen.« Gereizt sah er zu Hannah. »Sonst noch was?«

»Nein, das war's«, entgegnete sie zufrieden.

Ohne ein weiteres Wort zu verlieren, machte er auf dem Absatz kehrt und suchte wütend das Weite.

Bewundernd wandte ich mich zu Hannah um. »Du bist ein knallharter Knochen! Ich hoffe, dass ich dich niemals zur Feindin haben werde.«

Sie gluckste vergnügt. »So bin ich nur zu Menschen, die es verdient haben. Außerdem habt ihr Hilfe gebraucht. Ich weiß ein paar Dinge von Dirk, die er lieber geheim halten würde.«

»Er hat ernsthaft Else und Heinz Jahnke erpresst?«, fragte ich ungläubig.

»Ja, aber das ist eine andere Geschichte.« Sie zog eine Grimasse. »Alles in allem bringt mich das zu der Überzeugung, dass Dirk wegmuss.«

Finn stellte sich mit Paula im Arm neben sie. »Du willst ihn umbringen?«, fragte er geschockt.

»Was?« Irritiert blinzelte sie ihn an. »Wofür hältst du mich denn? Bei der nächsten Bürgermeisterwahl müssen wir jedoch mit allen Mitteln verhindern, dass er wiedergewählt wird! Liebwitz braucht einen anständigen Bürgermeister.«

»Da helfe ich gerne mit«, verkündete Jakob. »Und vielen Dank für deine Unterstützung! Ich weiß zwar noch nicht, wie mein männliches Ego damit klarkommt, dass zwei Frauen für mich in den Kampf gezogen sind, aber mit dem Endergebnis bin ich mehr als zufrieden.«

Hannah und ich grinsten. »Gern geschehen!«

Finn räusperte sich. »Du, Schatz, ich habe da in der Firma einen Zulieferer, der mir immer wieder Probleme macht. Könntest du den mal anrufen und auch so zusammenstauchen wie Dirk?«

Sie nickte wohlwollend. »Mach ich! Aber das kostet dich fünf Mal Windelwechseln und eine extra Nachtschicht.«

Er sog scharf die Luft ein. »Hui, du hast aber gesalzene Preise!«

Sie fasste ihn lachend am Arm und gab ihrer schlafenden Tochter einen Kuss auf die Stirn. »Komm, wir suchen mal die anderen, bevor sie nach Hause gehen!«

Sie zogen davon. In all der Aufregung hatte ich gar nicht mitbekommen, dass das Konzert zu Ende gegangen war und sich die Menge auflöste. Da mich noch niemand aus meiner Pause geholt hatte, schienen Peggy, Nele und meine Aushilfskräfte alles im Griff zu haben.

»Tut mir leid, dass du wegen mir Probleme bekommen hast«, sagte ich und blickte entschuldigend zu Jakob auf.

Er zuckte mit den Schultern. »Zum Glück ist noch mal alles gut gegangen. Außerdem bereue ich nichts.« Er nahm mich in den Arm und gab mir einen Kuss auf die Nasenspitze. »Schließlich wollte ich dich um jeden Preis hierbehalten.«

Ich lächelte. »Keine Sorge, so schnell wirst du mich nicht mehr los!«

Er strich mir eine Haarsträhne hinters Ohr. Er verfiel in Schweigen, und eine Falte bildete sich zwischen seinen Augenbrauen. Es war unverkennbar, dass ihn etwas beschäftigte.

»Was ist los?«, wollte ich wissen.

»Du hast so verzückt ausgesehen, als du Paula vorhin im Arm hattest.« Sein Tonfall war locker und unbeschwert, doch da ich seine Vergangenheit kannte, wusste ich, dass das Gegenteil der Fall war.

Ich schmiegte mich noch näher an ihn. »Ja, ich war verzückt«, gab ich zu. »Weil sie ein sehr süßes Baby ist. Aber mein Bedarf an eigenem Nachwuchs ist definitiv gestillt. Garantiert. Ein Teenager im Haus reicht mir vollkommen.« Skeptisch legte ich die Stirn in Falten. »Oder sehe ich etwa aus wie eine Masochistin?«

Er lachte. »Nein, definitiv nicht.«

»Ich bin glücklich genau so, wie es jetzt ist«, versicherte ich ihm.

Nachdenklich fuhr ich mit den Fingern die Knöpfe seines blauen Hemdes nach. »Es macht mir nur Angst, dass ich um ein Haar all das verloren hätte. Weil ich so dumm und leichtgläubig war, wieder auf Thomas' Lügen hereinzufallen. Mit mir stimmt doch etwas nicht …«

»Du bist perfekt, so wie du bist.« Er strich mit dem Daumen meine Kinnlinie entlang. »Eine deiner besten Eigenschaften ist, dass du immer das Gute in den Menschen siehst und kein vorschnelles Urteil fällst. Nimm zum Beispiel Peggy. Viele hätten sich von ihrem schrägen Look abschrecken lassen, aber du nicht. Du gibst jedem eine Chance. Und das war nicht nur Thomas' Glück, sondern auch meins.«

Verwundert sah ich ihn an. »Wieso das denn?«

»Nur deshalb hast du mich nach den ersten fünf Minuten unseres Kennenlernens nicht in die ›Idioten‹-Schublade gesteckt und mich darin verrotten lassen. Du hast fest daran geglaubt, dass in diesem unhöflichen Brummbär auch ein netter Kerl steckt.«

Ich lachte. »Stimmt auch wieder.«

Er beugte sich zu mir und gab mir einen innigen Kuss, der mich dahinschmelzen ließ.

Wahrscheinlich war es dem Moment geschuldet, dass mich unerwartet eine Welle von Emotionen überschwemmte. Der laue Sommerabend, das erfolgreiche Konzert, die Anwesenheit meiner Familie und Freunde, die gewonnene Auseinandersetzung mit Dirk Jansen und Jakobs Nähe – all das erfüllte meine Brust mit einem überwältigenden warmen Gefühl. Plötzlich traten mir Tränen in die Augen, und ich schluchzte an Jakobs Lippen auf. Erschrocken machte er sich von mir los.

»Keine Sorge, das sind Freudentränen!«, beruhigte ich ihn. »Weil alles so schön ist und ich so dankbar bin.«

»So siehst du aus, wenn du glücklich bist?«

Seine Skepsis war nachvollziehbar. Ich sah nicht anders aus als bei unserer Trennung: tränenüberströmtes und rotfleckiges Gesicht, bebende Lippen und die obligatorische Triefnase.

Weinend deutete ich auf mein Gesicht. »Der Unterschied besteht darin, dass meine Mundwinkel leicht gehoben sind.«

»Mhm«, brummte er, weil er offenbar Mühe hatte, dieses kleine Detail zu erkennen. »Kann es sein, dass du ziemlich nah am Wasser gebaut bist, mein Schatz?«

Es hatte wohl keinen Sinn, es zu leugnen. »Ich bin eine Heulsuse«, gab ich zu. »Ich weine bei Liebesfilmen, Romanen, Hochzeiten und Beerdigungen – selbst, wenn nur ein Hamster bestattet wird. Wenn ich traurig bin oder lachen muss. Und eben auch, wenn ich glücklich bin.«

»Oje!« Er seufzte und zog mich wieder an sich. »Dann werde ich wohl bei meinem nächsten Einkauf eine Großpackung Taschentücher besorgen müssen.«

»Wieso denn?«

»Weil ich vorhabe, dich sehr glücklich zu machen«, raunte er mir ins Ohr, bevor er zärtlich meine Tränen wegküsste.

Nachwort

Liebe Leserinnen und Leser,

wie schon beim ersten Liebwitz-Roman muss ich Sie warnen: Bitte packen Sie nicht gleich die Koffer, um zu einem Ausflug in das »Dorf der Liebe« aufzubrechen! Kenner der Halbinsel Darß-Fischland-Zingst werden sicherlich bemerkt haben, dass Liebwitz fiktiv ist. Es gab schlicht keinen realen Ort, der alle Anforderungen des Marketingkonzepts »Das Dorf der Liebe« mit passendem Dorfnamen, Leuchtturm und angrenzendem Café erfüllt hätte. Zum anderen ist der Bürgermeister von Liebwitz ein moralisch fragwürdiger Charakter, und ich wollte nicht in Gefahr laufen, den Amtsträger eines echten Dorfes in ein schlechtes Licht zu rücken.

Auf alle Fälle kann ich Ihnen, liebe Leserinnen und Leser, einen Besuch der Halbinsel mit dem Strand von Prerow, der in der Abenddämmerung besonders schön ist, und dem wundervollen Darßwald ans Herz legen – auch ohne das Dorf Liebwitz.

Abschließend möchte ich natürlich allen, die an diesem Roman beteiligt waren, meinen herzlichen Dank aussprechen. Allen voran danke ich meiner Agentin Cristina, meinen beiden Lektorinnen bei Bastei Lübbe und meiner Familie.

Mein besonderer Dank gilt an dieser Stelle wie immer meinen tollen Leserinnen und Lesern, ohne die das alles gar nicht möglich wäre!

Liebe Grüße und auf bald
Marie Merburg

Die Community für alle, die Bücher lieben

Das Gefühl, wenn man ein Buch in einer einzigen Nacht verschlingt – teile es mit der Community

In der Lesejury kannst du

★ Bücher lesen und rezensieren, die noch nicht erschienen sind

★ Gemeinsam mit anderen buchbegeisterten Menschen in Leserunden diskutieren

★ Autoren persönlich kennenlernen

★ An exklusiven Gewinnspielen und Aktionen teilnehmen

★ Bonuspunkte sammeln und diese gegen tolle Prämien eintauschen

Jetzt kostenlos registrieren: www.lesejury.de

Folge uns auf Instagram & Facebook:
www.instagram.com/lesejury
www.facebook.com/lesejury